天狗文庫

いのちえやすし

井上靖 文集

夏草
冬涛

［日］井上靖 著
傅玉娟 译

NATSUGUSA FUYUNAM

重庆出版集团
重庆出版社

NATSUGUSA FUYUNAMI
by INOUE Yasushi
Copyright © 1964-1965 by The Heirs of INOUE Yasushi
All rights reserved.
Originally published in Japan.
Chinese (in simplified character only) translation rights arranged with
The Heirs of INOUE Yasushi, Japan
through THE SAKAI AGENCY and BEIJING KAREKA CONSULTATION CENTER.
Simplified Chinese translation copyright © 2021 by Chongqing Publishing House Co., Ltd.
All rights reserved.

版贸核渝字（2020）第071号

图书在版编目（CIP）数据

夏草冬涛 /（日）井上靖著；傅玉娟译 . —重庆：重庆出版社，2021.12
ISBN 978-7-229-15744-9

Ⅰ.①夏… Ⅱ.①井… ②傅… Ⅲ.①自传体小说—日本—现代 Ⅳ.①I313.45

中国版本图书馆 CIP 数据核字（2021）第 021210 号

夏草冬涛
XIACAO DONGTAO

[日]井上靖 著　　傅玉娟 译
责任编辑：魏雯　许宁
装帧设计：谢颖设计工作室
责任校对：刘刚

重庆出版集团 出版
重庆出版社

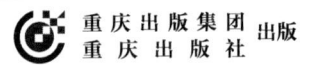

重庆市南岸区南滨路162号1幢 邮政编码：400061 http://www.cqph.com
重庆出版社艺术设计有限公司 制版
重庆市国丰印务有限责任公司 印刷
重庆出版集团图书发行有限公司 发行
E-mail:fxchu@cqph.com　邮购电话：023-61520646
全国新华书店经销

开本：890mm×1230mm　1/32　印张：18.75　字数：370千
2021年12月第1版　2021年12月第1次印刷
ISBN：978-7-229-15744-9
定价：99.80元

如有印装问题，请向本集团图书发行有限公司调换：023-61520678

版权所有　侵权必究

目录 / Contents

- 001 第一章
- 019 第二章
- 061 第三章
- 102 第四章
- 133 第五章
- 172 第六章
- 283 第七章
- 317 第八章
- 362 第九章
- 406 第十章
- 453 第十一章
- 495 第十二章
- 538 第十三章
- 571 译后记
- 579 附录　井上靖年谱

第一章

暑假从7月20日就开始了。但是，学校在静浦办了一个游泳训练班，从这天往后为期十天，是专为那些还不会游泳的低年级学生开设的。已上初三的洪作也参加了。洪作的小学时期是在故乡伊豆的山村中度过的，一到夏天他几乎每天都会去河里游泳。所以，如果是在河里的话，不管水流多急，他都敢跳进去，但是一到了海里，他就完全不行了。

身体借着水流的力量，在河中的石块之间穿梭而过，朝下游漂去。村里的小孩称之为漂流。顾名思义，孩子们不是在水里游泳，而是顺水漂下去的。洪作也会漂流，但不会在海里正儿八经地游泳。

洪作是在浜松中学读的初一，初二一开始就转校到了沼津中学。所以这是他在沼津中学度过的第二个暑假。在浜松中学就读那年的夏天，他也在学校的安排下到浜名湖①的游泳场学习过游泳，但是只去了两三天就开始肚子痛，趁机躲懒了。去年夏天他刚转校到沼津中学，还没来得及认识新朋友，就没什么兴趣去学游泳。所以，要说正经八百地接受游

---

①浜名湖，位于静冈县西南部，面积约65平方公里，最大深度约12米。

泳训练，这还是头一遭。

洪作之所以会从浜松中学转校到沼津中学，是因为身为军医的父亲，从浜松的连队调任到了台北师团。母亲和弟弟妹妹都跟随父亲去了台北，只有洪作转校到了同在静冈县内但是离故乡更近的沼津中学。他每天从位于三岛的姑姑家出发去学校上课。洪作觉得跟家人一道去台北，入读当地的中学也没问题，然父亲似乎考虑到，虽眼下要去台北赴任，但可能过不了多久又会调任他处，所以还是决定让洪作先转校到沼津中学安顿下来。

洪作每天从父亲的姐姐家，也就是他姑姑家出发前往沼津中学上课。三岛和沼津之间通了电车，同学中既有坐电车去上学的，也有骑自行车去的。还有极少数的一部分人是靠两条腿徒步走过三岛和沼津之间这五公里路程的。洪作就是步行学生中的一员。当时自行车价格昂贵，除了那些做生意的人家，普通家庭很少会专门买一辆自行车供小孩子上学用。

洪作班上还有两个人也是走路去学校的，洪作想陪他俩一起，就跟他们约好每天早上一起步行上学。通往学校的大路两边稀稀落落地栽种着一些松树。他们有时一起奔跑，有时一起在路边坐上一会儿，每天早上都是这样边玩儿边走。走着走着，还会遇到其他村落的学生加入进来。走路也有走路的乐趣。

参加静浦的游泳训练班时，洪作也是每天步行到沼津，再从沼津街上最热闹的地方坐巴士到静浦。静浦的海岸边风平浪静，没什么危险，是一处极好的海水浴场，岸边还有一座皇家行宫。

洪作很享受从静浦下了巴士走到学校游泳训练场所在的海边的这段时间。为了不让其他学校的学生进来，游泳训练场都划分了地盘，很多白色的旗帜在海风中猎猎作响。不远处还有几个其他学校的游泳训练场，也都各自插着旗帜，标明自家游泳场的范围。这些旗帜有白有红，偶尔还能见到蓝色的。在各自划定的区域内，少男少女们吵吵闹闹地四散开去，如同飞洒在海滩上的彩色纸屑。尖叫声、呼喊声不绝于耳，但很快又被涛声盖过。每个游泳训练场都会有一两个跳水台，无论何时，都能看到上面挤满了擅长游泳的同学。

洪作到了游泳训练场，在签到簿上签下自己的名字之后，就去找自己所属的小组。

因为洪作会漂流，所以要让身体在海水中浮起来是完全没有问题的。他也很快学会了游泳。可他还是不敢去水深的地方。既然能在水里浮起来，也能够游起来了，如果是其他少年的话，就会毫无顾虑地按照担任教练的学长的命令，前往设有跳水台的地方，可洪作做不到。只要一想到自己身处的地方是大海的一角，连着深不可测的大海，恐惧就会猛然袭上他的心头。

"你肯定没问题。二三十米轻轻松松就能游到的。"

学长说道。但是洪作怎么也不敢去有跳水台的地方。总是打退堂鼓。看到洪作这个样子，学长似乎很难理解他的行为，板着脸问道："怎么不去？"

"害怕。"洪作说道。

"害怕?! 不要说这么没出息的话。害怕什么啊?"

"要是有个万一……"

"有什么狗屁万一啊,你个臭小子!"

洪作的头被摁进了海水中,不过这对他来说没什么。把头伸进水里这种事,漂流的时候每天都会做。

只要离陆地不那么远,洪作还是很喜欢泡在海水中的。但是如果游到离岸边远一点的海面,万一脚抽筋了也不能马上回到陆地的话,他就会非常不安。

洪作这个样子很快成了学长们议论的对象。一天,一个初五①的学生走过来说道:

"你就是那个不敢去深水区的家伙啊。"

他的脸被太阳晒得黑黝黝的,只有眼睛闪着光。

他命令洪作一定要游到跳水台。因为对方看起来凶神恶煞的,所以洪作就拼命扑腾着双手双脚,朝跳水台方向游去。扑腾了大概十几次之后,就游到了水深超过自己身高的地方,他心里忽然升起一阵强烈的不安。心想,完了。于是,马上掉头,手脚慌乱地拍打着水面。

"你小子!"

话音刚落,洪作便感到自己的头被学长摁进了海水中。他挣扎着把头探到海面上,结果又被摁进了水里。如此两三次之后,海水呛进了他嘴里。有三四个初五的学生过来了。洪作被他们架到小船里,来到了跳水台附近,然后被扔进了

---

① 在近代日本,初中实行的是五年制。

海水中。洪作赶紧抱住跳水台的一根柱子。在海里这么待着的话，不知道会被折腾成什么样，于是他赶紧爬到了跳水台上。

一个初五的学生也来到了跳水台上。小船已经被其他初五学生划回岸边去了。来到跳水台上的这个学生，名字叫冈。

"试试从这里跳下去吧。"冈说道。

他的语气很冷静，也很冷酷。

洪作低头朝海面看去。站在陆地上看的时候，跳水台似乎并没有那么高，但是站在它上面往下看的话，就会发现跳台与海面之间的距离相当远。洪作连游到跳水台这边都不敢，更别说从跳水台上往下跳了。

"好了，赶紧跳！"冈瞪着洪作说道，"你不自己跳的话，我就要推喽。"

"我真的不会游泳。"

"你说的这叫什么话！哪有人到了初三还不会游泳的。就算不会游，你也得给我游起来！"

看着冈朝自己走近了一步，洪作朝四周打量了一圈。可是没什么可供自己抓牢的东西。

"我自己跳。"洪作说道。

他想，与其被推下去，还不如自己跳下去算了。可是，他又觉得自己不敢跳。抱着拖一分钟算一分钟的想法，洪作直挺挺地站在了跳水台上。

自己被逼到了进退两难的境地，而海岸依旧自顾自地在夏季强烈的阳光下闪闪发着光，无数小小的裸体散落其上。因为是休息时间，所以海里看不到一个同学，大家都聚集在海岸边。

"别磨蹭，赶紧跳！"

冈催促道。可是，就算被催着赶紧跳，洪作也不敢就这样跳下去。从上往下看去，跳水台的柱子被海水拍打着，波光粼粼。整个跳水台都被靛蓝的波浪包围着。站在岸边看时，大海湛蓝又美丽，但是站在跳水台上看，海面却颠簸起伏，蓝得发黑，令人不快。

"赶紧跳！"

听到这一声，洪作再次朝岸边望去，感觉海岸一下子变得那样遥远。海水浴场似乎变得遥不可及，成了小小的一片，连同四散其上的无数同学，也仿佛只有豆粒大小。在离海水浴场稍远的地方，有一片悬崖，上面建着许多仿佛随时都会塌下来的民房，现在连这片悬崖也变成了一条远远的细线。

完了，洪作心想。自己不可能从这里游到那么远的岸边。肯定会在中途溺水的。再说，从这么高的地方往下跳的话，会不停地往下沉，一直沉到海底吧。要是不采取什么正确措施，就再也浮不到海面上吧。可自己对这些措施一无所知。不知道这些措施的话，会一直往下沉吧。再也别想回到海面上。洪作跌坐在跳水台上，说道："我，做不到。"

"什么?!"冈恶狠狠地咬着牙说道，"起来！"

"我，不行。"

"你这娘们兮兮没点刚性的家伙。是害怕了？"

"我不想死。"

"说得这么夸张。会不会死，你也得给我试试！"

冈的手伸了过来。

"啊啊啊！"

"你瞎叫什么！"

"啊啊啊！"

四周没有一个可以抓牢的地方。洪作坐着被拖到了跳水台边上。已是穷途末路了。洪作想着，横竖要死的话，那就自己主动点吧。

"我自己跳。"

洪作甩开冈的手，站了起来。然后，又朝下面望了一下。跳水台和海面的距离，似乎又比刚才更远了。洪作再次跌坐下来。冈又过来抓他。在你推我挡之中，洪作蹲了下来。冈的手放在了洪作的背上。洪作的身体离开了跳水台。

洪作感到自己的身体就像一块抹布一样，变成了极其可怜的一团，直直地坠了下去。他感觉自己似乎大声尖叫了，除此之外，就像是在做梦一样。波涛起伏的深蓝色海面，瞬间映入眼帘，洪作感到自己的身体扎进了海水中。

腹部传来一阵猛烈的疼痛。身体也随之沉入了海水之中，但是很快又被海水托了起来。脑袋偶尔露在海面上。却什么都看不到。脑袋四周唯见浪涛。

啊啊啊！洪作的手臂不停地拍打着。他觉得自己要溺水了。但很快，出于本能，他只用脚踩水。身体浮上来了。虽然只有脑袋露在海面上，看起来非常无依无靠，但是身体确确实实是浮上来了。明明是从跳水台上跳下来的，可眼前已经看不到跳水台了。这时，那个把自己推下跳水台的冈，从离自己不到一米的海水中浮出头来。

冈一边吐着嘴里的海水，一边说道："游到岸边去。我在旁边跟着你。"

"我，不行。——把我带回跳水台吧，我会被淹死的。"洪作拼命说道。看起来似乎真的快被淹死了。

"傻蛋，跳水台不就在你身后吗？"

听了这话，洪作赶紧改变身体的方向。果然，跳水台就在离自己不到一米的地方。洪作猛地抱住了跳水台的一根柱子，暗自庆幸，还好还好。只要抓着这个，就不用担心沉入深深的海底了。

紧紧抱住跳水台的柱子之后，恐惧再一次笼罩上了洪作的心头。

"喂，我们游过去吧。"冈说道。

洪作心想，开什么玩笑。趁冈还没有抓到自己，他的身体从海水中钻出来，马上踩到了跳水台底部的横木上。不知道是不是因为刚刚经历了可怕的考验，他感觉手脚发软，浑身无力。爬到了刚才被冈推下去的跳台上。

洪作看到冈熟练地用拔手式[①]朝岸边游去了，一眨眼就游到了岸边，然后他小小的身影加入到了岸边四散的同学中。

[①]日本传统的游泳法之一。划水的手臂从后往前移动时需要抬出水面。

冈终于走了，洪作长长地松了口气。终于不用担心被推下水，也不用担心被强逼着游泳了。但是，问题并没有完全得到解决。他一个人被留在跳水台上了。洪作又朝海水浴场的方向看了看。那边看起来似乎比刚才离得更远了。此时，他感到有一滴冰凉的东西掉到了自己额头上。

洪作抬头看了看天空。很快，他又感到有冰凉的东西掉到了额头上、脸颊上。半边天空还是湛蓝的，晴空万里，阳光洒落在海面上，但是自己头顶的这半边已经布满了黑压压的积雨云。

他又朝海岸边望去，游泳训练场上也出现了异常情况。同学们都站起身来。刚刚还躺在沙滩上，或是在坐着玩沙子的人都站了起来，飞快地跑动起来。就像被灌了水的蚁巢中的蚂蚁一样。混乱地、慌忙地动着。是因为要下雷阵雨了，所以想要赶紧去高处躲雨吧。

开始下雨了。雨滴像子弹一样招呼上了脸颊、额头、肩膀、手臂。雨滴非常大。

——喂！

洪作开始大叫。他用尽全身力气大喊，但是这个声音传不到岸边。倾盆大雨下，海面的表情也变得生动起来，嘈杂的声音笼罩了四周，分不清到底是雨声还是波涛声。

——喂！

洪作喊了很多次。雨势越来越猛烈。这是一场来势汹汹的雷阵雨。大颗大颗的雨滴砸在海面上，砸在跳水台上，也砸在洪作身上。同学们从游泳训练场的一角逃了出去。插在训练场四周的旗帜也都被收了起来。

——喂！

洪作心想肯定还会有人来救自己的。冈知道自己还在这里。除了冈之外，应该还有几个初五的学长也是知道的。

可是，眼看着游泳训练场变得空无一人。等最后四五个同学一起跑着离开之后，海岸仿佛变了样，已经不再是什么游泳训练场。人影全无、昏暗阴森的海滩边上，只剩下了五六艘小船。

——喂！

洪作不停地大声叫着。当雨雾令岸边沙滩变得模糊不清时，他停止了叫喊。事态似乎朝着一个不可控的方向发展而去了。好像没有人发现自己被落在这里。或许有人发现了，但是以为是别的学校的学生或者是村庄里的孩子吧。

洪作想起了冈冷酷的面容。可能他就是想要为难一下自己吧。不然就是他也忘记自己还落在这里了吧。看着也不像个聪明人，还真有可能是忘记了。

在暴雨的袭击中，洪作双手抱膝，蹲在跳水台上。这边虽然下着大雨，远处的天空却依旧湛蓝而明亮，所以雨应该不会下很久。可是身体越来越冷，感觉气温非常低。

猛下了一阵暴雨之后，雨势很快减弱，阳光又开始洒落下来。雨丝在阳光中银光闪烁。不安渐渐消散，但不变的是，自己依旧被孤零零困在跳水台上。

此时，游泳训练场的海滩上出现了三个小小的人影。洪作朝他们望去。三个人都光着身子。他们穿过海滩，来到停着小船的地方，推出一艘小船，一个个跳了上去。

洪作松了口气。应该是什么人来带自己回去的吧。海面上因为下了暴雨，波涛汹涌，与之前截然不同。小船在巨浪中左右摇晃着朝自己靠近。有两个人在划船，一个人站着。

——喂！

洪作大叫道。于是，小船上的人也回了一句。

——喂！

站着的人举起手，大声叫道。

小船划到跳水台下，一个少年爬了上来。少年把洪作从头到脚仔仔细细打量了一番，问道："你不会游泳？"

"嗯。"

"是冈那个家伙把你带到这里，又把你扔下不管的？"

"嗯。"

"哦——"

少年一脸佩服似的盯着洪作看了一会儿，然后以一种奇怪的口气对着跳水台下的小船喊道："少主在此哪。"

船上的人回答道："呀，速速救驾呀。"

不一会儿，又有一个少年爬了上来。他也盯着洪作看了一会儿，然后二话不说，"吱吱吱"学了几声猴子叫之后，就突然在跳水台上跳了起来。瞬间，少年的身体就以一种非常漂亮的姿势浮现在了半空中。

一个人跳进水里之后，另一个人也跳进了水里。第二个人的姿势也同样非常优美。两个少年在海水中用自由泳的方式朝自己想要去的方向游去，游到一半又折返到了跳水台。

011

留在小船上的另一个少年也来到了跳水台上。一看到这个少年，洪作就知道他是比自己高一个年级的初四学生。他记得这个初四学生的名字和长相。这个叫做金枝的少年似乎成绩优异，担任着班长的职务，做早操的时候，总能听到他用清脆透亮的声音喊口令。他长得很吸人眼球，甚至让人怀疑是不是混血儿。肤色白皙，头发和眼珠的颜色，与其说是褐色，不如说更偏向于金色。金枝也把洪作从头到脚打量了一番，说道："听说你是被冈那家伙扔在这里的?！真是可怜啊。"

他说话的时候，眼睛是笑着的，给人很温和的感觉。

"完全不会游泳吗？"

"会一点点。"

"会多少？"

"大概能游四五米。"

"四五米都能游的话，后面再游多少米都不在话下了呀。你只要相信自己能游，就能游起来。如果老是想着自己不会游，那就真不会游了。跳水也是一样的。如果满脑子光想着害怕的话，那怎么也跳不下去的。——不过即使如此，也还是很可怜啊。"金枝笑着说道。

"跳水我刚刚跳过了。"洪作说道。

"在哪里跳的？"

"就在这里。"

"那你这不是会游嘛。"

"我不会游，就是被推下去了，所以掉进去了。"

"接着呢?"

"浮上来了,然后赶紧抱住了跳水台下的柱子。"

"哦——"

金枝一脸佩服似的点了点头。这时,刚刚跳下水的两个少年也来到了跳水台上,其中一个少年矮小黝黑,但看着身手非常敏捷。他说道:"日暮将至,不如启程归去如何?"

另一个胖墩墩的少年脸上流露出几分英勇无畏的神色,接话道:"那么,就请少主移驾小船吧。"

接着,他又对洪作说道:"会划船吗?"

"嗯。"

"那你自己划船回去吧。我们要游回去。"

不知道是不是因为太冷了,他的脸在不停地颤抖着。不一会儿,胖墩墩的少年跳了起来,突然头朝下插入了海面中。

紧接着,小个子的少年也离开了跳水台。他跳下去的时候,中间还进行了一次转体,然后头朝下扎进了海水中。

"划船回去吧。"金枝对洪作说道。

然后他也在跳水台上跳跃了两三次,以非常漂亮的姿势跳了下去。

二个少年视人海如无物的行为,在洪作眼中充满了迷人的魅力。三个光辉耀眼的少年来到跳水台上,眨眼间又都不见了。

洪作爬下跳水台,爬进停在那里的小船,然后解开了系在跳水台柱子上的绳子。洪作以前坐过小船,但还是第一次亲手操桨。虽然他对自己会划船这一点完全没有信心，但是对着三个前来救援自己的少年，他实在无法开口说自己连划船都不会。

洪作抓住两支船桨。小船随着波涛起伏不定。船桨时而碰不到海水，在空气中划过，时而又沉入到海水中，划不起来。洪作此时才知道，小船这种东西很难驾驶，很麻烦。小个子少年用拔手式游到洪作旁边，说道："你不行啊。我来划吧。"话音刚落，他抓住小船，"嘿"的一声，跳进了小船，差一点把船弄翻。

洪作马上把船桨交给了这个少年。小船开始乘风破浪，朝岸边驶去。金枝和另外一个少年还在比赛谁能最先游到岸边。随着两人的动作，两团白色的水花朝着岸边涌去，勾画出美丽的线条。

洪作踏上了沙滩。帮洪作划船回来的少年把船停在海滩上之后，一句话都没跟洪作说，转身又回到了海里，朝跳水台方向游去。

洪作朝附近的一座寺庙走去。游泳训练班的办公室就设在那里。平时不下雨的话，大家很少会来到这里。此刻，寺庙内，少年们都聚在这里，大家都在准备回家。

来到大门口，负责训练班事务的国语老师须藤一脸不悦地问道：

"你去哪里了？"

"随意转悠，怎么行呢？"

洪作简单解释了一下。

"哦——"须藤老师半信半疑地听了之后，大声叫了初五学生冈的名字，"冈！"

冈不在。他似乎也并不怎么在意冈不在这件事，继续说道："总之，我不是再三强调过吗，不能随意行动！"

洪作被老师用手指戳着额头，后退了两三步。老师的话很没道理，但是洪作除了沉默着退下之外，别无他法。

第二天，洪作还是去了静浦的游泳训练场。但跟以前不一样的是，他对去那里有了一种期待。一想到可以再次见到昨天前来救援自己的三个少年，他就感觉游泳训练也变得欢快起来，值得期待了。那样浑身闪耀着光芒的少年，自己此前从未见过，真想再跟他们说说话，再看看他们朝气蓬勃的样子。

但是，洪作没能在初三学生的人群中发现昨天的少年们。这原本就是为还不会游泳的初一、初二学生办的训练班，所以初一、初二的学生是半强制性参加的，几乎全都来了，但是初三的学生中，真正不会游泳的人只有十个左右，大家在接受训练的时候，都感觉非常丢脸。接受训练的人当中，一个初四学生都没有。初四以上还每天都出现在这里的学生，都是游泳队的成员，是被动员过来当教练助手的。

所以，洪作认为昨天把自己从跳水台上救回来的初四学生，肯定也是游泳队的成员，就在那些每天负责指导低年级学生的少年当中。但洪作没能在这些游泳队成员当中发现那三名少年的身影。

这一天，洪作还是泡到了海水里，但是跟前一天不同的是，他觉得大海没那么可怕了。他可以很平静地游到自己的脚触不到地的地方了。

初五学生冈过来，看到洪作这个样子，说道："你看，你这不是会游了嘛。"

"你得感谢我昨天把你从跳水台上推下去啊。不把你推下去，你怎么能学会游泳呢。"

洪作没有说话。自己之所以能够游泳了，并不是被推下跳水台的缘故，而是因为前来救援自己的三个少年毫不畏惧大海的样子，看起来是那样美丽耀眼。看着少年们一个接一个地扎进海水中，自己对于大海的恐惧也在不知不觉间消退了。

"来吧。我跟着你。你游到跳水台那边试试。"冈说道。

洪作依旧默不作声。昨天被推下水的怨气还在他心头。他心想，不管你怎么对我，我也不会再听你这种人的话。

"你这家伙，还在怄气呢。"

冈拍了下洪作的头，但是很快朝另一边去了。洪作想，可能是因为他多少对自己有点内疚吧。

洪作从海里出来之后，看到同班同学山根正趴在沙滩上，就走了过去。山根有个绰号，叫"大叔"。山根总是知道很多老师和高年级学生的消息，也不知道他是从哪里听来的，还总爱头头是道地说给大家听。感觉很有"大叔"的风采。

洪作也在山根旁边趴了下来。然后说了昨天的事情，向山根打听昨天救自己上来的那几个少年。

"金枝，就是那个担任初四年级班长的金枝吧。和金枝形影不离的话，那一个应该是木部，一个应该是藤尾。肯定是他们俩。那三人总是焦不离孟，孟不离焦。从没见过他们落单。如果落单的话，就会被初五的学生打。所以他们总是小心地集体行动。"山根说道。

"为什么会被打？"洪作问道。

"当然会被打啦。太牛气烘烘啦。金枝是班长，还比较稳重，木部和藤尾就不行啦。他们太嚣张啦。他们唱英文歌，抽香烟，就算被学长盯上了，也是毫不在意。"

"他们不是加入游泳队了吗？"

"他们哪里进得了游泳队哦。——他们游得比游泳队的人好，但是很看不起游泳队的人。他们仨都很聪明，就是很嚣张。"山根说道。

"他们真的抽香烟吗？"

洪作有点不大相信，只比自己大了一岁的少年们，怎么可能抽香烟呢。

"抽啊。——我都抽过呢。"山根不无得意地说道。

"好抽吗？"

"不好抽，但那是一种毒品，开始抽了之后，就会停不下来。我抽是会抽，但后来戒了。我在宿舍楼边上看到过木部和藤尾在抽香烟。他们肯定是已经抽上瘾了。"

接着，山根又一脸为你好的样子说道：

"你可别跟他们玩哦。——不会有什么好事的。"

"可是，他们在学校的成绩不是挺好的吗。"

"刚入学的时候好像是不错。金枝的成绩直到现在也还是很好，不过木部和藤尾就越来越不行啦。——我觉得这是父母的问题。——放任不管是不行的。"

"那他们昨天为什么来这里啊?"洪作又问道。

"每天都会来的。每天我们训练结束之后，他们就会过来游泳。——老师和学长们都很生气。他们总是随意地把学校的小船划出去，然后一直划到很晚。"

洪作知道了昨天见过的那三个少年有着自己所不了解的生活，可即使如此，他们在他眼中还是光芒万丈。虽然只是昨天有过一面之缘，但是洪作觉得，这三个少年和其他少年是完全不一样的。虽然他们可能正在变成不良少年，但是他们的一举一动都是那么充满朝气，闪耀着自由的光辉。

怎样才能见到他们仨呢？洪作想要再次在他们身边停留一下。他知道，围绕在那三个少年身边的，是像自己这样的人所不知道的自由时光。

第二章

9月1日第二个学期开始了。在悠长的暑期，洪作每天都要睡到早上九十点钟，一下子要改到六点起床，这让他很痛苦。从家到沼津的五公里路程，就算走得再快，也得要一小时，如果慢慢走的话，就得要一个半小时。第一节课从早上八点开始上，所以无论如何六点就必须要从自己现在借住的姑姑家——真门家出发了。就算六点从家里出发，还要去银行门口等朋友一起走，真正出发去沼津就要将近六点半了。

第二个学期的头一天，洪作被姑姑叫了好几次才起床。洪作的卧室是二楼两个房间中的一个，所以姑姑要叫洪作起床的话，就必须走楼梯上来。阿梅姑姑每次走上楼梯就会说：

——赶紧，洪作，快起床。再不起床，上学就要迟到喽。现在真的已经到六点了，一分钟都不差了。就算再想睡，也得赶紧起了。这是最后一次叫你哦。

每次上来都说同样的话。不知道第几次姑姑走上楼梯时自言自语的声音，终于传到了正准备爬出被窝的洪作耳中。

——哎，我这是接手了一桩多麻烦的事儿啊。以前从来不知道什么是辛苦，到了这把年纪了，反而要这样劳心劳力。

在洪作听来，姑姑的话有些夸张。他心想，姑姑说话就是爱夸张。但是，对于姑姑阿梅来说，这些话她并不是随口说说的。她只是认定，既然这个孩子被交托给了自己，那么就决不能让他上学迟到。眼下在姑姑心中，学校是一个神圣不可侵犯的地方。每次收到从学校寄来的信件，她都会立马变得格外郑重。

虽然阿梅自言自语地说自己至今为止不知道什么是辛苦，但其实她的前半生并没有那么不知人间艰辛安稳平坦。她很多年前作为填房嫁给了担任三岛町町长的真门新卫门，独生儿子比洪作小一岁。刚结婚的时候，因为婆婆的关系，备受磋磨，好不容易婆婆过世了，以为可以作为町长夫人获得世人的尊敬了，结果，丈夫又去世了。丈夫去世的时候，阿梅才四十岁，从那之后直到现在将近五十岁了，她独力养育着作为真门家继承人的独生子。独子俊记进入了她已故的丈夫担任町长时所创立的商业学校学习，倒是不用大人担心每天早上上学迟到的事情。

阿梅一方面有着不输男儿的刚毅，另一方面也非常温柔。在父亲的兄弟姐妹中，洪作最喜欢这个姑姑。虽然洪作也会被她毫不留情地呵斥，但正是这样才说明她是把洪作当成了自己的孩子。这一点洪作自己也能够感受到。

洪作穿上小仓布[1]制作的制服，不叠被子就下了楼。正

---

[1] 日语名为"小仓织"，是一种起源于北九州的质地厚实的条纹棉布。最早出现于江户初期的文献中，其中一种深色白点样式的棉布，在近代日本常被用于制作学生制服。

想去井边洗脸，从厨房传来了姑姑的声音。

——背心穿上了吧。

洪作解开外套的扣子，向姑姑表示自己穿好背心了，接着就在井边洗了脸。

早饭是大酱汤和腌菜。生鸡蛋有的日子有，有的日子没有。今天鸡蛋休息了。快速扒了一碗饭，洪作马上站起身来。

"再吃点。"

"来不及啦。"

"所以我跟你说要早点起床的嘛。"

姑姑还在那里唠叨着，但是这些声音没往洪作耳朵里去。

"我走啦。"

这句话是让所有话题就地打住的万能语言。只要说我走啦，所有话题都会就此打住。接着把挎在肩上的书包夹到腋下，跑出去就可以了。

洪作从狭窄的小巷子跑到大路上。右手边的陶瓷店是同校的一个叫阿良的初二学生的家。但是阿良是骑自行车上学的，所以他可以再晚三十分钟出门。左边是一家叫做大里屋的旅馆。总有个胖胖的女佣在门前扫地。

"上学去了呀，不要在路上闲逛哦。"

每天早上她都会这样跟洪作打招呼。但是她打招呼的时候眼睛看都不看洪作，只是一种非常形式化的打招呼。而且，语气中还带着高高在上的态度。洪作总是懒得搭理她。

021

他想，这人又不知道自己到底有没有在路上闲逛，不过是她自说自话罢了。斜对面是三岛大社巨大的石鸟居。姑姑总是叮嘱说，每天早上走到大路上，要记得朝神社的方向低头行礼，但是洪作往往自动省略这一步。

洪作沿着大马路笔直地朝西走。这里是三岛最繁华的地方，但是这会儿道路两侧的商户大都还关着门。

洪作走到面朝着大路的银行大楼前，在这里等一起走路上学的同伴。很快，增田胖胖的身躯从旁边的小巷子里出来了。

"今天不用带书包。"增田说道，"只要把课表记下来就好啦。"

这么说，还可能真是这样，洪作心想。小林也从同一条小巷子里出来了。他也没有带书包。三个人开始往前走。因为带了不必要带的书包，洪作有点不大高兴。

"爱学习的人就是跟我们不一样啊。没课也带着书包呢。"小林说道。

"大家都没有带吗？"洪作问道。

"谁会带啊。只有你带了。大家还会惊讶呢。"增田又说道，"老师对你的印象会更好哦。因为只有你一个人带了书包啊。"

洪作有点生气，但是他什么都没说，夹在两个少年中间朝前走着。他心想，自己真是干了一件蠢事。书包里放了所有教科书还有笔记本，比平时还要重。

连接三岛和沼津的，只有一条东海道①。电车也在这上面开。三个少年沿着这条路往前走。走过三岛的大街，两边的房子逐渐从店铺变成了农家，接着又变成了不见人烟的松树林。

三岛和沼津之间，有一条名叫黄濑川的河流流过，桥旁有一座小小的神社。少年们总是会在这里歇息一下。从开始出发到这里，已经走了三四十分钟了，身上早就出汗了，正是想要休息一下的时候。

每当三人在塌了一半的木鸟居下坐下来的时候，总会看到第一拨骑自行车上学的学生赶到他们前头去。再过一会儿，不断有少年骑着自行车飞快地出现又消失，仿佛在进行自行车比赛似的。中间还会看到一些走路上学的学生。走路上学的少年们都不约而同地三人或四人一组，争先恐后地往前赶路。

这一天，洪作在黄濑川的神社前休息时，一个不落地看着那些从自己面前经过的或是骑自行车或是走路的学生，没有一个人是带书包的。

"我想把书包放到什么地方再去学校。"洪作说道。

他觉得就自己一个人背着这么重的书包去学校有点傻，而且也容易让别的同学产生奇怪的误解。听到洪作的话，小林一下子来了精神，两只眼睛闪闪发光。

"好，那我们去找找可以藏书包的地方。"

---

①江户时期所设置的日本五大干道之一，从江户出发沿太平洋沿岸直至京都。其余四大干道分别是中山道、日光街道、奥州街道、甲州街道。

小林说着站了起来。

"要把书包放在这里吗？"增田似乎有点迟疑，但还是说，"放到正殿的地板下就可以了。放到那里的话，应该不会丢的。"

洪作不想把装满了教科书和笔记本的书包放到塌了一半的神社的地板下。那里肯定积满了灰，布满了蜘蛛网。

"还有什么别的地方吗？"洪作说道。

"你跟我来。我知道一个好地方。"

小林朝前走去。洪作和增田也跟了上去。小林在神社内的路上拐弯走进了一个郁郁葱葱的小树林里。虽然是白天，但是在老杉树、老橡树的遮蔽下，这里依旧阴暗昏沉。

小林踩着杂草丛生的地面往前走，来到一棵巨大的橡树底下，指着橡树根说道：

"放这里就可以啦。"

原来，橡树根部有一个树洞，足够放下一个书包。可能是落雷的时候被炸出来的。洪作也觉得放在这里的话应该不会丢。就算下了雷阵雨，也不用担心被淋湿。

洪作从肩上卸下书包，交给小林。小林勤快地把小树洞里的落叶都刨出来，然后把洪作的书包塞了进去。

把书包藏进树洞里之后，洪作开始一身轻松地朝前走去。只有自己带了原本不用带的书包这件事带来的郁闷已经被抛到了九霄云外，长假之后新学期开学的快乐心情又回来了。

从黄濑川的神社再次出发后，三个少年加快了脚步。走黑濑桥，离开东海道，过狩野川时，在三人的前后都有初中生跟他们一样在赶路。有高年级学生，也有低年级学生。说是低年级学生，对于洪作他们来说，也就是初一和初二的学生，但是他们还是很在意这些低年级学生。初一、初二学生不管在哪里，他们都能一眼认出来。这些学生的体格明显要小很多。初二到初三的时候，身体会发育，所以初二学生和初三学生的体格是非常不一样的。初一、初二的学生当中也有高个子，但那只是身体细长，脸还是充满了稚气。就像是刚刚剥了笋壳的嫩笋一样。不管是体格还是神情都很纤弱，非常孩子气。

每当这样的初一、初二学生超过洪作一行人时，增田就会生气地说：

"这些家伙，好嚣张啊。记下他们的长相。"

但是增田只是嘴上说得厉害，其实很没出息。在学校里，只要有十个初二学生在一起，他就会远远地躲开。

小林也学着增田的样子，恶狠狠地盯着那些超过自己的学生，叫嚷着："这些家伙，什么时候一定要教训教训他们。"但其实他比增田更没出息。他从来都没想过要真的去教训低年级学生，也就是对他们加以制裁这种事。

洪作既然能够跟增田、小林合得来，每天一起结伴上学，在性格懦弱这一点上跟他们是一样的。每当增田和小林叫嚷着要给那些低年级学生点颜色瞧瞧的时候，洪作也会很兴奋。教训嚣张的低年级学生，这种事情光是想想就会带来快感。感觉自己一下子就变得很厉害了似的。

但是，狠狠地盯着那些超过自己的低年级学生这种事情，其实是很少的，很多时候根本来不及这么做。因为有很多高年级学生追上来了。为了不挡他们的道，就必须要主动让路。

"喂，让开！"

经常会从背后传来这样的声音。于是三个少年就会赶紧靠路边站，让高年级学生先走。就算身后没人这么喊，洪作他们也会尽量让高年级学生先走。只要想到自己身后还跟着高年级学生，他们就无法安心走路。就像身后跟了只老虎一样，总感觉背上凉飕飕的。但其实洪作他们也没有被高年级学生责骂过。他们几个的存在感太模糊，还不足以进入高年级学生的眼中。

对于洪作他们来说，初四、初五的学生就是高年级学生。而真正拥有高年级学生权力的，是初五的学生。初五的学生，一个个看起来都已经是大人了。打眼一看，就能知道他们是初五的。他们都是把书包挂在一个肩上，走路的样子也很独特，总是耸着肩。随意地戴帽子，也是初五学生独有的现象。所以，不管隔着多远，大家都能知道那是初五的学生。没有初五学生在的时候，初四学生总是猴子称大王，但是在初五学生面前，他们就会变得老老实实的。

洪作他们走过三枚桥，快到学校时，因为怕上课迟到，都开始小跑着前进。跑起来之后，小林这天又像以往那样肚子疼了。他一只手捂着侧腹，在路边蹲了下来。

"又肚子疼了吗？"洪作问道。

"嗯。"小林可怜巴巴地说道,"等我一下吧。马上就好了。"

一般人在这种情况下都会说你们先走吧,但是小林每次说的都是等我一下吧。他都说了等我一下吧,大家都已经一起走了五公里了,都到了这里了总不能再毫不留情地抛下他。增田一脸不耐烦地说:

"马上就要打铃了。你赶紧好。我要先走了哦。"

"等一下我嘛。"

"你真讨厌。老是动不动就肚子痛。"

"我也不想的呀。真的很痛啊。"

洪作三人不停地被高年级学生和低年级学生超了过去。赶着上学的学生人流逐渐增加了流速,追上了洪作他们,又超过了他们。洪作感觉自己三人就像是在漫长的战线上离开部队之后被抛弃的士兵一样。

对于初中生们来说,一年中有两个特别的日子。一个是七月的最后一个上学日,因为第二天开始就是漫长的暑假了,另一个是九月的开学日,因为漫长的假期已经结束,第二个学期就从这一天开始了。前一个日子会给人一种即将从所有事情中解放出来的自由感,以及一种令人愉快的犹豫,会犹豫接下来的每一天该怎样度过。蝉鸣声从学校附近的树木上洒落,校舍和校园在七月日渐强烈的阳光下似乎快要燃烧起来似的。学生们怀着一种独特的类似晕眩的感觉,跟老师、同学、熟悉的教室做短暂的告别之后,离开了校门。

后一个九月的开学日则与此稍有不同。只有在这一天，一段时间不见了的陈旧的校舍才会让人觉得格外想念，格外新鲜。风从校园里吹过，让人早早地就联想到了秋天，校舍在湛蓝宁静、万里无云的天空下矗立着。学生们怀着一种近乡情怯的心情走进校门。一边穿过校门，一边开始认真地想，校舍和校园在暑假期间是不是变小了。记忆中校舍应该更大，校园应该更宽阔。但是，这种怀疑并不会在少年们的脑海中停留太久。因为还有很多充满了吸引力的小事情在等着他们，以至于他们根本没时间在这个问题上纠缠太久。有的小伙伴被晒成了黑炭，而有的小伙伴依旧面容白皙。和暑假之前相比，大家似乎都有了些许变化。有的同学长高了，也有的同学突然变瘦了。有人害羞地穿着新制服，也有人戴着新帽子站在角落里，生怕被人取笑。

当看到老师的身影时，学生中间很自然地发出了"哇——"的叫声。只有在这一天，学生们会忘记对方是自己讨厌的老师，不管是喜欢的老师，还是讨厌的老师，都能在他们这里获得平等的对待。走进教室之后，班主任老师开始公布本学期课表。大家都在笔记本上记了下来。即使是留级的、不服管教的叛逆学生，在这一天也会神奇地学着其他同学记课表。总之，人的一生当中很少会有这样朝气蓬勃的时间，只有在这一天，少年们是置身于这样的时间当中的。就如同站在起跑线上一般，少年们心中充满期待，眼睛直视前方。

这一天，班主任老师讲完即将开始的第二学期的注意事项，同学们记好课表，然后大家就可以自由活动了。随时都可以回家。洪作和增田、小林三人来到运动场，挂在单杠上。三人在体操课上都上过单杠，但还是什么都不会，所以就想着不管是"挂膝上杠"还是"翻身上杠"，至少要学会一种。大约三十分钟内，三人轮流朝单杠发起挑战。但就算是发起了挑战，也只是两只手抓着单杠，身体挂在上面而已，连自己都觉得这个样子有点糗。有时候也能把一只脚挂到单杠上，但顶多也只能做到这一步。

"我们找个人来教一下吧。"洪作说道。

"就算没人教，也能很快学会的。"增田说道。

擅长单杠的堀川正躺在对面的草坪上，洪作想请他教自己，但是增田不喜欢别人教。小林和洪作的想法一样，他朝堀川喊了一声："堀川！"

"算了吧，还用得着让堀川来教啊。"

增田打断了小林的声音。

"那就不要让他教你，教我好了。"小林说道。

于是，增田说道："单杠不用人教也能很快学会的。这本来就是很简单的一件事。这种事情就是要自己下功夫琢磨才有意义啊。我之前听我哥哥说的，要每天练习，渐渐地就会觉得身体没那么重了，然后，很快就什么都会了。"

"为什么什么都会了呢？"洪作问道。

"因为感觉身体没那么重了呀。我哥说身体会轻得难以置信。这样的话，就什么动作都能做啦。"

"为什么身体会变轻呢？"

"那我哪知道啊,反正我哥是那么说的。应该是手臂的力量变大的缘故吧。"

增田不只是在说到单杠的时候三句话不离哥哥,平时也是如此。只要是他哥哥说的,不管是什么他都深信不疑。

"怎么可能呢。要是光挂在单杠上,就能练好的话,那谁都能练好了。你哥哥擅长单杠吗?"小林追问似的说道。

"擅长啊。"

"我觉得肯定不擅长。"

"为什么?你见过他练单杠?"

"不用见过就知道啊。"

"为什么?"

"擅长单杠的人,身体会更紧实。可是你哥哥是胖乎乎的呀。"

"什么胖乎乎啊,我哥连剑道都是一级哦。是全校第一名呢。"

"什么全校第一名啊,他连学校都没有上吧。"

一瞬间,增田就朝小林扑了过去。每次听到有人说他哥哥的坏话,增田就会变了个人似的,出奇地愤怒。

增田和小林扭在一起,倒在了草坪上。看着马上要打起来了,但是两人似乎都没有了想要把对方摁倒在地上的想法。他们站起身,隔着一米左右的距离,互相瞪着对方。

"讨厌鬼!"增田一脸嫌恶地说道。

"你才是讨厌鬼。就知道拍老师马屁。"小林也满脸厌恶地说道。

"我什么时候拍马屁了？"

"大家都这么说。你可以去问问。——是吧？"

小林的这句"是吧"是朝着洪作说的。他想要洪作帮自己证明。

洪作看着两人快要打起来了又突然不打了，感觉有点想不明白。增田被挑衅了，应该会想打架，而小林被对方攻击了，也应该会打架啊。不管怎样，都已经快要打起来了，那就打嘛。感觉两人都想诉诸暴力，但是又都没有自信能把对方打倒，所以就不打了。站在那里干瞪眼的两人就是那么懦弱啊。

"都快要打起来了，那就打嘛。"洪作说道。

"我来当裁判，你们开打吧。"

洪作少见地认真说道。他想无论如何都要让眼前这两人打上一架。

结果增田对着洪作说道："那你来打！"

"你说什么呢。不是你朝小林扑过去的吗？真是个胆小鬼。还是个狡猾鬼。"洪作说道。

"什么！"

就像刚才朝小林扑过去一样，这次增田朝洪作扑了过来。每次一生气，增田就会马上采取行动。但是，一瞬间，不知道是因为反省，还是因为害怕，或者是因为感到羞耻，不知道具体出于什么原因，他又会很快控制住自己的冲动。

现在也是一样。增田扑过来，和洪作一起倒在了草坪上，但是增田很快离开了洪作，想要站起来。洪作想的是既然已经开始打了,那就打到底吧。他觉得打架已经开始了。既然已经开始了,那就开弓没有回头箭了。

洪作抱住了增田的腿。把增田摔在地上之后,又坐在他身上。增田稍微抵抗了一下,很快就没力气了,说道:"滚开!"

洪作在增田的脸上打了两下。他觉得既然是打架,就必须要这么做。因为增田的毫不抵抗,他感觉这人真是太不靠谱了。

"滚开!"增田说道。

他双手捂着脸,再次说道,"讨厌鬼。滚开!滚开!"

从上往下看去,增田的脸难看地扭曲着,只有眼睛冒着怒火。

洪作骑在对方毫无反抗之力的身上,用双臂把增田的肩膀死死地摁在地上,心里想着,接下来该干吗呢?如果对方抵抗的话,自己还可以继续出招,但是对方已经完全没力气了,只是仰面躺在地上。洪作感觉自己正摁着一个不知道该怎么收场的东西。虽然只要自己站起来就可以结束这场打斗,但是已经在对方脸上打了两下了,既然已经打了,他就不想这么轻易撤退。

洪作抬头看了看小林。小林就站在旁边,低头看着,似乎在看什么奇怪的东西。

"洪作,快住手。"小林说道,"增田太可怜了。你不要欺负弱小嘛。"

小林的话,让洪作心中升起一股怒气。

"我哪里有在欺负他。是增田挑衅我的。"洪作说道。

确实,先发起挑衅的是增田。自己只不过是对对方的攻击采取了反击而已。而且,一开始是小林和增田在打架的。不知道什么时候,自己代替小林,跟增田打了起来。小林有什么资格指责自己欺负弱小呢,洪作心想。

"快住手!"小林再次说道。

洪作趁机离开了增田。他站起来,掸了掸裤子上的沙子。增田也慢吞吞地站了起来,也一样掸了掸上衣和裤子上的沙子。洪作感觉增田的右眼似乎有点肿起来了。

"喂,我们回家吧。"小林说道。

"嗯。"洪作回答道。但是增田沉默着,一脸再也不要跟你们说话的神情。

小林和洪作往前走了大概两米左右,增田也开始往前走了。洪作走出校门,回头看了看。增田正从后面跟上来。

经过黑濑桥的时候,洪作停下来看狩野川的河水,装作不经意地等跟在后面的增田。可以的话,他还是想像之前那样,三个人一起走。洪作停下来之后,增田也停了下来。增田似乎无论如何都不肯跟刚刚和自己打过架的两人缩小距离。增田身上可以看到他决不停战和解的意志。他圆滚滚的肩上还燃烧着怒火,拖着鞋子走路的独特的脚步中透着一种孤独。

小林和洪作一起继续往前走,增田也跟着继续往前走。走在前面的两人一停下脚步,增田也跟着停下脚步。洪作和小林爬上狩野川的堤坝,在上面走着。增田也在堤坝上走着。狩野川的河水在强烈的秋日阳光照射下，浅滩处如同撒上了银粉一般，闪闪发光。

走到黄濑川桥，小林说道："你的书包不知道怎么样了。"被小林这么一提醒，洪作才想起了自己的书包。

"今天不学习了吧。那就这么放着吧，等明天到了这里再来拿不就好了嘛。"

小林这么一说，洪作觉得这样也可以。

"那就这么办吧。"洪作说道。

两人走过黄濑川桥，在神社前面稍微停了一下，然后又接着往前走了。但是，没走多久，洪作说道：

"我书包里还装着便当呢。"

因为饭盒还装在书包里，所以他觉得还是得把书包拿回家。明天还得让姑姑在同一个饭盒里面装饭菜。对于书包里装了便当这件事，小林的反应跟洪作完全不同。

"你要吃吗？"小林说道。

两人往回走去拿书包。刚刚隔着一段距离跟在两人身后的增田迎面走了过来。增田还是迈着孤独的脚步，仿佛整个世界就只剩了他一个人。

小林和洪作走到神社前，迎面碰上了从对面走来的增田。增田朝路边侧了侧身子，一副你们再怎么讨好我，我也不会跟你们说话的态度。

"我们去拿书包。"小林对增田说道。

增田板着脸，一脸拒绝的表情，一句话也不说。但是，当小林和洪作走进神社之后，增田也还是站在神社前面没有动。反正自己现在是单独行动,一个人走回家,那就完全没有必要等两个同学拿书包过来,毕竟自己现在对他们除了厌恶还是厌恶,但是不知道出于什么原因,增田还是站在那里没动。

小林和洪作踩着茂密的夏草来到藏书包的橡树边。

小林弯下身子,在树洞里窸窸窣窣掏了几下,说:"没有!"洪作还以为小林在跟自己开玩笑。但是小林直起身子,表情很严肃。

"真的没有。这是怎么回事啊。"

"真的吗?"

"你自己来看。"

洪作弯下腰,手朝树洞里伸去。里面真的没有书包。

虽然洪作知道这么做没用,但是他还是半坐在橡树根部,把整个胳膊都伸进了树洞里。树洞里的泥土,软绵绵的,就像棉花之类的东西,带着一种冰凉的触感。

"没有!"洪作感到自己脸色开始发白。

"是吧?!没有吧。"小林说道。

"怎么会这样呢?"

洪作一站起来,小林也跟着站了起来。两个少年面面相觑。

"好奇怪,怎么会不见了呢?"洪作说道。

"真的好奇怪,那个时候应该没人看到的吧?"小林说道。

但是洪作无法断言肯定没人看到。也许有人看到了。

"如果有人看到了，那肯定就是那个人偷的。"小林说道。

"我去跟增田说下这件事。"

小林突然朝正站在神社鸟居边的增田跑去。此时小林的背影充满了一种活力，仿佛发生了大事之后，他突然就找到了自己的人生价值。小林踩着夏草，走到铺着石板的狭窄的路上，一跑一跳地朝增田奔去。

丢的是自己的书包，而不是小林的书包，洪作感到自己倒霉透顶了。从树洞中消失的是自己的书包。自己那塞满了教科书和笔记本的书包，就这样消失了。

洪作绕着橡树四周转了一两圈。他的鞋子不时地踩在恣意生长的夏草上面，他还不时地弯下身子，拨开草丛看看。书包不见踪影。都怪小林那家伙，把书包藏到那种地方。是他说藏在那里没问题，自己相信他才会把书包藏在那里。自己就不该相信他。

洪作朝事情的始作俑者小林看去。小林和增田正面对面站着。小林似乎正在说书包丢失这件事，而增田正在听。即使隔得那么远，也能知道两个少年在说的是一件很严重的事情。从两人的姿势上就能感觉到这种紧张的氛围。

洪作心想，小林有责任，增田与这件事也并非毫无关系。虽然把自己带到橡树旁，把书包藏进树洞的是小林，但是劝自己把书包藏在神社里的却是增田。如果增田没有那么说的话，就不会发生这样的事了。

洪作又在橡树根部弯腰趴下来，把手伸进了树洞。他心怀侥幸，说不定书包就在里面呢。可是，树洞中依旧空空如也。

增田和小林朝树洞走了过来。

"没有吗？"小林问道。

增田还是板着脸，一声不吭。

"你来看看，真的不见了。"

听小林这么说，增田就弯下腰，在树洞里摸了一圈，很快又站起身子，朝四周环视了一圈，抱着胳膊，抬头看了看树上。洪作和小林也学着增田的样子，抬头朝树上看去。藏在树洞里的书包不可能飞到树上去，但即使如此，对于洪作来说，增田能够往自己没有想到的地方去找，还是非常靠得住的。或许增田能够把那个不知所终的书包找到呢。

小林眼睛朝树上看去，叫道："有鸟窝！"

"那是个麻雀窝吧。"

果然，一根树枝连着树干的地方有一个像麻雀窝一样的东西。可是洪作此时完全没有心思去看什么鸟窝。

"去掏吧！"小林说道。

但是，增田没有理他，还是抱着胳膊，眼睛四下里看着，接着又自己一个人朝着神社内的那座小小的神殿走去了。洪作跟在增田身后。小林也不再管麻雀窝了，落后两人一步也跟了上来。

增田走到神殿，先在走廊上看了一圈。洪作和小林也跟着在走廊上看了一圈。增田穿着鞋子，走了两三级台阶，来到了神殿的檐廊上，透过摇摇欲坠的格子门朝里面看。神殿内一片漆黑，什么都看不到。

"嘘！有老鼠！"小林低声说道。

"这些老鼠好像是一家的。有大的，也有小的。"

洪作目不转睛地朝神殿内看去，总算能够看清楚几分了。里面什么都没有。右手边是一顶破烂的神轿，左边放着一捆竹竿。有两只老鼠在地板上跑来跑去。

这次增田还是没有理睬小林的话，他还是抱着胳膊，似乎想了想，然后突然对着小林，而不是对着洪作说道："还是放弃吧。"增田由始至终都是一副决不跟洪作说话的态度。

"这是在神社里丢的。应该找不到了。如果是别的地方的话，还能再找找。"他一脸严肃地补充道。

"为什么会找不到？"洪作不由得反问道。

增田还是没有看洪作，对着小林说道：

"已经没有什么地方可以找了。不过还是很奇怪啊。怎么会丢了呢。"

接着，他又说道："我要回去了。你再找找吧。我得回去了。我姑姑从满洲回来了。我哥哥跟我说过，让我早点回去。"

增田说完这些之后，就背对着两人朝前走了。增田的右脸现在已经完全肿起来了，一看就知道挨打了。

增田一个人往前走了之后，小林也说："我也要回去了。都找了这么久也还是没找到啊。"

但是，他又注意到洪作僵硬的神情，于是接着说道："哎，回去吧。再待在这里也没什么用啊。明天早上我们再过来找找看吧。"

洪作没有说话。洪作自己也知道再待在这里也没什么用，但是就这么被人毫不在意地催着回去，他又觉得似乎有些无法释然。增田刚刚被自己打了，他说要回去，自己也没什么好说的，但是小林是把自己的书包亲手放进树洞的责任人。而且，不仅如此。洪作之所以会和增田打架，说起来还是替小林去打的。从这一点上来说，洪作对小林是有恩的。可即使如此，因为丢的不是自己的书包，所以小林就能毫不在意地说出回去吧这样的话，简直是岂有此理，洪作心想。

"再找找！"洪作语气激烈地说道。

"不是已经找过了嘛。"小林也忍着怒气说道。

"再找找！"

"还要我再找你的书包吗？——不，我不想找了。"小林愤然说道。接着他突然背对着洪作跑开了。

洪作呆立在那里。感觉自己被扔下独自面对困难了。增田也好，小林也好，自己的朋友都走了。只有自己被抛在这里，面对棘手的事情。早上把书包藏在这里的时候，自己还是很幸福的。但是现在的自己则是很不幸的。他感觉自己被无能为力的巨大的不幸紧紧缠住了。前后左右只剩下了不幸。

洪作开始往前走。一直站在神社内也不是办法。他穿过鸟居来到大路上，远远地看到小林和增田两人肩并肩往前走着。刚才是增田一个人孤独地走着，现在洪作变成了刚才的增田。增田和小林一起走着，洪作则失去了站在自己这边的同伴。

书包丢了。这不是做梦,是真实发生了的事情。在此之前有学生丢过书包吗?从来没听说过。惹出这样祸事的大概只有自己吧。教科书就算重新再买,也不能马上拿到手吧。里面可能还有一些教科书是再也买不到的。除此之外,笔记本、单词本、装有钢笔的笔盒也全都丢了。

洪作一边走,一边计算着这场突如其来的不幸到底有多大。不幸似乎将会漫无边际地扩散开去。洪作想象着一个学生坐在教室课桌前,既没有教科书,也没有笔记本,不由得感到一阵绝望。

洪作自己也感觉到此刻自己往前挪动的脚步是有气无力的。他没有办法打起精神往前走。书包丢了。明天就要开始上课了,自己必须得在没有书包的情况下去上学。

洪作内心充满了对增田和小林的怨恨。都怪那两个家伙,才让自己落到了这样悲惨的境地。两个朋友的身影越来越小,不久就看不见了。这并不是因为增田和小林走路太快,而是因为洪作走得太慢了。

以前每次进入三岛町之后,洪作都会在银行前面跟两个朋友告别,但是今天,他一个人走过了三岛町最热闹的大街。他感觉周围的行人都在看自己,仿佛都在说,那个丢了书包的初中生在那里呢!

洪作走到家附近。他没有走进自家那条小巷子,而是来到了大神社内。在宽阔的神社院子里,除了孩子们,空无一人。神社院子的右手边拦着巨大的栅栏,里面养着几头鹿。

洪作来到圈着鹿的栅栏边，看着鹿无忧无虑的样子，心想，生活在这里面的生物真幸福啊。现在一个不幸的初中生正在看着这些幸福的生物。

洪作看看鹿，打发了将近三十分钟时间。接着，他朝自己从来没有去过的大神社的神殿走去，心里想着，这大神社还真是大啊。

洪作在功德箱前微微低头。他心想，这会儿再来低头也已经晚了。如果是在书包丢失之前过来的话，神明或许能够保佑自己不丢书包，但是现在书包已经丢了。他感觉自己正在做一件无用的事情。

走出大神社的院子，他想，接下来去哪里呢。家就在旁边，但是他现在还不想回去。要么去河的上游，去看看河的源头。可是就算去看了河的源头，书包也不会回来啊，这么一想，他又觉得这也是没用的事。

洪作走进了与大里屋隔着两三家店的书店，在里面翻着杂志打发时间，最后带着依旧绝望的心情回了家。

第二天早上，洪作用包袱皮包上饭盒，提拎着走出了家门。他跟姑姑说自己把饭盒忘在学校了。所以，这一天他带的饭盒是姑姑从仓库里找出来的旧饭盒，比平时用的更大，是铝制的，盒盖凹凸不平，都快盖不严实了。

来到银行前，增田和小林都在等着洪作。看到增田和小林肩上都挎着书包，洪作再次觉得自己就带了个饭盒是多么地寒碜。实在是太不像样了。

"你跟家里人说了吗?"小林一脸严肃地问道。

"没。"洪作摇了摇头。

"咱们今天再去树洞那边看看吧。或许在那里了呢。"增田说道。

不知道增田是不是因为看到洪作没有带书包太可怜了,他昨天的那种敌对意识已经消失了。小林似乎也认识到了自己多少有点责任,说如果书包真的找不到了,可以向高年级学长借他们的旧书,或者去书店预订一下,应该可以很容易买到。

三人像平时一样沿着东海道走着。不断有徒步上学的学生从沿途的村落中出来,走在洪作他们前面或是后面。看到这些学生一个个全都背着书包,洪作的心情更沉重了。

"我觉得书包肯定会出现的。"

"我们去神社背后再找找,或许就在那里呢。"

两人为了安慰洪作,不时地说着这样不负责任的话。但是,听了这些,洪作的心情丝毫没有变轻松。书包不会再出现了。这一点,洪作心知肚明。就算想要把教科书收集齐,也收集不齐吧。也许找遍全日本,也找不到一本。自己的初三年级要在没有教科书的情况下度过了。如果被老师点到名,就只能借旁边同学的书过来读一下了。就这样,洪作心中不停地钻着牛角尖。

即使如此,快到黄濑川边上的神社时,三个少年还是加快了脚步。增田和小林比洪作走得更急。洪作反而显得格外淡定。昨天晚上整整一夜,他对这件突然降临在自己身上的灾难，懊恼过，痛苦过，伤心过，到了此时似乎已经完全超脱了，想着随它去吧，有一种半是自暴自弃的心情。只是对自己两手空空去上学的惨样，他还有点接受不了。

走进神社内，增田和小林都积极地帮忙找书包。他们三人按增田、小林、洪作的顺序，依次又在橡树洞里摸索了一番。奇迹没有出现。接着三个少年又绕着橡树四下里找了一圈，还到神殿后面找了，可最终还是没有找到书包。

当确定书包再也找不到之后，三人又开始争论要不要把丢书包的事情告诉老师。

"我觉得还是不要说。如果是其他东西的话，说了也没关系，可这是书包啊……"增田说道。

"会被老师骂吗？"洪作问道。

这是最关键的问题。增田和小林都没有回答。过了一会儿，增田说道：

"没事儿的。不过虽然没什么事，也还是不要说比较好吧。"

"我也这么觉得。还是不要跟老师说了吧。先不说，指不定什么时候书包又自己出现了呢。如果书包又回来了，说了不就更麻烦了嘛。"小林也说道。

洪作已经不再期待书包的再次出现。但是，不管怎样，他还是决定听从两个朋友的意见，不告诉老师丢书包的事情。

当洪作三人穿过校门的时候，离上课只剩下十分钟时间了。学生们把书包扔进教室，赶紧朝着举行早会的运动场走去。增田和小林也是如此。洪作跟着两人走进了教室，但是他没有书包可以放在书桌上，所以就只是把包着饭盒的小包袱放下，又马上走出了教室。

刚走出教室，洪作就被一个同学抓住了。

"听说你丢了书包，是真的吗？"对方说道。

"嗯。"洪作说完，又反问道，"你怎么知道的？"

"我听小林说的。"

洪作心想，小林是什么时候说的呢。他一直都跟自己在一起，应该没有时间跟别人说话啊。

来到运动场上，洪作一下子被四五个同学包围了。大家都想知道他是不是真的丢了书包。于是，洪作必须要对整件事做简单的解释。当知道洪作真的丢了书包之后，大家脸上的表情都很复杂，谁都没有说什么同情的话。对于少年们来说，这件事太大了，以至于他们根本顾不上说。大家从洪作身边走开，精神饱满地等着早会的铃声响起。

洪作丢了书包这件事，很快传遍了整个初三年级。初三分两个班级，但是两个班上所有人都以一种特别的眼神看着洪作。

洪作连续三天没带书包就去上学了。每次到了上课时间，他一走进教室，大部分人都会看他。当老师走进教室之后，教室里会响起一阵把教科书和笔记本放到桌上的声音，等这个声音安静下来之后，老师就会不急不忙地开始上课。但是洪作没什么东西要拿的，所以感觉无所事事。原本摊开一两本教科书就会满满当当的小课桌，此时在洪作看来显得格外地大。洪作身体前倾，好像要把整张书桌抱住似的，看着老师。如果不看着老师的话，他担心老师会盘问为什么课桌上什么都没有。

有时候，后面的同学会把别的科目的教科书给他，想着比起课桌上什么都不放，总还是放本书会好看些。这里面不乏关心和同情，但更多的时候是一种凑热闹的心理。

第一天没有教科书上课的时候，洪作完全没心思去管同学们看自己的眼神。五十分钟的上课时间在一种奇怪的紧张中过去了。一下课，洪作就松了口气。但是，十五分钟的休息时间一结束，下一堂课又开始了。一难未过，一难又至，他感觉苦难在不停地朝自己袭来。

到了第二天，洪作习惯了置身于这种苦难，已经能够对教室里四面八方投过来的眼神做出回应了。面对像"千万不要被老师发现呀"这种鼓励的眼神，洪作会朝对方眨一下眼睛，表示没事，自己能应付过去。面对像"哎呀，老师来了，小心！"这样的眼神，他会稍皱眉头，一脸严肃，表示自己会想办法努力应付过去。

在至今为止的人生当中，洪作还从来没有像现在这样被特殊对待过。他总是站在不起眼的角落里，自然而然地找到自己的位置，但是因为丢书包这件事，他现在就像是坐在了教室的正中间，举手投足，都会引来很多关注。

没有教科书上课，这种事情光想想就会让人觉得无法忍受，但其实真的到了这一步，也还是有办法应付过去的。有好几个同学都说要给洪作提供教科书。有的说要从学长那里帮他借，有的说会把自己哥哥用过的书找出来给他。坚持四五天的话，应该就可以拿到几本主要的教科书了。有了这样的预测，对于发生在自己身上的这个困难，洪作逐渐有了一种倨傲的岿然不动的心态。

第四天，正要离开家的时候，洪作被姑姑叫住了。

"你今天也不带书包吗？学校不是已经开始上课了吗？"姑姑一脸狐疑地问道。

"现在还没正式上课呢。每天就是做做体操，打扫打扫卫生什么的。"洪作回答道。

"大家都没有带书包？"

"嗯。"

"就算是这样，那你自己的饭盒呢？"

"我今天带回来。"

说完之后，洪作感觉麻烦要来了。虽然他说要把饭盒带回来，但事实上是不可能带回来的啊。

这天早上，增田给洪作带了代数的教科书，小林给洪作带了国语的补充教材。增田拿的是他哥哥用过的，小林是从他一个读初四的亲戚那里借来的。增田也好，小林也好，每人拿来一本教科书之后，都感觉已经尽到了自己的责任。

"你不要再埋怨了哦。我们也都很担心你的。"增田说道。

"我们只能为你做到这些了。"小林也说道。

接着，他又补充道，"不要再丢了哦。"

洪作对两个同学的态度感到很生气，但是在眼前的情况下，能够拿到教科书，就算只有两本，也还是必须要感激的。

洪作把两本教科书和饭盒一起包进包袱皮里，感觉心情好了一点。

"书包你再想想办法嘛。整天拿个包袱，很奇怪啊。"增田说道。

虽然被说了要想想办法，但是洪作什么都不想做。

这天早上，体操老师关口在早会上说道：

"昨天有人捡到了一个书包，交到了教师办公室。他说可能是我们学校学生的，就很热心地给送了过来。我觉得像书包这种重要性仅次于生命的东西，我们学校的学生是不会把它弄丢的，所以就跟他说很感谢他的热心，但我们学校是不会有这么傻的学生的，这书包应该是商业学校学生的吧。结果捡到书包的人说，看过里面的东西了，应该是我们这个初中的学生的。于是我就打开了书包，竟然真的是我们学校学生的东西。这个丢了书包的人，就在你们当中。"

即使没有这件事，体操老师在早会上说话也总是声嘶力竭的，但是这天早上，他的说话声尤其特别。他一字一顿，慢慢地、大声地说着。

学生们哄堂大笑。操场上站着初一到初五总共十个班级的学生，学生们口中都发出了笑声，笑得身体东摇西晃。

洪作感到站在自己旁边的山冈用胳膊肘碰了碰自己。这个山冈也笑出了声。洪作的眼睛看着体操老师，身体站得笔直。对于洪作来说，除了表示恭顺，他不知道自己还能做什么。但是，体操老师完全没有看初三年级。

等到学生们的笑声静下来之后，体操老师又大声说道："丢书包的同学自己心里有数，赶紧到教师办公室来拿书包。没有教科书，第一节课都上不成，所以等早会结束立马就过来。"

笑声又响起了。学生们在笑，老师们也在笑。洪作身处于这片笑声的旋涡中。虽然并不是所有学生都知道丢书包的是谁，但是至少整个初三年级的学生都是知道的。

洪作感到四周少年们的目光都集中到了自己身上。就连站在洪作他们初三年级旁边的初一学生的队伍中，也有人转过身体，看向洪作。

暑假刚开始的时候，在静浦的海水浴场，洪作曾被人从跳水台上推下去，落入到了深深的海水漩涡中。他此刻的心情跟那个时候非常相似。那个时候他掉进了深深的海水中，现在他掉进了无边无际的笑声中。此刻，包围着洪作的，不是海水，是笑声。洪作在其间拼命挣扎，想要挣脱出来。

洪作感到强烈的羞耻感快要将自己点燃了。他觉得自己就像一张蜡纸，一碰到火，马上就会燃起红色的火焰，一瞬间就燃烧殆尽，变成一堆黑灰。

早会的队列乱了，学生们各自朝着自己的教室走去。洪作也开始往前走。小林靠近过来，说道："真是太不可思议了，竟然出现了。"

"为什么会出现呢？——好奇怪啊。"

对于小林来说，书包出现了这似乎是最大的问题。已经消失的书包，到底是什么原因，竟然那么巧地出现在了学校。这件事的不可思议让小林百思不得其解。

"你要去教师办公室吗？"增田也靠近过来说道。他对洪作去教师办公室这件事非常关心。

"我觉得去教师办公室的话，老师应该立马就会给你的。"

"会给我吗？"洪作说道。

"那肯定会给的啊。——老师不是说让去拿嘛。——去吧。"增田鼓励似的说道。

事实上即使没有被鼓励，洪作也只能去。书包的主人是谁，体操老师应该已经知道了吧。不仅是体操老师，应该所有老师都知道了吧。

"要去校长办公室吗？"洪作问道。

一个站在洪作旁边的学生一脸严肃地说道：

"又不是去接受表扬，应该不是去校长办公室吧。"

洪作跟前往教室的同学们分开，独自一人朝教师办公室走去。他的脚步沉重得像灌了铅一样。

洪作尽可能慢吞吞地走。虽然也有脚步沉重的原因，但更多的是想要等老师们离开办公室，各自去教室上课了之后再进去。这样可以把影响控制在最小范围内。

洪作走到从运动场通向教师办公室的走廊上，正好碰到了三四个老师。每个老师的胳膊下都夹着一两本书。洪作低头朝老师们行礼，与他们擦肩而过。紧接着，又碰到了两个老师。这次洪作也是一样低头行礼之后过去了。但是很快身后传来了一个声音。

"喂，喂。"

洪作停下了脚步。

"丢了书包的，是你啊。"

年轻的数学老师说道。这个老师还没有教过洪作他们。

"是的。"

洪作说道。

"你到底把书包忘在哪里了？"

数学老师的脸映在洪作眼中，显得格外无情。小小的个子，看起来充满恶意，端方的脸庞，薄薄的嘴唇，看起来都那么刻薄。

"不是忘在那里，是把它放在那里了。"

"放在那里？！撒谎！哪有人会把自己的书包放在外面呢。就算刚开始是故意放在那里的，后来也忘记了吧。"

不是的，洪作很想这么说，但是他本能地感觉到这么说会很危险，就没有说出口。

"你是几年级的？"

"初三。"

"都初三了，还会忘记书包，这可不行哦。"

接着，老师又说：

"说我错了！"

"我错了。"

洪作说完之后，年轻的老师继续朝前走了。

洪作心想，连在没教过自己的老师这里都要挨骂，要是遇上教过自己的老师，还不知道会怎样呢。

洪作稍稍推开了教师办公室的门。看到有两三个老师正坐在办公桌前。都是没有教过自己的老师。洪作猛地推开了门。他走进办公室，站在那里，寻找体操老师的身影。身穿黑色西服的关口正坐在窗边的位置上。洪作径直地朝那里走去。

"老师。"

洪作来到老师的办公桌前，叫了一声。

"有什么事？"

对方微微抬了抬头，但是很快目光又回到了办公桌上的便签上。看不清上面写的是什么，只见密密麻麻地都是小字。体操老师一边看着便签，一边说道："什么事？快说。"

"我来拿书包。"洪作站得笔直说道。

听了这话，老师的脸慢慢地朝洪作转了过来。

当体操老师的目光落到自己身上时，洪作很没出息地、自然而然地低下了头。早会的时候骂得那么厉害，这会儿不知道要被骂成什么样。

"书包就在那里，拿走吧。"对方说道。

洪作绷紧了身体，等待着老师接下来的话。他想怒喝声会突然落在自己头上吧，但是结果什么声音也没有。

洪作抬起头，看着体操老师。对方还在看着桌子上那张写满了小字的便笺纸。洪作还是站在那里没动。于是，对方又慢慢地转过头，看着洪作。

"你还站在那里做什么?"

接着又说道:"赶紧拿着书包走吧。马上就要开始上课啦。"

"是。"

洪作立刻离开了那里。他感到浑身的力气一下子消失了似的。真是太出乎意料了,竟然没有挨骂。

洪作朝放在教师办公室门口附近桌子上的书包走去。正是自己的书包。从黄濑川神社内的橡树洞里消失的书包,此刻不可思议地出现在了这里。耳边传来了老师的声音。

"捡到书包的人说,饭盒里的饭已经馊了,所以他就倒掉了。"

"是。"

"我后面会告诉你捡到书包的人的地址,你去写封信感谢一下人家。"

"是。"

"行了,赶紧去吧。"

听了这话,洪作朝自己数日未见的书包伸出手去。拿到书包之后,他立刻离开了教师办公室。他感觉自己渡过了一个难关。接下来的难关是走进教室的时候。不知道班上同学会怎么笑话自己,不过被同学笑话也没什么,就是正在上课的老师可能不会轻易放过自己。

洪作走过长长的走廊,来到校园里。要走到自己的教室,必须要斜穿过校园,走到另一头。他正横穿校园时,一旁的灌木丛后面传来了一个低沉的很有特点的声音。

"喂，喂！"

洪作很快就知道了这是谁的声音。

是一个老教师，那个名叫山根的教导主任。

洪作瞬间感觉自己浑身发冷。

"喂，喂！"

他又听到了同一个声音。洪作停下了脚步。洪作觉得山根老师像是特地埋伏在那里，等着自己过来似的。

"你怎么回事啊？上课都迟到啦，这可不行啊。"

老教师说着，走了过来。洪作不敢再往前走一步，也发不出声音。他感觉自己就像是被猫盯上了的老鼠一样，眼看着越缩越小。手、脚、身体，都变得越来越小。

老教师背着手，慢慢地走了过来。脚步安静得就像是朝老鼠走过去的猫一样，丝毫不见粗暴。山根老师总是迈着这样的脚步靠近学生，而被靠近的学生就像被他的精神力控制住了一样，一动也不敢动。

洪作站在那里。他感觉自己不仅身体越缩越小，连大脑也停止了思考，脑子里只有一片混沌。

"第二个学期才刚开始你就迟到，这可不行啊。你是几年级的？"

老教师用他低沉的声音慢慢说道。他的声音甚至可以说是很没精神的。被他影响着，洪作也很快用同样低低的声音回答道："是初三A班的。"

"抬起头来！"

洪作抬起头。

"哦，你是初三的学生啊。"

"是的。"

"看着不像个粗心的啊。"

接着，山根老师突然语气一变，怒骂道："混蛋！"

洪作吓了一跳，回过神来，说道："我不是上课迟到了。我是去教师办公室拿书包了。"

话冲出口之后，他才想到自己或许不应该说。可是，既然已经说了，也没办法了。洪作的心沉了下去，看来一切只能听天由命了。

"去教师办公室拿书包？为什么？"

老教师脸上闪过一瞬怀疑，但是很快变得兴奋起来。

"啊，是你啊，丢了书包的。"

"是的。"

"连书包都能丢，真是令人佩服啊。这个学校从成立以来，还从来没出现过丢书包的学生呢。你是第一个。做成了谁都没做到的事啊。你爸爸妈妈应该很高兴吧。"

"……"

"书包到底是在哪里丢的？"

"在黄濑川边上的神社里。我把书包放在神社内一棵大橡树的树洞里，结果不见了。"

"橡树的树洞里？！为什么要把书包放到那里？"

洪作没有说话。他没法立刻回答出能令对方接受的理由。接着，老教师又问："你家住哪里？"

"三岛。"

"是骑自行车上学?"

"走路上学的。"

"哦。那肯定是上学路上东游西逛,结果丢了书包吧。笨蛋!赶紧去教室吧。"

"是。"

洪作马上离开了。就像挣脱了绳索的小狗一样,跑开了。跑到一半,他发现自己正在朝着运动场跑,于是又转身朝教室跑去。书包里铅笔盒发出的哒哒哒的声音,洪作已经好几天没有听到了,感觉格外亲切。

走进教室,这个春天刚从东京的官立大学毕业来到学校就职的年轻教师神代正用他独特的尖锐嗓音在读英语课本。

神代用右手往上扒着一不小心就会掉到额头上的长发,一边扒着,一边用学生们怎么也无法模仿的流畅发音一口气读了好几行书。学生们很快就不知道神代到底读到哪里了,所以很多人的眼睛都离开了课本,盯着神代白皙的面孔上像女性一样嫣红的嘴唇。那里正流利地发着卷舌音。

一般老师都有个外号,但是神代没有。他是官立大学毕业的才子,据说有资格成为更好的学校的老师,所以学生们都是半带尊崇地看着神代。什么样的人才是值得尊敬的,对这一点学生们并不是很清楚,但是想着尊敬这样的老师多半是不会错的,所以学生们对于年轻的英语老师总是另眼相待。

神代读完课本之后,问道:"刚刚进来的是谁?"

"是我。"

洪作在自己的位置上举起手。

"回答是我，我还是不知道你是谁啊。"

说着，老师看了看学生名单，又看了看手表，说道："唔，迟到了十五分钟啊。"

说着，他在学生名单上写了点什么。

"我不是迟到，是关口老师让我去教师办公室拿书包，所以我就去拿了。"洪作纠正道。

他心想，因为书包的事情，自己已经挨了很多骂了，再被冤枉迟到的话怎么行呢。学生们哄地大笑起来。

"哦，是你啊，丢了书包的。"

神代抬起头看着洪作。学生们又大笑起来。

"丢了书包也没什么。就算你不带课本，也没什么。不管是丢了，还是不见了，都没什么可惜的。但是，迟到就是迟到。你来上我课的时候已经是迟到了。是吧？"

"是的。"洪作回答道。

"好，你明白了就好。要我说那个把书包送回来的人才是不该。好不容易把书包丢得一干二净，结果它又出现了，是吧？既然它又出现了，你偶尔也不得不读一下了。"

神代不负责任的话，在学生们听来却很新鲜。洪作也被神代的话吸引了。虽然被当成迟到这件事令人遗憾，但是至少老师没有因为丢书包这件事责骂自己，而且他话里甚至还有一种肯定的意思。这令洪作感觉精神一振。

不管怎样，原本以为再也见不到的书包又出现了，而且没什么波折地回到了自己手中，所以这一天对于洪作来说，是第二学期开学之后第一个开心的日子。

上课的时候再也不用像昨天、前天那样感觉低人一等了。他心想，原来拿着教科书这件事本身就能够让人这么开心快乐啊。两三天来笼罩在洪作心上的卑屈感一扫而空。他坐在教室内，从自己的位置朝窗边看去，映入眼帘的一切，都跟昨天截然不同，散发着勃勃生机。校门方向传来蝉鸣声声，操场上也传来了正在教体操的关口老师的声音。

说到体操老师，洪作去拿书包的时候，关口老师一句斥责都没有，爽快地让自己拿走了书包，这令洪作感觉到很意外。看他早会的时候气势汹汹的样子，洪作还以为自己会被臭骂一顿，结果不仅没有挨骂，连冷脸都没有挨一个。真是位好老师啊，洪作心说。

和体操老师相反，山根老师就让人讨厌了，洪作心想。怪不得全校学生都怕他。他那会儿是躲在哪里呢？突然就从灌木丛后面出现了。想起山根老师喊"喂，喂"的那个低沉的声音，洪作就感到一阵无法用语言表达的寒意从身体里流过。除了山根之外，在去教师办公室路上，还被年轻的数学老师说了几句。那也是个无法让人信赖的老师，洪作暗暗想道。怎么着也不该把没教过的，而且都已经走过去了的学生，还巴巴地叫回去骂一顿。

同样是年轻老师，英语老师神代真不愧是东京的官立大学的毕业生，说出来的话就是与众不同。好不容易丢了书包，结果又出现了！不出现的话就可以不用学习了，真是太可惜了。他说的大体就是这个意思。

057

这天，洪作在上课的时候两次被老师提醒了。这两次都是他满脑子想着体操老师关口、教导主任山根、英语老师神代、年轻的数学老师的时候。

国语课上，被高个子的尾形老师提醒的时候，洪作感觉自己像是在一个意外的时间被一个出乎意料的敌人攻击了。

"喂，喂，书包，朝哪儿看呢?!"

老师说道。老师口中的书包指的是洪作，这一点学生们过了好一会儿才反应过来。洪作也好，其他学生也好，都没有马上意识到老师说的书包是指洪作。结果，老师又说：

"喂，喂！看哪儿呢?！再这么发呆，书包又会丢的哦。"

学生们哄堂大笑。

"把书包放进树根下的树洞里，这本身就是不该做的事。为什么会丢书包，你明白了吗?"

"不明白。"洪作出人意料地大声回答道。这声音大得洪作自己都吃了一惊。为什么书包会丢，洪作自己也想知道。

"不明白就不要这么得意嘛。"老师说道。

教室里又响起了笑声。

"你的书包是住在黄濑川神社附近的人送来的。据说有三只狗在鸟居那边叼着个奇怪的东西争来抢去，他走过去一看，是你的书包。"老师说道。

学生们都不约而同一脸紧张地看着讲台，听到这里，又是一阵大笑。

"书包里装了便当，野狗们闻到了味道，所以就开始你争我夺了。"老师说道。

教室里又响起了大笑声。

"总之，怎么会有人把装了重要的便当的书包放在路边呢。"

不是路边，洪作想要纠正老师的说法，但是又觉得解释起来太麻烦，就没有说话。

"最后被人发现了当然是好事，但是如果没被人发现呢，便当会被狗吃掉，课本会被撕裂。以后请一定要好好保管自己的书包。——便当要尽早吃掉哦。"

教室里响起的笑声几乎要把老师的声音都盖过了。洪作稍稍朝一旁看去，对面的角落里，小林正和大家一样，好像听到了什么可笑的事情似的，大笑着。再看看增田，也一样在笑着。

洪作感到自己有很多话想要辩解，想要说，但是他还是什么都没说。小林和增田跟这件事情并不是毫无关系。但是最后却只有自己一人背负了所有罪过。

"昨天的国语课，你是怎么上的？没有课本，就那么坐在那里？"

"是的。"

"没有笔记本，也没有课本？"

"是的。"

"便当呢？"

"便当是带了的。"

洪作的回答干脆利落得连他自己都有些吃惊。满堂的笑声中，洪作觉得这些笑声就像是千本浜的波涛声一样，波涛不停地拍打在自己身上,又把自己拉进深海。洪作僵直地抬着头。除此之外,别无他法。一种强烈的情感,令他的神情显得比平时更为生动。

第三章

洪作醒来，很快就想到今天是星期天。睡饱了之后，他感觉头脑很清醒，眼里没有丝毫睡意。清晨的白色光线透过防雨板照入房间。洪作从被窝中坐了起来，想着要怎样度过星期天这漫长的一天呢。虽然没什么特别想做的事情，但是他觉得会有愉快的事情在等着自己。

洪作下楼，去楼下上了厕所，顺便拉开了姑姑卧室的隔扇门。姑姑阿梅和她的独生子俊记并排睡在里面。

"阿俊。"

洪作叫了一声比自己小一岁的表弟。俊记没有回答，往被窝里钻了钻。

"阿俊，我们今天去做什么？"

当洪作第二次说话的时候，姑姑的被窝动了。

"你呀，平时叫你起床怎么也不起，一到了星期天就肯定要早起。不是都还没到六点嘛。"

耳边传来姑姑不悦的声音，洪作只好把隔扇门关上，回到了二楼自己的卧室。正像姑姑所责备的那样，一到了星期天，洪作总是很早就醒。他自己也不知道是什么原因。

洪作再次钻进被窝。在姑姑起床之前，他必须待在自己的被窝里。到姑姑亲自准备好早饭之前，还有很长时间。这么一想，洪作感到肚子饿了。他好想早点闻到大酱汤的味道。昨天早上的大酱汤里放的是葱，所以今天应该放豆腐或是土豆。希望是土豆吧。他讨厌吃豆腐。姑姑为什么会喜欢像豆腐那样白兮兮软塌塌的东西呢。

说到豆腐，汤之岛的外祖父也喜欢吃豆腐。夏天的时候，他总是一边不停地用湿手巾擦着通红的鼻头，一边就着凉拌豆腐喝酒。冬天就吃炖豆腐。每天晚上都用炖豆腐下酒。看来人一上了年纪都会喜欢吃豆腐。这是为什么呢？不过也有人年纪不大却喜欢吃豆腐。比如增田。记不清什么时候增田这家伙说过他最喜欢吃的东西是豆腐和煮豆子。那次也吵架了。小林那个时候总是站在自己这边，说他不喜欢吃豆腐，也不喜欢吃煮豆子。还说喜欢吃豆腐和煮豆子的人最讨厌了。那个时候增田为什么会为了吃豆腐这种事情变得那么生气呢。他涨红了脸，朝小林扑了过去。那个时候跟增田吵架的原本应该是自己。可是小林却代替自己跟增田扭打在了一起。

洪作翻了个身。睡意渐渐地朝他袭来。洪作竖起耳朵听姑姑有没有起床，但是楼下没有传来任何声音，于是他抱着早饭要泡汤的心情，闭上了眼睛。

当洪作再次睁开眼睛时，姑姑正站在自己枕边。洪作的意识还朦朦胧胧的，感觉姑姑的声音听起来似乎很遥远。

"再是星期天，也不能睡到中午都不起吧。——眼睛上要长跘子的哦。可能都已经长跘子了哦。"姑姑说道。

姑姑有她自己独特的说话方式。她总说早上睡懒觉，眼睛上面就会长跕子。吃饭的时候吃太多了，她也会说："别吃太撑了。肚子也是你身体的一部分啊。"

她的意思是，肚子也是身体的一部分，塞太多东西进去的话，对身体不好。

洪作坐起身来。

"几点了？"

"已经十一点多了哦。"

"啊，难得的星期天就这么睡过去了。你应该早点叫我起来的嘛。"

"哎哟，这话说的！这么任性的话亏你说得出口。叫了你多少次了都不肯起。"

接着，姑姑又说道："对了，洪作，这个，是什么？"

姑姑把一个信封递给了洪作。洪作翻过来看了看信封的背面，上面印刷着"沼津中学校"五个字以及具体的地址。

"这是什么？"

洪作看了看姑姑。

"你自己看下。上面写着想谈谈关于你的事情，所以让我去趟学校。"

"是哪个老师写来的？"

"没有写老师的名字。"

"好奇怪啊。"

洪作站起身来，很快脱掉睡衣，换上了和服。

"是什么事情呢？"

"我哪知道。"

洪作生气了似的，不高兴地说道。仿佛是在责怪姑姑把这种事带到了眼前。

"你看下嘛。"姑姑说道。

但是洪作没有拿出里面的信纸。他不想拿出来看。学校叫家长不会是什么好事。肯定是因为之前丢书包的事情，所以要叫姑姑去提醒提醒。

洪作走到楼下，去井边洗脸。可是在洗脸的时候，他心里还是想着学校叫家长的事。姑姑会被叫去接受斥责。或许学校还会跟姑姑说要让自己停学。就算不至于让自己停学，也肯定会被狠狠斥责。洪作心说，坏事了。

当洪作坐下来吃晚吃的早饭时，姑姑似乎还是很在意收到学校来信的事情。

"到底是什么事呢？学费都已经交了，到底是什么事要叫我去学校呢，真是一头雾水。"

姑姑像是对洪作说，又像是自言自语似的说道。而且同样的话在嘴里重复了好几次。

"不知道。"

洪作还是坚持说自己不知道。

"我是真不喜欢去学校啊。最不想打交道的就是学校和警察。明明没有做什么不好的事情，为什么非得要去学校呢。"姑姑说道。

洪作不知道姑姑为什么这么不喜欢去学校，但是对于只上过小学的姑姑来说，初中在她眼里是一个很有压迫感的不大愉快的地方。

"以前你姑父创立三岛商业学校的时候,我也被邀请去参加过庆祝会,但是在那之后和在那之前我从来没去过学校。除了运动会,去学校没什么好事情。"

洪作沉默地听着。姑姑口中说的姑父创立商业学校的事,说的是她死去的丈夫,洪作应该叫姑父,他担任三岛町町长的时候曾经为创立商业学校而奔走过。虽然创立商业学校并不是姑父一人之力,但是姑姑每次都会这么说。

可即使如此,洪作还是觉得姑姑的直觉太可怕了。确实,除了运动会,学校叫家长都不会有什么好事。姑姑已经预感到了自己被叫去学校并不是因为什么好事,所以才会一直那么在意。自己很倒霉,但是因为自己要被学校叫去挨骂的姑姑也很倒霉。洪作不时地看向小个子的姑姑,想要安慰安慰她,但是又想不出什么合适的话。

吃过饭之后,洪作丢下一句"我去找小林玩",就马上离开了家。来到大街上,他正好碰到了同班同学室贺。室贺跟洪作虽然是同班同学,但是因为他总是坐电车上学,所以跟洪作的关系不像增田和小林那么亲密。室贺的父亲是三岛女子学校的校长,不知道是不是家教很严的缘故,室贺看起来跟洪作他们总有点不大一样。他的个子在班上是数一数二的,但是从来不跟人嬉笑打闹,总是很冷静。

洪作不想跟室贺说话。因为对方个子高,跟他说话必须得是仰视的姿势。

"阿洪,你去哪里?"室贺说道。

他身上整整齐齐地穿着小仓布的学生制服，戴着学生帽。而洪作身上就裹了件和服。

"去找小林。"洪作回答道。

"作业做了吗？"

"还没。"

"很难哦。我昨晚做到很晚才做好。"室贺说道。

洪作打算晚上做作业。因为作业是英语作文，所以应该十五分钟左右就能做完的。不只是此时，只要是关于学校的学习，室贺总是说得很夸张。

"有这么难吗？"

"想简单也能简单，毕竟是英语作文罢了。但是如果还想继续考学的话，就必须要好好写了。如果要好好写的话，那就很难了。"

"好好写要怎么写呢？"

"一会儿用被动语态，一会儿用主动语态，很花时间的。"

"为什么要这么做呢？"

"当然老师没有说过要这么做。不过虽然没有说，可既然是学过了，那肯定是用上会比较好。去年静冈高中的入学考试中也出了被动语态的题，你知道的吧？"

"不知道。"洪作说道。

高中入学考试之类的，还是很久很久之后的事情，像入学考试会出什么样的题之类的事，他更是全然不知。洪作想早点跟室贺分开。跟室贺说话，总会让他有一种莫名的自卑感。

"我说，阿洪，"室贺还是没有离开洪作，"好好学习吧。你也是要继续考学的吧。能不能考进更高的学校，初三的时候就会定下来了。"

洪作还是第一次听到这事。

"为什么初三的时候就会定下来？"

"英语也好，数学也好，都是从初三开始打基础的吧。听说基础不打好的话，到了初四，就会有很大的差距。到了初五的时候，那差距就会拉大到老师和学生的程度。"

"再见。"

洪作准备往前走。

"对了，阿洪。"室贺又说道，"听说这次学校会叫差生的监护人去谈话。"

"真的吗？"

"我听说了。——应该是真的。"

哎呀，糟了，洪作心想。原来姑姑被叫去学校不是因为书包的事，而是自己成绩太差的缘故。

洪作最初是在浜松中学上的初中，在初一升初二的时候，转校到了沼津中学。在浜松中学读初一的时候，他的成绩是全班第一，全年级第二。浜松中学一个年级分四个班，每个班五十人，一个年级的学生人数大概是两百人。沼津中学的学生人数只有浜松中学的一半，一百人，每个年级也只有两个班级。

在学生人数众多的浜松中学都能成绩名列前茅，所以洪作完全没料到自己转校后在沼津中学成绩会下降这么多。但是，在初二升初三的时候，洪作的成绩是第八名。这是一个让洪作无法理解的结果。他觉得自己每次考试都没有犯下明显的错误，怎么着也应该是第二名、第三名的样子。进入初三之后，就只考了第一学期的考试。

不到一学年的最后是不会公布成绩的，所以他不知道自己在初三第一学期的成绩究竟怎样，但是他觉得无论是哪科成绩，应该都没有考得特别差的。更不认为自己某一科的成绩会低到需要叫家长的程度。

"我收到了学校寄来的信。"洪作说道。

"什么信？"

"说是让我姑姑去学校。"

"那肯定是要被叫去提醒成绩了。"室贺冷静地说道。接着，他又说，"是吗？真收到了呀。看来学校叫家长这件事是真的呀。真的收到了呀？好奇怪，怎么会寄给阿洪你呢。"

室贺脸上露出意外的神情，眼睛却突然亮了起来。

"有哪门课没考好吗？"

"不知道。"

"数学呢？"

"做出来了。"

"英语呢？"

"做出来了。"

"国语呢？"

"都写完了。"

"不是写没写完的问题。是你写的对不对。"

"我觉得没有错啊。"

"你觉得没用。有时候自己觉得都对了,可其实都错了。我也有过这样的经历。"

室贺的话像包了一根根钢针,毫不留情地朝洪作逼了过来。

"我不是丢过书包嘛。我想是不是因为这件事才叫我姑姑去学校的。"

"应该不是。如果是因为丢书包的事情叫家长的话,应该早就叫了。不过丢书包的事情可能也会顺便说到吧。"室贺说道。

"是吗?"

"因为成绩要挨骂,还要因为丢书包的事情挨骂。这样阿姨真是太可怜啦。"

听了室贺的话,洪作感觉很烦。他对室贺说的话很生气,但是眼下又不是生气的时候。如果事情真的像室贺说的那样,那姑姑真的是太可怜了。他眼前浮现出姑姑在学校教师办公室里低着头,原本就瘦小的身体瑟缩着的模样。

"我得去书店了。"

说完,室贺走了。就像幸福的人远去了,只留下了不幸的人。

洪作和室贺分开之后,朝位于大神社背后的小林家走去。这一排好几家的房子都围着一圈扁柏篱笆,看起来很相似,如果不看姓名牌,很容易走错。

"小林君！"

洪作在小林家门口喊朋友的名字。很快，玄关的门开了，露出穿着一身和服的小林。

"我这就去。"

小林小声地说，还把食指放在嘴边。意思是别吵。接着，小林先回到家里，过了一会儿，院子里的门开了，他来到了路边。

"我挨骂了。我老爸很生气。"小林一脸严肃地说道，"还是阿洪你好啊，老爸老妈都不在身边。——我也想住到亲戚家去。"

"为什么啊？"

"我老爸昨天被学校叫去了。我不知道这事，但是学校写信叫我爸去了。我爸去了之后，说是我的英语成绩没及格。"

"哦。"洪作也一脸认真地说道。看来室贺说的是真的，他心想。

"接下来我每个星期天都得补英语。今天也不能出去玩了。老爸可生气了。——英语考试我都做出来了呀，感觉都没做错呀。"

洪作不知道小林的英语考试有没有考好。但既然小林自己这么说了，他肯定认为自己考得不错。

"所以，我就跟我爸说我都做出来了。结果我爸说，如果真都做出来了，怎么会不及格呢。可是，做出来了就是做出来了啊。所以我就争辩说就算没及格，我也是做出来了的。结果,挨了我爸两下打。"小林说道。

他语气激动,似乎挨打之后还没平静下来。

"学校也给我家寄信了,让家长去学校。下星期三我姑姑就会去。"

"哦,阿洪你也收到信了呀。"

小林的表情一下子变得很复杂,但很快又变得很高兴,他说道:"你等我一下……"接着就跑回了家。他似乎是去告诉家里人,被学校叫家长的并不只有自己一个人。但很快,小林又回来了。

"又被骂了……"他缩着头,说道。接着,他又说,"我要回去学习了。真讨厌,明明是星期天的。"

"你说了我的事?"

"嗯,我跟家里人说你也被学校叫家长了。结果又被骂——别人的事,你管他干吗!你只要管好你自己就行了,臭小子!"

小林学着自己父亲的语气一边说着,一边倒退回自己家,在玄关前做了一个害怕的表情之后,马上转过身,消失在玄关处。

洪作跟小林分开之后,就想去增田家,可是又不想见到增田,最后还是回了家。

回到家时,表弟俊记正坐在走廊上,姑姑正在院子里晾晒洗好的衣服。俊记是独生子,在宠溺中长大。因为他是前町长的继承人,所以镇上的人也总是对他青眼有加。

洪作走到走廊上的时候,听到姑姑说:"要是能够帮妈妈把院子扫了,那就帮了妈妈大忙啦。"

"不要。"俊记清楚地拒绝道。

五官端正,色泽白皙的少爷脸上,嘴唇正紧紧地抿着。这是心情不好的神情。

"不要这么说嘛,调整下心情来帮妈妈打扫吧。来打扫院子吧。"

姑姑并不是真的想让俊记打扫院子。给儿子下命令又被拒绝,这对于她来说,更像是一种乐趣。她在竹竿上晾衣服的动作一刻都没有停,只是嘴上说着。

"不要。"

俊记重复着同样的话。

"你不愿意,妈妈也没办法,那么你做点别的什么来帮帮妈妈吧。"

"不要。"

"哎呀,又被拒绝了呀。"

姑姑慢悠悠地说着,似乎很高兴的样子。

洪作在俊记旁边的走廊上坐了下来,但是他既没有跟姑姑说话,也没有跟俊记说话,只是沉默着。就像猫妈妈逗弄小猫一样,这母子俩之间围绕着一种淡淡的安宁。这其中确实有一种东西令洪作无法加入其中。

姑姑朝这边看了一眼,这才发现洪作也在那里。

"你什么时候回来的?对啦,我们家这位少爷现在在发脾气呢,院子你来扫吧。"

姑姑的语气与之前的截然不同,这次她的语气中含着明显的请求意味。姑姑在任何时候都不会用命令口气说话。

"不要。"洪作学着俊记说道。

于是,姑姑瞥了洪作一眼。跟看俊记的时候不同,此时她的眼神中带着一种谴责的冷意。

"我开玩笑的。这就扫。"洪作马上改口道。

他原本就不想拒绝姑姑的请求。只是想学一下俊记的态度。

"那就谢谢啦。先把门口扫一扫,然后把这边也扫一下吧。"

"嗯。"

洪作马上站了起来。他按照姑姑的吩咐打扫完院子之后,又自觉地帮姑姑打了水倒在洗衣盆里。

"这是太阳从西边出来了吗?竟然出现了这种稀奇事。"姑姑说道。

但是洪作心里想的是趁现在多拍拍姑姑的马屁会比较好。

星期三是姑姑被叫去学校的日子。这天早上,姑姑问正要出门的洪作:"是不是带上印章去会比较好?"

"印章什么的,应该不用吧。"洪作回答道。

他不知道姑姑为什么会提起印章的事,但是这天早上,不管是阿梅姑姑,还是洪作自己,心中都感到了一种印章这一事物所独有的郑重其事。只是被学校叫去谈话,但是在姑姑心中就像是要被警察带走一样,洪作也很紧张,心想着这一天终究还是来了。走出家门，来到大街上，清晨的空气冰冷地打在脸上。夏天已经完全过去了，不知不觉间秋天已经来了。再过两三天，日历就要翻到十月份了。

和以前一样，洪作还是和小林、增田三人一起沿着东海道走去。小林一脸劫后余生的愉快神色。现在，被父亲怒斥也好，挨打也好，都已经成了遥远的过去。

"丢书包是怎么回事，嗯？还考个不及格，啊——?！就是平时太娇惯了才会这样啊——"

小林兴冲冲地说着这样的话。被小林带的，洪作也有点兴奋了。

"你再在这个学校待下去也没什么希望了，还是请转学到女校吧——"

洪作说着这样的话给自己打气，可是很快冰冷的现实又卷土重来。他的脚步也变得忽快忽慢。

增田的话比平时要少。虽然现在他还没有收到学校寄来的叫家长的信，但是并不能说自己就能从这一灾难中逃脱了。没有人能够保证。也许是邮递员送得慢了，也许是学校要给太多的学生家里发通知，所以没法一次寄完。也许寄给自己的信接下来就会被放进信箱。灾难也许今天到来，也许明天到来。

"我英语没做好，数学也没做好，国语也没做好。体操课上也总是被老师骂，绘画课上也老让我重新画。连阿洪你都收到信了，我怎么可能逃得掉呢。也许是分数最低的人都被安排在最后一起叫去吧。"增田认真说道。

只有自己还没被叫家长这件事，让他有些不安。

"我如果被叫家长的话，就不能再去上学了。我妈妈在我和哥哥身上寄托了很大的希望，所以很辛苦地把我们送进学校。哥哥失学了，我又老是不及格的话，妈妈就一点希望都没有了。我会感觉很对不起我妈妈，再也没脸去学校了。你们说是吧？"增田边走边说道。

跟增田说话的时候，洪作会觉得自己的不幸还算是小的，心情会变得轻松起来，但是跟小林说话的时候，心情反而会变得更加沉重。

上完两节英语课，走出教室的时候，班上个子最矮小的山代说："今天成绩好的同学的家长都被叫到学校了。初五年级第二名的吉富的妈妈来了。初三年级的班长西条的爸爸也来了。大家都受到了表扬。"

于是，有几名学生围住了山代。

"还有这种事啊。"

"就算成绩再好，也没必要把家长叫到学校来表扬吧。"

大家七嘴八舌这样说着。山代有点生气，坚持自己的意见。

"昨天是叫差生的家长过来骂，今天是叫优秀学生的家长过来表扬。每天轮流的嘛。明天又会是差生家长挨骂日了。今天我们班上有谁被叫家长了？"

"洪作的姑姑被叫来了。"小林说道。

"看吧，我说的没错吧。"山代说道。

对此，谁都没有说什么。洪作给班上同学的印象一直都属于成绩好的同学。

洪作站的地方离少年们稍微有点远,但是他们说的话全部进入了他的耳朵。洪作感觉自己一下子就变得轻飘飘了,就像是被抛到了空中一样。之前一直笼罩在自己头顶的乌云,消失得无影无踪,平安无事的庆幸占领了他的内心。姑姑不是因为自己丢书包的事情被叫来挨骂的。也不是因为自己考试不及格被叫来批评的。不仅如此,姑姑是被叫来接受表扬的。

洪作心想,我喜欢山代。因为山代的个子全班最矮,所以洪作总是很轻视他,但是现在洪作觉得自己以前那么做很对不起山代。当上课铃声响起,大家都朝教室走的时候,洪作问山代:"真的不是被叫来挨骂的么?"

"挨骂?!怎么可能。你这次肯定是考了第一名。因为今天我们班没有别的人被叫家长,你肯定是第一名。"

"是吗?"

"是的呀。肯定是这样。乃崎说他考试的时候感冒了,所以没考好。如果没感冒的话,不知道乃崎能不能得第一,但是他感冒了,据说还发烧了。"

被山代这么一说,洪作也觉得有可能还真是这样。那个叫乃崎的少年个子很高,微微有点驼背,是班上最优秀的学生。事实上乃崎也学得非常好。在同学中间,大家甚至认为乃崎是不是比老师还厉害。那个病恹恹的少年,近视眼镜的背后总是闪烁着冷漠的目光,洪作也总是远远地对他怀有一种敬畏之情。如果自己的成绩比乃崎好的话,洪作有种对不起乃崎的感觉。第一学期自己没有好好学习，接下来一定要好好学习，他心想。

这一天，洪作对任何事情都很低调。休息时间来到校园里，只要看到班上同学围成一堆的，他就不靠近过去。他有意地把自己放在一个远离众人的位置上。如果第一学期成绩好，姑姑被叫到学校是来接受表扬的话，那么自己最妥当的做法就是万事谦逊一点。洪作不停地感到班上同学的视线热辣辣地朝自己投来。其中既有充满羡慕的，也有饱含毫无理由的敌意的。

下午博物课开始的时候，跟洪作隔了两个位置的小林对洪作说道："来了，来了——来了哦。"

洪作朝窗边望去，姑姑正沿着校门一侧的樱花树朝办公楼走去。姑姑看起来很矮小。在家的时候还没觉得她这么矮小，但是现在远远地这么一看，简直矮小得让人怀疑怎么会有这么矮的人。既然姑姑是来接受表扬的，洪作就没有了对不起她的想法。相反地，他反而为姑姑长得过于矮小而有些生气。他心想，就算到了教师办公室，面对那么矮小的人，表扬也失去了意义吧。

博物课上，洪作心里怎么也静不下来。他一个劲地想着姑姑什么时候会从教师办公室里出来。但是，直到下课，姑姑也没有出现。

这天下午只有博物课，上完课之后，洪作他们就可以回家了。拿着书包，走出教室之后，小林说："喂，我们等在这里问一下吧，看到底说了什么。"

小林的意思是等姑姑从教师办公室出来，问问姑姑老师跟她说了什么。增田对此没什么兴趣。自从听说洪作成绩很好之后，他脸上的忧郁之色更浓了。

"这种事有什么好问的。回去吧。"增田说道。

"等一下嘛，阿姨马上就出来了。"小林说道。

"那我回去了。"

增田说着，一个人大步朝校门口走去了。洪作心里并不是不能理解增田选择一个人走的心情。

洪作和小林站在办公楼大门边，等姑姑出来。大约过了十到十五分钟，洪作看到姑姑矮小的身影出现在了门口，只见她稍微停了下脚步，抬头看了看天空，露出一副终于解放了的表情，迈着小碎步朝前走去。

"来了。"小林说道。

但是此时洪作突然感觉自己迈不动脚步了。虽然没有明确的理由，但是一种巨大的不安，仿佛从天而降的斗篷似的，把洪作裹了个严严实实。

洪作站在那里没动，小林替洪作朝姑姑的方向走去。

"阿姨。"小林叫道。

阿梅停下脚步，看向小林，接着她的视线又挪到了洪作身上。知道姑姑已经看到了自己，于是洪作赶紧朝她走去。

"怎么样？"洪作问道。

"校长先生真是个好人啊。是个很有修养的人。"

"受到表扬了？"

"表扬什么？"

接着又说道:"你有什么值得表扬的!姑姑我都流冷汗了。你丢书包什么的,我是一丁点儿都不知道啊。"

还是为了书包的事啊,洪作心想。他突然感觉心头一阵冰冷,好像心口有一部分开始结冰了。

"阿洪是第一名吗?"小林问道。

"什么?!"

"成绩啊。"

"哪有什么第一名!老师说了,各门课成绩都有下降。——那个上了年纪的老师,叫什么名字来着。和校长先生相比,那个人真不是什么好人。"姑姑说道。

"有不及格吗?"小林又问道。

"不及格?!那倒没有。确实没有。"姑姑说完,马上又一脸不自信地说道,"还是有?到底有没有,我记不清了。有的吧,有一门课。"

接着她又想了想,说了这样的话:

"我记得老师没有说不及格,但是也可能是有不及格的。"

"哪门课?"洪作不由得问道。

"你问是哪门课,姑姑我也记不了那么清楚啊。如果哪门课不及格的话,那应该还有很多门课都不及格。不只是一两门。不过,也有可能不是这样。"姑姑说道。

她的话说得很含糊,听起来不大靠得住。接着,姑姑忽然一脸严肃地问道:"洪作,丢书包的事,你怎么一点都没跟我说。因为你,我都丢死人了!虽然校长先生是笑眯眯的，但是却被那个看着不像好人的老师说这样可不行。"

接着，她又说道："不管怎样，我们先离开这里吧。"

说完，姑姑朝前走去。

"不是第一名啊。"小林无限感慨地说道。

"哪有什么第一名。我下次真要把书包丢掉给他们看看。"洪作说道。

洪作从心灵的打击中恢复过来，开始变得非常愤怒。

走出校门，直到走到大路上，两旁都是樱花树。刚走完这段路，阿梅就说要去趟沼津的朋友家，和洪作分开，独自朝街上走去。洪作和小林朝着跟阿梅相反的方向走去，他的内心充满了无法找到发泄口的愤怒。

"山代这家伙，净会瞎说。他说今天叫来的家长都是来接受表扬的，害我以为是真的，受了他的骗。"洪作说道。他自己都觉得自己特别悲催。

"我当时就觉得很奇怪。我还从来没听说过专门把家长叫到学校来表扬的。所以总觉得很不正常。果然，阿姨还是被叫来挨骂的呀。肯定是被山根骂了。"

小林的话令洪作听着不舒服。

"姑姑没有说是挨骂了呀。不是挨骂，只是被提醒了。"洪作纠正道。

"那就是挨骂啦。被提醒就是挨骂的意思呀。"

"不一样。"

"有什么不一样啊。"

"不一样的。"

"我爸爸就说是挨骂了。"

"你是因为英语没及格,所以才挨骂的。"

"你不也有不及格嘛。"

"我没有。我姑姑是因为我丢书包的事情才被叫来的。"

"撒谎!阿姨不是说老师说你成绩下降了吗?"

"成绩下降怎么了,没有不及格就行。"

"你有不及格的。如果没有不及格,怎么可能被学校叫家长。阿姨不懂,所以说的话很奇怪。肯定还是有不及格的。"

"没有。"

洪作摇摇头。

"有的。"

"我怎么可能不及格。"

"咦,"小林停下脚步,看着洪作的脸,"你以为自己是第一名,所以很高兴吧?"

"我哪有高兴。"

"明明高兴了,真受不了。明明不是第一名,还以为自己是第一名。"

"你说什么!"

洪作朝小林扑了过去。巨大的羞耻感仿佛要将他点燃了。面对洪作的攻击,小林虚应了一下,就右手夹着书包跑了。洪作没有力气再去追他。

洪作感觉痛苦一层层地堆积到了自己身上。面对小林时,话赶话,他坚持说自己没有不及格,但是只剩下自己独自一人时,他心知正如小林说的,自己肯定有不及格的课。而且,不及格的应该还不只有一两门课吧。也许有三四门,也许所有课都没及格。增田说如果考了不及格,他就不上学了。如果增田不上学了,那自己也一起不要上学算了。洪作钻牛角尖似的这样想着,走过黑濑桥,沿着狩野川的堤坝走去。

洪作走到三岛的大街上,想着去增田家看看。他感觉这世上能够和自己互相怜恤,说说心里话的就只有增田了。洪作没有朝家里走,背着书包,走过大神社前,又径直朝前走去。

增田没有父亲,由当接生婆的母亲抚养长大。不知道为什么,增田似乎不想让别人知道他妈妈是接生婆,在很长一段时间内都没有对小林和洪作说。但是,只要走到增田家,就能看到玄关处的姓名牌上写着"产婆 增田千代",家门口的电线杆上也挂着一张铁皮,上面写着"产婆"两个大字。而且,铁皮上还画着一个明显的箭头,表示这家有接生婆。

任谁看了,都能一目了然地知道增田家有接生婆,绝不会搞错。但即使如此,增田似乎还是想强调自己的妈妈不是接生婆,所以他说的话总是前言不搭后语,很不自然。最近,增田总算不再对小林和洪作隐瞒母亲的职业,但是依旧不喜欢提到这一点。

在并排的几户人家中,增田家是最边上的一家。他们家位于三岛町的边上,一过了这里,对面就是大片的农田。

洪作站在门口，叫了声增田的名字。然后，玄关打开了，出来的是增田平时总是"哥哥，哥哥"地叫着的兄长常一。

常一穿着带袖兜的和服，袖着手，两三步走到玄关外，板着脸问道："什么事？"

看着完全是一个从早到晚都趴在桌子前的失学学生的样子。

"增田君，在吗？"

"还没回来。"

"好奇怪，他刚刚自己一个人先走了的。"

看到洪作还站在那里，常一又说："总之还没有回来。"

然后他马上走回了自己家里，似乎在说你赶紧走吧。给人感觉非常冷漠，让人无法接近。没办法，洪作只好走了。快走到大神社前的时候，洪作发现增田正从对面走来。增田肩上挂着书包，低着头，脚步声几不可闻。当他发现洪作的时候，就停了下来，等洪作走过去。

"我去你家了。"洪作说道。

"哦。"增田没精打采地说道，接着又问，"我哥在吧？"

"嗯。"

"他说什么了？"

"好像很生气的样子。"洪作说道。

"那看来我也收到叫家长的信了。肯定是这样。我已经回不去家了。"增田说道。

增田的这句话带着一种无法用语言表达的难兄难弟的情

感,说进了洪作的心里。

"我也回不去家了。"洪作也说道。

虽然这句话似乎是被增田带着这么说的,但是洪作觉得这话说出了自己内心的真实感受。

"我也回不去家了。"

洪作又说了一遍。话里带着一种令人发麻的沉重。

"你为什么回不了家?"增田疑惑地问道。

"我所有科目都没及格。不是只有一门两门。姑姑在学校被山根那家伙骂了。丢书包的事情也一并被骂了。"洪作一脸悲壮地说道。

"什么呀,原来不是去接受表扬的啊。"增田的脸上恢复了几分生气,说道。

"什么表扬啊,是去挨骂了。"

"不是第一名吗?"

"哪有什么第一名。全都没及格。——我,已经回不了家了。"洪作怒气冲冲地说道。

他都感觉自己说着说着就越来越兴奋了。

"哎呀,原来阿洪也没及格啊,是吗?"增田无限感慨地说道,忽然又语气激昂地说,"好,我也不回家了。绝对不再回去。"他宣誓似的说道。

"去哪里?"洪作问道。

问题是接下来要去哪里。

"哪里都可以。"增田说道。

接着他想了一下,说道:

"我有一个亲戚家的阿姨住在车站后面。我们去那里吧。每次去那里,阿姨都会请我吃好吃的。会请我吃盖饭。"

"好。"洪作马上回答道。

但是要去的地方是一个比自己预想的要平凡得多的地方,而且洪作也不知道这个地方会不会欢迎他们两个。他心想,有没有更合适的地方呢。可是能够吃到盖饭这一点还是很有吸引力的,好不容易能有这样的机会,洪作还是很高兴的。

"要不把书包放到我家吧?"洪作问增田。

书包很碍事,所以想把它放到近在眼前的家里。放个书包并不代表回家。虽然进了家门,但是一放下书包,马上就走。洪作还想,如果增田也想放下书包的话,也可以让他把书包放到自己家里。

"会被阿姨抓到的。"增田说道。

"姑姑还没回来呢。"洪作说道。

"刚刚已经回来了。我看到阿姨进家门了。"增田说道。

这么说,也可能真的已经回家了,洪作心想。虽然姑姑说要去沼津大街上,但是她是坐电车,所以已经回来了也不奇怪。

"那我们就把书包寄存在大里屋吧。"

隔着小小巷子,面对面的是大里屋和古浦陶器店两家店。吉浦陶器店有一个名叫阿良的初二学生,但是跟大里屋相比,吉浦陶器店总让人觉得不是那么自在。洪作不知道该如何应付阿良那总是盯着人看的母亲,跟规矩听话的阿良也总是亲近不起来,而这并不是阿良总是骑自行车上学的缘故。

这么一比较,还是大里屋更让人自在些。大里屋的老板、老板娘,还有两个年轻的女佣,跟商量好了似的,都是胖乎乎的,无论是谁,只要看到洪作从小巷子里出来,肯定会跟他打招呼。

洪作朝大里屋看去。胖胖的女佣站在门口,呆愣愣地看着行人。洪作一手拿上增田的书包,一手拎着自己的书包,穿过马路。来到大里屋前,把两个书包递给女佣:"这个,寄存一下。"

"要寄存这个吗?你放回自己家不是也挺方便的。"

对方说话的语气很像个男人。

"我急着走。"

"那你自己放到账房里去吧。"

没办法,洪作只好按她说的走进土间①,把书包扔到榻榻米房间的门框内,然后就想赶紧逃离大里屋。结果又听到胖女佣的声音:"哎呀,这、这……"

"你之前是不是丢书包啦?"

洪作吃了一惊。心想,连她都知道了呀。应该是姑姑从沼津回来时,走进这条小巷子,就碰到了这个女佣,然后就说了丢书包的事吧。

"肯定是没管牢自己的书包吧。所以才会丢书包的哟。——接下来要去哪里玩?"

---

①传统日式房屋中未铺地板的房间。

对方的语气中带着指责的意思。

"要去车站后面增田的亲戚家。"洪作回答道。

"别光是玩啊。不学习可不行呀。——不要玩到太晚哦。"胖胖的姑娘说道。

洪作觉得哪里都不会有像这个女佣那样爱说教的人了。她跟洪作说话简直就像是在教训自己的弟弟一样。不过,她也有很热心的时候,每当看到洪作的木屐上的带子断了,都会立马帮他换上新带子。

寄存了书包之后一身轻松,增田和洪作肩并肩朝车站走去。车站在三岛町边上。说是车站,其实只不过是蜿蜒于伊豆半岛内的小规模简易铁路的一个停靠站。洪作回故乡汤之岛的时候,就得乘坐这种像玩具一样的简易火车。车站站台的另一边有通往沼津的电车,所以遇到下雨天时,洪作他们也会来这里坐电车。

洪作和增田来到车站,不经意地朝候车室看了看。虽然并没有必要去看候车室,但是总觉得既然来了车站,不看下候车室就亏了。那里聚集着一群抱着同一目的的人,他们将钻进同一个箱子,从一个地方被运往另一个地方。他们有的拿着信玄袋①,有的拿着包裹。疲惫的人、沉默的人、苦恼的人,他们都将把自己交给一张车票。虽然还称不上是旅愁,但是这个脏兮兮的候车室里那些木制长椅子上还是散发着旅行的气息,承载着人们聚散离合的生活中的种种悲哀。

---

①日本自明治中期开始流行的一种手提袋。用厚布料制成,袋口可以用绳子抽紧系上,常在旅行时使用。

两人走出候车室，穿过车站前的广场，沿着铁路线上的栅栏，走在一条到处是石头的崎岖不平的小路上。然后，又穿过了道口。

穿过道口，眼前就是一大片田地。田地中间，零零星星地分布着十来户人家。这些都是最近新建的房子。这一带有很多新的住宅地。每一幢房子周围都带着一个十坪①到二十坪不等的小院子，院子中都不约而同地有种着波斯菊的花坛，房子四周都围着竹篱笆。增田家亲戚的房子就在其中。

增田先让洪作在门口等着，自己一个人走进了院子，很快他又回来，说道："阿姨说让你也进去。"

"我也可以进去吗？"洪作确认道。

"没事的。只有阿姨和猫在。"增田说道。

洪作在增田的带领下，没有走玄关，而是绕到面对着院子的檐廊边。增田的阿姨走了出来。

"欢迎来我家。来，来，快上来吧。有什么想吃的我给你们做，好好玩哦。"

因为增田说是阿姨，所以洪作一直以为是个中年女人，但出乎意料地，檐廊上出现的却是一个年轻的，甚至还可以说是姑娘的女人。她皮肤白皙，眼角带着温柔的神情。

"今天你叔叔要值班不回来了。我正想着一个人太孤单了呢。慢慢玩哦。"年轻的阿姨说道，"好不好？"

"嗯。"增田稍微有点拘谨地回答道。

"晚上打牌吧。"

---

①日本的土地面积单位。1坪约等于3.3平方米。

"嗯。"

"谢谢来看我啊。"

"嗯。"

不管阿姨说什么,增田都只会说"嗯"。

"这位是哪家的孩子啊?"

"你自己说。"

增田戳了戳洪作。

"咱……"

洪作刚想开口,又觉得应该用更为正式的语言,于是又换了个自称"我"。

"我是大神社前面的……"

他紧张得只吐出了这几个词。

"是哪家?"

"真门。"

"啊呀,真门不就是前任町长家么。"

"是的。"

"是吗,是真门家的少爷?"

"不是。只是寄居在他家。"增田说道。

洪作心想开什么玩笑。

"才不是寄居呢。那是我姑姑家,所以我才住在那里的。"洪作抗议道。

"是啊,什么寄居啊,增田君这话说得可不对哦。"

年轻的阿姨像是站在洪作这边似的轻斥了增田。接着,她又问:"晚饭吃点什么呢?想吃寿司还是鸡肉鸡蛋盖饭?"

"吃啥？"增田戳了戳洪作。洪作装作不知道。增田有时候会露出粗俗的一面，这让洪作很讨厌。

"我吃鸡肉鸡蛋盖饭。"增田说道。

"你呢？"被这么一问，洪作有点慌张。

"我、什么都可以。"

"跟增田君一样行么？"

"可以。"洪作说道。

"阿洪最喜欢吃的是什锦酱菜，是吧？"增田说道。

"什么什锦酱菜，我哪有喜欢。"

"撒谎。每次你便当里有什锦酱菜的时候，你不都挺高兴的嘛。"

"我哪有高兴。"

"你自己说过的，比起薤头，更喜欢吃什锦酱菜。"

"我哪有说过这样的话。"

如果不是在别人家里，洪作肯定就朝增田扑过去了。洪作正满含厌憎地瞪着增田的时候，阿姨说道："薤头啊，可好吃啦。阿姨忽然很想吃呢。你们去车站前的常盘亭订鸡肉鸡蛋盖饭的时候，也顺便帮我去什么地方买点薤头来吃吧。"

说完，她走进里间，拿了纸币过来，对增田说道："盖饭你只要跟饭馆的人说一下就行了。就说请尽快送三碗盖饭过来。——这个是买薤头的钱。薤头就请你们带回来吧。如果要他们送的话，估计要明天早上才能送到了，所以请你们带回来吧。阿姨我真的非常想吃呢。真想自己去店里，在那里就大吃一顿呢。"

阿姨说这些的时候，洪作目不转睛地看着她，像是看着什么不可思议的东西。他觉得当增田说出藠头这个词的时候，阿姨就像变了一个人似的。就像她所有的关注点都集中到了藠头这一个东西上了。

增田和洪作走出家门，去订自己要吃的鸡肉鸡蛋盖饭。

"阿姨看起来有点怪怪的哦。"

增田做了个两手抱着肚子的样子。

"肯定是怀孩子了。"

"为什么？"

"如果不是怀了孩子，不可能忽然那么想吃藠头啊。一怀孕的话，就会想吃酸的东西啊。"

增田真不愧是产婆的儿子，对这些很清楚。

"真的吗？"洪作不希望那个年轻白皙的阿姨怀孕。

"你不相信就自己问问嘛。"增田说道。

洪作和增田在阿姨家吃了晚饭。餐桌上不仅有鸡肉鸡蛋盖饭，还有很多别的菜。有煎鸡蛋，鲑鱼罐头。还有一小碟增田说过洪作爱吃的什锦酱菜。

餐厅上铺着白色的桌布，令洪作感觉很新奇，桌子中间还放着一个花瓶，里面插着波斯菊。这也令洪作感觉非常别致。

洪作和增田面对面坐着，阿姨打横坐下。刚开始动筷了的时候，洪作还有点拘谨，很快他就适应了餐桌上的气氛，开始一边吃饭，一边跟阿姨聊一些学校里的事。餐厅外面就是檐廊，檐廊外面就是狭小的院子，围着院子的竹篱笆外面是广阔的田野。吃着饭，暮色就降临在了田野上。

吃完盖饭，阿姨拉亮了餐桌上方的电灯。电灯亮起来的时候，洪作想起了真门家吃晚饭的场景，但是很快又忘了。饭后阿姨端出了葡萄。这个必须要吃啊。吃完葡萄之后又有点心。这个也不能不吃啊。

"你们帮我把茶碗和碟子拿到厨房吧。"阿姨说道。

增田和洪作按阿姨吩咐的做了。洪作在真门家的时候从没有把茶碗拿回过厨房，他觉得这也挺有趣的。

"你俩顺便再帮我把东西都洗一下吧。阿姨我懒得动弹了。"阿姨坐在餐桌旁边命令道。

等洪作两人做完厨房的工作之后，阿姨从桌子的抽屉中拿出一副扑克牌，说道："我们来打牌吧。"

"好啊，打牌吧。"

增田把餐桌收拾了一下，拿了三个坐垫过来，把三个坐垫并排放好，坐垫与坐垫之间都隔了一定的距离。洪作不知道怎么打扑克牌，所以一开始他是看着增田和阿姨玩。有时候是增田赢，有时候是阿姨赢。看了两三次之后，洪作很快知道该怎么玩了，于是也加入其中。

玩了四五次之后，阿姨又教了一种新的玩法。两人很快就学会了，沉迷于这种新的玩法中。增田也好，洪作也好，都玩得忘了时间。洪作心想，这世上怎么会有如此有趣的游戏呢。

"有人在家吗？"

玄关外面传来一个声音。

"是谁啊?"

阿姨把手上拿着的扑克牌放在榻榻米上,站起身朝玄关走去。

"你看,是大肚子吧。"增田说道。

不用增田说,从吃饭的时候开始,洪作就已经注意到这一点了。

不一会儿,洪作听到玄关的门开了,阿姨跟来访者说了些什么。但是,当来访者一句"真是个小混球"清晰地传到房间中时,增田忽然站了起来,叫了一声"是哥哥"。

"是我哥。怎么办?"

增田脸色都变了,呆站在那里。洪作也很惊讶。到这会儿,他才后知后觉地意识到,不跟家里人说一声就到别人家玩,似乎不是一件小事。

"怎么办?"洪作正说着,阿姨回到房间了。

"你们从学校回来之后还没回过家?"阿姨也是一脸吃惊地说道。

"嗯。"增田回答道。

"什么嗯啊,家里人都在担心呢。好了,赶紧回去吧。增田君的哥哥来接你们了。"

增田蹲下身子,把散落在榻榻米上的扑克牌都收拢起来。洪作也学着他的样子。

"不用管了,就放在那里吧。——来,赶紧回去吧。"

在阿姨的催促下,两人走到玄关。玄关处的土间里并没有看到增田的哥哥。两人一起穿鞋子。洪作正想站着把脚塞

093

进鞋子里,就听阿姨在旁边提醒说:"先把鞋带解开再好好穿。可不能这么懒。"

"这样也能穿进去的。"

"不行不行。"

洪作又重新穿好了鞋子。

"你先出去吧。"增田说道。

"你先出去。"洪作也说。增田的哥哥肯定就站在玄关外面,所以谁也不想第一个出去。

"两个傻瓜,赶紧出去吧。哥哥那里,阿姨已经替你们道过歉了,没事的。"

听了阿姨的话,洪作先走出了玄关。没有看到增田哥哥的身影。

"没人啊。"洪作说道。

"真的吗?"增田也出来了。

"月色真美啊。"

把两人送出门的阿姨说道。可是两人此刻根本顾不上看月亮。他们甚至忘记了跟阿姨告别,出了门,就直直地沿着田野中间的小路走了。

"我哥在那里。"增田说道。

隔着二十多米远的电线杆旁,站着一个人。因为有月光,室外就跟白天一样明亮。

洪作和增田都朝电线杆旁的人影走去。中途,增田想让洪作走在前面。洪作觉得这样的增田非常无耻。

"你走前面。"

洪作绕到增田身后。增田没办法，只好走在前面。

"混蛋！"

洪作听到了增田的哥哥口中发出的第一声怒喝。与此同时，洪作停下了脚步。增田站在哥哥前面。

"去了学校就不回家了，家里人会担心的呀。这都不知道吗？"

增田沉默地低着头。不仅是这个时候，事实上不管任何时候，增田在他哥哥面前都显得非常窝囊。再加上这次确实是自己有错，他就更抬不起头来了。

"我去了真门家，真门家里也很担心。大家都不知道你们去了哪里，正商量着要不要报警，结果大里屋的人把你们的书包送来了，这才知道你们是来了这里。"增田的哥哥说道。

"混蛋！"哥哥又骂道。

洪作尽可能地离正在挨骂的增田远一些。因为增田的哥哥只对着增田骂，没有跟洪作说话，所以看起来就像是增田背起了所有责任，一个人在挨骂似的。

洪作学着增田的样子，眼睛看着地面。增田的影子也好，增田哥哥的影子也好，都像被蓝黑墨水染过一样，黑乎乎的。洪作朝自己的影子看去。自己的影子也是黑乎乎的。三个黑乎乎的影子四周，有秋虫在鸣叫。就像成百上千只虫子在一起竭尽全力地鸣叫。

"为什么不回家来阿姨家玩？"

"……"

"混蛋！"

"……"

"知道自己做错了吗？"哥哥问道。

"嗯。"

增田这才说出了第一句话。接着，增田兄弟开始往前走，洪作也跟在后面。洪作尽可能地不跟走在前面的两人离得太近，很快就跟他们拉开了距离。

增田的哥哥停下脚步，回过头说道："走快点。"洪作小跑着跟了上去。

"你们俩，都傻头傻脑的。"哥哥说道，"没有丢书包，而是寄存到了大里屋，算是万幸了。"

洪作沉默了。姑姑不管什么事都跟人说，也不看对方是谁。这一点让洪作很讨厌。

洪作和增田兄弟走到了车站前的广场。不管是出发的还是到达的车似乎都已经过了末班车时间，车站的候车室里灯已经熄灭了，车站前的广场上空无一人。只有皎洁的月光铺洒在上面。

三人穿过车站前的广场，朝街心走去。街上同样空无一人。家家户户都已经关门了。

"混蛋。"

增田的哥哥已经骂了无数次同样的话。增田沉默着，垂头丧气地走着。跟白天那个意气风发地宣布自己不回家的增田，判若两人。

三人来到三岛町的大街上时，增田突然说道：

"哥哥，满月。"

"嗯。"增田的哥哥不悦地点了点头。

"满月，用英语怎么说？"增田问道。

"满月吗？满月是……"稍微想了想，增田的哥哥说道，"Full Moon。昨天晚上是满月。The moon was full last night。"

"那么怀孕呢？"增田又问道。

"Huai Yun?！什么Huai Yun？"增田的哥哥反问道。

"就是有小宝宝了呀。阿姨怀孕了。"

"哦，真的吗？"

"真的呀，是吧？"增田向洪作确认道。接着他又问，"这个怀孕，英语该怎么说？"

"唔……"

增田的哥哥沉吟了一下。

"怀孕吗？怀孕该怎么说来着。就是有小宝宝了。我还从没在单词中看到过怀孕这个词呢。应该怎么说呢。怀孕就是和小孩在一起。'Be with child'。可能可以这么说。"

"我觉得可以说肚子大了。"洪作在一旁插嘴道。接着他又说道，"她的肚子变大了。"

他像翻译课外读物中的句子似的说道。

"肚子变大了，也有可能是因为生病啊。你这么说的话，不就分不清怀孕和生病了嘛。"增田说道。

这么一说，确实如此。

"那么，她的肚子中养育着一个小孩。——这样说可以吧。"洪作说道。

"她变得喜欢吃酸。"增田有些兴奋地说道。

结果,增田的哥哥半是呵斥地说道:"什么乱七八糟的。怀孕这种单词,入学考试是不考的。混蛋!"

增田和洪作再次沉默了。

洪作和增田兄弟在家门口的小巷子前分开了。大里屋和吉浦都已经关了店门。

"我回来啦。"

洪作用比平时更大的声音喊着,推开了玄关的门。他心想,反正总要被姑姑骂的,索性精精神神地进去。

"还说什么我回来啦。"

出来的不是姑姑,而是大里屋胖胖的女佣。她肯定是事情发生之后,就一直待在这里,等洪作回来。

"你姑姑会担心的呀。——虽然说老大往往是傻蛋,也得傻得有个度吧。现在这都几点了。"

洪作觉得很奇怪,自己是长子这件事是什么时候被这个胖女佣知道的呢。而且,明明是别家的女佣,却一个劲儿地说自己。

洪作没有理女佣,走进了客厅。姑姑坐在长方形火盆前喝着茶,说道:

"饭已经吃过了吧?"

"嗯。"

洪作点点头。

"那吃点点心吧。"

姑姑说道。洪作坐了下来。

"吃了什么好吃的?"

"鸡肉鸡蛋盖饭。"

"那真不错呀。那家人家是做什么的?"

"不知道。"

这时,胖胖的女佣在一旁提醒道:"阿姨,该骂的时候还是要骂哦。"

于是,姑姑一副"那我就要开始了"的样子,表情变得严肃了一些。

"又丢书包,成绩又下滑,又出了今晚这样的事,姑姑我必须跟你妈说了,我这边是不敢再留你了。可是,一说你成绩下滑,你妈肯定会说是我这个做姑姑的责任。最后变成只有我这个姑姑是坏人。"

姑姑的话,听不出来到底是在斥责,还是在发牢骚。

"没关系,我会在信里写清楚,这不是姑姑的责任。"洪作说道。

"这样的话,你就要挨骂了。"

"就算挨骂,也是信上骂骂,没什么。"洪作说道。

"哎呀,"胖胖的女佣在一旁插嘴道,"这个孩子真是越变越坏了。你刚刚说的这是什么话!——你这样的话,哎呀,你姑姑可就管不住你了。阿洪,你知不知道你自己在慢慢学坏啊?你自己知道吗?"

"知道。"

"唉,"对方叹了口气,"我也不行了。得明天去找个什么人听听意见了。"

接着，胖胖的女佣对姑姑说道："我们女人跟他说，他根本不当回事啊。"

"我和姑姑都管不住你了。那就找个男人来骂醒你吧。"大里屋胖胖的女佣说道。

"你说的男人，就是清吉吧。"洪作说道。

"我哪知道会是谁。"对方的神情一下子变得很复杂，说道，"你这孩子真是讨人厌！"

"是清吉吧？"

"不管是谁都可以吧。"

"是清吉吧。"

"真烦人。"她站起身来，说道，"阿姨，这个孩子，你不狠狠说他一顿是不行了。"

说完，胖胖的女孩朝玄关走去。半是落荒而逃一般。一提到清吉的名字，对方就不堪一击了，这令洪作感到意外。洪作不知道这个名叫清吉的人究竟是谁。大里屋除了厨师之外，还有两个年轻的男佣，陶器店也有两个年轻人，负责卸货、接待客人。还有附近商店里的年轻雇工们，到了黄昏聚集到大里屋前的也不止一两人。在这些年轻人当中，确实有一个名叫清吉，但是洪作不知道究竟是哪个。

洪作只是知道这个胖胖的女佣经常会被大家起哄喊清吉、清吉，所以刚刚就利用了这一点。

"好可怜，落荒而逃了呢。"姑姑笑着说道，"好了，赶紧去睡吧。老师说你这学期已经迟到三次了。姑姑我每天那么早叫你起床，你竟然还会迟到三次。——不过，学校八点开始上课也太早了些。要是最早九点上课的话，姑姑我就能好好睡个觉了，你也能睡个懒觉。"

说完这些之后，姑姑又想起了什么似的，说道："丢书包这件事，真把我给吓了一跳！你可真能啊，书包都能丢。"

"那是它自己不见的。"

"那肯定的呀。哪有人会故意不想要书包，把书包丢掉啊。不是书包自己不见的话，书包是不会丢的。"姑姑说道。

在所有人关于书包丢失这件事所说的话当中，洪作觉得姑姑说的这番话是最有道理的。

洪作往二楼走上去的时候，俊记正在自己房间内专心致志地制作玩具火车。

"我挨骂了。"洪作说道，但是俊记没有回应。

俊记这两三天一直沉迷于让火车跑在轨道上这件事。曾经担任町长的父亲也很容易沉迷于某个事物，在这一点上俊记继承了他父亲的血脉。

第四章

洪作喜欢一星期一次的国语泛读课。负责上这个课的是一个四五十岁的老师，名叫眉田。洪作刚刚转校过来的时候，感觉很不可思议，因为班上的学生都不叫他眉田老师，而是直接叫眉田、眉田。当然，如果是面对面碰到的话，还是会叫眉田老师，但是在私下里，大家都随意地称呼他为眉田。

洪作也曾问过班上的同学，为什么只有眉田老师，大家不叫老师，而直接叫眉田，但是没有得到确切的答案。好像是因为高年级的学生都叫眉田、眉田，所以低年级的学生也就跟着叫眉田了。

眉田是一名画家。据说他还参加过日本画的展览会，是一个相当有名气的画家，但是究竟有多大名气，有多厉害，洪作他们并不清楚。洪作第一次接触到画家这一群体，就是从这个老师开始的。眉田负责教国语泛读课和绘画课。这两门课洪作都很喜欢上。

眉田个子矮小，总是一副没睡醒的样子。他并不是真的没睡醒，只是温和的脸上那一对小小的眼睛看着总像是睡眼惺忪的样子。他说的话，虽然有些粗鲁，却总带着一种能让学生听进心里去的温柔。从来不会很严厉。但是，学生们却不敢嘲笑他，或是不把他当回事。洪作是这样，别的学生也是这样。因为眉田是画家这种特殊人物，所以学生们对这个半老教师的态度不同于对其他教师，总是另眼相待。

眉田身边环绕着一种特殊气场，虽然洪作他们不知道这究竟是什么。学生们总是不知不觉地想要去靠近他。话虽如此，眉田从来不会主动找学生随意聊天。他从来不跟学生开玩笑，也不取笑学生。或者说，他对学生是漠不关心的，甚至让人怀疑他是不是完全不记得学生的名字。

"喂，那个朝着窗子看的同学。"他总是这样叫人，然后接着说"你来读一下""你来解释一下"。他很少叫学生名字。当学生回答不出问题的时候，眉田就会说"不知道吗？这么简单的问题，应该知道才对啊。——这样有点麻烦哦。——那有哪位同学知道的？请举手！"

当有人站起来回答问题之后，他会先表扬一番："好，可以。不错，非常不错。"接着他就会看着一个之前没叫到过的学生说："刚刚回答不出来的是谁来着？——是你吗？"

"不是我。"学生一脸意外地回答道。

"那真是不好意思了！——是你吗？"

这次学生又是不服气地说："不是我！"

"那是谁呢？唉，不管是谁吧。那个不明白的同学，这下明白了吧？"

于是刚刚回答不出来的学生大声回答："明白了。"眉田这才把头转向那个学生，一副并没有特别关注的样子，又问一遍:"明白了吧?"接着翻到下一页教科书。

因为是这样的状态,所以即使是被眉田说你连这个都不知道啊,再也不会感到内疚。学生们都不认为这是挨骂,或是挨批,而是有一种奇妙的幸免于难的心理——遇上了小小的灾难,但毫发无损。

虽然眉田身边总是有一种吸引人靠近的气场,但是事实上谁都没有靠近。下课之后,眉田在校园里走的时候,有时会在草丛中坐下来。这时,学生靠近过去的话,他虽然不会很冷漠,但是也不愿跟学生多谈。

"老师,这次的考试难吗?"当学生问类似的问题时,眉田就会说:"考试啊,这个嘛,会的学生会觉得容易,不会的学生会觉得很难吧。唔,对于你们来说算难的吧。——不管怎样,考试什么的,现在还是不要多想的好。单杠那边空着呢。你们去那边玩单杠吧。"学生们得不到更多的回答。

这是十月末的一天。下午的绘画课上,眉田走进教室,跟大家说:"今天大家去外面吧,找个东西写生一下,什么都可以。可以画庄稼地里的稻草人,也可以画香贯山①。可以走出校门,但是不能走太远。"

教室里瞬间发出了"哇"的欢呼声。

"下周还有一次写生课,所以大家可以用这次和下次两次课的时间来画。"

学生们再次发出"哇"的欢呼声。如果必须要在今天画完的话,就没时间玩了,不过下周还有一次课的话,就可以

---

①位于静冈县沼津市的一座小山,海拔193米。

慢悠悠地去画了。而且，如果画不完的话，还可以利用课后时间来画。

学生们都拿着画板走出了教室。没有一个人留在学校内。大家都走出了校门。在一天课业结束之前，学生们是不允许走出校门的，在不允许走出校门的时间穿过校门来到学校外面，这件事本身就已经让学生们激动雀跃了。

洪作和增田、小林一起走出校门，朝黑濑桥方向走去。洪作觉得沿着每天早晚都会走的路走一遍太浪费了，但是增田说："我们可以今天先决定好要画哪里，明天或后天放学后再画就可以了。"

洪作觉得这也是一个办法，这样的话最好选每天早晚都会走过的道路附近的东西来画。小林也赞成这个方法。

三人沿着庄稼地里的小路，朝黑濑桥方向走去。半路上，增田开始捉起了蝗虫，小林和洪作也加入其中。他们把画板放在路边，走进了金色稻浪起舞的庄稼地。

蝗虫是很有营养的。证据是生完孩子之后的女人吃了蝗虫的话，奶水就会很多。增田这样说道。

洪作也说了一些关于蝗虫的知识。蝗虫不吃小虫子，专门吃米。所以，蝗虫的身体很干净，也很有营养。

小林问蝗虫和蚂蚱有什么区别。对此，增田和洪作都回答不上来。蝗虫可以吃的话，蚂蚱应该也可以吃吧。也许蚂蚱比蝗虫还更有营养呢。

三人一边这样闲聊着，一边专心捉蝗虫。小林用包袱皮把画板裹起来，又把蝗虫放进了包袱皮里。正在这时，小林说:"老师来了!"大家朝路上看去,眉田正和两三个学生一起朝黑濑桥方向走去。

看到眉田,三人这才想起来自己还在上绘画课呢,于是就停止抓蝗虫,回到了路上。接着抱起放在路边的画板,隔着一段距离,跟在眉田一行人身后。他们心想,眉田也好,和眉田一起走的两个学生也好,应该也都跟自己一样,是要到黑濑桥附近去写生的吧。跟在眉田身边的那两个学生,虽然隔得远有点看不清,但应该是重原和墙。这两人个子都比较矮小,老老实实的,很不起眼,平时大家甚至不太注意他们在哪里。

三人走到黑濑桥边,果然走上了堤坝,然后又各自分开了。眉田往上游走,两个学生往下游走,大家各自选了一个地方坐了下来。坐下之后,他们的身体有一半都被杂草淹没了。

洪作他们也来到了堤坝上。这时,耳边传来了眉田的声音。

"你们几个,到这里来。"

洪作他们朝眉田走过去,就听他说道:"大概从这一带开始,画一下河的上游。如果觉得太难的话,也可以画河对岸。"

洪作他们决定听从眉田的命令。原本他们就只是随便朝黑濑桥这边走走,并没有明确到底画什么。洪作不擅长画画,增田和小林也画得不好。

增田和小林在比眉田更靠上游的位置坐了下来。只有洪作一个人离开大家，朝更上游的地方走去。因为他觉得如果坐在旁边的话，眉田会过来看的，所以就防着这一点。

洪作在一片杂草丛生的地方坐了下来，伸开腿，把画板放在膝盖上。眉田说让画河流的上游，所以他决定就画这个。此时，耳边忽然传来"喂"的一声。

洪作吓了一跳，朝四周看了一圈。差一点就要跳起来了。

"喂，你是几年级的？"

洪作朝声音传来的方向看去。声音是从距离他两三米的杂草丛中传来的。洪作站起身来。看到一个身穿学生制服，头戴学生帽的少年仰面躺在草丛中。虽然洪作不知道他是谁，但肯定是初中生。

"初三。"洪作回答道。

"现在是绘画课？"

"嗯。"

"你走远一点去画吧。"

对方的口气很无礼，所以洪作也生气了。可是对方应该是学长，自己也不能违背他的命令。洪作开始物色自己接下来去的地方，这时仰面躺在草丛里的少年半直起身子，说道："喂，赶紧起来，眉田在这里。"

"赶紧起来，喂，赶紧起来！"

于是，隔了两米左右的草丛中传来一声大大的哈欠声，伸出两只穿着制服的手。

"眉田在这里哟。"这边的少年说道。

"呜哇！"

随着一声奇怪的声音，又一个少年站起身来。洪作很快认出这是一个名叫木部的初四学生。之前暑假刚开始的时候，洪作被一个人仍在静浦的跳水台上时，有几个初四学生救了他，这个少年就是其中之一。这是一个个子矮小但看起来很聪敏的人。

木部站起身，似乎很快看到了眉田，又再次蹲下身子，说："我这是在做梦呢，还是醒着呢？"又问，"同志，发生了何事呀？"

于是，这边的少年说道："哎呀，哎呀，好生怪哉。"他"嘘"的一声制止对方继续说话，接着对洪作说道，"喂，你赶紧走远点。千万别跟眉田说我们在这里。"

"嗯。"洪作说道。

结果，出乎意料地，从更靠近上游的草丛中又站起来一个少年。这个少年戴着厚厚的眼镜，慢吞吞地、摇摇晃晃朝这边走来，嘴里说着："想喝水了。"

"喂，眉田在这里哦。"一个少年提醒道。

戴眼镜的少年不知道是听见了还是没听见，还是一副毫不在意的样子，从洪作旁边走过，还问洪作："在上绘画课？"

"嗯。"洪作回答道。

"好多人啊。有谁带水壶了吗？我想喝水。"

洪作心想，又不是来野餐的，怎么会有人带水壶呢。这个人看着像是还没睡醒的样子。

戴眼镜的少年又晃晃悠悠地朝小林和增田走去，但是走到一半突然停下了脚步，一动不动地呆立了一会儿之后，向右一转，朝这边折返过来了。

"喂，谁在那里？"

眉田的声音从那边传来。

戴眼镜的少年被眉田发现之后，只好再次转向眉田，一边用右手挠着头，慢吞吞地走了过去。

"是饼田君啊？只有你一个人吗？"眉田问道。

"啊。"少年一脸不自在地回答道。

"那边还有谁在？"

"木部。"

"只有木部吗？"

"还有藤尾。"接着，他又说道，"我们不是逃课。"

"我也没问你们是不是逃课呀。"

"哦。"

"你把他们都叫过来吧。"

"哦。"

接着，饼田朝两个少年的方向大喊："喂，赶紧出来吧！"

于是，藤尾出来了。就是那个最开始跟洪作说话的少年。他一边扣着上衣扣子，一边左右摇晃着胖墩墩的身体，来到眉田面前，直挺挺地站定，说道："我们可没有逃课。"

"谁问你们逃没逃课了。"眉田说道。

"这会儿没课？"

"有课的。"

"什么,有课的?有课的话不就是逃课吗?"

"事先说了不去上。"

"跟谁说了?"

"关口老师。"

"你怎么跟老师说的?"

"突然肚子疼,就跟老师说了,然后就早退了。"

"是你肚子疼?"

"嗯。"

"这样啊。肚子疼的话,就做不了体操了。——那么饼田君呢?"

"我是陪他的。"饼田嘟哝着说。

"陪他做什么?"

"我是想陪藤尾一起走,把他送到家里。"

饼田又挠了挠头。

"那你还真是辛苦了。"

眉田说这话的时候,木部也走了过来。

"我是想去叫医生。"木部说道。结果眉田说:"你说话不要闭上眼睛。睁开眼睛说话。"

"是!"

"那么,你去叫医生了吗?"

"没去。藤尾这家伙,走到半路上就好了。"

"哦。好了的话,确实叫医生来也没什么用。"

接着,眉田又说:"藤尾家应该是在御成桥边上吧,什么时候搬家了？"

"这个……"

藤尾挠了挠头。眉田没有再继续追问下去，转而又问道："你们在这里做什么？"

"睡觉。"藤尾回答道。

"睡着了？"

"是的。"

"我记得你之前什么时候在教室里也睡着过。在哪里都能睡着，还真是了不起啊。从这一点来说，你也算是难得的人才了。"

"哇！"

藤尾发出了一声奇怪的声音，但是很快又保持住了直挺挺的姿势。看起来多少有点刻意。

"饼田君，你也睡着了？"

饼田没有回答，只是嘿嘿嘿地怪笑着。他这么笑肯定不是因为不把对方当回事，而是因为他一直以来都只会这么笑。他笑得如此自然，以至于旁人只会这么想。过了一会儿，饼田用手挠了挠头，说道："木部和藤尾都睡着了，所以我也不知不觉睡着了。"

他像说绕口令一样说完之后，又嘿嘿嘿地笑了。

"木部君也睡着了吧。"

"睡着了。不过，跟饼田说的不一样。饼田是最早睡着的。他刚仰面躺下就睡着了。然后，藤尾说我也陪他一起睡，刚说完也睡着了——"

"哇!"

藤尾保持着笔直不动的姿势,再次发出怪声。

"我哪有睡得这么快!"

"那不也睡着了么?"接着木部又说道,"因为他俩都睡着了,所以我也睡着了。"

他跟饼田不同,说话很干脆。眉田听他们说完之后,说道:"你们做的事情,我不是很赞同。该上体操课的时间,找理由跑出来,在狩野川岸边睡午觉。这种行为无论如何也无法让人赞同。我想你们可能染上了吊儿郎当,或者说是怠惰的毛病。又或者你们是故意染上这样的毛病,还沉溺其中。但是,我对此不太赞同。你们或许会认为自己还年轻,所以做什么都是被允许的。但是,我还是不喜欢你们这样。你们对自己太放纵了。有点太自以为是了。"

接着,他又说道:"首先,在班上其他同学都在上体操课的时候,你们是不能午睡的。你们没有这个权利。"

"那倒也是。这一点我们明白。"藤尾说道。

"什么那倒也是。这就说明你根本就没明白。不能太自以为是哦。"眉田说道。

"不,我们真明白了。"藤尾说道。

"虽然我不太相信你们真明白了,但是,既然你们这么说了,那就这样吧。——饼田君!"眉田叫道。

饼田的眼睛在眼镜后面骨碌碌一阵乱转,他把木部推到前面:"木部!"

"我没有叫木部君。我叫的是你,饼田君。"眉田又说道。

于是饼田用手挠着头,用他那一成不变的笑容期期艾艾地说道:"我吗?我、我、我也明白了。"

"可我看你完全没有明白。算了,算了。——木部君。"

"明白了。"木部立刻回答道。

这次眉田没有再对木部多说什么,直接说道:"那你们就回去吧。"

三名少年从眉田身边离开,很快朝桥底下走去。

洪作他们一直在一边看着三个初四学生和眉田之间的你来我往,现在看到初四学生都走了,于是他们也都各自回到了自己的地方。

在洪作看来,那三个初四学生就像是住在跟自己完全不同的另一个世界的大人一样。他们的一言一行,都是自己做梦都没想到过的。

"这里,我怎么也画不出来。我还是去画香贯山吧。"小林说道。

"我也去画香贯山吧。"洪作说道。

缓缓拐弯的狩野川、白色的河滩、河滩对面的堤岸、芒草的白穗、堤岸边上东海道边上的松木行道树。——景色很美,可是洪作画不出来。他不知道该从哪里开始画。他们两人商量了一下,决定先回学校。两人朝堤岸边走去。眉田问道:"你俩怎么了?"

"我们想回学校去画香贯山。"小林回答道。

"东游西逛是画不好的。——既然这样,那你们回去

113

吧。"眉田说道。

小林和洪作朝刚刚来时的路走去，很快追上了三名少年。他们正想超过三名少年时，藤尾叫住了他们。

"喂，喂。"

看到小林和洪作停下了脚步，藤尾学着眉田的口气说道：

"——我不喜欢你们做的事。绘画课的时间，不好好画画，东游西逛。我不喜欢你们的这种行为。"

他学得很像，几乎让人以为是眉田在说话。看到小林笑了，藤尾又学着眉田的口气说道："明白了吗？看来还是没有明白啊。"

木部也学着眉田的语气说道："——太任性了，太自以为是了。"

接着他又像舞台上演员呼叫时一样，双手朝左右张开，像说台词一样，抑扬顿挫地大喊道："——我不喜欢你们这样。太任性了，太自以为是了。"

小林和洪作跟三个初四学生一起往前走。三名少年既没有跟洪作说话，也没有跟小林说话，只是你一言我一语说着自己的话。藤尾不停模仿着眉田的口气。木部则是把这些话当成台词一样，抑扬顿挫地大喊着。于是饼田用他一贯的语气咕咕哝哝地说道："你们能把眉田说的话从头到尾都复述出来吗？"

"你能吗？"木部反问道。

"我能啊。"

"那你说一下。"藤尾说道。

饼田一边走,一边"嗯哼——""嗯哼——"地支吾了两三次,思考着该怎么开始说。接着,他发出一串奇怪的笑声之后,开始完成自己的任务。

"——你们在这里做什么呢?——睡觉。——睡着了?——是的。——我记得你之前什么时候在教室里也睡着过。在哪里都能睡着,还真是了不起啊。从这一点来说,你也算是难得的人才了。"

说到这里,饼田停了一下,又想了一会儿,然后接着往下讲。

"饼田君,你也睡着了?——木部和藤尾都睡着了,所以我也不知不觉睡着了。——木部君也睡着了吧。——睡着了。不过,跟饼田说的不一样。饼田是最早睡着的。他刚仰面躺下就睡着了。然后,藤尾说我也陪他一起睡,刚说完也睡着了。他们俩都睡着了,所以我也睡着了。——你们做的事情,我不是很赞同。该上体操课的时间,找理由跑出来,在狩野川岸边睡午觉。这种行为无论如何也无法让人赞同。我想你们可能染上了吊儿郎当,或者说是怠惰的毛病。"

洪作看着饼田的嘴巴不停地在动。他从未遇到过如此令人惊讶的事情。他心想,三名少年中看起来最为蠢钝的饼田究竟是怎么记住这么多话的呢。就像蚕不断吐丝一样,眉田和少年们的对话被源源不断地复述出来,并且跟实际进行的对话没有什么太大的出入。藤尾和木部都默默地听着。不能打扰正在满腔热情地完成任务的朋友,他们似乎是出于这样

115

的想法，默默地边听边往前走着。

"那倒也是。这一点我们明白。——没有什么那倒也是。这就说明你根本就没明白。不能太自以为是哦。"

这时，藤尾插嘴道："——不对。眉田是这么说的。——什么那倒也是。这就说明你根本就没明白。不能太自以为是哦。"

"啊，是吗。他确实是这么说的。"

饼田说完，闭上眼睛，用右手的两根手指按着左右两边的太阳穴。

他订正了自己说的话，再次模仿着眉田的口吻说道："——这就说明你根本就没明白。不能太自以为是哦。"

饼田到这里结束了自己的任务，笑着说道："挨了一顿好批吧。藤尾你这家伙，说的话真的有点自以为是哦。"

"不说点自以为是的话，就显不出我有多帅啊。饼田你自己不也这样，木部这家伙也总是说些出风头的话。"

就在藤尾刚说完的那一刻。

"啊！"木部突然拼命大吼道。

"啊！"

木部又大吼了一声。确切地说，这不应该称之为大吼或是尖叫。用咆哮这个词应该更准确些。于是，藤尾果然问木部："你咆哮个啥？"

木部回答道："我感觉此刻羞愧难当。心痛难当。我们确实太自以为是了。太放纵自己了。眉田严厉斥责的就是这一点。"

他说到这里，又拼命地大吼一声："啊！"

接着，他又说道：

"真丢人。我现在真的感觉很丢人。我们真是丢死人了。眉田肯定在想，真是一些令人讨厌的家伙，怎么会有这么令人讨厌的脏兮兮的家伙呢。——啊！"木部再次咆哮道。

"真是个无可救药的家伙。"藤尾说道。

"你这是自我厌恶啊。——我对眉田说的话，并没有那么深的感触。不过，也还是觉得有点丢人。要么我也咆哮一下。"

饼田说完，停下脚步，把两只手放在嘴边。

"啊！"

可是，饼田的吼叫声没有木部那么有力，就像他本人一样马虎了事。

于是，藤尾说道："我来示范一下。"

接着，他"啊！"地发出了巨大的咆哮声，然后又"啊！啊！啊！——"不停地吼叫着。

"好啦，大家都在庄稼地里看着我们呢。"木部制止道。

"自我厌恶的咆哮声，必须要一直持续啊。这绝不是那种可以半途而废的简单小事。啊！啊！"

藤尾不停地咆哮着。简直就像疯了一样，不停地大吼。

洪作和这几个初四的学生一起往前走着。他觉得和这二个初四学生相比，自己的小伙伴增田、小林之流太没有吸引力了。

117

从第二天开始，洪作就会在学校不经意地寻找初四的木部、饼田等人的身影。而且，还想要尽可能多地了解他们。他打听到木部、饼田、藤尾、金枝这几名少年是一伙的，总是会在一起行动。此外，还有三四个学生也是他们的同伴，不过这几个学生的姓名没有传出来。

在这一群人中，最引人瞩目的是金枝。刚放暑假的时候，在游泳训练班上，从跳水台上救下洪作的，就是金枝、木部、藤尾三人。这三人好像是他们这个小集体的核心，他们的存在总是能吸引别人的关注。金枝常被人怀疑是不是混血儿，他的头发闪着金色，五官也和外国人似的，非常立体端正。不知道是不是他担任了班长的缘故，不管在哪里，他总是人群中最受人关注的那一个。金枝走路的样子也非常独特，他走路的时候身体总是挺得笔直，只有头低着，眼睛看着地面。

"金枝是优等生吗？"洪作问道。

可是洪作身边的人谁都不了解金枝。

"既然能担任班长，应该就是优等生吧。"

大家都这么说。早会的时候发号施令的态度堂堂正正，声音也清澈响亮。关于藤尾，大家都知道。

"他是浪速屋家的孩子。"

大家都会这么说。浪速屋位于御成桥边上，是沼津数一数二的绳索商店，给人一种百年老店的感觉。说到老店，金枝家也经营着一家老店，那是沼津唯一的一家地毯店。家在沼津的同学都知道金枝家，但是洪作不知道。

藤尾惹人关注的原因与金枝不同，但是他同样也是人群中会被一眼看到的那种人。他脸长得很老成，言行举止比较夸张。个子虽然不是很高，但是总是挺着胸膛威风凛凛地走着，看起来不大像初四的学生。虽然总是被老师们和初五的学生们盯上，但是他似乎对此毫不在意。

藤尾的搭档是木部。他家也在沼津，但并不是商家，他父亲似乎是个职员。木部也很惹眼。他看起来动作敏捷，似乎什么运动都很擅长，但是他并没有加入运动部。

"听说他游泳和剑道都是班上第一。是那种完全不用练习，就能做得很好的人。"

大家都这么说。因为被眉田老师斥责而陷入到自我厌恶中，从这一点来说，木部跟运动部的选手们是有些不同的。

藤尾和木部的共通之处在于他们的旁若无人。不管在哪里，不管有谁在，他们都毫不在意，只管做自己想做的事。

藤尾、木部、金枝三人总是在一起，但是饼田并不总跟他们在一起。有时候他也会离开自己的伙伴，一个人发呆。

"听说在初四学生中，饼田是最聪明的。"一个初三的学生这样说道。

洪作心想怪不得。饼田的聪明，不必别人多说，洪作就非常清楚了。如果不聪明的话，绝不可能把眉田老师和他们的对话从头至尾，一个磕绊都不打地全部复述出来。

可是，学校里的饼田，在洪作眼中，看起来依旧很蠢钝。初四的学生们都叫饼田"阿三"。他全名叫饼田三郎，所以叫他"阿三"也没什么问题，但是不知道为什么，这个爱称听来总是夹杂着几分揶揄的意思。

每次有人叫"阿三",饼田三郎眼镜后面那双善良的眼睛就会立刻亮起来,朝说话的人走去。

"阿三,你的扣子开啦。"对方说道。

饼田一副这算什么事儿的神情,伸手朝裤子上的扣子摸去。

饼田三郎总是一副吊儿郎当的样子。走路慢吞吞的,身上穿的衣服,仔细看看,也总能发现一些不大齐整的地方。要么是上衣扣子掉了,要么是袖口破了,要么是鞋后跟破了。但是,饼田三郎对此毫不在意。

他的脸也不像一般少年那样总是紧绷着。可能也因为高度近视戴着高度近视眼镜的缘故吧,他经常茫然发呆。所以,遇事时他不善奔跑。做事情总是有些马虎,带着几分令人发笑之处。

虽然饼田三郎是这个样子,但是所有初四学生都很关注他。虽然他们半开玩笑地叫他"阿三",但是并不是真的从心底里嘲笑他。饼田三郎身上有着他们拍马难及的地方。

对于洪作来说,一看就聪敏的木部,旁若无人沉溺玩乐的藤尾,长相英俊的优等生金枝,都是非常耀眼的,但是饼田也跟他们一样,也非常耀眼。

每当在校园中看到他们当中某一个的身影,洪作就无法把眼睛从这个人身上挪开。在这个人的四周,不管是阳光,还是小草的轻摆,或是风吹过的样子,都变得跟平时不大一样。事实上,这个初四学生的小团队,不管是在学长们还是在学弟们眼中，都是特别的。学长们想要瞅个空子打他们一顿，但是藤尾们似乎对此已经心知肚明，从没有落单的时候。为了不遭受攻击，小狼们紧紧地互相依偎在一起。

洪作决定星期六跟增田和小林三人一起去千本浜看海。从沼津过来上学的学生们可以每天都去千本浜玩，但是从三岛过来的洪作他们很少能够去千本浜。要去千本浜的话，只有星期天，但是他们想看海的愿望还没有强烈到牺牲星期天也要去看的程度。

星期六英语老师请假了，下午没有课，所以三人决定去千本浜。从夏初的游泳训练班以来一直都没有看过大海，所以当增田提议说"去千本浜吧"，洪作毫无二话，立马就同意了。小林也没有异议。

三人走出校门，沿着跟平时相反的方向，朝沼津的街市方向走去。仅仅这样，三人心中就雀跃不已了。

跨过御成桥。三人站在御成桥上，低头看着狩野川的河水。

"你们知道这是日本第几大河吗？"

小林提出了这样的问题。

"除了学校的地理教科书中出现的那些河流，这应该算是大的了吧。"洪作说道。

"这么点大的河算什么大河呀。我姑姑住在长野县，她说在长野县像这么大的河流，仅是信浓川的支流就不知道有多少条呢。"增田说道。

于是小林反驳道："说到信浓川，增田，你都没亲眼看到过吧？只是听你姑姑这么说吧。姑姑的话哪能算数啊。"

接着，他又问道："我妈妈出生在九州。我小时候被她带去过久留米。你们知道穿过久留米的那条河叫什么名字吗？"

"不知道。"洪作说道。

"叫筑后川，笨蛋。筑后川虽然也是河流，但是跟这条狩野川完全不一样。河里水很满，到处都是巨大的水闸。沿着那条筑后川的支流的支流往前，就是我妈妈出生的村子。那条支流的支流，比起这里的狩野川也还要宽得多。"小林说道。

"撒谎！"增田和洪作不约而同地说道。

"狩野川才不是那么小的河呢。静冈县有天龙川、大井川、富士川、安倍川，接下来就要数狩野川了。怎么可能比筑后川的支流的支流还要小呢。"洪作说道。

洪作曾经透过火车车窗，看到过天龙川、大井川、富士川。那些都是以宽阔著称的河流。在有这么多大河的静冈县，狩野川也仅仅排在它们之后，先不说大不大，它的美丽在整个静冈县自不必说，在整个日本也都是数得上的。洪作一直是这么认为的。与其说是一直这么认为，不如说是一直这么坚信着。

每次跨过御成桥的时候，洪作都会这么想。御成桥上看到的风景，让人感到这确确实实是城市中的河流，桥两边的河岸上都是人家和仓库。在这些人家和仓库的尽头，河的上游是青草郁郁的堤岸，河流在这里缓慢地转了个弯，消失在了视野中。在河的下游，河面逐渐变宽，展现出了入海口的威仪。

但是，洪作坚信狩野川是整个日本都数得上的美丽河流，并不是因为它缓缓流经沼津街市的这份美丽姿态，而是因为每次站在御成桥上，朝上游看去时，洪作的眼底总会浮现出发源于天城山的狩野川那悠长的河道。

狩野川流经洪作的故乡汤之岛。上小学的时候，每到夏天，洪作每天都会到狩野川或者其支流长野川去玩水。当地人不用游泳这样漂亮的词汇。虽然有的时候也会说游水，但是大多数时候用的是玩水这样朴素的词汇。水很冷。孩子们不能长时间玩水。在河水里待的时间稍长，嘴唇就会发白。嘴唇一发白，孩子们就会从水里出来，趴到河里随处可见的大石头上，把肚子贴在上面。盛夏的阳光把石头表面都烤热了，所以冰冷的身体贴上去之后感觉很舒服。肚子暖了之后，就把背贴到石头上。洪作他们有时候会沿着狩野川不停地往上游走。上游的河面一点点变窄，水变得更冷，水势也变得更为湍急。

下田街道①沿着狩野川的河流往前延伸。要从汤之岛出发去三岛或沼津的话，必须坐巴士到大仁。透过巴士的车窗，总是可以看到狩野川的河水忽左忽右地出现在车外。从大仁开始，必须要换乘简易火车。这趟简易火车的车窗外也能看到狩野川。从大仁往前，河面变得很宽，甚至让人怀疑

---

①连接北伊豆和南伊豆的主干道路，以东海道的三岛大神社为起点，途经汤之岛、天城岭等地，直至下田。

是不是看错了。和到处是大石块的狩野川上游不同，水流在这里变得非常缓慢，布满小石块的河滩一会儿出现在左边，一会儿出现在右边。

从汤之岛附近的狩野川上游到流到沼津的狩野川下游，洪作知道其大致的河道走向。站在御成桥上，他的眼前自然而然地就浮现出了一条长长的蓝色河流。

所以，洪作一直坚信狩野川应该是日本国内数得上的美丽河流。听到洪作这么说，增田说道："说这么傻的话，要被人嘲笑的哦。我也觉得狩野川的河水很清澈。可能没有哪条河的河水能像它那么清澈。可是，不管怎么说，它也就是一条小河。"

于是，小林也说："我觉得狩野川里面肯定有很多鱼。像香鱼啦，鳟鱼啦。这一带的话，还会有海里的鱼吧。也许还有鳗鱼呢。有很多鱼的河，绝不会比其他河差的。不过，确实是一条很小的河呀。"

两人都认为狩野川是条小河而有点看不起它，他们不像洪作那样认可狩野川的美丽与温和，但是，他们也从他们自己的角度出发，各自说了一个狩野川的优点。毕竟这条河流流经自己上学的初中所在的城市，不说点它的优点也不行。

三人跨过御成桥，很快就来到了城市的繁华街区。

"这是初四年级的藤尾的家。"增田说道。

街角有一幢两层的大房子，一楼是店面。那个玩起来旁若无人的少年就住在这里呀，洪作心想。

穿过藤尾家旁边的小路，有一家书店。朝深邃的店里看去，有十来个初中生或是在浏览书架上的书，或是在站着看杂志。从沼津去上学的学生可以做这么棒的事情啊，洪作心怀羡慕地想道。自从转校到沼津中学之后，洪作偶尔会去书店门口看看，但是从来没买过杂志什么的。他对最近出了什么杂志一无所知，也毫不关心。

增田一边在街上走着，一边向小林和洪作介绍这是同班同学某某的家。例如，

——这是三宅家。他爸是个没什么名气的医生。一个月只有三个病人。

——这家鱼店是薮内的哥哥开的。店里忙的时候，薮内也会来帮忙。薮内这家伙，身上有时会有股鱼腥味儿吧。有时候还会有鱼鳞粘在他的衣服上。所以，我很讨厌他。

他的介绍都是这样的。增田对于这类信息总是很灵通，也不知道他是从哪里得到这些信息的。

三人沿着前往千本浜的路走去。从可以看到松树的时候开始，路上的沙子就开始变多了，连鞋里也进了沙子。

途经射箭场。一个头发开始泛白的男人，光着一边臂膀，正在射箭。三人站在边上看了一会儿。一支支箭呼啸着离弦射出，扎在了靶子周围。三人离开射箭场，盯着位于它前面的卖杂煮的小店看。夏天的时候这里是卖冰饮的，到了这个季节，就变成卖杂煮的了。这家卖杂煮的小店是这里的最后一家店了，接下来就是松树林了。松树林中只有三四家看着像别墅的房子和一家旅馆。夏天的时候，这家旅馆里熙熙攘攘的都是来享受海水浴的客人，但是现在似乎一个客人

都没有，二楼的门窗紧闭着。别墅那边也不约而同地门窗紧闭，一片寂静。

走过旅馆前面，路自然而然地消失了，四周都是宽阔的沙滩。右手边的沙滩真不负它"千本浜"这个名字，上面是一片望不到边的松树林。

洪作他们没有立刻去海滩，而是走进了松树林。

"你们知道这里有多少棵松树吗？"增田说道。

"八百棵。"洪作敷衍地猜道。

接着，小林也马上回答说："三千棵。"

松树林沿着海岸边一望无垠，说是"这里"，也没说清楚具体范围是从哪里到哪里，所以这个问题本身就是不成立的。

"是一千两百三十八棵。"增田说道。

"撒谎！"洪作说道。

"什么撒谎。是我哥哥说的。他说有人数过，真的是一千二百三十八棵。"增田一脸认真地说道。

"他肯定是随口糊弄你的。怎么可能只有那么一点。"小林说道。

"那我们来数数吧。肯定是一千二百三十八棵。他们数过之后可能有些树枯死了，所以有个五六棵的误差那也是没办法的。"

就算要去数，也是不可能数清楚的。实际去数的话，有可能是一千棵，也有可能是三千棵。完全无法估算。

"你哥哥就是随口胡说的。"小林说道。

"怎么可能。我哥说了，真的是花了好几天去数的。"增田说道。

增田似乎真的对此确信不疑。只要是即将高考的哥哥说的话，不管是什么，增田都会当真。洪作和小林都知道增田的哥哥就是随口胡说了一下，但是他们也知道很难让增田认可这一点。

穿过松树林，宽阔的海滩缓缓地延伸至水边。水边是一些拳头大小的石块，此外全部都是沙滩。

洪作三人穿过沙滩，朝遍地小石块的地方走去，在那里坐了下来。每次海浪涌来，撞到岸边时，都会有潮水的飞沫迎面飞来。

"大海真是大啊。"小林说道。

虽然这是他发自内心的感叹，但是这本就是不言自明的事情。

"大海当然大了。"洪作说道。

"虽说如此，还是觉得好大啊。"小林说道。

大海当然是大的，可虽说如此，还是觉得好大，这里面有一种毫无虚饰的真情实感。

"肯定大啊。对岸可是美国。"增田说完，又提了个问题，"你们来说三个美国太平洋沿岸的城市吧。"

这阵子，增田受即将考大学的哥哥的影响，总是爱提问。

"旧金山。"洪作说道。

"那你来说一下。"小林对增田说道。

"旧金山、洛杉矶、华盛顿。"

"华盛顿?!"小林反问道。

"华盛顿可能不是。那就芝加哥。"增田说道。

"什么芝加哥。听好了，我要说了哦。旧金山、洛杉矶、西雅图。这就三个了吧。我还知道其他的。有一个港口，名叫塔科马。我伯父去了那里。等我从学校毕业之后，要去伯父在旧金山的农场工作。伯父会让我继承他的财产。他住的那幢西式的房子也会给我。伯父家雇了厨师，从早上开始就可以吃西餐。"小林说道。

"为什么你伯父要让你来继承家产啊?"

增田有些不满地问道。

"什么为什么，实际就是这样啊。"

"这是谁决定的?"

"我伯父啊。"

"你伯父没有孩子吗?"

"有啊，有三个。"

"如果有孩子的话，他的孩子会继承财产啊。你哪有什么财产继承。"

"可是我能继承啊。美国法律规定了，财产可以不分给自己的孩子的。这跟日本不一样。我伯父去世的话，会留下遗嘱。他的遗嘱上会写明由我来继承财产。他们都已经商量好了的。我会把其中的一部分分给伯父的孩子们。如果全都给我的话，感觉不大好呢。"

小林一边盯着浪涛起起伏伏，一边说道。大海在呼叫，洪作心想。波涛拍岸的声音，听起来不像是波涛拍岸的声音，而像是大海在呼叫。

洪作并没有百分百相信小林的话，但是觉得他说的这些也有可能会发生。虽然眼下小林对他自己所说的已经深信不疑了，但是洪作总觉得他有什么地方搞错了。不过，不管怎样，这是一件让人羡慕的事情。

"把我也带去吧。"洪作说道。

"这事我现在可回答不了你。一般人要去那边，手续是很麻烦的。不是说想去就立刻能去的。那可是去太平洋对岸的美国呀。我是因为伯父在那边工作，所以能去。我这属于特殊情况。我先去，如果成功了，再叫你去。你先等着我吧。"

小林说了一些关于很遥远的将来的事。洪作再次感叹，这真是个让人羡慕的家伙呀。他感觉，如果小林去了美国，就能够像他刚才说的那样获得成功。

"要坐船去的。船要坐一个月呢。然后在塔科马上岸，当天就立马能吃到西餐。"

小林这么说的时候，增田一边说着"在太平洋上遇到暴风雨，船会沉的哦"，一边捡了块石头朝大海扔去。石块没能扔进大海，掉落在了水边。

"怎么可能会沉。那可是一万吨以上的大船。就算被吹翻了，也还能够重新起航的。"

"到了美国，你就每天在地里摘菜拔萝卜吧。"

"怎么可能呀。我会从树枝上摘下苹果呀葡萄呀。想吃多少就吃多少。因为水果多到摘不完啊。我要咬一口，扔一个。"

"你不是说雇了人吗？怎么还要自己摘水果？"

"也雇人摘啊。不过，偶尔自己也会去摘一下。我们在电影上不是都看到过嘛。"

"哪里有看到过。"

"真是个无知的家伙。像你这样的，不管怎么求我，我也不会雇你的。"

"开什么玩笑。我还给你干活啊。我将来可是要当律师的。"

"律师？"

"是啊。我哥哥也要当律师。我们兄弟俩都当律师，然后要在东京神田开个律师事务所。"

"律师？律师是做什么的？"

"笨蛋。你连律师都不知道吗？"

"你以前不是说要成为牙医的吗？"

"现在我已经不想当牙医啦。我哥跟我说了不要当牙医。牙医只是帮助那些牙痛的人，但是律师能够帮助那些因为更大的事情而痛苦的人。可以站在无罪的人一边帮助他们。也可以帮助那些为了吃饱肚子只好偷东西的可怜人。"增田说道。

听了这些话，洪作心想，也许增田真的会成为这样的人。增田的妈妈就是在帮助那些因为生孩子而痛苦的人！

洪作惊讶于不管是小林还是增田都很清楚地知道自己将

来想成为怎样的人。虽然他不知道律师究竟是做什么的，但是他想增田也许真的会成为律师吧。

"我——"

为了不输给他们，洪作也想说出自己的志向，可是刚开口他就说不下去了。对于自己将来要做什么，他完全没有想法。于是，小林仿佛想要窥探洪作的内心似的问道："你将来想成为什么？"

"我吗？我想成为一名学者。"洪作瞬间回答道。

"学者！！"

"是啊。"

"是关于什么的学者呢？"

"关于什么的学者这些我还没想好。现在只是决定了将来要成为学者。"

"嚇！"

增田发出一种奇怪的声音，他转过身来。

"你不是成绩下降，你姑姑都被叫到学校了吗？这样怎么可能成为学者呢。学者必须是从初中开始就学习很好的人啊。你最近不是都没怎么学习吗？"

听增田这么说，小林也说道："你当学者是当不成的。"

"我觉得你可以去当和尚。"

"为什么啊？"

"你不是很擅长背诵嘛。那样你就可以很快记住经文啦。你还是去当和尚好了。"

"我才不要。要当你去当。"

"开什么玩笑。我可是要去美国的。这是已经决定好了的。"

"那就增田去当。"

听洪作这么一说,增田说道:"那真是太不巧了。——我是要当律师的哦。就像小林说的,我老早之前就觉得洪作你最适合当和尚了。就算是当和尚,如果用心去做的话,可以当上大僧正①的。还能成为管长②呢。"

"大僧正是什么?"洪作问道。

"你这家伙,真是什么都不知道。就是和尚中地位最高最厉害的和尚啊。我觉得你可以当上哦。你总让人感觉有点像和尚啊。"

"你说啥呢!"

虽然知道对方是在开玩笑,但是洪作还是很生气。

洪作站起来,以打棒球的动作向海里丢了块石头。接着,增田和小林也都站了起来,开始往海里扔石头。

"海的对面,是我将来要去的美国。"

小林一边说着,一边扔出了石头。

"可是,海真的好大啊。"小林说道。

"这可是太平洋啊。"

增田也朝太平洋扔出了石头。

---

①日本佛教各宗派中地位最高的僧阶。
②1872年明治政府规定,神道或佛教中,管理一宗一派者,称为管长。

第五章

11月末,洪作决定去拜访自己在沼津唯一的一个亲戚。小学的时候,他曾经去过这个亲戚家两次,但是之后就再也没去过。转学到沼津中学的时候,他曾收到过妈妈写来的信,让他去拜访这位亲戚,但是因为他是从三岛过来走读的关系,拜访亲戚这件事就被他一天天地拖下来了。

一天,洪作刚从学校回来,姑姑就问道:"你还没去沼津的神木家露过面呢?"

神木是亲戚家的商号。

"嗯。"洪作说道。

"什么嗯啊。"姑姑一脸吃惊的样子,说道,"之前问你的时候,你不是说已经去过了吗。"

确实像姑姑说的那样。洪作记得自己明明没去过,却跟姑姑说去过了。

"真的不知道该拿你怎么办了,你呀。——他们还以为是我不让你去神木家呢。你妈妈来信了,说之前神木家给她写信了,信上说洪作一次都没去过他家。转校到了沼津的中学,却不去见沼津的亲戚,这可说不过去。而且人家还当了你的保证人。希望能够尽快让你去亲戚家拜访。——"

姑姑说到这里停了一下，又接着说道："你妈妈这个人也未免太自说自话了。说得好像是我故意不让你去似的。我看你还挺心宽的啊，怎么你妈就这么咄咄逼人呢。"

话说到一半就把矛头对准了洪作的妈妈。

"我会去的。"洪作说道。

"那你明天就去吧。学校放学之后，稍微去露个脸就可以了。"

"去了之后说什么呢？"洪作问道。

"这个嘛。就说很早之前就想来拜访了，但是因为学习太忙了，所以没时间过来。"

"我不想说这些。"

"那你就说来你家太麻烦了。就算来了也没什么意思，所以就没有来。——要么你就这么说？"姑姑笑着说道。

对于洪作没有去神木家这件事，虽然她嘴上说着生气，但其实心里并没有那么生气。

姑姑是洪作父亲的姐姐，而沼津的神木家则是洪作妈妈那边的远房亲戚。从血缘上来说，是姑姑这边更近，神木家那边更远。洪作只知道神木家是妈妈那边的亲戚，但是不知道具体是什么关系。

"你妈妈总是不停地在说她自己那边的亲戚。虽然谁都会更偏爱自己人，但是像这么一直不停地念叨神木、神木也不大合适吧。"

姑姑说着，又说了句"是吧？"，想求得洪作的认同。

"不管怎样，你还是去一趟吧。在他家门口露个脸，然后马上回来就好了。"

"要是他们让我进去怎么办?"

"你就稍微进去待一会儿,但是不要待太长时间。那家人很不让人喜欢。"

"谁很不让人喜欢?"

"听说是那家的小媳妇。"

"哪个小媳妇啊?"

"说是小媳妇,其实已经是有相当年纪的阿姨了。"

"啊,那个阿姨啊。"

洪作知道这个阿姨。那是个很温柔的人,话很少,举止很安静,会让人想起那些后宫妃嫔人偶。姑姑嘴里说的是小媳妇,但其实已经不能算是小媳妇了。她的年纪跟洪作的妈妈差不多,有两个女儿。大女儿比洪作小两岁,现在应该是在上女校初一年级。

洪作上小学的时候,曾在外祖母的带领下去过神木家,对于阿姨和她的两个女儿都还有印象。那两个女孩都非常早熟,极其任性,父母都无法管束。洪作那时还是个孩子,心里都会想,让她们这么任性胡为真的好吗。

第二天,洪作放学之后朝神木家走去。

走过御成桥,沿着与车站相反的方向,拐过据说是初四学生藤尾家的绳索商店。冉过五六家就到神木家了。洪作知道神木家附近名叫鱼町。在沼津的街道名中,洪作所知道的就只有这个鱼町。从小,亲戚们只要一提到神木家,就会说"鱼町的神木""鱼町的神木",所以在洪作的脑海里,鱼町这个名字是和神木家紧紧联系在一起的。

神木家面对着鱼町的大街。那是一座正面很宽阔的商店式建筑，但是现在已经没有做什么生意了。曾经它是沼津最大的和服店，名震伊豆半岛一带。伊豆半岛上不管是渔民还是农民，在制作结婚礼服的时候，没有不跨进神木家门槛的。

他们家的和服生意是从上一代开始的，现在的当家人继承了这门生意，但是几年前和服店关张了。关于神木家不再做和服生意的原因，亲戚间流传着很多说法。有人说，他们家的上一代很擅长做生意，但是现在的当家人从小就是当少爷养大的，不懂怎么做生意，所以最后店就倒闭了。

洪作的妈妈等人则有不同的看法。现在的当家人当然也没有起到应有的作用，但是更重要的原因是上一代当家人的未亡人，也就是现在的当家人的母亲还健在。这个老婆婆一看到人，就想送人家东西。爱散财的还不只是这个上代当家人的未亡人。现在的当家人的夫人也不成。她也是只要看到人，也不了解下情况就开始送人东西。于是所有人蜂拥而至，把神木家搞到倒闭了。"他家老奶奶做得不对，你阿姨做得也不对。到了这一步，再加上你姨父又不勤快，神木家估计长久不了吧。"

洪作听妈妈说过这样的话。

不管停止做生意的原因究竟是什么，但是神木家的空气中确实飘荡着这样一种不健康的东西。不管是老奶奶还是阿姨，都很善良很和气，但是总给人一种过于散漫的感觉。他们肯定不知道什么叫做节俭。名叫兰子和玲子的两个女孩，任性得无法无天，很早熟，大人根本管不住。姨父总是不着家，偶尔回到家，也总是在喝酒。

洪作不去拜访神木家，当然有从三岛走读的原因，但是并不仅仅只是因为这个，而是因为这个逐渐没落的大商家的家风，令洪作无法适应。如果去拜访他们的话，他们应该会在家里款待自己，但是洪作担心他们会对自己很冷淡。

宽阔的入口处是好几扇玻璃门。因为是磨砂玻璃，所以看不到房子内部的样子。洪作推开其中的一扇玻璃门。宽阔的土间对面是宽敞的地板房间。以前这个铺了地板的房间是店面，现在里面已是空荡荡的了。

"有人在家吗？"洪作说道。

看着似乎没有人出来，于是同样的话，他又说了两三次。最后，洪作鼓起勇气，几乎是喊叫似的大声说了一次。

不知道是不是洪作的声音传到了里面，一个穿着和服，梳着辫子的少女走了出来。洪作很快就认出了这是这家的长女兰子。兰子站在地板房间上，问道："请问有什么事？"

"请问阿姨在家吗？"洪作说道。

他不确定如果报上名字，说自己是洪作，对方会不会还记得自己，所以就这样回答道。于是，兰子一个劲地盯着洪作看，过了一小会儿，发出"啊！"的一声，很快跑回里面的房间去了。不一会儿阿姨就出来了。

"是洪作吗？真是稀客啊。来来来，请进。"阿姨说道。

她看上去很年轻，根本想不到她已经有兰子那么大的女儿了。兰子跟以前见到的时候相比，个子长高了很多，几乎都快认不出来了，已经完全是个大姑娘了，而阿姨跟以前相比，一点都没有变。她的脸还是像人偶的脸一样，微微带着一点苍白，言行举止中有一种其他女性身上没有的独特的沉静。

"来来来，快请进吧。"阿姨再次说道。

于是洪作脱了鞋。脚后跟已经踩塌的、从来没有擦过的鞋子放在没有其他鞋子的土间，格外地显眼。即使这样，洪作还是把这双看起来很寒酸的鞋子整整齐齐地并排放在一起。比起随便丢在那里，还是整齐放好看着更好一些。

穿过铺了地板的房间，就是客厅了。里面很暗。虽然阿姨拿了坐垫让自己坐，但是洪作还是在那里站着，直到适应了房间里的昏暗。

过了一会儿，长火盆、圆圆的矮饭桌、嵌在房间一侧的巨大的佛龛、长火盆对面的茶柜等，都从昏暗中浮现出来。

客厅的一侧是土间，那里有几个灶头，还有一眼吊井。一切看着都不愧是大商家的厨房，建得很是宽绰。

"洪作，你是什么时候来这里的？"阿姨问道。

"初二的时候从浜松转校过来的。"洪作回答道。

"那你现在上的是这边的中学吧。"

"是的。"

"这样啊，这样啊，我真是一点都不知道啊。"

阿姨一边泡茶，一边说道。什么嘛，明明都给我当保证人了，还说什么都不知道，洪作暗暗腹诽道。

"妈妈真是讨厌。你不知道洪作转校到这边的事吗？之前七重不是在信上说过的嘛。"

从旁边的房间里突然传来了兰子有些粗鲁的说话声。洪作对兰子直呼自己妈妈的名字既感到意外，又有些惊讶。

"是吗，洪作的妈妈给我写信了？"

"当然有啦。妈妈，你明明自己看了信的。啊啊，跟妈妈说话，真是讨厌。——你这样不是很对不起七重吗？"

兰子的声音飞到了耳边。阿姨非常自然地称呼"洪作的妈妈"，但是兰子却对跟自己妈妈同龄的女性直呼其名。

阿姨端上茶，还上了点心。点心放在垫了白纸的点心盘上。

"来，请吃一个吧。"阿姨说道。

洪作还从来没有像这样被人当作正儿八经的客人招待过。他有点不大自在。

"这是京都的点心。很好吃的。来，吃吧。"

隔壁房间似乎也听到了阿姨的声音，兰子的声音又飞到了耳边。

"给我这边也拿点过来！"

"你过来这边嘛。"阿姨说道。

"不，你给我拿过来！我还没吃点心呢。"

"好，好。"

阿姨从长火盆旁边的点心箱拿出两个红豆馅糯米饼放在点心盘上，然后拿着朝隔壁房间走去。

阿姨拉开隔扇门的时候，可以看到旁边的房间很明亮，跟客厅完全不同。那是一个面向院子的房间，阳光洒进房间，兰子似乎正在躺着看杂志，两条长长的腿随意地伸在榻榻米上。洪作吃了一个阿姨端上来的点心。

"你现在几年级了？"阿姨问道。

"初三了。"洪作回答道。

结果隔壁房间又传来了兰子的声音。

"大我两岁啊。妈妈你得记住哦。妈妈你跟七重也是差两岁。"

"是吗。那也就是我们两个当妈的差两岁，下一辈的洪作和你也是差两岁。——哦，是这样啊。"

"因为七重结婚比妈妈你早两年，所以当然她生的孩子也会比你大两岁啊。如果相反的话，那就很奇怪了。"

"也没什么好奇怪的。"

"很奇怪啊。"

"也有人结婚之后好几年都没能生出孩子的。"

"是吗。"

洪作坐在那里，听着母女间怪异的对话。虽然他并没有被冷待，但是不知道为什么他感觉有点坐不下去了。

洪作等着一个可以从神木家离开的契机。再待下去也没什么意思。既然阿姨都不知道自己转学到了这个城市的初中，那么自己也没必要顾虑那么多，特地过来拜访了。

这时候，耳边传来有人狂奔下楼梯的巨大声音。

"妈妈，墨水打翻啦！"

接着是一个明显不同于兰子的少女的尖叫声。

"完了！完了！墨水！墨水！"

伴随着慌乱地踩过地板的脚步声，隔扇门被拉开了，一个同样穿着和服的少女突然飞奔进来。

"你瞎嚷什么呢？玲子。"阿姨责问道。

少女跑进客厅，看到洪作也在，"啊"的一声，缩了缩头，说道："这是阿洪吧。"

接着，她坐下来，低了低头，说道："欢迎来我家。"这是妹妹玲子。洪作也低了下头。

"你什么时候来的？"玲子问道。

"刚才。"

"我一点都不知道哎。你在这边的初中上学吧。"

"是的。"

"是从三岛过来走读的吧？"

"是的。"

"我从跟阿洪你同年级的人那里听说过你。他说你学习很好。"

"没有啦，这次成绩下降了。"

"就算下降了，也不是最后一名吧。"

说完，她似乎又想了刚才的事件。

"啊，完了！"

她猛地站起来，对阿姨说道："房间里到处都是墨水！"

"为什么？你又那样做了？"

"墨水瓶上不是系着绳子嘛。我拉着绳子晃的时候，结果绳子断了。"

"你为什么又做这种傻事啊？那就必须要去擦了。——是榻榻米上？"

"榻榻米上都是，隔扇门上也都脏了。"

这时，隔壁房间传来了兰子的声音："这就是所谓的泡在墨水里的房间吧。"

玲子回嘴道："你说啥呀！"此时玲子的语气中有着一种不像少女的轻佻。

阿姨拿着抹布站起身来，玲子对洪作说道："你先不要走哦。"然后也站起身走了。玲子应该还只是小学五年级或六年级的学生。早熟得让人觉得可怕。但是，比起兰子，洪作对玲子更有好感。她很容易跟人亲近。

洪作被一个人留下之后，兰子从隔壁房间走了过来。她走到长火盆边上，倒了茶，然后拿着又回到隔壁房间。洪作感觉自己完全被无视了。照理应该过来打个招呼的，可是兰子的态度是始终把洪作当成了空气。

趁着阿姨从二楼回来了，洪作说道："我回去了。"

"还可以多待一会儿吧。——再多玩会吧。"

接着，阿姨朝隔壁房间叫道："小兰！"

"什么事啊！"

兰子不耐烦的声音传了过来。

"你让洪作给你看看作业嘛。不要老是说好难，好难。"

"好嘞！"

兰子发出一声像跟人打招呼似的声音，然后似乎站起身来了。接着听到了上楼的脚步声，又过了会儿，兰子拿着教科书和笔记本走进了房间。

"你能帮我做这些吗?"兰子站着说道。

洪作没说话。他心想,我干吗给你做作业啊。

"是英语作文。"兰子说道。

"很简单的。是初一的作业。"

"……"

"帮我做嘛。"

"我不会做。"洪作瞪着对方说道。

"啊,做不来?洪作你都初三了吧。女校学的比你们初中要浅得多。而且,这是初一的作业。我觉得你不可能不会做啊。"

"不会做。"洪作说道。

于是,阿姨对兰子说道:"你们去对面的房间,让洪作帮你看看作业吧。——如果他知道,就请他教教你,如果他也不知道,那就没办法啦。"

"好的,就这么办。"

兰子回到了隔壁房间。阿姨已经这么说了,洪作也不能不去隔壁房间露个脸了。洪作站起身,走进隔壁房间。兰子正坐在明亮的走廊上。

"你到这里帮我看吧。"兰子说道。接着她又说道,"后面我会感谢你的。我会送你一件我的宝贝。"

她的语气中多了几分客气。

洪作站在那里,盯着歪坐在走廊上的兰子看。他从未见过如此无礼、如此任意妄为的少女。洪作脸上的肌肉不知不觉间变得僵硬起来。他内心的怒火已经到了爆发的边缘。被一个比自己年纪还小的少女如此轻视，真是忍无可忍，他心想。

"喂，你帮我做吧。稍微错一点也没关系的。喏，拜托啦！"兰子说道。

洪作没有说话，捡起了被扔在走廊上的教科书。于是兰子说道："你坐这儿吧？坐着写更方便些。"

洪作按她说的，也在走廊上侧着身子坐了下来。

"就是这个。要把这个翻译成英语。"

兰子翻开笔记本，开始读句子。那是她的作业。

"总共有三题。我很喜欢玫瑰花。第二句是，我家在山坡上。第三句是秋天一到，树叶飘零。"

"你给我看下。"

洪作伸出手去，但是兰子把笔记本藏到了自己背后："我这不是在读给你听嘛。"

"给我看下。"

"不行！"

语气中强烈的拒绝令洪作感到吃惊。

"你不给我看，我怎么做啊。"

"那我再给你读一遍，你写在那里吧。"

兰子撕下一页笔记本上的纸，把它和铅笔一起递到洪作面前。

"我很喜欢玫瑰花。——听明白了吗？我再读一遍哦。我很喜欢玫瑰花。"

洪作像是被硬逼着，在纸上写了下来。

"第二句是我家在山坡上。可以了吧。第三句是，秋天一到，树叶飘零。写下来了吗？"

"嗯。"

"那你帮我翻好吧。翻好后最后帮我夹到书里面。"

兰子说着，站起身来，拿着自己的笔记本走出了房间。洪作在那里发着呆。这几个句子他不用翻字典也能翻译成英语，但是不知道为什么，他一点都不想翻。

他听到有脚步声顺着楼梯上了二楼，很快又有下楼的脚步声。接着他又听到走过地板房间的脚步声，有人打开门走到了户外。似乎就是兰子。果然，不一会儿，阿姨过来了，问道："小兰呢？"

"不知道。"洪作说道。

"那孩子，真是拿她没办法！让洪作你给她做作业，自己却不知道跑哪里去了。"阿姨说道。

洪作心里在犹豫要不要给她做作业。把简单的句子翻译成英语，其实只要两三分钟时间就能做好，但是他觉得这么做了就被人家当傻瓜耍了。阿姨端来了饮料。

"这是可可，请喝吧。喝完了脑袋就会特别清醒。然后再做作业吧。"阿姨温柔地说道。

这不是什么必须要让脑袋保持清醒才能做的工作。洪作把茶色的液体放到嘴边。这是他第二次喝可可。之前在姑姑家也喝过一次。

既然喝了人家的可可，就只能给人家把作业做了。洪作在兰子撕下来的纸上写上几个英文短句,然后把它夹到兰子的教科书里。这时,隔壁的客厅突然传来了一个男人的声音,似乎是这家的男主人。

"我不出面的话,什么事情都会搞到没法收场,真是令人讨厌啊。真是太会给我找麻烦了。今晚上?今晚也必须要出去。我也想偶尔能在家吃个饭呀,可吃不成啊。这都是命中注定的,无可奈何呀。"

接着,听到阿姨低声说了什么。于是,又传来了男主人高亢的声音。

"唔,必须要给。给他们吧。按我们神木家的地位,也不能那么小气。别家出十块,我们出二十应该就没什么问题了。"

又听到一阵阿姨的说话声。然后,又是男主人的声音。

"这个你就拒绝吧。不然显得我们很软弱。等该还的时间到了,再还给他们。在返还期限之前,决不还。"

"这种话我怎么说得出口呢?不管怎么说,就算要拒绝,也应该通过你来拒绝啊。"

洪作到这时才第一次听清楚了阿姨说的话。

"我不会见他。"

"你再说不想见也没用啊。"

"不不,我不会见他。你设身处地为我想想,神木家的主人怎么可能向以前雇用过的人低头呢。"

"对了,昨天山田先生来过了。——"

"山田?!那个男人的事情,我一点都不想知道。不要让我听到任何关于他的事情,都由你来处理吧。"

"你再这么说也没用啊。"

"不不,讨厌就是讨厌。山田的山字都不要在我面前提起。"

"前天,志仓先生来过了。"

"哦。"

"他说他还会再来。"

"前天?!前天我不是在家吗?"

"你在家是大前天了。"

"哦,是吗?"男主人说道。

洪作想着等阿姨和姨父说完话之后,就从这个奇怪的家庭告辞吧。

过了一会儿,洪作拉开隔扇门,走进姨父和阿姨所在的客厅。

"这是洪作。"阿姨说道。

"是哪家的孩子?"姨父问道。

"是七重的长子。"

"啊,是吗?对了对了,我听说你来这边上初中了。不学习可不行啊。我们家虽然只有两个女孩子,不过学习都很认真的。你可不能输给女孩子哦。"姨父说道。

姨父口中说的两个女孩子,应该指的就是兰子和玲了吧,洪作心想。可是她们两人不能算爱学习。玲子怎么样不大了解,不过兰子的话,再怎么闭着眼说瞎话也不能说是爱学习的人。

"吃鳗鱼饭吗?让你阿姨给你做好吃的。你很少吃鳗鱼饭吧?"姨父说道。

"我不喜欢吃鳗鱼饭。"洪作说道。

其实洪作并不讨厌吃鳗鱼饭,但是对方的语气中有一种令他愤怒的东西,于是他脱口而出这么说了。"你很少吃鳗鱼饭吧"这样的话令他感到屈辱,这使他心生愤怒,但是并不仅仅如此。在姨父身上,他感到一种敷衍与轻佻,这令他无法忍受。以前上小学的时候,他也来过姨父家,见到过姨父,那时候就没有今天这样的感觉。

"不喜欢吃鳗鱼饭,那真是天生穷命啊。"姨父说道。

他说出的每一句话都令洪作怒火中烧。

"阿姨,我回去了。"

洪作低了低头,很快走到了铺了地板的房间。阿姨追出来,说道:"难得来一趟,再好好玩一会儿多好。"

"我还会再来的。"

"那好吧,早点过来玩。"

接着,她又叫了声在二楼的小女儿:"小玲!"

"洪作要回去了哦。"

于是,玲子飞快奔下楼梯:"呀,你这就回去了啊?"

接着,她又说道:

"难得来一趟,再好好玩一会儿多好。"

洪作很惊讶,玲子用同样的语气说了跟阿姨说过的同样的话。说的话、说话的语气都完全一样。

洪作穿上鞋子。

"好脏啊。我帮你擦下鞋子吧。"玲子说道。

洪作拒绝了。因为他不想被她看到自己的鞋底破了个洞。

走出神木家,街上已是暮色将临。洪作沿着大街笔直地朝车站方向走去。还没到车站时,他中途向右转弯,打算沿着三岛、沼津之间的电车线路,步行回三岛。

这个时候走在沼津的大街上,对于洪作来说还是第一次。不知道是暮霭四起的缘故,还是暮色本身就带着这种颜色,街市都蒙上了一层淡淡的青色。街上的商店开始亮起了灯火。有的店已经亮起了,而有的店还没有。和三岛的街市相比,沼津的街市更像大城市。路很宽,傍晚也还是有很多人在街上。他不时地碰到沼津中学的学生。也碰上了同年级的同学。那些同学跟在学校时见到的样子很不一样,穿着和服,拖着木屐的少年们,看起来比平时聪明得多。连同他们嘴里说出的话似乎都跟平时不大一样。

"还没回家吗?"一个肤色白皙的少年问道。他姓塚越。

"嗯,这就回去了。刚刚去了趟亲戚家。"

"你亲戚住哪里?"

"是鱼町叫神木的那家。"

"神木?哦哦,是以前开和服店的那家吧?"

"嗯。"

"那家人跟你是亲戚啊?"

"是啊。"

"那家有女孩子吧？姐妹俩。"

"嗯。"

"下次你见到她们，请替我带好啊。"少年老成地说道。

"跟谁说？"

"当然是跟姐姐说啦。"

"我不喜欢那家伙。"洪作说道。

"为什么讨厌啊？"

"那女孩老爱使坏。而且在学校又不好好学。我刚才还帮她做了英语作业。女校学得那么浅她都不会。"

结果，对方露出一脸惊讶的表情。

"你帮她做作业了？你帮小兰做了作业？你老厉害啦。是吗，真是吓我一跳。她学习很好的哦。小学的时候还担任过班长。长得又可爱，学习又好，很出名的。连老师跟小兰说话的时候都会脸红呢。非常出名呢！长得也漂亮。"

洪作注意到此时塚越的脸变红了。塚越说他吓了一跳，但其实被吓了一跳的是洪作。他很意外塚越竟然知道兰子的名字，更意外兰子竟然还担任过班长，在学校里成绩很好。不过，最令他吃惊的是塚越口中所说的兰子以长得美出名。

"那算漂亮吗？"

"当然漂亮啦。长大以后肯定会去当女演员。大家都这么说。"塚越说道。

"你知道她妹妹玲子吗？"洪作问道。

"知道啊。她网球打得很好。脸很黑吧。"塚越说道，"跑步也很快。什么运动都很擅长。长得黑黑的，看着很瘦弱，但是很灵活。学习应该不大好吧。不可能好的。"

"为什么？"

"什么为什么，肯定是这样啊。"

对方只赞美姐姐兰子，对妹妹玲子态度冷漠。

"那我回去啦。"

洪作朝同学扔下这句话，赶紧朝前走。虽然只是短短一会儿，傍晚的街市已经全然变成了夜晚的街市。

洪作穿过闹市区，右转，下坡，沿着前往三岛的大路走去。走了大概十分钟左右，道路两旁已经不见人家了。没有人家，也就没有了灯光，路上黑乎乎的，不过还没有到路都不好走的程度。不知道是不是月亮快要出来的缘故，四周还是有微微的亮光。

洪作一个劲地快步朝前走着。他很少自己一个人走夜路，所以总觉得有点发慌。很快他走得浑身冒汗，但也还是一刻不停地朝前赶着路。一来到暗的地方，就小跑起来。路上几乎不见人影。

快到黄濑川的时候，他被第二辆电车超过了。只有当电车开过来的时候，洪作才会停下脚步，看着电车从眼前开过。电车就像一团灯光，看起来非常明亮。就像几个贵族男女以一种潇洒的姿态坐在看起来温暖如春的豪华宫殿里。然后，这座宫殿摇晃着往前开走了。

每次电车开过，四周就会变得特别暗。洪作飞奔过黄濑川桥。他听说这一带有狐狸出没，就想着要赶紧过桥。快要下桥的时候他听到有人叫了一声"喂，孩子!"，洪作吓了一跳。一个骑着自行车的四十多岁的男人停下踩着踏板的脚，正站在他身后。

"什么事？"洪作小心地回答道。

他肯定是从洪作身后过来的，不过之前一点都没听到动静，让人觉得有点奇怪。

"你去哪里？"对方问道。

男人穿着工作服，脖子上还围着一块毛巾。

"三岛。"洪作说道。

为了离那人远点，他又朝前走了两三步。

"你坐上来吧。我带你。"

接着他又问：

"你是初中生？"

"是啊。"

"几年级了？"

"初三。"

"说话口气不要这么冲。——明明还是个小不点。"对方说道。

"我带你去，你上来吧。"

"要带我去哪里？"洪作还是口气很冲地说道。

如果自己说话太老实的话，会被对方轻视的，他心想。洪作不相信对方。这个人突然出现，出现的方式有点奇怪，跟自己说话时一副自来熟的样子也很怪异。要是坐上他的车，天知道他会把自己带到哪里去。

虽说如此，洪作也并不是真的相信狐狸会变成人。只是，在这个地点，这样一个时间，他还是觉得有点心里发毛。就算不是狐狸，也不知道是不是心怀不轨的人。对方似乎被洪作的态度激怒了。

"你，怎么说话呢！——人家好心跟你说话，你反而话里带刺！你在学校里上过修身课的吧。当别人亲切待你的时候，你要心怀感激，并表示感谢。你家在三岛的哪里？——你是谁家孩子？"

洪作没有说话。此时，洪作知道对方既不是狐狸也不是心怀不轨之人。如果是狐狸或是心怀不轨之人，肯定不会说出这个男人刚刚说的那番话。

"我走着回去。"

洪作稍稍改了改口气说道。

"为什么不坐车？"

"我想走路。"

"想走路？！"

对方似乎不大能理解。

"那你想走就走吧。我还想着前面经常发生抢劫，就想带你过去，既然你想走，那就走吧。"

听到这里，洪作就说："那我坐车。"

"你说要坐车就能坐啊，这又不是你的自行车。真是个不会说话的家伙。这种时候，你应该说请让我坐你的车。——你看前面，是不是很可怕啊。"

接着，他又说道：

"你坐在后面吧。"

153

洪作按他说的，叉开腿，骑坐在捆行李的后座上。自行车很快朝前驶去。

"你去干吗了？怎么这么晚？"男人说道。

"去沼津的亲戚家了。"

"为什么不坐电车呢？"

"我每天都是走着上下学的。"

"就算是走路上下学，到了晚上也应该坐电车啊。是没钱？"

"嗯。"

"一点都没有？"

"没有。"洪作说道。

事实上，他去上学的时候，很少带钱。基本上不需要用到钱。

"你家很穷吗？"男人问道。

"不是。"洪作说道。他心想，开什么玩笑。

"既然家里不是很穷，手里总有个五钱十钱的吧。你回到家后跟你爸爸说，坐电车的钱还是要给你带的。"

对方说了些有些冒犯的话。

"你爸爸，几岁了？"

"不知道。"

事实上洪作不知道自己爸爸的年纪。

"不知道？你竟然不知道自己爸爸的年纪。真是无可救药了。你也太不孝顺了吧！你回家之后，记得问你爸爸，然后要把爸爸的年纪牢牢记住哦。你妈的年纪呢，知道吗？"

"不知道。"

"大概是几岁呢?"

"我哪知道。"

洪作也不知道妈妈的年纪。

"你可真是有点傻乎乎的。刚才我就觉得你有点奇怪。就你这样还能上初中呢。你家里人没说过你傻?"

"怎么可能这么说我。"

"你回到家记得跟你爸爸说,你被人说傻乎乎的,问问他你是不是真的有点傻。"

"我爸不在,没法问。"

"那就问你妈。"

"我妈也不在。"

于是,对方问道:"那你住在谁家呢?"

"姑姑家。"

"哦——那你是孤儿吧。"

"才不是呢。"

"像你这样的,就叫孤儿。可怜见的,怪不得没有坐电车的钱。不过,难得还能供你上初中呢。一天三顿饭都给你吃的吧?"

"有时还一天吃四顿呢。"洪作说道。他有点牛气了。

"这就是你不会来事的地方了。你姑姑也是可怜啊,还得接手你这么个大麻烦。"男人说道。

自行车来到布满石块的路面上,洪作就想从车后座上下来了。在行驶的反作用力下,他的身体不停地抖动,从腰到脚都开始疼起来。来到千贯樋坡前，洪作说道："我要下车。"

走路还更轻松些。

"腰疼了？"

"嗯。"

"那就下来吧。"

男人停下自行车。洪作下了自行车，道谢道：

"谢谢。"

"就是这样，你这样一说，我心里也会很高兴。要多帮你姑姑做事，让你姑姑多疼爱你几分哦。"

说完，男人又骑上车走了。洪作再次朝前走去。又有电车超过了他。

走到三岛町时，洪作不由得长舒了一口气。两边的人家都关上了大门，但是路上还是能看到稀稀拉拉的行人。进了三岛町之后，洪作想起了同学兴奋地谈论兰子的那些话。一字一句全都浮现在了眼前。他终于有精力回想起那些话了。

同学所说的话，令洪作无法认同，但是他说兰子长得漂亮，洪作心想，也许兰子算是长得漂亮的吧。如果说像兰子那样的少女算是漂亮的话，那么她与洪作之前所认为的美人是全然不同的。

啊，是吗，那样的就叫做漂亮吗？少女那喜欢恶作剧的、爱卖弄小聪明的、傲慢没规矩的白皙脸庞无数次浮现在洪作眼前。兰子真的像同学说的那样漂亮得能当演员吗？她真的因为长得美而出名吗？但是，当兰子的脸消失，眼前浮现出玲子的脸庞时，洪作心想，明明是玲子更可爱嘛。洪作觉得玲子长得比兰子更美。

洪作想着明天要让增田和小林两个也见见兰子和玲子，看看他们觉得谁更美。

洪作回到家中，吃上了比平时晚得多的晚饭。

"怎么样？神木家。"姑姑问道。

"阿姨和姨父都在。"

"哦。"

"请你吃饭了吗？"

"没有。——吃了点心。"

"只有点心？"

"还喝了可可。"

"那还好。你难得去趟他们家，这点东西总要请你吃的。只有你阿姨和姨父在家吗？"

"没有。兰子和玲子也在家。"

"都是挺好的孩子吧？"

"嗯。"接着洪作又说道，"还让我给她做了作业。"

"两个女孩子的作业？"

"是姐姐的英语作业。所以，才喝了可可。"

"作为你给她做作业的谢礼？"

"是啊。"

听了这话，姑姑的脸色变得难看起来，说道：

"你就说你又不是家庭教师，拒绝就是了嘛！难得去拜访他们，却让你给他们家孩子做作业，这难道不是很过

157

分吗？"

"你阿姨是个怎样的人啊？我以前见过她一面，但是不大记得了。我对她一点都不了解，甚至不知道她是不是还活着。"姑姑说道。

"是个像人偶一样的人。非常温柔。"洪作说道。

"人偶？！要是有像她那样的人偶，那也是很奇怪的人偶了。——姨父呢？"

"姨父很讨人厌。"

"为什么？"

"没有什么为什么，就是很讨人厌，还是阿姨好一点。"

"那是自然了。把自己家搞到破产的能是什么好人。"

"把自己家搞到破产？"洪作吃惊地问道。

"虽然还没破产，也跟破产没什么区别了。因为他家的生意已经做不下去了。"

接着，姑姑又问道：

"他们家孩子多大了？"

"姐姐上女校初一了。皮肤很白。"

"就算皮肤白，不聪明也不顶事啊。"

"也很聪明。听人说上小学时还担任班长呢。"

"哦。"

"很出名的。"

"为什么会出名啊？"姑姑问道。

但是洪作没有回答这个问题。他总觉得因为长得漂亮出名这话有点说不出口。他很想告诉姑姑小学老师跟兰子说话的时候都脸红了，但是这话也有点不好说出口。

"有两个女儿，那这神木家也是够呛的了。你姨父要是再不靠谱点，她们俩都得嫁不出去喽。"

"妹妹的皮肤比较黑。"

"姐姐皮肤白，妹妹皮肤黑，那你阿姨和姨父肯定有一个长得黑吧。"

"没有，两人都很白。"

"那可能是外面生的孩子吧。你那姨父本来就是个爱玩的。"姑姑说道。

第二天，洪作在上学途中跟增田和小林说道："我昨天不是去了沼津的亲戚家嘛。那可是个有钱人家。我今天还要再去一次，你们也跟我一起去吧。"

"不去。"小林说道。

"有什么好玩的吗？"增田问道。

"他家有个很漂亮很出名的女孩子。你去问下塚越就知道了。那是姐姐，还有个妹妹。妹妹什么运动都很擅长，也很出名。不信就去问下塚越吧。我要去看她们。"洪作说道。

"他们家是你亲戚？真的吗？"增田一脸怀疑的神情。

"真的呀。"

"那你知道她们的名字吗？"

"知道啊。兰子和玲子。塚越叫她小兰。"

"那你怎么叫她呢？"

"我吗？我也叫她小兰啊。"

"那妹妹呢？"

"叫小玲啊。"洪作回答道。

"怎么可能会漂亮，这种女孩。"增田忽然轻蔑地说道。

这是一种没有任何根据的轻蔑。

"很漂亮哦。就是因为漂亮才出名的。都说她们长大了能去当女演员呢。这是塚越说的。"

洪作对自己说的话没什么信心，所以总是不停地提到塚越。他的言下之意是这些都是塚越说的。结果，小林忽然把两只手放在嘴边装作喇叭的样子，拼命大喊道："小——兰！"喊完之后，他说了跟增田一样的话，"怎么可能会漂亮，这种女孩。"

"到底漂不漂亮，自己去看看吧。我带你们去。"洪作说道。

"会太晚吧。如果不会太晚，去看看也可以。但是如果太晚的话，我就不去了。——是吧？"

增田朝小林看去。结果，小林又用两只手做出喇叭的样子，用一种奇怪的节奏大叫道："小、兰——！"接着突然向前跑去。

"去吧，啊？"

洪作开始劝说起增田。

"小林不想去的话，我们俩去吧。我昨天帮兰子做了作业，想去问问她都做对了没有。"

"你帮她做作业了？"

"嗯。"

"真讨厌。怪不得今天你身上有股女人味。"

说完,增田像是要逃离什么讨厌的东西似的,追着小林向前跑去。远远地还可以听到小林在大喊"小兰"。

那天中午休息的时候,塚越走过来,对洪作说道:"听说你今天要去神木家,带我一起去吧。"

他好像是从增田还是小林那里听说的。

"我还没确定去不去。如果增田或小林跟我一起去,我就去,我不想一个人去。"洪作说道。

他不想再像昨天晚上那样一个人走夜路回家了。

"增田说他去。"塚越说道。

"真的吗?"

"真的呀。增田说他有一次从神木家门前经过,看到过小兰。"塚越这么说道。

洪作觉得增田不可能这么说,所以在校园里一看到增田,就走了过去。

"你知道兰子?"洪作问道。

"不知道啊。"增田摇摇头,但又说道,"也许知道吧。我总感觉见到过。是一个看起来很乖的女孩子吧。"

"不是。"洪作否定道。

"没穿袖子长长的和服吗?"

"怎么可能穿那种东西。"

"头上系着丝带吧?"

"哪里会系那些东西。"

"唱歌很好听吧?"

"她压根就不唱歌。"

"是吗？我总觉得见过。总感觉那人就是小兰。——行吧，我也跟你去看看吧。"

增田忽然兴致勃勃地说道。接着，又说道："你、我、塚越，我们三人一起去。"

"叫小林也一起去吧。"

洪作觉得走夜路的话，三个人一起走比两个人好。所以他想尽量拉上小林一起。他想带增田和小林一起去，但是不大想带塚越一起。塚越主动要求带他一起去，这让洪作觉得这人有点厚脸皮，有点讨厌。

快要进教室时，洪作再次邀请了小林。于是小林端着架子说道："我可不说话的哦。跟女人有什么好说的。听好了吗，那我就去。——算了，我还是不去了。"

放学之后，洪作正想叫上增田一起朝学校大门走去，塚越跑了过来，身上背的书包啪嗒啪嗒作响。

"喂，也带我一起去吧。"塚越说道。

洪作对塚越的态度感到不快，但是他也没有找到拒绝他的理由。就在这时，小林迈着慢悠悠的步子走过来了。洪作满心以为小林要自己一个人回三岛了，但是小林并没有往三岛方向走，而是隔了一段距离，远远地缀在洪作几人后面走着。

"喂，过来呀。"

洪作朝小林叫道，但是小林还是没走过来。

"随他去，随他去。"增田说道。

"小林这家伙，其实心里是想跟我们一起去的，嘴上又说不想去，现在把自己弄尴尬了吧。"

"我们等等他一起去吧。"洪作说道。

"我觉得还是不带那家伙更好。带上那家伙的话，我们就有四个人了。我觉得四个人太多了吧。三个人的话就正好。"塚越这么说道。

为什么四个人就是太多，三个人就是正好，谁也不知道，但是从塚越嘴里说出来，听起来似乎确实是这么回事。

来到御成桥上，增田说："我还是不去了。"

"为什么？"洪作问道。

"总感觉很奇怪啊。洪作，还是你一个人去吧。我在这里等你。"

"那就这么办吧。"塚越插嘴道。

"增田你在这里等吧。我跟着阿洪去看看。喏，这样就可以了吧，就这么办吧。去神木家也没什么好玩的。也就是去一去。"

但是，洪作不想跟塚越两个人去。如果这样的话，还不如自己一个人去。

"塚越，你也在这里等吧。我一个人去。还是有点奇怪，带朋友去的话。——我一个人去一下吧。"

结果塚越说："我要去的。我就是为了去他家才走到这里的呀。我跟神木家的人很熟的。叔叔、阿姨、小兰、小玲，我都很熟的。我要去。"

163

他仿佛在强调自己是多么有资格和洪作一起拜访神木家。

"你跟他们说过话吗？"

"没有说过话，但是我认识他们。"

"那你跟着吧。"洪作说道。

心里却想，塚越这家伙真是太讨厌了。

洪作又叮嘱增田："你在这里等我哦。我很快就回来的，你可别自己先回去了。"

"我等你。快点回来。"增田说道。

洪作和塚越两人朝鱼町拐了过去，眼看着神木家就在前面了，塚越停下脚步，说："我也不去了。"

"为什么？"

"就是不想去了。那是你的亲戚，你一个人去吧。跟着你去，就像你的随从似的，我可不想这样。我不去了。"

"那我也不去了！"洪作说道。

"你去吧。"塚越说道。

"不，我也不去了。"洪作坚持道。

仔细想想，也没有什么必须要拜访神木家的理由。原本去神木家就只是想让增田和小林看看兰子和玲子谁更漂亮，听听他们的意见。既然关键人物增田和小林不肯去，那么去拜访神木家就没有意义了。

就在这时，洪作看到神木家的大门开了，兰子的身影突然出现了。

"怎么办，她过来了。"

洪作感觉被人打了个措手不及，慌乱地说道。

"我不知道。我先回去了。再见！"

塚越毫不犹豫地转身，半跑着走远了，扔下洪作一个人。洪作呆站在那里。兰子朝这边走来，她似乎才发现洪作。"哎呀"她神情一变，但是很快走近洪作，也没打招呼，就问道："你没看到玲子吗？"

"没有。"

"她被爸爸骂了，就跑出了家。——跟我一起找找吧。"

"她去哪里了？"

"不知道啊。就是刚刚发生的事。两三分钟前。"

接着她又说：

"你去对面的店里看看！我去这边店里找下。"

"好。"

洪作只能按兰子说的去做。他走了五六家店，在店门口张望了一番，但是都没有发现玲子的身影。洪作再次在路上碰到了兰子。

"算了，反正都找了一圈了。"

说完，兰子又问：

"你这是要去我家？"

"不是。"

"去我家坐坐嘛。"

"有朋友在御成桥等我呢。"洪作说道。

"那我也往桥那边走走。小玲跑出家的时候，说是要从御成桥上跳下去呢。"

洪作听兰子这么说，不由得盯着她看。世人都觉得是不得了的事情，在兰子嘴里却仿佛是极其平常的小事。这令洪作有些无法理解。

"如果从御成桥跳下去的话，那就麻烦了。"

"她哪里会真的跳啊。就是威胁罢了。我也经常说这样的话来威胁人啊。我妈也说过。"

兰子开始朝前走了，所以洪作也跟了上去。洪作不想被人看到自己和兰子肩并肩走路，所以就想跟她拉开点距离，但是兰子对此却毫不在意。她很快停下脚步，等洪作跟上来。

此时，洪作发觉自己的脸慢慢变红了。虽然他看不到自己的脸，但是肯定是变红了。不仅是变红了，而且是在不断地变得更红。他自己很清楚这一点。

洪作觉得路上走过的每一个人都看到自己脸红了。一想到走过身边的人都在看一个脸红得像灯笼果的初中生走在路上，他的脸就变得更红了。他的脸似乎红得没有尽头，仿佛用不了多久就能烧起来了。

兰子一边走，一边跟洪作说了什么。但是洪作的耳朵已经失去了接收这些信息的能力。他以一种怪异的危险的脚步，和兰子并肩朝前走着。来到御成桥边，正在桥上看着自己这边的增田和小林的身影映入了他的眼帘。

洪作想朝两个少年的方向跑去，尽快摆脱眼前的窘境，但是他的双脚却不听他的命令。洪作看到不一会儿增田和小林就转过身走了。两个人都是一边摸着桥上的栏杆，一边慢悠悠地往前走着。说是往前走着，不如说是在往前挪动着。

"是那两个人吗?"兰子问。

"嗯。"洪作回答道。

"哎呀，他们走远了。你一定要帮我问一下他们有没有看到玲子。"

"嗯。"洪作说道。

此时他才感觉到束缚着自己的咒语终于解开了。洪作朝增田和小林追去。

洪作跑近了一看，增田和小林抓着桥栏杆似的，正在低头看河水。

"喂，你们有没有看到一个大概小学五六年级左右的女孩子经过这里?"洪作突然问道。

他的脸红得快要烧起来了，所以根本没有精力去思考说出口的话。他用一种生气似的口吻抛出了自己要问的事情。

"鬼才知道。"增田说道。他的眼睛还是看着河水。

"回去吧，噢?"小林对增田说道。

小林也没有转头看洪作。这时候，兰子走了过来。

"这两位是洪作的朋友吗?"兰子问道。

"嗯。"洪作说道。

但是增田和小林两人还是抓着桥栏朴看着桥下的河水。

"叫什么名字?"兰子又问道。

于是洪作介绍道:"这位是增田，这位是小林。"

"叫增田吗? 我的朋友里面也有一个叫增田的。这位可能是她的哥哥吧。"

"不对，增田没有妹妹的。是吧？"

洪作替增田回答，并向增田确认道。这时候增田才抬起头，但是他的脸肉眼可见地变得一片通红。

"可是，很像啊。"兰子说道。

"像什么像。"增田甩下这么一句，对小林说，"回去吧。"

"这位是小林吧。我朋友里面也有一个叫小林的。"兰子又说道。

"是吗？"小林极其客气地回答道。

"哎呀，我忘记问小玲的事情了。有没有看到一个女孩子哭着经过这里？"兰子问小林。

"没有经过。我想应该没有经过。对了，也许经过了也说不定。戴着学生帽吗？"

"没有戴学生帽。是个女孩子。小学六年级。"

结果，小林说了声"哎呀，不好意思"，做了个挠头的动作，他的脸也眼看着变红了。增田脸上的红色不知道什么时候已经褪下去了，开始变得有些苍白。

远远看到有一群高年级学生朝这边走来了，洪作心想，必须赶紧跟兰子告别了。

"喂，回去吧。"洪作对增田和小林说道。

他们没跟兰子说一句就离开了那里。增田和小林也朝前走去。他们快走过桥的时候，碰到了那群高年级学生。洪作他们朝着跟高年级学生相反的方向走去。

洪作他们又回到了学校门口附近，继续朝前走，学校大门就在他们右侧。从校门口往前是每天都走惯的路,路上已经看不到高年级学生了。来到自己走惯的路上,三名少年都松了口气。感觉像是回到了自己的地盘。

增田打头走着,隔着两三米是洪作,再隔着两三米是小林。平时三个人总是挨在一起,边说边走,但是现在却仿佛各自单独行动了似的。增田老是拖着鞋子走路,所以他的脚边总是会浮起尘土。

洪作感觉自己有很多事情需要想想。可是也就是意识到这一点,真要去想的时候,发现什么也没有。兰子的脸不时地浮现在他眼前,兰子说过的话一字一词飘荡在他耳边。

"喂,洪作。"

小林从后面追了上来。

"你帮她做的作业,怎么样了?"小林问道。

这时,洪作才想起来自己虽然见到了兰子,可是却完全忘记问她作业的事了。

"我忘记问了!"洪作说道。

"你真的帮她做作业了吗?那女孩看起来挺聪明的啊。"

过了一会儿,他又垂头丧气地说道:"我刚跟她说了很奇怪的话。把弟弟跟妹妹搞错了。怎么会搞错呢。真是讨厌啊。"

"你觉得那女孩漂亮吗?"洪作问道。

"这我怎么知道。——她喷了香水吧。"小林说道。

"怎么会喷这些东西呢。"

"是吗?我还以为是香水呢。很香啊。"

小林用力吸了几下鼻子。小林一说很香，洪作也觉得确实很香。这时，增田转身走到他们身边，用一种跟平时截然不同的粗暴的口气说道："脏兮兮的小娘们！"

增田脸上一片通红。刚才被兰子搭话的时候，他的脸也红了，但是他此时的脸红跟那会儿又有些不一样。这是愤怒的脸红。他的眼睛冒着火，脸也充满恶意地扭曲着。

"什么玩意儿，那种小娘们。还漂不漂亮。一点都不漂亮。这种人就叫丑八怪。就是丑八怪里的蠢蛋。我真是倒了大霉了！我干吗跟着洪作去啊。"增田说道。

接着，他又像是还没说过瘾似的，嘴里嘟嘟囔囔地说着，忽然又看向小林。

"啊，你这家伙真是讨厌。她一跟你说话，你语气就变得特别客气！——你还发抖了哦。我真是觉得奇怪得不得了。——我们不是说好不跟女人说话的嘛，可你还不是跟人家说了。"

说完，还意犹未尽，这次又朝洪作看去。

"那是你的亲戚吧。——那可是个不良少女。你就要被她引诱啦。"

"哪里是什么不良少女。"洪作说道。

"这不就是嘛。那样的就叫不良少女。她过来就是来引诱我们的。你俩差点就被她引诱了。"

"我们哪里会被引诱。"小林插嘴道，"你就嘴巴说得厉害，为什么在兰子面前不敢说呢。就会红着脸，低着头。"

"我哪有！"增田瞪起了眼睛，眼看着似乎就要朝小林扑过去了,"等下次再碰到,我一定会说。一定要好好说给她听听。"

"你要说什么?"

"就跟她说你是不良少女。然后给她一个大嘴巴。你太自以为是啦,别太得意哦。——啪!"增田说道。

结果小林说道:"不要欺负弱小。"

小林也气红了脸。

"也不用动手吧。动手就免了吧!卑鄙的家伙。"

小林说得仿佛兰子已经被打了,而他在帮兰子抗议。不过,小林很快又变了个语气:

"你想打就打吧。她怎么可能会被你打呢。你只会又红着脸低着头——哦哦哦!"

"你有完没完!"

话音未落,增田一脸忍无可忍的样子,突然朝小林扑了过去。

两个少年扭打在一起,倒在了路上。为了把两人分开,洪作先是把在上面的小林踢开,又顺便在增田的头上打了两下。

第六章

对于洪作来说，遇到神木家的女儿兰子和玲子，是一个大事件。这不仅对洪作来说如此，对于小林和增田来说似乎也同样如此。当然，小林和增田只见到了兰子，没有见过玲子。所以少年们口中所谈到的也只有兰子。

在洪作、小林、增田三人上下学的路上，每天总会有人提到兰子这个名字。增田说到兰子的时候，总是一副厌恶得脸都皱起来的样子。嘴里不停地说那个脏兮兮的小娘们、不良少女兰子这样的话。可即使如此，最多提到兰子的就是增田。每次洪作跟增田说到兰子之前，增田都会先说一堆兰子的坏话，这令洪作有些不开心。总是不由自主地为兰子做些辩护。可是，洪作也拿不出太多可以为兰子辩护的材料。于是就只能信口开河了。比如：

——即使如此，她还是非常孝顺的哦。

——她在学校里唱歌唱得最好。

有时还会说：

——她每天晚上都会学习三个小时，然后把身上穿的衣服好好叠好，压在床铺下之后才睡的。

虽然增田自己骂兰子总是骂得很难听，但是洪作夸奖兰

子的时候,他都会默默听着。每次洪作说完,他都会心生佩服似的沉默一会儿,然后又神情突变,以所有能想到的恶言恶语大骂:

——撒谎!那种小孩子怎么可能会做这样的事!那种讨厌鬼、废物、丑八怪、丑女人、晦气鬼——

这时,小林总是沉默着,眼里亮晶晶的。在御成桥上,小林对兰子说话非常客气,所以在增田和洪作两人面前,他感到有点丢脸,既不好跟着骂,也不好跟着赞美。每次说到兰子的时候,小林总是默默地听着,但是时常会在大家意想不到的时候说到兰子的名字。

——啊,兰子从对面过来了!

他总是说这样的话。每次听到这样的话,洪作和增田都会吓一跳。看到两人这个样子,他就会嘲笑:"当真了呀,傻瓜!"然后,他就会用尽力气大喊:

——小——兰。

喊过一次之后,他就跟喊上瘾了似的,连续喊好几次,最后蹲在地上,像是要用尽全身力气似的大喊。这些大都是走在东海道的松树行道树边或是狩野川的堤岸上时发生的。即使周围并没有人经过,在洪作看来,这样的小林也是很怪异的。

进入十二月之后的一个早上,洪作、增田、小林三人跟平时一样,沿着冰冻的道路朝学校走去。天变得越来越冷了,所以他们走得也比春天和秋天的时候要快得多。他们要通过快走来取暖。

经过黄濑川桥之后不久，对面走过来一群女学生。沼津和三岛都有女校。去上沼津女校的学生，走的是跟洪作他们一样的方向，上三岛女校的学生，走的方向则跟洪作他们的相反。但是，不管是去三岛上学还是去沼津上学，女学生们几乎没有徒步走路上下学的。大多是坐电车上下学，还有极少数人是骑自行车。最早看到对面过来一群女学生的是小林。

"那些人怎么回事？一起走过来的呢。"小林口中冒着白汽说道。

"是三岛女校的学生吧。"增田也说道。

女学生们走的方向跟洪作他们相反，是往三岛去的。从这一点来推测，应该是三岛女校的学生。

"哎呀，她们排着队过来的，好多人啊。"小林说着，停下脚步，"怎么办？"

洪作也在想该怎么办。感觉像是有极其麻烦的东西在靠近自己。五六个女生可以不当回事，但是三四十个人的话，那就是一个由完全不同的生物组成的部队了。比起男生部队，她们更让人难以应付。

"有什么关系呢，不要当回事，往前走就行了。不要停下来，不要停下来。"增田说道。

他的意思是，如果停下脚步，就会让人以为自己很把她们当回事，所以就要装作毫不在意的样子，大步往前走。可是，增田自己仿佛也没什么信心。

"洪作，你走前面。"

说着，他把洪作推到自己前面。洪作觉得这实在是太过分了。他一转身，转到了小林身后。

"小林，你走前面。"

"我不要。"

小林马上躲到了增田身后。最后还是按照增田、洪作、小林这样的顺序往前走了。

麻烦们一分一秒地靠近过来。洪作心底充满了紧张，像是要迎来海啸的前锋了。

"不是三岛的，是沼津女校的那些人。"增田说道。

果然，确实是沼津女校的学生们。从她们穿的学生制服就可以看出来。

"是去远足吧。"洪作说道。

如果是去远足的话，那就怪不得是大部队过来了，被这么一大群人一个个看过去，真是一场飞来横祸。虽然并不会被她们吃掉，但是三个少年还是觉得自己在劫难逃了。

不一会儿，混杂着脚步声、说话声、笑声的声音部队越来越近了。说是声音部队，其实也可以说是色彩部队。虽然女学生们穿的都是清一色的藏青色制服，并没有混入其他颜色，但是对于洪作来说，这个部队不可思议地闪烁着各种颜色。就像涂上了颜料盒里所有的颜料，然后又聚集在一起，旋转着靠近过来了。

三名少年目不斜视地在路边走着。女学生的队伍绵延不断。少年们满心紧张，眼睛看着脚尖，一个劲地向前挪动着脚步。女学生的队伍中不时地响起笑声。每当这个时候，洪作总感觉她们是在笑自己，原本就有些僵硬的身体这下变得更僵硬了。

这时，走在前面的增田突然回过头来，说道："要滑倒喽，再不小心点的话。"

不用他提醒，洪作从刚才开始就已经在小心翼翼地走这条已经被冰冻的道路了。道路中央已经被女学生的队伍占领了，所以洪作他们只好在路边上走。路边上被松树行道树遮蔽着，见不到太阳，地面被冻得结结实实的，像石头一样硬。而且，不时还会出现水坑，上面结着厚厚的冰。

在听到增田的提醒的那一瞬间，洪作脚下滑了一下。右脚的鞋子直直朝前滑去，身体失去了平衡，转眼间，洪作双手挥舞着，仰面摔倒在地上。

洪作马上站了起来，但又摔倒了。这次是一屁股坐在了地上。实在是太丢人了。洪作没感觉到痛。这时他没空去管痛不痛了。笑声和娇呼声在耳边响起。过了一会儿，增田说道："所以，我不是提醒你了嘛。"

增田又恢复到了平时说话的语气。洪作朝周围看了下。女学生的队伍已经走过去了。

"真讨厌，怎么滑倒了呢！"小林也说道。

"她们笑了？"洪作问道。

"笑了呀。所有人都咯咯咯笑了。还有人在拍手呢。"

"是几年级学生？"

"那我哪知道。"

接着，小林又说："啊，又来了！"

洪作朝前面看去，前方又新出现了一群小小的女学生的身影。

"就算来了又怎样，一群小不点！"洪作说道。

因为刚才的丢脸，洪作像变了个人似的，开始变得天不怕地不怕了。

洪作觉得自己就像是在看着敌方大军从远处蜂拥而来。跟刚才不一样的是，此时他心中不再担心该怎么办，不再有惴惴不安的想法。洪作感到一种强烈的敌意正在朝自己袭来。和洪作相反，增田和小林想的似乎是一难刚过又来一难，不由得叫苦不迭。

"接下来我们走堤坝吧。我可不想被那么多双眼睛看着。"小林说。

"那不是更奇怪嘛，特地爬到堤坝上去的话。——我们还是跑步前进吧。"增田说道。

"跑吗？行啊。"小林也表示赞成，又提醒洪作，"你可别摔倒了。"

"我要故意摔一个给她们看看。"洪作白着脸说道。

接着，他又意犹未尽地说道，"我摔倒之后还要倒立给她们看看。"

洪作感觉自己确实很想这么做。反正都已经被那么多女孩嘲笑了。反正都已经被她们看到了自己最丢脸的样子。既然这样，那么再做些什么也都一样。洪作陷入了一种绝望的情绪当中，并且这种绝望渐渐地变成了一种反抗。

"来了，来了！"小林说道，"我们就这样站在这里好奇怪。——我要往前走了。"

小林朝前走去。增田也跟了上去。洪作跟在两人身后，抱着一种想要赖在这里不走的心情，慢悠悠地朝前挪动着脚步。

"跑吗？"小林说道。

"算了吧。"增田说道。

洪作没有听小林和增田说了什么话，他觉得两人究竟朝不朝前跑跟自己无关。

一群女学生过来了。这次女学生们是排成了两列，队列像链子一样，又细又长。洪作把视线投向对方，并且对自己的行为没有丝毫抵触感。跟刚才不一样，现在他做什么都是自由的了。反正刚刚自己摔倒的事迟早也会传到这些正从自己身边走过的女学生的耳朵里吧。这么一想，反抗之心就像鬼火一样，隐隐燃烧起来了。

"不要摔倒哦。"走在前面的增田提醒道。

仔细一看，增田很紧张的样子，连步伐都像是在走正步似的。再看走在增田前面的小林，他好像也因为太紧张，把帽子靠后戴着，书包背在一侧的肩上，学着高年级学生的样子走着。看起来非常滑稽。

洪作不明白小林为什么要像高年级学生那样走路。他之前从来没有这样走过。小林个子矮小，书包挂在一侧肩上的话，就会垂到膝盖下，看起来非常奇怪。而且，他的帽子还靠后戴着，看起来就更怪异了。

洪作感觉自己现在做什么事情都不在意了，但事实上，他并没有那么坦然。洪作一边走,一边不时地朝女学生的队列看去,但他的心思已经完全放在看这件事上了。他的眼睛朝女学生的队列看去,然后又移开视线,落到自己的脚下。很快他又觉得自己必须要朝女学生的队列看去。眼神老是盯着自己脚下的话,他会觉得自己特别凄惨。

就这样,洪作的视线总是一投到女学生的队列上,就缩回到自己脚边,然后又马上朝女学生的队列看去,接着又回到自己脚边。虽说朝女学生的队列看去,但其实他并没有看清那些排成队朝前走的女学生们的脸。他什么都没看到。只感觉有轻飘飘的、软乎乎的、极其美好的东西在那边移动着。

——洪作。

忽然,耳边传来一个明亮的声音。洪作停下了脚步。在停下脚步的瞬间,洪作的眼睛才恢复了视物的功能。一队穿着藏青色制服的女学生正排成队朝前走着。大家都不约而同地红着脸,编成辫子的头发在背上一甩一甩朝前走着,有的紧跟着前面的同学,有的则跟前面的同学隔了一段距离。

恢复功能的不仅是眼睛。耳朵也开始能够听到她们不停发出的笑声和说话声了。

洪作看到队列当中有一只手高高举着,一边朝自己挥着,一边走远了。洪作心想,那应该是兰子了。

不一会儿,女学生的队列过去了。三名少年各自停下脚步,这才意识到时间又开始正常地流淌在自己身边了。

"那是一年级学生吧。兰子也在里面。"洪作说。

"嗯，站在最前面呢。"增田说道。

"哪里是站在最前面啊。是站在最后面。她叫我名字的时候，我还吓了一跳呢。"

听洪作这么说，增田回了句："撒谎！"

"我哪有撒谎，她就是叫了我的名字。是吧？"

洪作想向小林寻求证明，但是小林也说："叫你名字？！撒谎！"

洪作坚信兰子确实是叫了自己的名字。因为他亲耳听到了，而且也亲眼看到了兰子高高举着一只手走远的样子。可是却被两个朋友说自己撒谎，这算什么事儿啊。哪有这样荒唐的事呢。

"我哪有撒谎。兰子真的叫了我的名字。"洪作愤怒地说道。

"那么，她叫你什么了？"增田噘着嘴不满地问道。

"她叫了洪作。"

"洪——作——"听洪作这么说，增田故意拉长了声音，"又不是拍电影，她怎么会这么做！洪作，你有点奇怪哦。变成花痴了哦。——兰子是跟老师并排走在最前面的哦。"

"撒谎！"

这次洪作说了这句话。

"我哪有撒谎。——是吧？"

增田转过头对小林说道。结果，小林说："她没走在最前面。"

"她一个人走在最后。我都感觉有点奇怪。她不会是肚子痛吧。不然就是鞋磨脚了。所以才会一个人远离队伍走着吧。她一直看着我呢。"

"撒谎!"

这次增田和洪作异口同声说道。洪作也看到了在队伍的最后面,有一个少女远离队伍,一个人孤孤单单地走着。但是那个少女个子很矮小,跟兰子长得一点也不像。就像小林说的,她可能是肚子疼,或是被鞋子磨了脚吧,但是那个女孩并不是兰子。那是个跟兰子完全不同的少女。如果小林真的把她当成了兰子的话,那就太奇怪了。

"那个人怎么会是兰子呢。"

听洪作这么说,小林反驳道:"可她就是兰子呀。"

看小林这个样子,只能说他是真的这么认为的。洪作烦得都不想再跟他争论下去了。可是,这么认为的不只是小林,还有增田。

"她跟老师走在一起呢,你们没看到吗?她可能是班长呢。她跟老师一起走在最前面,肯定是班长。"接着,他又以一种指责的语气说道,"你们怎么连这个都看不到呢。真是笨死了。"

"她哪里有当什么班长。"洪作说道。

怎么想兰子也不可能是班长。听塚越说她小学的时候担任过班长,但是上了女校之后的她已经不配当班长了。

结果,增田说:"也许不是班长。但是,不管怎样,她是跟老师一起走在最前面的。如果不是班长的话,那就是班上最高的人吧。"

增田的这个想法令洪作感到意外。

兰子的个子应该属于比较矮小的。班上个子最高的人，不管怎么算，应该也算不到她的头上。

"你不是在御成桥看到过兰子吗？她的个子哪里算高啦。"洪作说道。

"是吗？"增田一脸难以认同的样子，"她很苗条吧。"

"苗条是苗条的。但是她个子哪里算高啦。"

这时，就听到小林说："我觉得她个子很矮。腿也很粗。"

"腿哪里粗啦。"

对此，洪作也不得不表示反对。

"很粗哦。你看到过吗？"

"我不用看就知道。她的腿哪里粗啦。"

结果，就听得小林"啊"的一声，一脸吃惊的样子。

"那么粗的腿，你竟然没有看到？！"

"你是看到了别的女孩子吧？"

"不，就是兰子。我在御成桥上看到她的时候，也是这么想的。"

三人对于兰子的看法都各不相同。毫无疑问，增田和小林都把别的女孩子当成了兰子，但是洪作没办法让他们认识到这一点。这令他感到有点焦躁。

三人一边谈论着兰子，一边沿着去学校的道路走着。远远地能看到学校大门时，三人才想起来上课时间快到了，于是都抱着自己的书包，甩开腿朝前跑去。刚开始跑，小林鞋子一滑，摔倒在地上。洪作等小林站起身来，再一起往前跑。小林一边跑，一边说："你摔倒的时候，女校的那些家伙都在笑你呢。还有人在说哧溜哧溜扑通。"

"哪有人这么说。"

"说了。你太紧张啦，所以没听到。"

"我哪有紧张。"

"你紧张了呀。因为太紧张了，所以刚爬起来，又摔倒了。"

洪作停下了脚步。羞愤快要从他身上溢出来了。他心想，就算上学迟到又算得了什么呢。

这一天，三名少年都有些亢奋。虽然他们不知道究竟为什么这么亢奋，但是只要三人一碰头，就会说绝不能把今天早上的事情告诉别人。

洪作滑倒这件事，如果是平时，会通过增田或小林之口传遍班级，瞬间就能传得人人皆知，但是这次增田也好，小林也好，谁都没有提半句这件事。他们似乎都觉得这件事还是保密为好。原本只是碰到了女学生队伍，没什么值得保密的，但是三个人都不约而同地避免去提及它。

这天，从学校放学之后，三人像平时一样一起沿着东海道的行道树走着。不知道怎么回事，三人的兴致都不高。各自沉默着，慢吞吞地往前走着。

洪作总觉得今天早上碰到的前往三岛的女学生队伍这次会从对面折返过来。对早上丢了个大脸的洪作来说，他并不是很想再次遇到那些女学生。心想着，最好是不要碰到。可是真的没碰到的话,他心里又多少觉得好像少了点什么。

增田和小林两人跟洪作不一样,他俩没有害怕女学生队伍的理由。虽然嘴上没说,但其实他俩心里肯定在期待着再次碰到女学生们。洪作对他们俩的这种想法,心知肚明。在沿着千贯樋的坡道往下走的时候,小林说道:"啊,来了!"

"真的吗?"增田突然说道。

"你看,来了!"

"哪里啊?"

"不是从对面过来了嘛,那条狗。"小林说完,又接着道,"真是讨厌的家伙。你以为是什么。你以为是女校的学生吧?"

"我哪有这么想。"

"撒谎。明明这么想来着。"小林说道。

但是,小林很快遭到了增田的报复。增田把帽子靠后戴着,把书包背在一侧的肩上,以一种怪异的步子朝前走去。洪作很快看出来增田这是在模仿小林早上的样子。小林似乎也明白了增田在做什么,说道:"什么呀,这是。——我才没有这样走路。"

但是,增田没有回答,还是一个劲地迈着奇怪的步子。过了一会儿,他又拉长声音,怪声叫道:"小——兰——"洪作看到小林的脸上眼见着燃起了怒火。

星期天早上,洪作很早就醒了。每到星期天,他总是会早早醒来,这一天也不例外。他起床,走下楼洗了脸,但姑姑还没起来。

洪作又回到二楼，再次钻进了被窝。不知道从什么地方飘来了大酱汤的味道。姑姑还没起床，所以应该不是她做的大酱汤。但鼻尖确确实实闻到了大酱汤的香气。

洪作躺在床上，用力吸了吸鼻子。同时，肚子开始咕噜噜响了起来。肚子在控诉自己空空如也。肚子响了，胃也开始抽搐了。可是不管肚子多饿，姑姑不起床的话，就不可能吃到早饭。除了默默地躺在床上，没有别的办法。可是，这大酱汤的香味，究竟是从哪里飘过来的呢？

洪作离开床，打开了玻璃窗。跟大酱汤毫无关系的冰冷的空气一下子涌进了房间。洪作赶紧关上窗户，又躺回到床上，还是能够闻到大酱汤的味道。

洪作下了楼梯，朝一楼走去。一楼的房间都还关着木门，很暗。他看了看厨房。里面当然一个人都没有。不可能有人在煮大酱汤。

洪作正准备再次回到二楼，卧室里传来姑姑的声音"你窸窸窣窣地在干什么呢？"

"我闻到了大酱汤的味道。"洪作回答道。

姑姑似乎一时没明白洪作的意思，过了一小会儿，她一边说着"你说闻到了什么味道？"，一边开始起床。

"闻到了大酱汤的味道。"

"大酱汤？！"姑姑微微吸了下鼻子，说道，"哪里有什么大酱汤的味道啊。"

洪作也吸了吸鼻子，这个时候，不知道怎么回事，闻不到大酱汤的味道了。

"好奇怪。"

"你说什么呢?"姑姑一脸吃惊的样子,"每次到了星期天,就这个那个的早早起来了。"

"可是,我真的闻到了大酱汤的味道。您去二楼闻闻,真的有。"

"那真的是大酱汤的味道?"

"——我觉得是。"

"好奇怪。不可能有大酱汤的味道啊,不会是漏电了吧。"

姑姑突然一脸担忧的样子。

"是烧焦的气味吧?"

"不是,是大酱汤的味道。"

听洪作这么说,姑姑带头朝二楼走去。

来到二楼,姑姑用力吸了吸鼻子,说道:"哪有什么味道啊。"

"好奇怪,刚刚明明有很浓的大酱汤的味道啊。"

洪作说道。不知道怎么回事,大酱汤的味道从房间里消失了。

"你在哪里闻到的?"

"我躺着的时候就闻到了。"

"好奇怪。"姑姑在洪作的床头坐了下来,朝四周看了看,"什么味道都没有啊。"

"好奇怪。"

除了"好奇怪"，洪作也不知道该说什么了。

"——所以，我就说你有点问题。"姑姑的表情忽然变得很难看，"就算是闻到了大酱汤的味道，也不用这么闹腾吧。"

洪作暗想，我也没闹腾啊。我只是去了楼下，看了下厨房而已。接着，姑姑的嗓门大了起来：

"赶紧睡觉。男孩子不要一大早就窸窸窣窣地起来，星期天就应该好好睡觉。又不是用人。"

她的语气，有些冷酷。

"等饭做好了我会叫你的，没做好之前你就睡觉吧。"

洪作钻进了被窝。他心想，因为这个大酱汤的事情，到底还是惹得姑姑生气了。

姑姑下楼之后，洪作趴在床上，用力地吸了吸鼻子。大酱汤的香味不知道从什么地方又飘了过来。毫无疑问，这就是大酱汤的味道。

洪作一边闻着大酱汤的味道，一边闭上眼睛。肚子又开始咕噜噜响了。一闭上眼睛，眼前就浮现出了大酱汤在锅里面翻滚的样子。这大酱汤里面，还加了葱。葱白和绿色的葱叶，在沸腾的茶褐色液体中，时浮时沉。这下葱的香气也跟大酱汤的味道一起传来了。洪作把被子蒙到头上。在大酱汤真的做好之前，还是睡觉吧，他心想。

当他再次醒来时，已经过了十点了。阳光从窗户的缝隙间透进来。洪作一下子推开被子。难得是星期天，竟然都睡过去了，他心说。他穿着睡衣走到楼下，看了看起居室的挂钟。十点多了。

客厅那里传来姑姑说话的声音,好像来了客人。洪作正想回二楼,姑姑从客厅出来了。

"起来了?赶紧去洗脸吧。汤之岛的外公来了。"

"外公?!"

洪作缩了缩头,赶紧回到了二楼。对于洪作来说,这不是一个让他欢迎的人。那是母亲七重的父亲,是洪作的外祖父,但是这两三年来,他年岁越大,变得越来越唠叨。就算在他还没那么唠叨的时候,每次他苦着一张像是吃了黄连的脸叫"洪作"之后,紧接着肯定是一连串的牢骚。洪作小时候离开父母,被送到了故乡伊豆的乡村,但并不是住在外祖父家。按道理,他应该被送到母亲的娘家,也就是外祖父家居住,但是事实上,是外祖父的父亲,也就是洪作的曾外祖父的妾室,一个名叫阿缝的老奶奶接纳并养育了他。虽说是妾室,但是曾外祖父很早就过世了,老奶奶阿缝则不知道什么时候上了洪作家的户口。她一个人住在仓库里,但是一直被视为是家庭的一员。这一点就是乡下人的难得糊涂了。

洪作在这个老奶奶的抚养下,上了小学。对于阿缝老奶奶来说,把洪作养在自己身边,对于自己不稳定的家庭地位多少是一种保障。而且,不仅如此,她还在洪作身上倾注了一个孤独的女人全部的关爱。当然,现在她已经过世了。

洪作洗完脸,很快来到了客厅。外祖父文太朝洪作转过脸,脸上一丝笑意都没有,说道:"怎么有人会睡到这么晚呢。你可不能仗着你姑姑疼你就无法无天的。"

"我早上很早就起来过了，不过又睡着了。"洪作说道。

因为睡懒觉而被责怪这件事令他感到意外。

"赶紧去对面吃饭吧。别麻烦你姑姑给你重新做，真是个麻烦的小子。"接着，外祖父又问道，"放寒假的时候回汤之岛吗？"

"嗯。"

"什么时候开始放假？"

"应该是12月20号左右吧，还不大清楚。"

"有给你爸爸妈妈写信吗？"

"之前写了。"

"之前是什么时候啊？"

"暑假的时候。"

"之后就再没有写过信？"

"嗯。"

于是，外祖父文太一边往烟袋里装烟，一边说道："对于生养了自己的父母，每个月至少应该写一两次信。"

"没什么好写的呀。"

"你爸妈给你写信了吧？"

"没有。"

"没收到吗？"

"之前收到过一次。"

"哼，你看看。就因为你不主动写信，所以你爸妈也不写信过来了。"接着，他又说，"你是这个样子，你爸妈还是这个样子。——真是一群笨蛋。"

文太用烟管轻轻在烟灰缸沿上敲了敲,说道。洪作感觉外祖父把对父母的气也都撒在自己身上了。

"你妈妈七重,给我这个当爹的,也很少写信。所以,给自己的孩子也不大写信。你下次给她写信的时候,记得帮我说一句——好歹应该给我写点时令问候吧。"

七重是洪作母亲的名字。文太和七重面对面的时候,相当窝囊,总是被七重噎得一句话也说不出来,但是在背后,他总是说些威风的大话。

洪作知道文太为什么在七重面前直不起腰。文太不擅处世,做了好几桩生意都失败了。虽然还没有到败尽家产的地步,但是原本还算丰厚的家底都被一点点地耗出去了。山被卖了,大宅子也卖了一半,仓库也被从主屋隔出来卖给了别人。

——这都是父亲的错。

七重偶尔归省时,曾经这样说过文太。那时候,文太苦着一张不能再苦的脸,一直沉默着。

洪作正在听着外祖父文太的牢骚时,姑姑过来了。

"也没什么菜,不过还是请您去对面用个午饭吧。"说着,她又对洪作道,"洪作也跟外公一起去吃吧。我订了寿司。"

"哇!——寿司!"洪作欢呼道。

"傻瓜!进了寺庙,就不能吃寿司了,所以趁着现在先让你多吃点。"文太说道。

洪作对文太的话感到很奇怪。

"什么进寺庙?!"洪作问道。

"虽然还没有最后决定,不过有可能会把你托付给沼津的寺庙。"姑姑说道。

"什么时候?"洪作神情僵硬地说道。

托付给寺庙什么的,简直就是晴天霹雳。

"这都是八字还没一撇的事。也要看对方方不方便——而且,就算是托付给寺庙,那也是明年的事了。"姑姑像辩解似的说道,又催促文太,"来,您请吧。"说完,她自己站起身来先过去了。姑姑的话里似乎是怪文太说漏了嘴,让她不得不来圆这些话。

来到起居室,在餐桌前坐下之后,洪作问文太:

"我要被送到寺庙里去了吗?"

文太还是苦着一张脸,一言不发。过了一会儿,他说:"就算去了寺庙里,也不是说让你当和尚。只是让你寄居在寺庙里,从那里去上学。"

"我不要。"洪作说道。

虽然不知道是哪里的寺庙,但这不是开玩笑吗,他心想。

"你怎么说话呢。真是越来越不像话了。书包也丢了,成绩也下降了,你姑姑已经管不了你了。——送你去寺庙之后,要拜托和尚让你从擦地板开始做起。"

文太说完之后,姑姑在旁边说道:"洪作,你也吃寿司呀。那是你的一份。"

"我会吃的。"洪作说道,但是他此时没心情吃寿司。到

191

底是谁想出来要把自己送到寺庙里去的呢。

"既然都准备送我去寺庙了,不如让我去住校吧。"洪作说道。

"比起住校,还是住寺庙更好些。现在还没去拜托对方,所以还不知道对方肯不肯接收你,如果他们肯接收你的话,去寺庙肯定比住校好很多。——你妈妈也是这个意见。"文太说道。

洪作这才知道,在这件事上,妈妈也插了一脚。

"这就准备把我送到寺庙去了吗?"

洪作的语气有点冲。

"你这不去不行啊。我就是特地为了这事儿过来的。"

文太一边用筷子夹着寿司说道。

"是哪里的寺庙?"

"位于沼津港町的一座寺庙。——傻小子。"

文太一副事已至此多说无用的样子,又骂了一句"傻小子"。

"我也跟着一起去看看。"洪作说道。

既然妈妈也在这件事上插了一脚,就算自己反对,也无济于事了。洪作心中认定,这是姑姑、外祖父、妈妈一起合谋,要把自己押进寺庙里去。可寺庙是很麻烦的地方。所以他想要亲眼看看那是个怎样的寺庙。

"想跟着一起去就去吧。"文太说道。

"这样你也可以提前看看环境!如果是个能够安静学习的好地方那自然好,如果不是的话,那就不要去了。"姑姑说道。

接着她又不停地表示，如果是个好地方就去，如果稍稍有点不好，那就肯定不去了。听姑姑嘴里说的，她一直在强调不好就不要去了，但是洪作知道最早提出这件事的，肯定就是姑姑。所以，他觉得姑姑的话也是不可信的。决定了要跟外祖父一起去沼津之后，洪作的情绪也多少平静了一些，他开始吃寿司。

"想睡到什么时候就睡到什么时候，起来之后还可以吃寿司。你去寺庙里看看，哪有这么好的日子。"文太说道。

"不吃寿司，可以吃年糕。"洪作说道。

文太嘴里尽说着一些不让人高兴的话。

"年糕?！就算是寺庙，也不可能一直有年糕啊。"

"没有年糕，那有馒头吧。馒头更好吃。"

"说什么傻话呢！就是因为你老想着这些，所以成绩才会下降的。"

说到成绩，洪作也没什么话反驳了。

"上小学的时候还挺乖挺老实的，越大，就变得越怪。"文太说道。

"不过，这孩子也有他特别为人着想的一面呢。这一点找家俊记身上就没有。"姑姑出言袒护道。

"你瞧瞧！"洪作说道。

"你瞧瞧是啥意思！不像话。"

"您请看看。"

"您请看看也一样。——赶紧去收拾一下。我们马上去

193

沼津。"文太苦着脸说道。

洪作和外祖父文太一起离开家。这还是他第一次和外祖父一起走路。回想一下幼年时期，也没有跟外祖父一起走路的记忆。故乡汤之岛有温泉，有几个公共澡堂，上小学的时候洪作几乎每天都会跟人一起去泡澡，但是从来没有跟外祖父一起去过。文太不知道是因为不喜欢温泉，还是嫌走着去温泉那几百米路太长了，总是自己在家烧水泡澡。

街上看着很悠闲，很有星期天的感觉。冬日的阳光暖暖地洒落下来。文太一句话都没跟洪作说。这并不是因为他在生洪作的气。除了要说事之外，文太基本不开口说话。这并不是出于他的某种坚持，而是性格使然。

所以，洪作也从不主动跟外祖父文太说话。如果贸然开口的话，肯定会被冷漠地训斥为聒噪，说什么傻话。但是，今天不大一样。这是有生以来第一次跟外祖父一起去沼津，他觉得自己无论如何也得说点什么。

"你去买车票吧，千万别弄错，记得把找的钱拿回来还给我。"前往坐电车的车站时，外祖父说道。

"车票可以等坐上车了再买啊。"洪作说道。

"可以等坐上车了再买，但是也可以在坐车之前买吧。"

"那当然能买了。"

"你看。车票这种东西就是要在坐车之前买的呀。——可不能太不讲理哦。"

洪作觉得烦透了。自己跟不讲理根本搭不上边，但是外祖父却能够非常巧妙地把两者连在一起。这种巧妙的连接简简直可以称之为天才。

坐上前往沼津的电车之后，洪作发现车上都快被乘客坐满了，于是他就给外祖父占了个座。

"外公，坐这里吧。"洪作说道。

"多管闲事。"

文太一边这么说着，一边在洪作给自己占的座位上坐了下来。看到洪作站着，文太说道："你看。——自己没地方坐了吧。"

这种时候，也会让洪作感觉很烦，但是他并不生气。从他小时候开始就一直是这样的，对于这样的外祖父他已经很习惯了。

"你平时都是这样坐着电车去上学的吧。"祖父环视着车厢说道。

"没有啊，都是走着去的。"洪作回答道。

于是，文太一脸惊讶地问道："每天都走着去沼津吗？"

"嗯。"

"真是个傻瓜。就因为这个，所以你成绩才会下降的啊。你想想，哪里会有人早晚都走一日里①以上的。就因为这样，所以你才会连那么重要的书包都丢了。——这次去寺庙寄宿的话，至少这一点能改善了。"

"不是外公你说让我走路的吗？"

"我可没说过。"

"你写给姑姑的信上白纸黑字写着呢。"洪作说道。

①一日里约等于3.927公里。

"就算我信上那么写着,你就真按我说的去做啊?你自己走走这段路,这么远的路每天来回走的话,太累了就没法学习了呀。你想想这些,就该买电车月票,或者走一半剩下一半路坐车。这些事都要自己判断,做最好的决定吧。——你这人就这些地方太不灵光了。"文太说道。

但是洪作并没有在怎么听外祖父说的话。他知道反正最后都会变成斥责的,所以就透过车窗看着车外移动的风景。透过电车的车窗看自己每天都走的东海道,感觉就像不认识了似的。虽然坐电车很好,很轻松,但是他还是觉得每天跟小林、增田一起玩闹着走路上学更开心。而且,他也一点都没感觉到外祖父所担心的身体疲劳。

"沼津的寺庙,是怎样的啊?"

洪作只关心寺庙的事。

"就是因为不知道是怎样的寺庙,所以才去看的呀。"文太说道。

"有和尚在的吧。"

"哪里有没和尚的寺庙啊。"

"如果那和尚是像外公你这样的,那就讨厌了。"

"嗯?"

外祖父抬起头。

"如果和尚像外公你这样,那我就不喜欢。"

"为什么?"

"因为很烦人啊。"

"烦人?!你个混小子!如果没有人这样烦人地说你,你会变成什么熊样。因为你爸妈不在你身边，所以你才能说这样任性的话，要是你爸妈在身边，只会更烦人。——像你妈妈，从早到晚就是抱怨个不停。"

"外公，你之前被妈妈骂了吧？"

"我吗？"

"嗯。"

"我会被骂吗？我只是做出被骂的样子罢了。"

文太的神色一下子复杂起来，但很快又变回了之前一脸挑剔的样子，顺口又骂了句"小混球！"也不知道他这话是对洪作说的，还是对洪作的母亲七重说的。

进入沼津的街市之后，洪作和祖父下了车，两人并排沿着大路朝海边走去。

"真热闹呀。"

文太一脸佩服似的不停地看着道路两边的店铺。

"买把洋伞吧？"他说道。

"现在先不用买吧。等回去的时候再买吧。"洪作说道。

"三岛也有卖的啊。"

"比起三岛，沼津的东西质量更好吧。"

"我觉得是一样的。——之前姑姑还说三岛的更便宜呢。"

"更便宜?！是吗，三岛的更便宜呀。"

因为便宜，所以文太似乎立马就放弃了在沼津买洋伞的打算。

"我想要个饭盒。"

"等你后面去寺庙的时候买个新的就行啦。"文太说道。

"还想要个再大点儿的书包。"

"你上初一的时候,不是买过了吗?"

"我想要个更大的。"

"书包大点小点都一样用。而且,你个子小,书包还是小一点好。"

"还想买皮鞋。"洪作说道。

文太看了看洪作的脚。

"你不是穿着皮鞋吗?"

"鞋底已经破了。"

"去修一下不就行了。"

"我之前拿去修了,人家说还是买双新的比较好。"

"鞋店都会这么说。如果你把他们说的话都当真的话,就得买很多双皮鞋了。"

接着,文太似乎怕洪作再提要求,加快了脚步。

"走快点。明明还是个孩子,走路却这么慢吞吞的。走路的时候,就要走得快快的。"

来到鱼町附近时,洪作问道:"要不要顺便去神木家?"

"不去神木家露个脸也不像话,等回去的时候再去吧。我们先去寺庙。先看看是怎样的寺庙,然后再去神木家,这样比较好。听说神木家是寺庙施主中最大的一家。——当然了,这都是以前的事了,现在的神木家也布施不了什么了。"

"神木家很穷吗?"

"没有人工作的话,哪个家庭都会变穷的。"

"姨父不工作的吗?"

"你姨父可是个麻烦精,净会花钱。你要是一个劲儿地要书包啊,皮鞋啊,饭盒啊,就会变得像神木家的姨父哦。"

文太和洪作没有去神木家,直接从他家门口走过去了。文太在路上向一个行人问了路。

"去港町走这条路没问题吧?"

这种听起来带着几许傲慢的问法,令洪作非常讨厌。又走了一会儿,文太又向行人问道:"去港町的话,走这条路应该可以吧?"

对方回答可以。文太也没跟对方道谢,就继续朝前走了。又走了一会儿,文太又开始寻找可以问路的人。

"外公,不用再问了吧。肯定就是这条路没错。"洪作说道。

"错没错的,谁知道啊。走到人生地不熟的地方,就要多问几次。"文太回答道。

路不知道什么时候开始变得越来越窄了。透过路左边的人家和人家之间,可以看到狩野川的河水。路沿着狩野川往前延伸,过了一会儿,又离开了河边。

很快就看到了一座名叫妙高寺的寺庙。文太在寺庙门前停下脚步,说道:"这寺庙看着很不错啊。"

虽然外公说这个寺庙不错,但是洪作对于寺庙是好还是不好,根本无从辨别。

"很不错的寺庙啊。让你住真是浪费了。"文太说道。

"我不喜欢,从这种地方去学校上学。——我还是要跟之前一样，从三岛出发去上学。"洪作说道。

"你说啥呢！"

文太没有理会洪作，穿过了寺庙的大门。这个寺庙看着有三千多平方米，都被打扫得干干净净的。纤尘不染。右侧是禅房和正殿，正殿旁边可以看到钟楼。庭院的正中间种着灌木，灌木丛的四周围着低低的竹篱笆。

文太一走进寺庙，看都没朝禅房看一眼，沿着灌木丛转了一圈，然后朝正殿走去。洪作也跟在文太身后走了过去。

"唔，正殿很气派啊。应该花了很多钱吧。"

接着，文太又说道："还有钟呢。好大的钟啊。现在要买一个这么大的钟，可是不容易啊。"

"好大的正殿啊。"洪作也说道。

他只去过汤之岛山脚下的一个寺庙。小时候，他几乎每天都去那里玩。不过，跟那个寺庙相比，妙高寺要大得多，气派得多。这里的庭院被打扫得一尘不染，跟那个被当做小孩子游乐场的寺庙相比，氛围完全不同。正殿是一个独立的建筑，通过走廊与禅房相连。汤之岛的寺庙没有钟楼，而这个寺庙是有钟楼的，悬挂着巨大的吊钟。

"这钟，每天都会有人敲吗？"洪作说道。

"正适合当你的工作。"文太说道。

"敲钟的话，敲多少次我也愿意。"

"你不知道了吧。敲钟可是很辛苦的哦。每天早上四五点就必须得起来了。可不能像在真门家那样一觉睡到大中午。"

"要起这么早吗？"

"那当然了。哪有人睡到中午再敲钟的。——你小子可真是啥也不懂。"接着，他又说道，"不管怎样，先去见见这里的和尚吧。"

"外公，你一个人去吧。我在外面等着。"

"说什么傻话。跟我来。"

文太一边转身朝禅房走去，一边说道。

推开禅房的门，里面是很大的土间，紧邻着铺着地板的房间。左右两边都有走廊。左边连着厨房，右边连着起居室和正殿方向。

"有人在吗？"文太说道。

里面一片寂静，无人应答。

"不好意思，有人在吗？有人在吗？"文太又说道，接着他对洪作说，"好像没人呢。"

接着，他又朝里面喊："没人吗？——不好意思，有人在吗？"

看到似乎没人，洪作松了口气。他想就这样跟外祖父一起回去。他觉得这样更好一些。结果，听到文太说道："哎呀，有奇怪的声音。"

听外祖父这么一说，洪作也竖起耳朵听了一下，远处确实有风琴的声音传来。

"是风琴。"洪作说道。

"如果是风琴的话……"

文太一脸挑剔地说道。

201

"你说的风琴，是学校里弹的那种风琴吧。寺庙里怎么可能有风琴呢。"

文太说着，又竖起耳朵听了起来。

"是风琴。"洪作说道。

这很明显就是风琴的声音。

"是有人在正殿弹呢。"

"怎么可能。"

"可是就是从那边传来的啊。"

听洪作这么说，文太露出了一脸怀疑的神情，过了一会儿，他用更大的声音，像怒吼似的喊道："有人在吗？"

于是，厨房那边传来了开门的声音，不一会儿，一个胖胖的阿姨走了出来。

"欢迎。我刚刚去后门那边了。"说着，她在地板房间的门边躬下身，抬头看着文太问道，"请问您是哪位？"

"冒昧打扰了，我是神木家的亲戚——"

文太还没有把话说完，对方就说："啊，我知道了，是为了上初中的孩子的事儿吧？"

"正是。"

"是吗，是这样啊。来，请进。"阿姨热情地欢迎道。

文太只说了一两句话，对方就马上明白了，给人的感觉就是这件事已经定下来了。洪作觉得自己有点无法释然。这不是他们已经事先谈妥了，就等着把自己带到这里吗。

走过铺着地板的房间，打开房间尽头的木板门，就是客厅了。文太和洪作被请进里面。透过嵌在隔扇门上的彩色玻璃，可以看到院子里的灌木丛。

"师父有事去附近了，应该马上就能回来了。"

阿姨说着，离开了客厅。

"这个禅房真是不错。现在如果新造一幢这样的房子，可要花费不少呢。"

文太抬头看了一圈天花板，说着跟刚才站在正殿前一样的话。

"那个阿姨说的是师父吧。"洪作向文太确认道。

"嗯。"

"他们都不叫和尚，叫师父的吗？"洪作问道。

"这个嘛，就不知道啦。问一下吧。"文太说道。

"不用问没关系啊。这种问题问起来多奇怪啊。"

"这有什么奇怪的。你就只是问一下是叫和尚还是叫师父啊。"文太说道。

正殿方向还是不断地传来风琴的声音。

阿姨端了茶水和点心过来，问文太："神木家一切都没变吧？"

"今天还没去过，等回去路上准备去一下。那家要是有什么变化倒好了，没有一点变化，所以才愁人啊。"

文太说道。阿姨听了这话，似乎不知道该怎么回话了，就不再继续神木家的话题，转而看着洪作说道，"是这个孩子吗？看着是个很聪明的小公子啊。"

"哪里，越来越让父母担心了。小时候待在我身边的时候，还挺老实的，当初就不应该把他放在他三岛的姑姑家。

203

他姑姑家里只有一个大人一个孩子，平日里很宠自己的孩子。这个孩子住到他姑姑家之后，也连带着被宠坏了。前些日子，孩子他妈给孩子的老师写了信，老师回信中所说的情况令人很不满意。成绩不断下降。还变得吊儿郎当的。我想回信上大概写了这些吧。这孩子的妈妈呢，生来就是个爱啰唆的。虽说她是我亲生女儿，我当爹的这么说可能有点奇怪，但真的是很神经质，很爱啰唆。一看到老师回信的内容，就觉得事情很严重。她给我也写了信，说让我管管洪作，说洪作跟你那边的孩子不一样，是一定要考学的。——她所说的你那边的孩子，就是她自己的弟弟妹妹。"

"呵呵。"

阿姨笑了起来。

"她给我都写了信，当然给三岛的姑姑，给神木家也都写了。亲戚们都被她骂了一圈。"

"可是，关于孩子的教育，确实不这样的话……"

"她是自己离得远远的，倒把自己孩子周围的人都骂了一圈。"

"那下次可能我们这边就要挨骂了。"阿姨笑着说道，"唔，因为不是旁人，而是神木家拜托的事，所以如果您觉得我们这里可以的话，请随时搬过来。"阿姨出乎意料爽快地说道。

洪作心想，神木家在这个寺庙的势力还真是了不得啊。这个阿姨说因为是神木家的拜托，所以才接受的。

"您什么时候过来呢？"阿姨问道。

"明年春天。"洪作突然说道。

"啊，是考虑到要进入新的学年吧。可以的呢。"

听阿姨这么说，洪作松了口气。

阿姨和文太的谈话又转到了神木家身上，这时，这家寺庙的住持出现了。是一个五十岁左右身材魁梧的人。阿姨向他介绍了文太和洪作。

住持问洪作："我听神木先生说过。他说是一个很虚弱的孩子，我看你不像很虚弱的样子啊。你有在做运动吧？"

"没有。"洪作回答道。

"你每天擦洗正殿和走廊的话，很快就会像换了一个人哦。看过正殿了吗？"

"还没有。"

"那么你看下吧。"

听他这么说，洪作马上站起身来。一方面是他不想待在住持面前，另一方面，他觉得自己有必要去看看正殿是个怎样的地方，来做个参考。

来到走廊上，刚刚停了一会儿的风琴声又传来了。走廊入口处是一个房间，就在玄关的旁边。走过这个房间，有一个向下的台阶，走廊从这里低了下去，两边是庭院。继续往前走，就能直接走到正殿了。

洪作在正殿门口停下脚步。一个二十岁左右的体格健壮的姑娘正面对着放在正殿一角的风琴坐着。虽然洪作不知道这个姑娘的身份，不过看她在弹风琴，可能是这家的女儿吧。风琴的声音一停下，姑娘没有转头，只是问道："是谁?"虽然她问自己是谁,但是洪作不知道该怎么回答。洪作没有说话。姑娘转过头来,似乎很吃惊一个素昧平生的少年站在那里,又问道:"是谁啊你?"

"我是来看正殿的。"洪作回答道。

"来看正殿?"

"是和尚说让我过来看下正殿。"洪作说道。

"不应该叫和尚。请叫师父,师父。"

"那到底是和尚,还是师父啊?"

"别装糊涂呀你。你如果叫和尚,他不会理你的。——要叫师父。"接着她又说,"啊,是你啊,说想要来我家的。"

"是的。"洪作说道。

虽然并不是自己主动想要来这里的,但他觉得这中间的事情解释起来太麻烦了。

"你在上初中吧,几年级?"

"初三。"

"初三的话,已经够大了。你过来吧。"对方用命令的口吻说道。

虽然对方说你过来吧,但是洪作却没有马上迈出脚步。他莫名地感到有点畏惧。

"你过来一下吧,来这边。"

对方一开口,就像是一朵巨大的花裂开了一部分似的,令洪作觉得很晃眼。洪作畏畏缩缩地朝姑娘走了过去。对方盯着洪作的脸说道:"在我家,不管是我,还是我妈,大家都叫爸爸师父的。你要是来我家的话,也要叫师父。明白了吗?"

"嗯。"

洪作点了点头。

"好瘦啊你。——有在做运动吗?"

"没有。"

"多做运动吧。男孩子还是多运动运动比较好。不管是柔道还是剑道什么的,都可以练练。我家附近有一个沼津商业学校的剑道选手。你就在院子里跟他学吧。"姑娘说道。

洪作没说话。他总感觉要是一不留神回答得不对的话,后果会很严重。

"有在学习吗?"

"有。"

"你看着就像是个爱学习的呀。可不能当书呆子哦。——运动和学习要两手抓。——你成绩很好吧?"

"没有。"洪作摇了摇头,"以前还不错,后来下降了。"

"成绩下降怎么行呢。第几名?"

"初一的时候是第一名。"

"第一名?!都不敢和你说话了呢。现在是第几名?"

"下降了好多。"洪作说道。

"为什么会下降呢?"

"因为没有学习。"

"你刚刚不是说你有在学习吗?"

"学是在学,但没有像以前那么努力了。"

"你是住在亲戚家吧?"

"是姑姑家。"

于是，姑娘又把洪作从头到脚仔仔细细打量了一遍，说道："你什么时候过来？"

"明年三月。"

"什么，明年三月啊。"她的口气忽然变得很像个男人。接着又说道，"你来的时候可要做好心理准备哦。我们这里是禅宗寺庙，很严格的哦。整天无精打采的孩子可不受欢迎。你要学习运动两手抓，还要帮助打扫正殿。"

"是要擦地吗？"

"地当然是要擦的，不过擦之前要先扫一扫。"

"院子也要扫吗？"

"光是正殿就够你忙的了。你还有时间去管院子吗？你到时候做做看吧，很大的哦，这里。"

洪作朝正殿内部环视了一圈。果然，光是扫一遍就很不容易。如果还要擦地的话，不用对方说，就可以想象到这个工作会有多累。这可算不上是一个好的寄宿处。

"你早上起得早吗？"姑娘从风琴前站起身来问道。

洪作没有马上回答，他在想自己该怎么回答。万一答得不好，可能会给日后留下隐患，他心想。

"爱早起？"

"那倒没有。"洪作模棱两可地回答道。

"几点起？"

"保证上学不迟到。"

"这不是理所应当的嘛。起床时间要保证上学不迟到，这没什么值得骄傲的哦。——寺庙里可是起得很早的哟。"对方说道。

"去学校之前，要先运动的。"

"嗯。"

"我也会做，不过你也要帮忙。这可以算是每日必做的功课，没什么大不了的。"

"嗯。"

虽然他很想问到底要做什么，不过还是很警觉地没有把问题说出来。

"每天都要做的事情一旦定下来之后，就会忍不住要去做呢。偶尔不做反而会觉得浑身难受。"

"嗯。"

"你知道要做什么吗？"

"不知道。"

"要去挑水。打扫正殿这事是你放学回来之后做的。要挑水倒进澡盆。现在是大叔在做，不过他上了年纪了，必须要找人来替他做这些。有时候我会替他做，不过实在是太累啦。你来的话，就请你来帮忙吧。"

洪作没有回答，沉默着。

洪作想着该回禅房去了。

"那我下次再来。"

虽然不知道还会不会来，但是洪作还是这么说道。于是姑娘说道："去拜一下祖师爷吧。"

姑娘说了祖师爷，但洪作耳中听着像是祖爷爷。这个祖

209

爷爷到底是什么,洪作一头雾水。

"祖爷爷是什么?"

"你连祖爷爷都不知道吗?你到了这里的话,每天都要去给他上供的哦。——你过来。"

姑娘说着开始往前走,洪作跟在她身后。姑娘来到正殿中央,指了指正面方向,说道:"来,拜吧。"洪作低了低头。

"要更诚心、更有礼貌地拜。再来一次。"姑娘命令道。

没办法,洪作只好比之前更郑重地鞠了一躬。

"你是一个人来的?"姑娘问道。

"没有,我外公也来了。"

"在哪里呢?"

"在对面跟和尚说话呢。"

"怎么还叫和尚。"姑娘板起了脸,"我不是跟你说过吗,要叫师父。再说一遍。"

"在对面跟师父说话。"洪作又重新说了一遍。

"行了,你可以回去了。"对方说道。

洪作马上离开那姑娘,从正殿走到了走廊上。他站在走廊上看着庭院,耳边又传来了风琴的声音,这次还伴随着姑娘的歌声。

在看着庭院的短短时间内,洪作就决定还是不要寄宿在这个寺庙了。虽然他不知道外祖父会说什么,但是他觉得最好还是不要到这个寺庙来。刚刚姑娘口中所说的每天要做的功课就已经很多了。像擦洗正殿、挑水,还有给祖爷爷上供这些工作似乎都会成为自己的任务。除了这些，天知道还会有什么灾难落在自己头上呢。

洪作心里想着不要来这个寺庙。我不要来！他在嘴里嘟哝着。开什么玩笑，这种寺庙怎么能来呢。

洪作这样下定了决心之后，感觉自己的心情都出乎意料地变得轻松起来。回到禅房的客厅，师父和外祖父还是面对面坐着在聊天。不知道是不是聊到了仙人掌，两人中间放着三盆小小的仙人掌。

"看了正殿了？"住持问道。

"看了。"洪作回答道。

"那接下来你去厨房看看吧。阿姨在那里，让她给你做点好吃的。"

听住持这么说，洪作就没有在客厅坐下来，又走到了走廊上。厨房好像在跟正殿相反的方向，于是洪作踩着被擦得光溜溜的地板朝另一边走去。把挡在前面的木板门打开之后，又是一间宽阔的铺着地板的房间。地板房间旁边是土间。

"很脏的哦。"阿姨的声音从土间传来。

"说是让我过来看看厨房。"洪作说道。

"这么脏兮兮的地方有什么好看的呢。就是大一点罢了。"

虽然阿姨这么说，洪作还是朝厨房走了过去。每走一步，地板都会嘎吱响。阿姨说厨房很脏，但其实一点也不脏。铺着地板的房间被擦得很干净，闪着黑色的光泽。角落里放置的厨具都被归置得整整齐齐的。真门家的厨房要比这里乱多了。只是不知道是不是因为采光不好,所以整个厨房看着有点阴暗。阿姨在土间用大锅煮着水。

"好大啊。"洪作说道。

他真真切切感受到了这里的大。厨房很大,土间也很大。这时,一个看着有七十多岁的老人走进了土间。

"大叔,明年春天开始,这个孩子就会住到我们这里。还请多关照啊。"

阿姨向老人介绍了洪作,接着又跟洪作说:"他耳朵有点不太灵便了,不大声说话,他就听不到。虽然这点有些不大方便,但是这个大叔从年轻时候开始就在这个寺庙工作了。性格很顽固,有些挑剔,但是工作很认真。"

接着,她像是跟本人寻求确认似的,朝大叔说:"是吧?"老人不知道听没听到,他把柴火放在土间的角落之后,就沉默着,一言不发。

"你来了之后,我们也不把你当客人。"阿姨说道,"得在这里,和家里的人一起吃饭。"

"嗯。"

洪作点了点头。反正已经决定不来这家寺庙了,在哪里吃饭这种事情,就更不用在意了。

"去正殿看了吗?"

"去了。"

"郁子在那里吧。"

"在的。"

这时洪作才知道那个姑娘的名字叫郁子。

洪作再次回到了客厅。看到洪作回来了,文太站起身来,说道:"那么就请您多关照了。"

"是明年春天过来是吧?"

住持也站起身来,跟洪作确认道。洪作没有明确回答来不来,径直走到了土间。阿姨也过来送他们。

走出寺庙大门的时候,文太说:"真是个不错的寺庙啊。"

"我不喜欢这个寺庙。"洪作说道。

"有什么让你不喜欢的地方吗?这么好的寺庙可是不常见的。住持人不错,他夫人人也不错。"文太说道。

洪作想说他们家还有个很厉害的呢,但是文太又没见过郁子,所以他就没提郁子。

"我不喜欢。"

"不要任性。你个臭小子!哪里不喜欢了?"

"可是在这里好像没法学习啊。在正殿弹风琴的女的跟我说了每天要做的事情。"

"是谁?女孩子?"

"嗯。——可了不得,每天都要打扫正殿。"

"那不是很好吗?"

"还要挑水。"

"挑什么水?"

"她说是洗澡水。"

"那不挺好嘛,还能顺便运动。"

213

"还要去正殿上供。"

"偶尔做一次也没什么啊。"

"不是偶尔,是每天都要做。"

"每天都做的话——这样,就跟寺庙里的小和尚一样了。不过,也没什么吧。"

"我很讨厌这里。"

"来都还没来,就开始叫唤讨厌讨厌,这可不行啊。就算每天要做这些事情,比起从三岛走路到沼津上学,还是能有更多自己的时间吧。"

"就是讨厌。"

"不是你说讨厌就可以不去做的啊。"文太说道,"我们去神木家露个脸吧。他们帮忙找了那么好的地方,总要去道个谢的。"

"就是讨厌。"

洪作一个劲地说着讨厌。

去拜访神木家,对洪作来说是一件很有吸引力的事情,但是跟外祖父文太一起去这一点让他有点不太爽。他想跟兰子说话,也想见见玲子,一想到刚刚从乡下过来土里土气的文太,他就不大想让兰子和玲子见到自己的外祖父。

"我还是不去了。"洪作说道。

"说什么傻话!你自己想想,人家刚刚在妙高寺这件事上帮了大忙,我们能经过人家家门口却不进去打个招呼吗?"文太说道。

"我找个时间自己一个人去。"

"就算你后面找个时间自己一个人去,这会儿也得跟我一起去啊。"

"那外公你一个人进去,我在外面等你。"

"小混蛋!"

文太没有搭理。

走到神木家所在的鱼町,洪作开始暗暗祈祷兰子和玲子都不在家。他不想让兰子和玲子见到文太,也不想让文太见到兰子和玲子。看到那两个华丽的少女,天知道文太会说出什么话。如果是素不相识的人倒还好一点,像这种有点亲戚关系的更麻烦了。

文太推开神木家的门,猛然扬声问道:"你好,请问有人在家吗?"没听到回音,文太又说,"看来没人在家啊。——家在大街上还这么粗心大意。"

"还不知道到底有没有人在呢。"洪作说。

"你小子,如果有人在的话,总会回答一句的吧。"

接着,文太又大喊:"你好,——你好!"

结果传来了一个清澈的声音:"来——了!"这声音除了阿姨不做第二人想。果然很快就看到了阿姨的身影。阿姨走到一半停下了脚步,朝这边看了看,说道:"哎呀,欢迎欢迎!"接着来到地板房间门边,跪下行礼。她行礼的样子,在洪作看来非常温柔优美。为什么神木家的阿姨连这些地方看起来都跟别人不一样呢,真是太奇怪了。

"你有点长胖了嘛。"文太都没寒暄两句就直接说道。

阿姨哪里胖了,洪作心想。

"今天我就不进去了。大家都好吧?"

文太说着,朝宽阔的地板房间看了一圈,又说:"这么大的地方,就这么白白空着,真是太浪费了。"

"看你们现在还什么都没做,还是努力一把做点什么吧。这么着实在是太浪费了。人还是不能光顾着玩乐啊。"

文太毫不客气、大大咧咧的样子让洪作很讨厌。人偶似的阿姨很尴尬似的缩着身子,模棱两可地回答道:"确实是这样,可到底是做点什么好呢,还是什么都不做好呢?"

"那肯定是做点什么比较好啊。"文太说道。

"可要是做了又失败的话。"

"你呀,会不会失败要先去做了才知道啊。"

"可是,到现在为止,无论做什么都失败了。"

"那倒也是。不管做什么都会失败,也真是够愁人的,不过……"

"外公。"

洪作拉了拉外祖父的袖子。如果自己不出声阻止的话,天知道他会说出什么话。

"啥事?"

文太朝洪作看了看,这才想起来拜访神木家的目的似的,说道:

"对了,对了,你们帮忙打了招呼的妙高寺,我们刚刚去了。看着是个很不错的寺庙。住持人挺不错,他夫人也挺不错的。能够把洪作托付到那里,我也没什么不放心的了。"

"您觉得还可以?"阿姨说道。

"看着经济上也挺宽裕的。"文太说道。

"哎呀,还是请您上来坐一会儿吧。"

"不了,没时间坐了。——我就在这里喝口茶吧。"

"是吗,那,虽然是在门口,也请您坐一下吧。"

阿姨站起身,拿了坐垫过来放好,接着又朝起居室走去。阿姨刚进去,兰子就出来了。她似乎没看到洪作来了,看都不看文太和洪作一眼,就走到土间,径直朝外面走去。

"小兰!"洪作叫道。

"啊,你什么时候来的?我都不知道哎。"

说着,她走到外面,又叫洪作:"过来一下。"洪作也赶紧走到外面。

"那是谁啊?"

"汤之岛的外公。"

"哦。"兰子说道,但是她的神情显示出她对文太的存在毫不在意。

"之前我们远足的时候,咱俩碰到过吧?"兰子说道。

"嗯。"

洪作不太想说那个时候的事情。

"好奇怪哦。我明明是认认真真走路的呢。"

"我摔倒了。"

洪作心想反正都要提到的,那就由自己说出来吧。

"摔倒?"

"我太倒霉了。路上结冰了,我滑了一下就摔倒了。被大家好一顿笑。"

结果兰子说："啊,听说那个时候有人因为在初二学生面前太紧张而摔倒了,原来是洪作你吗?"

"我哪有紧张。"洪作说道。

但是兰子所说的紧张这个词还是让他有些在意。

"是吗,是洪作你啊?!"

兰子的话中充满了佩服之情,她很快打开门,跟正在和文太说着话的妈妈说道:"妈妈,我不是跟你说过我们的远足作文里有一篇写得很好嘛。就是那篇标题叫《摔倒的初中生》的。——那个初中生就是洪作呢。"

"这有什么呀,这点小事。"阿姨敷衍似的说道。

结果这下兰子开始大声叫道:"小玲!——玲子,——玲子!"

"你干什么呀,这么大声叫。"阿姨说道,但是兰子对此毫不在意,又叫道:

"小玲,赶紧出来呀。——玲子,——玲子!"

她似乎是想把妹妹玲子叫出来,跟她说洪作的事情。她的言行,令洪作感到了深深的恶意。虽然他早就知道兰子这女孩爱使坏。他开始反省自己不该对她放松警惕。

不知道是不是兰子的叫声传到了屋子里,玲子也出来了。玲子一看到文太和洪作,就打了招呼:"欢迎来我家。"然后问兰子:"什么事啊?"

"我不是跟你说过有一篇作文名叫《摔倒的初中生》嘛。——那个人就是洪作!是洪作摔倒了!"兰子说道。

"是吗?"玲子稍微笑了一下,但是很快笑容就隐没了,口气激烈地对姐姐说道,"这有什么呀,这点小事。所以我才讨厌兰子你。瞧你那傻样。"

洪作不由得抬头看着玲子。他知道玲子性格粗暴,但是没想到她会说出这样激烈的话。

玲子说完之后就没有再说话,只是神情凶狠地瞪着姐姐兰子。

"你生的哪门子气啊。"兰子说道,接着她也一脸怒气,竹筒倒豆子似的怒斥道,"你最近真的好奇怪哦。你这什么表情!明明是女孩子,却晒得跟个黑煤球似的,你不觉得丢人吗!上街的时候我真是一点都不想跟你走在一起。就像爸爸说的,为什么你的脸上一点都看不出品位呢!"

玲子没有回答。她站在地板房间门框边找着脱在土间的鞋子。看到对面角落里有一双草鞋,她默默地走过去,把它穿在脚上。

在玲子走下土间之前,兰子一直看着玲子。当她看到玲子走下了土间,就立马尖叫着求救:"妈妈!"然后突然一脸慌张地朝屋外狂奔出去。

"哎呀,哎呀,你们俩哟!"

阿姨语气轻柔地说着,想要斥责两人,但是这对于处理眼前的险恶情势来说,实在是太无力了。玲子对妈妈的话充耳不闻,慢慢地走到门口,站在那里朝外面看了看,然后她也走了出去。玲子没有跑,只是慢慢地朝着姐姐跑去的方向走着。可正因为如此,玲子的这个态度才更让人觉得可怕。

"真是愁人啊。为什么两人的关系就这么差呢。"

阿姨跟文太说道，不过看她的神情，可看不出有半点发愁的样子。文太似乎是被吓住了。他脸上一副从来没有受到过如此惊吓的表情，突然"呼——"地长舒了一口气，半晌，才说："虽然我很想说她们真活泼，但是老实说，这样是挺愁人的。这可不行。虽然是别人家的孩子，再不管教一二的话，连我都要担心了。"

"真是太抱歉了。"阿姨说道。

"你道什么歉。比起道歉，要更严厉地管教才行啊。有看不过眼的事情，就狠狠地批评。不能放任不管啊。"

"不管我怎么说，她们就是不听啊。"

"不要嘴上说让她们听话，要用实际行动让她们听话。——这个样子，太愁人了。——这个样子，可不行啊。呼——，不管怎样，这个样子太愁人了。"

"外公。"

洪作又拉了拉外祖父的袖子。虽然兰子和玲子很愁人，但是对于洪作来说，外祖父文太的愁人程度也不逊于那两人。

"外公，我们回去吧。"

洪作想着无论如何都要带文太离开了。

"嗯，那就回去吧。"文太出乎意料地爽快回应了，"洪作要到明年春天才会去妙高寺，嗯，请你们多关照了。"

他跟阿姨这么说着，就从地板房间的门框边上站起身来。接着，又忽然想到了什么似的，问道："奶奶怎样了？"

"一直都躺在二楼。明明没什么不舒服，就是不离床，要么坐在被窝里,要么躺在被窝里。"阿姨回答道。

他们口中的奶奶说的是兰子和玲子的祖母,也就是阿姨的婆婆。听说她年纪很大了,从三四年前开始就一直躺在床上。

"听说你刚嫁过来的时候,奶奶说了不少闲话,这些就都不提了。一个人从早到晚就这么躺着,那真是没救了。"

"现在,奶奶在我家就跟神佛一样呢。虽然身体缩小了,但是脾气却变好了。"

"嗯,虽然不知道她还听不听得懂,总之请帮我带个好吧。"

说完,文太就从神木家告辞了。走到大街上,洪作心想,哎呀呀,总算是出来了。

"我以后再也不跟外公去任何地方了。"洪作说道。

但是文太似乎没有听到洪作的话,说道:"神木家这个样子,可真是麻烦了。那两个女儿也是不省心的。"

接着嘴里不停地说着那就麻烦啦,那就麻烦啦,一边朝前走。

离神木家大概一百多米的地方有一家书店。洪作看到玲子站在书店前。于是他就朝着玲子喊了一句:"再见。"

玲子举起右手作为回答。她脸上的神情还跟刚才那样可怕,但是举起右手的时候朝洪作笑了一下。

"在那边吗?那个傻妞。"文太说。

"刚才吵架是小兰不好啊。"洪作说。

"小兰是姐姐?"

"是啊。"

"姐姐妹妹都是半斤八两,没一个省心的。不过,姐姐还有皮肤白这点算是可取之处。"文太说道。

洪作沉默着,他并不这么认为。兰子总是使坏,而玲子身上总能让人感受到某种善意。刚刚两人吵架也是玲子站在自己这边的缘故。

文太和洪作一起回到三岛,在真门家吃了晚饭之后,说晚上要住到韭山的亲戚家去,就回去了。

文太回去之后,姑姑向洪作打听了妙高寺的情况。

"你外公说是一个很好的寺庙,你觉得呢?"

"我才不喜欢呢,那种寺庙。"洪作毫不留情地驳斥道。

"为什么不喜欢呢?"

"为什么?讨厌就是讨厌啊。我无论如何都不会去寺庙那种鬼地方的。"

"看来真的是很不喜欢啊。"姑姑似乎有些吃惊地说道,很快她又接着说,"下次成绩下降的话,就算是再不喜欢,也只能去寺庙了。虽然姑姑我不想你去,但是你妈妈是这么说的。"

"我不去!不去!不去!谁爱去谁去!"

洪作超乎寻常地执拗。他预感到,如果自己不强烈地拒绝去寺庙的话,那后果真的会无法设想。

"如果你真的那么不喜欢的话,那就跟你妈妈说清楚吧。我也真的是受够了。照顾你还不讨好,一说你成绩下降了,就被迁怒——"

"我哪有成绩下降。"

"成绩不下降就最好了。如果你成绩下降了,我就只能拒绝照顾洪作你了。到了那时,你就只能按你妈妈说的去寺庙了。不过,她怎么就想到了寺庙那样奇怪的地方呢。——她给神木家写了信,给汤之岛的外公也写了信,给我也写了信,每封信上写的都是寺庙、寺庙、寺庙。"姑姑说道。

"寺庙那种鬼地方,我才不去。"

"你跟你妈很像啊,都那么固执。"

"可我就是很讨厌那里啊。"

"正月的时候你去趟你爸妈那边吧。然后跟你妈商量一下去不去寺庙的事。看看你俩谁能争得过谁。"姑姑这样说道。

放寒假的前一天,班主任老师给学生们发了成绩单。洪作的名次跟上学期相比下降了十二三名。虽然洪作没指望自己的成绩能提高,但是也从来没想过会下降得这么厉害,打开成绩单时,他简直要怀疑自己的眼睛了。八十分以上的只有国语,其他课全部都只有七十多分。虽然没有四十多分这样不及格的科目,但是也没有九十多分的课。是不是搞错了,洪作心想。

"我名次下降了!"洪作说道。

"我也下降了!"小林也说道。增田没说话。

"你提高了吧?"小林问道。

"我下降了好多。我都怀疑是不是跟别人的成绩搞错了。"增田一脸严肃地说道。

小林和增田都说自己成绩下降了，所以洪作觉得自己轻松点了。问问班上的同学，每个人都说自己下降了！没有一个人说自己成绩提高了。

所以，在学校的时候，洪作并没有感觉沮丧。因为每个人都说自己成绩下降了，所以他感觉自己成绩下降也是不得已的事情。再加上今天上完课之后，明天开始就是寒假，学生们的心思都浮动起来了。

但是，走出校门，像平时一样跟小林和增田三人一起往家走时，成绩的事情还是不时地掠过少年们的脑海。

"山根那家伙，嘴里喊着成绩倒退了倒退了，但是我可知道，他提高了好多呢。"小林说道。

"真的吗？"洪作问道。

"傻瓜，你把山根说的话当真了呀。他的成绩可没有下降。像山代呀、塙呀，都提高了。"

"真的吗？"

洪作觉得难以置信。于是，增田说道："肯定的呀。怎么可能大家的成绩都下降呢。我们下降了，那肯定有人上升了啊。——像你们不好好学习的也就算了，我可是很努力地学习了的。我想着这次一定要进前十名，所以考试那段时间都是早上四点就起床了。我妈起得更早，给我热牛奶。都这么拼了，结果我的成绩还是下降了。我们家，不管是我还是我哥，考试都不行。我那去世的老爸考试也不行。之前我哥就说过。我们增田家只要一参与竞争就必败无疑。只有我妈稍微好点。她只考了一次就通过了。虽说一次就考过了，但那是接生婆的考试。——我哥明年肯定也还是考不上的。他自己都这么说。我还是不要上学了吧。"增田说道。

他脸上神情沉重。听增田脸色沉重地说着绝望的事情，洪作反而觉得自己心情轻松点了。

"学校成绩就算下降了也没什么大不了的。考试嘛，考了你知道的内容，就能考好，考了不知道的内容，那就考不好。而且，考试那天增田你还牙齿痛吧？"洪作说道。

"嗯。"增田一脸不开心地说道。

"牙齿痛的时候，谁都考不好的啊。因为没法思考嘛。"

于是，小林安慰道："别太悲观了。增田你就是太聪明了。我是这么觉得的。一个人太聪明，考试的时候反而会考不好。——而且，又不是只有你一个人成绩下降。我、洪作，大家都下降了的。"

接着，他又问道："你第几名啊？"

"我考得很差。"增田说道。

"你别瞒啦，说嘛。"

"下降到第十三名了。"

"第十三名？！下降到第十三名了吗？"小林吃惊地说道，接着他又怄气似的说道，"什么呀，第十三名啊。第十三名不是挺好的吗？我连第十三名都没够到。"

于是，增田问道："小林你的名次还要靠后吗？"

"当然啦。我要靠后得多。"

小林离开增田朝前走去。增田一下子恢复了精神："你

225

是第几名？我不是说了嘛，你也说嘛。"

"我吗？我是第十八名。——混蛋！"小林说道。

听了小林的话，洪作感觉自己像一下子被推落到了地狱一般一阵眩晕。跟增田和小林相比，自己的名次要靠后得多。

"第十八名，不是也还好嘛。"洪作对小林说道。

"好什么呀。"

"还不错啦。第十八名还好啦。"

"你是第几名啊？"

"我吗？我要靠后得多。"洪作说道。

"第几名？"

"我哪知道。"

"说嘛。"

"不要。"

"什么嘛，我和增田不是都说了嘛。说嘛。"

洪作瞪着小林说道："我被你俩骗了。——你俩说你们不学习，所以我也没学习。你们都是骗我的。"

洪作真心觉得自己被他俩骗了。被骗得实在太惨了。现在他恨死了小林和增田。

这天，刚回到真门家，姑姑就在厨房叫洪作。

"成绩单怎么样？"

"下降了！"

洪作实话实说。

"这样啊，"姑姑一边擦着手走上来，"为什么会下降呢？

你都那么努力学习了，怎么会下降呢。"

"可就是下降了啊，木已成舟。"

"这成绩，是真的吗？"姑姑一脸不敢置信的样子想了一会儿，然后又这样说道，"虽然又要被你妈说了，但是，算了，该做的努力都做了。"

"还是不够努力。"

"哪里。如果再努力的话，身体会累坏的呀。正是生长发育的阶段，那样就长不好了。——所以，我才不喜欢学校啊。明明努力学习了，名次还是下降，哪有这么荒唐的事情啊。"姑姑说道。

她是真心觉得洪作学习太过刻苦了。考试那段时间，洪作每天晚上都会对着书桌学习到很晚，姑姑就觉得这么学习就足够了。

"你看看俊记。他从来就没学习过。跟他相比，你就光学习了。"

那是因为比较的对象太差了，洪作心想。事实上，俊记是不学习，不过他就算不学习，商业学校那边也能够糊弄过去。

"你什么时候去汤之岛呢？"

"再过两三天吧。"洪作说道。

他寒假要回故乡汤之岛，跟外公外婆一起过正月。

"去了汤之岛，你最好也不要跟你外公说成绩下降的事。"

"嗯。"洪作说道。

洪作也觉得不告诉外祖父文太会比较好。他感觉万一自己不小心说了成绩下降的事，去寺庙那件事马上就会旧事重提。

成绩下降带来的不开心并没有持续很久。洪作满心都是明天开始就可以不用去学校的解放感，以及可以久违地回到故乡的开心。

第二天早上，刚睁开眼，洪作就想今天回汤之岛吧。本来打算寒假的前两三天要跟小林和增田一起好好玩，然后再回老家，但是现在洪作改变主意了。不知道为什么他想赶紧踏上汤之岛的土地，一刻都等不得了。

洪作的幼年时光是在故乡汤之岛度过的，但是小学六年级第三个学期的时候，转校到了父亲的工作地滨松的小学。从那时离开汤之岛到今天，他一次都没有回去过。所以，这次回去，洪作就能时隔三年半踏上心心念念的故乡的土地了。

洪作躺在床上想着什么时候回汤之岛，想着想着，他就决定索性不要等到两三天之后了，要回就今天回吧。站在老家的村子里抬眼就能看到的天城山、从老家的村子里流淌而过的狩野川、一到傍晚就突然变得白花花的下田街道，当这些一一浮现在他眼前时，他忽然很想尽快踏上老家村子的土地，一刻都不想等了。

吃早饭时洪作说："姑姑，我今天回汤之岛。"

"今天？！你想今天去的话也没问题，但是你正月要在那边过的，干吗那么着急呢。"姑姑说，"你现在就回去的话，等正月真的到了，你又待腻了。"

姑姑似乎不怎么想让洪作回汤之岛。或许她也并不是不想让他回去，但至少是不想让洪作这么高高兴兴欢欢喜喜地回去。洪作很清楚姑姑的这种心理，所以就算是要回汤之岛，也很难开口。必须要做出虽然自己并不是很想回去，但是没办法只好回去一趟的样子。

"我并不是那么想回汤之岛。——那就不去了吧。"

"别说不去啊。你外公外婆还在那儿呢，还是得回去一趟的。"

"那我就今天去，正月之前回三岛来。"

"真那么做，我就要被他们埋怨了。既然去了，就在那里过正月吧。"姑姑说道。

早上洪作忙着整理自己的房间。他很少整理书桌的抽屉等地方，但是想着要离开两周左右，那就整理一下吧。他拉出抽屉，拿出里面装的各种小零碎，然后又把它们连着抽屉一起拿到窗边，倒在屋顶上。钢笔尖、大头针、曲别针、装清凉剂的小容器、墨水瓶盖这些小零碎在屋顶的瓦片上到处乱滚。

洪作还整理了书桌旁的书架。书架的最上面一格放着教科书和杂志，中间那格和下面那格什么都没放，所以整理起来非常简单。

楼梯上传来了脚步声，洪作还以为是姑姑，但是进来的并不是姑姑。是大里屋那个胖胖的女佣。

"阿洪，听说你今天要回汤之岛？"姑娘站在房间门口问道。

"嗯。"洪作回答道。

"很开心吧?"

"开心什么啊。"

"哎呀,你又说这样的话。你为什么老是口不对心呢。嘴上说着不开心,脸上可是明明白白地写着开心呢。"

"开心什么啊。"洪作又重复了同样的话。

"真是个不讨人喜欢的孩子!"姑娘接着又问,"行李很多吗?"

"哪有什么行李。"

"那能不能请你帮我带点东西?"

"什么东西?"

"一些小东西。"

"带去哪里?"

"大仁车站附近有一家送货店。想请你帮我带给那里的人。"

"哦。"

洪作没说给不给带。

"行不行?"

"我到了大仁,很快就要坐巴士的。"

"巴士有好多趟的呀。你就坐下一趟嘛。看巴士发车的时间,说不定不用坐下一趟,就能去趟送货店呢。很近的呀。从车站走过去也就五分钟。——我平常对你那么好,你就帮我这一回吧。"

洪作可不记得她对自己好过。也就帮自己补过一次衣服，给自己吃过一次橘子，帮自己洗过一次袜子。

"要是很重的东西可不行哦。"洪作说道。

"不是很重的东西。是磨刀石，厨房磨刀用的磨刀石。"

"哦。就一个?"

"总共三个。"

"不行。我可不想带什么磨刀石。"洪作明明白白地拒绝道。

"好哇，"胖女佣板起脸说，"你既然不肯帮忙，那我就要去跟你姑姑告状了。你刚才往屋顶上倒垃圾了吧。"

"我哪有倒垃圾。"

"撒谎。我刚刚走进你家门口的时候，有一个墨水瓶盖掉了下来，砸到我头上了。我吓了一跳，往上一看，就看到你在倒垃圾。"

"我没有倒垃圾，我只是把书桌抽屉里的东西倒出来而已。"

"你看看。哪有人会把书桌抽屉里的东西倒在屋顶上啊。屋顶可不是垃圾场哦。"

对方特意在"哦"上用力说道。接着，她走进房间，从窗户看了看一楼的屋顶。

"哎呀哎呀，东西到处乱滚啊。——扣子你都丢了啊?那是你的制服扣子吧。"

"不是我的。"

"那是谁的?"

"是阿俊的。"

"啊呀，真是太过分了。你怎么把人家的制服扣子扔了呀。唉，真是不知道让人说什么了。你真是越来越不像话了。刚到这里的时候，看着就是个斯斯文文的小少爷，老实，乖巧，一看就是个好孩子。看着就是个聪明孩子。这才过了多久啊，就变得这么讨人厌了。胡子都长出来了。"

"胡子？"洪作吃了一惊，"我哪有长什么胡子。"

"长了哦。鼻子下面长了淡淡的胡子哦。真是个讨人厌的孩子！"

"撒谎！"

"你觉得我撒谎，那就去照照镜子啊。最近总感觉你鼻子下面黑乎乎脏兮兮的，原来那是胡子啊。"

洪作站起身来。他想跟姑姑借下镜子看看自己的脸。要是长了胡子，那可是件大事。

"你没有用镜子照过自己的脸吧？"

"嗯。"

"那我去拿上来，你自己看看。"

"我自己去照。"

洪作说完，就丢下胖女佣，自己一个人下楼去了。洪作来到厨房的土间，穿上放在那里的木屐。

走出厨房的土间，有一口压水井，旁边有一个放洗漱用品的架子。洪作知道架子上总是放着一面小镜子。姑姑每天早上都会用，但是洪作和俊记都没用过。

洪作用这个镜子照了照自己的脸。没有长胡子。刚刚胖女佣说他鼻子下面黑乎乎的，把他吓了一跳，但其实并没有变黑。但是汗毛确实多少有点变浓密了。不是什么大事，洪作心想。

洪作回到二楼，大里屋的胖女佣还是站在窗边。

"撒谎，我哪有长什么胡子。"洪作说道。

"我说的是你就要长胡子了。"姑娘说完，又换了个话题，"喂，算我求你了，你帮我带过去吧。"

"不要。"洪作拒绝道。

"那你帮我带封信吧。只要带封信就好。"

"你去邮局寄过去不就行了嘛。"

"想让人亲手交给他呢。"说完，她又接着道，"如果人不在那里的话，就请把这封信带回来。"

"如果放在那里就行，我可以帮你带过去。"

洪作退了一步说道。如果只要把信带到送货店就行，那也可以帮她带一下，他心想。虽然可能会晚一趟巴士，但是对自己的影响也就这些。

"那么，你帮我把磨刀石也带去吧。你把信和磨刀石放在那里就行。可以把信放在磨刀石中间。"

"不行。"

"你刚才不是说可以帮我带信吗。作为回报，我可以帮你准备送给外公外婆的礼物。"

"才不用准备什么礼物。"

"傻瓜，你难得回去一趟，怎么着也该带点点心什么的吧。他们该会多高兴啊。"

"……"

"喂，就这么定了吧。我去买点心给你。你替我把磨刀石带给清吉君。"

"什么嘛，原来是要带给清吉啊。"

"你不要说这么大声。"

"什么嘛，是清吉啊。"

"要叫清吉君。——你不知道清吉君吧。"

确实像她所说，洪作不知道清吉是什么人。只是每次说到清吉，胖女佣都会羞红脸，所以他平时都会故意叫清吉、清吉，让对方尴尬。

洪作拎了个小行李箱离开了家。姑姑在行李箱里装了衬衫袜子之类的东西。洪作想把行李箱换成包袱皮，但是姑姑坚持说家里正好有个行李箱，就用它，所以最后还是听从了姑姑的意见。

但是洪作不喜欢拎着行李箱去车站。虽然像姑姑说的，这是旅行专用的箱子，很时髦，但是他总觉得这不是男人用的东西。

走过大里屋门口，胖女佣从屋里飞奔出来，递过来两个包裹。一个是点心盒，另一个里面装着磨刀石。

"你不把点心放进行李箱吗？"姑娘说道。

"不放。"洪作说道。

"哎呀，你给我。"

姑娘回到店里，在地板房间的门框边上打开行李箱，想把点心盒塞进去，但最后还是没成功。

"没办法,你只能手上拿着了。"

"拿不了两个呀。"

"哪里拿不了了。虽然拿着有点麻烦,到了车站就好了。既然已经决定要带去了,就开开心心地带着走吧。男子汉大丈夫,既然已经答应了,不管怎样都要带去的哦。"

没办法,洪作只好一只手拎着行李箱,一只手拿着点心盒和装了磨刀石的包裹。点心盒还好,至少是用漂亮的包装纸包着的,但是磨刀石外面包的是旧的包装纸,上面还绑着粗粗的绳子,拿起来非常沉。

"好重。"

"别抱怨啦。磨刀石嘛,总是有点分量的。"接着,对方又说道,"那么,你去吧。路上小心哦。"

"给你外公外婆带好。"

"嗯。"

"正月的时候不要吃太多年糕哟。偶尔回去一趟,也是很累的,肯定会有很多人请吃饭。不过,不要吃撑了哦。"

"嗯。"

从这一刻开始,洪作才真正感觉到自己终于要久违地踏上回乡之路了。

"那我走了。"

洪作从大里屋门口离开往前走,走了一段,回头往后看,胖女佣还站在门口看着自己,看到自己回头,立马朝自己挥挥手。虽然她让自己带麻烦的东西,但又是给自己买了点心礼盒,又是朝自己挥手告别,那也只好帮她了,洪作

235

心想。

来到车站,买了车票,在候车室的长椅子上坐下来之后,一个同样是从三岛走读的初一学生和他母亲一起进来了。这是一个皮肤白皙,看着挺内向的少年,洪作经常看到他,但是从来没有跟他说过话。

这名少年跟他母亲似乎也要乘坐洪作要坐的这趟火车,他们在跟洪作稍稍有点距离的一条长椅子上坐了下来。母亲看上去应该是一位出身良好的家庭主妇,跟她孩子一样皮肤很白皙,看着很优雅。

过了一会儿,母亲站起身来,主动过来找洪作说话。

"你这是要去哪里?"

"汤之岛。"洪作回答道。

"啊呀,我们也是要去汤之岛。汤之岛是你老家吗?"

"是的。"

"你老家可是个好地方啊。我们是要去汤之岛过正月。是有一家叫伊豆楼的旅馆吧。我们是要去那里。"

"我知道这家旅馆。"

"你家离那里近么?"

"有点距离。"

"那你家就不是在山谷里,是在下田街道边上吧。"

"是的。"

"那我们就一起去汤之岛吧。"

"阿洋,"她叫了声自己的孩子,"这位呀——"

"嗯。"

少年害羞得似乎整个人都要蜷缩起来了。他给人的感觉与其说是少年,不如说更像个女孩子。

"这位同学老家在汤之岛,所以要回汤之岛过正月呢。——一路上能有个伴,真是太好了呀。"

"嗯。"

少年没有看洪作,只是很害羞地点了点头。洪作觉得很麻烦。他很不想要这样一对看起来出身良好的母子来做一路上的同伴。

开始检票之后,少年的母亲说道:"那我们出发吧。"洪作也站了起来。

"拿那么多行李很累吧。我来帮你拿吧。"

"不用了。"

"没关系。我来帮你拿。"

少年的母亲拿起了放在长椅子上的磨刀石包裹。

"好重啊。这是什么?"

"磨刀石。"

没办法,洪作只好回答道。

"怪不得呢。"少年的母亲说着,放下这个包裹,拿起点心盒,笑着说道,"这是饼干吧。"洪作觉得很不可思议,她怎么知道点心盒里装的是饼干呢。

"不知道是什么,别人给的。"洪作说道。

坐上火车之后,洪作在离那对优雅的母子稍稍有点远的地方找了个座位坐下来。没多少乘客,车厢内有很多空座位。

"到这里来坐吧。"少年的母亲喊道。

"我坐这里挺好的。"洪作拒绝道。

在那个白皙的少年和他妈妈身边,总让人感觉很拘束,难得坐回火车,在他们旁边的话,乐趣都要少一半了,洪作心说。

汽笛长鸣,同时车厢开始哐当哐当摇晃起来。火车像拼命拉着很多个车厢前进似的,慢慢地开动了,洪作也很快开始产生了旅愁。终于是要踏上旅途了呀,他心想。

列车从第二个车站开出之后,少年走了过来。

"我妈说给你。"

他说着,递上一个用白纸包着的点心。洪作打开一看,是各种颜色的软糖粒。洪作想放进口袋里,就听少年的母亲说:"请吃吧。"

洪作觉得不按人家说的做不太好,于是就再次打开小纸包,把一小粒糖果扔进嘴巴。这东西自己很少吃到。这个少年肯定经常吃这些洋点心吧,他心想。

铁路的终点站是大仁。虽然并没有很远,但是从三岛到大仁花了将近一个小时。火车开五六分钟就会到一个小站。小站的名字都是直接用了洪作时常听到的村落名。站台上有一两个工作人员,一边口中不停地报着站名,一边从站台的这头走到那头。

洪作把脸贴在车窗上,看着不停从窗外闪过的风景。冬天荒凉的田野一望无际,处处能看到竹林,看到小河流淌而过,看到东一处西一处的人家。明明是司空见惯的风景,但是隔着火车车窗看去，就像是带着某种哀愁的异国风物。在田野上劳作的农民们，每当火车开近，几乎都会歇下手中的活，朝火车看过来。一想到他们各自有妻有子，洪作就能隔着车窗在每一个农民身上感受到他们的人生。有时觉得他们很幸福，有时又觉得他们很不幸。

每次快到车站时，都会有道口。道口边总有几个男男女女站在那里，等着火车通过。跟三岛和沼津这些城市里的人相比，这些人无论从容貌还是从衣着上看，都更加土里土气。

少年给自己拿来了两个橘子。

"请吃吧。"少年的母亲又说道。

洪作不怎么想吃橘子，但是还是按她说的，剥开了橘子皮。

"马上就能看到天城了吧？"少年的母亲说道。

"还早呢。"洪作回答道。

怎么可能这会儿就看到天城呢，他心想。

车窗外几乎看不到狩野川。明明应该是跟铁路线路平行的，但实际上仅仅是不时能看到类似堤坝的东西而已。

再过一两站就到终点站大仁的时候，狩野川长长的身姿突然有一部分出现在了右侧。它怀抱着铺满小石块的河滩，缓缓地转了个大弯。

在洪作看来，此时的狩野川，跟他在沼津的御成桥上看到的，跟他每天在上学途中看到的都不一样。这才是真正的狩野川，他心想。河滩在冬天微弱的阳光下泛着冰冷的白光。澄澈的碧绿河水带着哗哗的水声，忽急忽缓地朝前奔流而去。洪作不知厌倦地凝望着狩野川的河水。他感到自己终于离故乡越来越近了。

火车到达终点站大仁之后，这次洪作没有再让少年的母亲帮忙，两只手拿着行李下了车。走到检票口，少年的母亲说道："我来帮你拿个行李吧。巴士好像马上就要开了。"

"我坐下一趟巴士。有人拜托我带了这个，要送到送货店去。"

洪作说着，把装着磨刀石的包裹给对方看了下。

"是吗，那我们就先走了。正月的时候请到旅馆来玩呀。"接着，少年的母亲又说，"来，你来告别吧。这位是你的学长吧。"

于是，少年就拉着妈妈的袖子，害羞地小声说道："再见。"

"不行，你得大声点，清楚说才行。"少年的母亲骂了少年两句，说道，"再见。"接着朝巴士的方向小跑过去了。

洪作看着这对优雅的母子的背影，在那里站了一会儿。看着跟个女孩子似的，他心说。虽然之前偶尔会在路上碰到，但是那个时候可没觉得他像今天这样跟个女孩似的。不过洪作并没有轻视那个少年。虽然他看起来很纤弱，很害羞，像女孩子一样，但是也有着其他少年身上所没有的美丽。这种美丽究竟是什么，洪作一时半会儿还想不清楚。说到美丽，他的眼睛很清纯，很干净，肤色白皙的脸颊也美丽。明明是个男孩子，怎么会那么美丽呢。他比兰子和玲子更美，也更无力。

等少年母子乘坐的巴士开走之后，洪作向车站工作人员打听了送货店的地址，然后就抱着行李，穿过广场朝那里走去了。

正当他穿过广场的时候，忽然从身后传来一个声音。

"喂，等一下，你是沼中的吗？"

三个比洪作稍微年长的少年走了过来。

洪作停下脚步，打量了一下少年们，本能地后退了一步。

"你是沼中的吗？"个子最高的少年伸着头问道。

"是的。"洪作警惕地回答道。

万一对方朝自己扑过来的话，必须得跑，可是拿着这么重的行李该怎么办呢，他一时间也想不出什么好主意。

"你去哪里？"另一个少年把手插在裤兜里，朝前弯着身子说道。

"汤之岛。"

"你去汤之岛做什么？"

"我家就在那里。"

"你家在那里？！你是汤之岛人啊。——开什么玩笑。"对方一脸凶狠地说道。

虽然他说开什么玩笑，但是洪作并没有开玩笑。

洪作拿着行李朝前走去。三个少年从后面跟了上来。

"喂，停下！"

身后传来了声音。洪作充耳不闻，还是朝前走着。他觉得自己还是不要停下脚步更安全些。

"你想要走着去汤之岛吗？喂！"

"……"

"你说句话啊？喂！"

"……"

"你个混蛋，太没礼貌了。"

不管他们怎么说，洪作就是不回应，当做没听见，只顾自己往前走。他想要尽快找到送货店，躲进里面去。

他来到一条商店林立的大街上，按车站工作人员说的，在一家木屐店旁拐了弯。街道一下子变得冷清起来，虽然两边都是人家，但是商店很少，行人也很少。少年们走到了洪作前面。洪作不得不停下了脚步。停下脚步的时候，洪作看到前面五六家远的那家店似乎就是送货店。虽然站在这里看不到那家店屋顶的招牌，但是从店门口的样子来看，应该是送货店没错。

"你有点嚣张啊。什么嘛，脸还长得那么白！让我来替你改改性子吧。"高个子少年说道。

一瞬间，洪作只听得自己右脸颊上啪的一声。打人的不是那个高个子少年，而是个子最矮的少年。他动作敏捷得令人吃惊。洪作都不知道他是什么时候举起手的。接着，又是这个小个子少年身子一动，刹那间，他的右手跟刚才一样又挥了过来。洪作把头往后一缩，躲开了对方的攻击，但这个时候他手上拿着的点心盒和装了磨刀石的包裹掉了。只有姑姑借给自己的行李箱还紧紧地抓在手里。

洪作拿着行李箱朝送货店跑去，跑进了店里。两个青年正弯着身子，在拆货物包的外箱。

"救命！"洪作说道。

"救命？不要太夸张哦。"一个青年直起身子说道。

"我刚刚在那里被不良少年打了。"洪作说道。

他把手按在挨了打的右脸颊上。好像被打得很厉害，脸颊都发烫了。

"挨打了？"另一个青年也直起身子说道。

"对方是什么人？"

"穿着学生制服。"

"哦。"对方盯着洪作的脸说道，"你挨了打所以跑到这里的吗？真是个不争气的家伙。为什么不打回去呢？"

"可是他们有三个人呢。"洪作说道。

可是，即使对方不是三个人，而是只有一个人，洪作也不敢跟对方对峙。那些人一看就不是好学生，那个打了自己的小个子少年动作敏捷，自己可比不上。都不知道他的右手什么时候伸过来的，突然就听到了脸颊挨打的声音。

"就算有三个人又怎样。男子汉大丈夫，挨打了就要打回去。就算明知道会被打败，也要扑过去。我跟你一起去，你打给我看看。"

说话的是一个肤色白皙，看起来似曾相识的高个子青年。他下身穿着长裤、木屐，但是上身穿着一件松垮垮的红色夹克，打扮得就像是街上的大哥似的，透着几分豪迈。我真是逃了虎穴又进狼窝了,洪作心想。

"来,过来吧。我跟你一起去。那些家伙在哪里?"

青年朝街面上看了看。刚才那三个不良少年已经不见人影了,但是这才没过多少时间,他们肯定是在什么地方躲起来了。

"算了。"洪作拒绝道。

"算什么算。你看起来好弱啊。如果你觉得打不过人家,就拿起石头,朝人家脸上砸去。"

"算了。"

"什么算了。来,过来。我给你捡石头。"

青年盯着洪作。洪作感到一种恐惧。他感觉比起之前遇到的那些少年,眼前的这个青年更棘手。青年提到了石头,洪作这会儿才想起来自己带了磨刀石过来的。

"这里有一位叫清吉君的人吗?"洪作问道。

结果对方说:"你说清吉君,清吉君就是我呀。"

洪作不由得吃惊地盯着青年的脸。

"是三岛大里屋的阿寻托我带了磨刀石和信。"洪作说道。

于是青年就问:"你是从三岛来的?"

"是的。"

"你知道大里屋?"

"就在我家门口。"

"哦。——那真是对不住了。是吗,是吗?"

青年绷着的脸一下子缓和下来了。

"你是特地给我带来的吧。那真是太辛苦你了。谢谢，谢谢。"

他似乎忘了刚才挑唆自己去打架的事，从兜里掏出了蝙蝠牌香烟的烟盒。

"那真是辛苦你了。"

说着，清吉朝洪作的行李箱看了看。似乎是在找大里屋女佣托洪作带来的东西。洪作猛地想了起来。他刚才跑过来的时候把东西落在路上了。

"完了!"

话音刚落，洪作就朝街上飞奔出去了。路上什么都没有。回到刚才挨打的地方，对面的小巷里刚刚那三个少年又出现了。

"喂，你过来拿啊，在这里哦。"

耳边传来最高的那个少年的声音。

"你过来道歉就还给你哦。"

怎么想都没有需要自己道歉的理由。

"还给我。"洪作站在那里说道。

只要自己一靠近，那个小个子少年的胳膊肯定又会挥过来。负责打人的少年两手插在裤兜里，身体微微前屈着，盯着自己这边。还有一个少年把点心盒和装着磨刀石的包裹放在垃圾箱上摆弄着。

就在这时，清吉大步走了过来，对洪作说道："你在这儿干吗呢?"

"被他们拿走了。"

"什么?"

"信和磨刀石。"

"他们是谁?"

清吉说着,这才朝小巷看去,看到那里站着三个少年之后,他一边说着:"喂,喂——,是你们吗? 刚才打他的。"一边朝他们走去。三个少年一动不动地站在那里。

"是你们这些混蛋吗? 抢了磨刀石和信的。"

清吉的声音忽然变得非常粗暴。

"还给他吧。"高个子少年对同伴说道。

"喂,还给他。"

另一个少年拿起放在垃圾箱上的点心盒和装了磨刀石的包裹,伸手递给了清吉。点心盒还好,包磨刀石的纸已经被撕破了,里面的磨刀石已经露了出来,而且磨刀石已经破了。洪作觉得可能是掉到地上的时候弄破的。

"怎么回事? 怎么破了?"清吉说道。

"我捡起来的时候就已经破了。"

高个子少年回答道。

"什么! 你个混蛋。"

清吉怒气冲冲地举起了拳头,又放下了。

"信在哪里?"

这次是问洪作的。

"跟磨刀石放一起了。"洪作说道。

三个少年突然变得慌张起来,各自盯着自己的脚尖。

"信在哪里?"清吉怒吼道。三个少年齐齐后退了一步。

"混蛋,你们把信弄到哪里去了?"

清吉也突然变得一脸严肃,朝四周看了看。

"你没看到?"高个子少年对小个子少年说道。

"我不知道。是你捡的啊。"

"是我捡的,但是我马上就给你了呀。"

"撒谎,不是给我了,是给杉山了。"

于是,那个叫杉山的少年说:"我不知道。我只是在旁边看着。我——"说到一半,他忽然神情一变,说道,"可能是那个……那边的阴沟里好像掉了什么进去。"

"什么!"

清吉朝三个少年上上下下打量了一遍,放了狠话。

"不管怎样,你们先去把信找到,给我拿过来。要是拿不过来,妈拉个巴子,我可饶不了你们。"

他神色凶狠,看来三个少年如果不能把信找到拿过来的话,是真不能善了了。

少年之一朝小巷另一端的阴沟走去,朝里面看了看。

"有了!是这个吧。"

其他两个少年也赶紧朝那边跑了过去。他们俩也朝阴沟里看了看,小个子少年说道:"在这里,在这里!"

洪作也和清吉一起朝那边走去,朝阴沟里看了看。果然有一个四方形的信封掉在阴沟里了。

"捡起来!"清吉朝小个子少年命令道。

对方马上弯下身子捡起了已经脏兮兮的信封。

"擦干净!"清吉再次命令道。

247

少年赶紧用自己的裤子擦了擦。清吉拿起信封，马上拆开，把里面装着的便笺纸放进了裤兜，把信封揉成一团，扔在了那里。

三个少年想要偷偷离开，结果又被清吉叫住了。

"站住，站住！"

"你们不道歉就想离开吗？——道歉！"

"对不起。"

高个子少年怄气似的说道，低下了头。

"你这算什么道歉。——不是向我道歉。——向他道歉！"清吉用下巴朝洪作指了指，说道，"你们仨，连这样嫩得跟葱白似的小孩子都打得下手吗！"

"说对不起，好好道歉！"清吉又说道。

高个子少年赌气似的朝洪作轻轻低了一下头。

"你俩也道歉！"清吉对另外两人也说道。

"真烦人，"小个子少年说道，"没啥需要道歉的啊。"

"就算没有也要道歉！"

清吉朝对方走近了两三步，于是少年也做了做样子，低了下头。另一个少年也跟着做了。少年们很快背对着清吉和洪作，朝小巷深处走去。

洪作和清吉一起回到了送货店，拿起放在那里的行李箱，跟清吉道别："再见。"

"要回去了吗？——请代我问好。"

清吉正在看信，只有这时眼睛才离开了信。问好的对象当然就是大里屋的胖女佣了。

洪作离开送货店，朝车站走去。正要穿过车站前的广场时，看到刚才那三个少年朝自己走了过来。

洪作看到少年们的身影，心想，来吧，让我好好陪你们玩玩。他心里涌起了刚才没有的勇气。他不知道自己心中为什么会产生勇气，但是此刻那些少年在他眼里已不再可怕，这令他自己都觉得有些不可思议。巴士车站看不到巴士，也看不到等车的乘客。

看到三个少年朝自己走来，洪作心想，反正要打架的，那就自己主动进攻吧。洪作把行李箱和点心盒放在地上，迎着那三个正朝自己走来的少年走了过去。

三个少年停下了脚步。洪作突然朝小个子少年喊了一声：

"喂！"

"干吗？"对方说着，后退了一步，又说道："干吗呀？"

"刚才是你打我的。"洪作说道。

"我打的。不好意思打了你哦。"

说着，少年又朝后退了一步。

"我什么都没做，为什么要打我！"

洪作朝前走了两三步。

"因为你在晃悠啊。"

说着，少年又后退了一步，对两个同伴说道："喂，我们回去吧。"

他看起来似乎完全没有了进攻的勇气。洪作又朝高个子少年看去。高个子少年也后退了一步，说道："我们回去

249

吧，啊。"

洪作朝剩下的那个少年看去，那个少年也说"回去吧"，后退了两三步，然后三人一起背对着洪作，朝对面走去了。洪作觉得很没意思。他们刚才打自己时的那种凶狠劲已经消失得无影无踪了，似乎不管自己说什么，他们也不准备搭腔了。他们知道洪作认识清吉，觉得清吉很可怕，所以就想着不要跟洪作打交道比较好吧。毫无疑问，这三个是不良少年，但是作为不良少年来说，他们三个是很胆小，很窝囊的。

洪作因为他们三个主动退去心情很好。如果一味地任由他们打，自己肯定会一直觉得不甘心，最后自己总算想到了要主动进攻，这多少给自己保留了一点自尊心。

在三个少年的身影从车站前的广场上消失之后，洪作感到自己还是很兴奋。在少年们走得不见人影之后，他反而用力握住了拳头，浑身不停地颤抖着。

"喂，那是你的行李吧？要不要坐巴士啊？"

洪作听到有人在跟自己说话，就回过头去。是一个穿着和服的中年男人在离自己稍稍有点距离的地方朝自己说话。再一看，巴士不知道什么时候已经来了，已经有几个乘客坐上去了。

洪作赶紧朝之前放行李箱和点心盒的地方跑了回去。

"你这是没坐过巴士吗？——甭这么呆头呆脑的。"男人说道。

是一种毫不客气的训斥口气。但是洪作并没有觉得不快。自己呆头呆脑的样子也是事实，再说这人说的话带着明显的当地口音。一种无法言说的怀念就像水一样渗透了他的身体。不管是三岛还是沼津，男男女女们所说的话跟伊豆话并没有太大不同，但是即使是同一个地方的话，三岛和沼津人所说的话更具有都市风格。

洪作坐上了巴士。上面有三个男人，四个女人，大家都长一样。那是伊豆人独有的面孔。大家都长着一样的脸，没有圆脸长脸这样的区别。巴士是前往汤之岛的。终点站是汤之岛，所以车上这些乘客都是住在狩野川山谷中的人。

"喂，初中生，你要去哪里？"刚刚那个男人在对面角落里的座位上朝洪作说道。

"汤之岛。"洪作说道。

"那你知道汤之岛的铁匠吗？"

"知道。"

"那能托你件事吗？"对方说道。

这个男人一看就是个农民。

"能帮我把这个包裹带给铁匠吗？"

说着，男人拿出了一个用报纸包着的小包裹。

"这是啥？"洪作不高兴地说道。他现在很讨厌给别人带东西。

"你只要说是出口的铃木，他们就明白了。"

男人拿着包裹站了起来。

"好孩子，帮我带过去吧。"

我可不知道我自己是不是好孩子，只是你这么自说自话地让人给你带东西，也太失礼了吧，洪作心想。但是，他也没想到拒绝的借口。

"只要带过去就好了吧？"洪作说道。

"你只是拿过去放在那里的话，他们就不知道是谁托你带过去的了。你得跟他们说是出口的铃木。行吧？如果你能顺便跟他们说下再做一个跟这个一样的东西，那就更好了。你能顺便再帮我说这句吗？"对方说道。

洪作接过包裹，放进了行李箱。里面好像包着五六根大钉子似的东西。

"可以吗？别忘了哟。"

"嗯。"

"你小子看着就像容易忘事的。长的就是容易忘事的样子。你可不能放进行李箱里就忘了呀。到家之后就赶紧把它拿出来，不要忘了拿到铁匠那里去哟。"男人唠唠叨叨地说道。

"我不是说了莫得问题嘛。"

洪作也开始说起当地话。男人在车厢的摇晃中东倒西歪地回到了自己的位置上。接着隔壁的老婆婆用跟她长满皱纹的脸不相符的嗓门大声说道："恁知道铁匠隔壁那家的媳妇吗？"

"恁"就是"你"的意思。洪作小时候经常听老人们这么说话，但是现在基本听不到了。

"不知道。"洪作说道。

他是真不知道。说是铁匠隔壁，那可有左边和右边两家呢。只说是隔壁，他也不知道老婆婆说的是哪家。

"不知道吗？哼。"老婆婆露出几分轻蔑的神情，说道，"走出了村子，上了城里的学校，村里的事就啥也不知道了。"

洪作没理她，沉默着。他有点生气，但也有几分怀念。

洪作背对着男人和老婆婆，侧着身子坐在座位上。难得坐上了回故乡的巴士，他不想被任何人打扰，只想欣赏欣赏车窗外的风景。

还看不到天城山。狩野川河水漫漫，河流怀抱着大大小小的石块奔流向前。跟在御成桥上见到的狩野川看着完全不像是同一条河。这才是真正的狩野川，洪作再次这么想道。在车厢剧烈的摇晃中，巴士在下田街道崎岖不平的道路上行驶着。

巴士在好几个车站都没有停，直接开过去了。说是车站，其实并没有什么建筑物，只有一个写着车站名的木牌子在那里立着。没有看到有乘客站在那里的话，就不用特地停下来。

但是，有时候在不是车站的地方巴士也会停下来。有一次，路边的农家中突然跑出一个人来，对着巴士大喊。他喊的是什么，车里的人听不到，但是那人两手高举着拼命朝巴士跑来，差点让人以为发生了什么惊天动地的大事。

这时，车里的某位乘客就会对司机喊："喂，停下。有人在喊呢。"司机嘴上抱怨着："那家伙老是让人带东西去公所。坏习惯很多，才不帮他带呢。"一边还是把车停了下来。

那男人喘着粗气跑了过来，把一个大大的蒲包扔到车上，说道："把这个带到公所。"

"运费很贵的哦。"司机说。

"运费?! 又不是让你给我背过去，要什么运费啊。这不是让巴士运过去的嘛。"

"好嘛，你既然这么说，到了公所前面，你就让它自己下车吧。我可不管了。"

司机说着转动了方向盘。车又开始朝前驶去。

"每天都让人带东西，又不给运费，这如意算盘也打得太响了吧。哪怕收他个红薯也行啊。"乘客中有人说道。

"收他个红薯，下次他敢给你把马都牵来。那样你们就别坐车了，就让马坐吧。"

听了司机的话，乘客们都不约而同地大笑起来。

看来被人拜托带东西的不只是自己啊，洪作心想。连巴士都会被人拜托呢。

巴士来到一个叫出口的村子，除了洪作之外的乘客全都下车了。

"喂，婆婆，你还没买票呢。"司机对正要下车的老婆婆说道。

"我一个老太婆，免费让我乘一下也没事啦。"老婆婆说道。

"话不是这么说的。"

"我没钱。钱都让媳妇拿走啦。下次你跟我媳妇要吧。"

"不行，不行!"

司机站了起来。老婆婆没办法，只好没好气地说："拿走，拿走！"把几个铜子儿递给了司机。

不久，前方可以看到绵延的天城山了。那是洪作幼年时期每天都会站在汤之岛的村子里远眺的天城群山。无论是山形、山色还是山脊，都是记忆中令人怀念的熟悉。只是因为此时离得远，所以这些看起来都显得很小。

可以看到天城山了！洪作口中说道。

仰望故乡山水的严肃化作一种无法用言语形容的感动，浸润了他的整个身心。

可以看到天城山了！

洪作把脸紧紧地贴在靠近狩野川这一侧的车窗上，贪婪地望着远处的天城群山。从这一带开始，洪作对巴士即将经过的村落了如指掌。说是村落，其实只是几户农家点点散落于山间。无论是这些农家屋后的竹林，还是他们四周的石头围墙或是花草篱笆，又或是快要坍塌的仓库，都是他过去见到过的。虽然他很少到这边来，但是一年中总会来个两三次，或是远足，或是参观邻村青羽根小学的运动会。

巴士在月之濑村停了下来。一位中年大婶抱着很多行李上了车。她一坐下，就朝洪作这边看了看，开口问道："你是洪作吧？"

"是的。"洪作回答道。

"都要认不出来了。长大了呢。已经是优秀的初中生了。"接着，她又说道，"你是回来跟外公外婆过正月吧？"

"是的。"

"那可真不错。"大婶说道。

可是洪作不记得这是哪家的大婶。应该是见过的,但是记不起来了。

"你小时候学习就很好,长大后肯定会很有出息的。"

"……"

"你一看就是个有出息的。在初中也是第一名吧。"

洪作只是笑着,没有说话。哪有什么第一名啊,他心想。初一的时候确实是第一名,但是后面成绩越来越下滑,现在都要被赶到寺庙里去了。但是,听到对方表扬自己,洪作还是觉得心情很好。很久没有人表扬自己了。

洪作把转向大婶的身体,再次转向车窗。

啊,门野原!洪作低声叫了起来。伯父家就在门野原。田野对面可以看到他们家,四周围着低低的石墙。

"你爸爸老家就在这里吧?"大婶说道。

这位大婶还真是什么都知道啊,洪作心想。

在父亲的老家石守家,伯父和伯母都还健在。山脚下围着石墙的祖屋里,现在住着伯父大儿子夫妻以及大儿子家的孩子们,伯父和伯母在巴士开过的道路边上造了个小房子,现在已经搬到那里去了。

巴士从他们家门口开过。伯父和伯母好像都在房子里面,外面看不到他们的身影。洪作上小学的时候,伯父是校长,因为不苟言笑,所以不仅学校员工和学生们怕他,连村里人也都很怕他。洪作也唯有在这个伯父面前才会老实一点。伯父很少笑,说话时也总是一副气冲冲的样子。

路在门野原村外拐了个大弯，车子从这里开过了狩野川。嵯峨泽桥翻新了，看着都不像嵯峨泽桥了。过了桥就到了市山村，这是汤之岛隔壁的村子。到了这里，所有映入眼帘的东西都变得无比熟悉。洪作甚至知道哪家家里有怎样的孩子。

到了市山村里，大婶说道："对不住了，让我在这里下成不？"巴士停了下来。大婶好像是市山村人。洪作认识这个村子里所有孩子，但是他不认识这些大人。

"洪作，过年开心啊。"大婶说道。

因为大婶带了很多行李，洪作就帮她把其中一个拿到了车门口。

结果，大婶又说道："聪明的人就是不一样啊。多热心啊。"

她似乎始终认为洪作是个成绩优秀的好学生。

大婶下车之后，巴士朝终点站开去。来到市山村外，立马就能看到比市山村高很多的汤之岛村。洪作看到了跟已经去世的老婆婆一起住过的房子外枝叶繁茂的树木。看到了曾经每天游玩的山坡和田野。看到了最最怀念的熊野山。记忆中熊野山明明还要更高大的，可是眼前的山看起来却那么小。熊野山山垵上有村里人的墓地。洪作记得那山明明不是这么小的。山真的是变小了。

巴士开过了竹桥。过了桥，就是汤之岛了。巴士把村子里的人家都抛在了车后，一会儿就到了村公所前面的终点站。

洪作下了车。在那里玩的孩子们看着他,有几个人似乎认出了他,他们一边叫嚷着,一边跑了起来。他们跑的方向各不相同。他们是各自跑回家,去跟家里人报告洪作回来了这件事吧。

洪作拎着行李箱和点心盒,走了两三步,就听到一个从对面走过来的农家大婶对自己说道:"这不是洪作吗?""你回来了呀。"

洪作朝她低了低头,继续往前走,结果又听到别的老婆婆的声音:"这位,这位不是洪作君吗?"

对方说话非常客气。洪作没有听她说完,就从大路拐进了一条小路。

巴士站在新路上,但是外祖父和外祖母住的上之家的房子是朝着老路的。洪作在连接新路和老路的小路上走着。这条路是往上延伸的上坡路,路面上裸露着小石头。这是因为每次下雨,水流都会冲走沙子,石头就露了出来。

洪作心想,这路可真够糟糕的。三岛和沼津没有这样的路。但是,上小学的时候,洪作每天都会走这条路。很快就能看到外祖父家房子的屋后了。

洪作在中途停下了脚步。房子只剩下了一半。朝屋后的一侧,有一半房子都不见了。看起来非常凄惨。洪作很吃惊。房子怎么只剩一半了呢。

对门一个四十多岁的开杂货店的阿姨拎着水桶从家里走了出来。阿姨看到洪作,停下脚步,看了一会儿,似乎很吃惊似的说道:"这不是洪作吗?"

洪作颔首。

"都快要记不清你的长相啦，你可是回来了。"接着，阿姨走到路上，大声喊道，"上之家的奶奶，你家阿洪回来了哟。"

于是，外祖母弯着腰从上之家的后门走了出来。"是洪作吗？"她神色温和地看了看洪作，又对杂货店的阿姨道谢，"谢谢啦。托您的福，我家洪作回来了。多谢您的关照。"

外祖母以前就这样，只要看到人就会道谢。像现在，杂货店的阿姨根本没有关照洪作什么。只是叫了外祖母，告诉她洪作回来了而已。

洪作穿过设在花草篱笆中的木门，走进上之家的后门，问道："外婆，家里的房子是怎么回事啊？"

"房子吗？房子有一半都没了。那么大的房子，现在就剩下一半了，不过有你住的地方，不用担心。"外祖母说道。

"我没担心这个。房子怎么会没的？"

结果，外祖母一脸欲言又止的神情。

"这些事，你就不要多想了。——房子的事，你可不要对你外公说起。这一点你可要记住哦。"

接着，她又说道："来，进来吧。累了吧。又坐火车，又坐巴士的，很辛苦吧。肯定很累很累了。来，快进来，喝杯茶休息休息。"

"哪有累啊。"

"那么大老远过来，肯定很辛苦的。"

"有什么远的。从三岛过来而已。"

259

洪作看着只剩下一半的房子。不管怎么说，看上去都觉得很奇怪。

走进家里，里面光线昏暗。以前做生意的时候，进门处那个房间是当做店面的，因为有门口照进来的亮光，所以并没有那么暗，但是在房子里间的客厅就很暗了，在眼睛适应之前，都看不到放着的东西。

不过，洪作很怀念这种昏暗。在汤之岛，很多人家家里都是这么昏暗的。农民的房子是昏暗的，不是农民的人家家里也是昏暗的。洪作久违地走进上之家，心想，我的幼年时期就是在这样的昏暗中度过的。家里一个人都没有。外祖父文太也不见人影。

洪作想去自己小时候生活过的仓库看看。他放下行李箱，很快走出了家门。外面已经快到傍晚了。

走到大路上，他看到自己家旁边有一群十二三岁的孩子们正围在一起。有两三个大概是小学四五年级的孩子，剩下的大都是小学一二年级的样子，还有没上小学的五六岁的孩子也混在其中。大家都不约而同地穿着竖条纹的和服和外褂，怕冷似的袖着手，缩着身子。其中还有人把外褂的下摆撩起来，蒙在头上。自己也是这么长大的，洪作心想。大家脚上都穿着草鞋。

孩子们围在一起，只有眼睛认真地朝洪作这边看着。洪作知道这些孩子是在等自己出来。洪作自己小时候也是这样，只要村子里来个不常见的人，就会呼朋唤友，聚集在那个人去的那家人家门口。

洪作朝这些年龄不一的孩子们一一看去。洪作还在汤之岛的时候，这些孩子应该刚上小学或者是还没上小学。他对其中有些孩子稍微有点印象，对另外一些则毫无印象，完全不知道是谁家的孩子。

洪作朝他们走了过去，结果那些孩子就如临大敌似的，围在一起开始往后退。

"喂，你是阿勘的弟弟吧？"洪作对其中一个孩子说道。

听了这话，孩子们哇的一声，四散而逃。大家在大路上朝四面八方跑开了。年纪小一点的孩子们跑得慢，撞在一起，当场摔倒在地。一个爬起来，继续一脸认真地朝前跑去，另一个则大声地哭了起来。

洪作知道眼前这些村里孩子做的事跟自己以前做的一模一样。洪作走出上之家，走过五六户人家，朝自己从小生活的房子走去。看到洪作往前走了，四散开去的孩子们又聚集起来，远远地缀在洪作身后。一旦洪作停下脚步，他们也立马停下来。

洪作没有管他们，继续往前走着。身后不停有人在叫"阿洪""洪作"。暮色越来越深了。

洪作和老婆婆阿缝一起住的房子，也跟上之家一样，在老路旁边。现在主屋已经租给了一个叫做奥村的医生，主屋后面的仓库则一直空着。洪作的幼年时期是跟没有血缘关系的老婆婆一起在仓库度过的，所以仓库中保留着很多他的童年记忆。

暮色渐渐四合，但是洪作之前一直想着，在重新踏上汤之岛的土地的第一天，一定要去自己度过了童年时光的仓库看看。从主屋旁边绕过院子走到后门是去仓库最近的路，但是洪作考虑到主屋里住着人，就决定走外面的田野绕到仓库去。洪作朝田塍走去，身后那群孩子也跟着朝田塍走去。

洪作走到中途，跳进了低于田野的院子里，来到了仓库前。在洪作眼中，仓库也变小了，变得寒酸了。记忆中，仓库要比这更大，更气派。不仅仓库变小了，连仓库前的紫薇花树、柿子树、杜鹃花树都感觉小了一圈似的。田野和房子之间流淌的那条小河看着也非常狭小。

洪作推了推仓库沉重的门。因为上了锁，所以门纹丝不动，但是这种触感，还依稀残留在洪作的记忆中。洪作离开仓库，摸了摸紫薇花树光滑的树皮，也摸了摸柿子树粗糙的树皮。

孩子们也学着洪作的样子，一一做了洪作所做的事情。一个个摸了仓库的门、紫薇花树、柿子树。

此时，四周已经完全暗了下来。洪作打算明天再来，就沿着水车旁边的小路走到了田野上。孩子们也跟在洪作身后有样学样。

第二天，洪作在上之家的二楼早早就醒了。这里和三岛不同，是听不到丝毫声音的万籁俱寂。洪作心想，这就是汤之岛的宁静。

洪作起床，很快来到楼下。外祖父还在睡，但是外祖母已经起床了，正在厨房忙碌着。以前，水井就在房子的后门处，现在有一半房子没了，所以水井离房子就远了。

"我去平渊看看。"洪作说。

"这么冷的天，就别去河边了吧。"

接着，外祖母又说："先洗脸吧。——就算成了初中生，脸还是要洗的呀。"

洪作想回二楼去拿洗漱用品。

"外婆给你拿。"

外祖母走进家里，很快拿来了崭新的毛巾和牙刷。

"我自己带了。"洪作说道。

"用这个吧。知道你要回来，外婆特地提前准备好的。"

外祖母说着，跟着洪作来到井边，用肥皂洗了洗脸盆，然后就准备提水往里面倒水。洪作看着外祖母细细的手腕抓着水井上的水桶，就说："太危险了，我来拎吧。"

"没事，我习惯了，还是外婆我提得好吧。"外祖母这样说道。

外祖父脾气很臭，一点都不和蔼，但是外祖母正好相反，是个像菩萨一样的善人，非常温柔。

"水井变远了呢。"洪作一边提水一边说道。

外祖母神情悲伤地劝洪作："好孩子，在你外公面前可不要说这样的话。"

"为什么？"洪作故意问道。

"水井变远了，这事也不是你外公想看到的。水井离厨房远了，这也是没办法的事呀。"外祖母说道。

"我讨厌外公。"

263

"为什么，外公很好呀。"

"是外公把一半房子卖了吧。"

"什么，哪里有卖掉啊！这种话可不能瞎说哦，不能瞎说。"

外祖母一脸认真地、慢慢地左右摇了摇头。接着又说道："是外婆不好。一切都是外婆不好。"

洪作心想，又来了。外祖母以前就这样，认为所有不好的事情都是自己的责任。而且，她还不是就嘴上这么说，而是真的打心眼里这么认为的。

洗完脸，洪作马上走到了大路上。孩提时代，夏天的时候，洪作几乎每天都会沿着这条通往长野村的路走着去平渊。在汤之岛最令他怀念的就是仓库和平渊了。平渊和仓库一样，洪作觉得自己不亲眼看看就放不下。

十二月末清晨的空气是冰冷的。洪作把手插在学生制服的裤兜里，一边吐着白汽，一边沿着不见人影的道路走去。走了一会儿，就来到了门口有一棵大银杏树的酒屋前。说是酒屋，但这家并不是卖酒的店，而是做酒的店。这家跟洪作家是亲戚，也是小学同班同学芳卫家。他们家人好像都还没有起床，木板门都还关着。

洪作眺望着郁郁葱葱的银杏树，那树茂盛得快要把整个房子都盖起来了。他觉得这次回来自己眼睛所看到的一切都变小了一圈，唯有这棵银杏树还是那么高大。

在酒屋门口拐了弯，接下来的路，在到长野村之前，两边再没有人家了。路的一边是地势高出一截的田野，和路之间隔着条小河，另一边地势下沉，隔了两三块梯田，远处是长野川的河水。

路已经上冻了，路面上随处可见的水洼上都结了厚厚的冰。在汤之岛村和长野村交界处有一座小桥，洪作走到桥下，朝平渊走去。悬崖边仅容一人通过的小路通向一个被称作平渊的孩子们的游泳场，但是除了夏天，谁也不会走这条路，所以现在路都不大走得通了，到处都是小石头。

夏天的时候，悬崖上百合花盛开。一说到平渊，洪作眼前就会浮现出它夏天的样子，但是现在，连杂草都已经枯萎了。洪作沿着小路，来到平渊岸边。平渊看着也变小了。怎么会这么小呢，洪作心想。以前，二十多个孩子从早到晚都在这里玩，这么点地方怎么看都容不下那么多孩子呀。

洪作的身体因为寒冷不停地颤抖着，但是他还是呆呆地站在平渊岸边。平渊看着变小了，但是水流的声音还是跟以前一样。河里散落着大大小小的石头，河水闪烁着冰冷的色泽，带着水花，从石头和石头之间流淌而过。

洪作静静地听着。在流水声中，还夹杂着些微的人声。洪作朝四周看了看，没有看到人影。是听错了吧，他心想。可过了一会儿，又听到了人声。这次他听清楚了，是孩子的声音。不一会儿，他看到三个孩子从一块石头跳到另一块石头，从下游朝这边过来了。

那三个孩子发现洪作在这里，都各自在石头上停了下来。但过了一会儿又从一块石头跳到另一块石头，朝自己这边过来了。

洪作朝孩子们走了过去。这些少年看着像小学二三年级的孩子，洪作一个都不认识。

"你们要去哪里？"洪作问道。

三人互相看了一眼，一脸狐疑地看着洪作，过了一会儿，其中一人说道："去挖黏土。"

"哪里有黏土？"洪作又问道。

三人又互相看了一眼。

"不知道。"其中一人说道。

"你们刚刚不是说要去挖黏土吗，怎么会不知道呢。"接着他又朝其中个子最矮的少年问道。

少年拖着鼻涕，却长着一双大眼睛。

"你们不知道吗？"

"嗯，我们也不知道。"大眼睛说道。

接着三个少年离开洪作，又开始从一块石头跳到另一块石头，他们似乎想去对岸。虽然他们明知道黏土在哪里却不肯告诉自己，有点故意隐瞒的意思，但是洪作记得自己小时候也做过类似的事情。黏土一般都在悬崖滑落到河里的滑坡处。自己也曾偶尔发现过，简直就像发现了金块一样，把它当做一个大秘密，连朋友都轻易不肯告诉。如果告诉别人具体地点的话，很快就会被很多人知道，大家蜂拥而至，很快就会被挖光的。

孩子们如果白天去挖黏土的话，就有可能被朋友们知道。所以才这么小心翼翼地，一大早只叫上最好的小伙伴一起去挖。

洪作想跟这三个孩子一起去。他也从一块石头跳到另一块石头，来到了对岸。走到山脚下的小路，他朝少年们喊了一声"喂"。

走在前面的少年们齐刷刷停下了脚步。三人又互相看了看，似乎是在商量就这么跑开，还是等洪作走过来。少年们站在那里一动不动。洪作走过去，说："告诉我吧。——我也知道一个以前挖到过黏土的地方。我告诉你们，你们也告诉我吧。"

于是最大的那个孩子说道："那就告诉你吧。不过你可不能告诉别人哦。"

孩子们突然开始叽叽喳喳地说起来，带头朝前走去。

少年们又从山脚下的小路走到了河里，开始从一块石头跳到另一块石头。洪作也跟着他们，来到了比平渊更上游的地方。

来到对岸，孩子们聚集在了一处悬崖边。离水面一米左右的灌木丛，就是可以挖到黏土的秘密场所。大眼睛第一个弯下身子，抓起一把黏土，夸耀似的给洪作看了看，笑了。看着他的笑脸，洪作说道："你是开自行车店那家的孩子吧？"

说是自行车店，但并不是卖自行车的，他家爸爸是修自行车的，所以大家都叫自行车店。这个孩子的笑容跟他爸的一模一样。

"嗯。"

大眼睛半是害羞似的点点头。

另外两个少年也都各自抓起一把黏土，把手伸进冰冷的河水中，开始揉捏起来。

"这要是能吃就好了。"一个少年说道。

于是，大眼睛似乎想起了早上吃的饭。

"我家今天吃的是大酱汤和豆腐。"接着，他又说，"我们回去吧。"

很快其他两人也同意回去了。洪作也赞成回去。河边的风太冷了，他想尽快离开河滩。

和来的时候一样，大家都从一块石头跳到另一块石头。洪作没有孩子们跳得好。上小学的时候，自己从一块石头跳到另一块石头时，总是能够很快判断出那块石头到底稳不稳，但是离开河仅仅两三年，他的这种判断力就下降了。孩子们从一块石头跳到另一块石头的样子，就像蚂蚱一样。他们刚跳到一块石头，就马上物色下一块可以落脚的石头，然后跳过去。他们能够很清楚地判断出哪块石头稳，哪块石头不稳。如果不小心踩到不稳的石头，就会掉进河水中，不过他们很少产生这种失误。

洪作知道自己的能力下降了很多。孩子们都已经到对岸了，洪作还在石头上跳来跳去。少年们等着洪作过来。等到洪作也到了山脚下的小路上，三个少年才跟他一起往前走去。

"我们明天来做陷阱抓山麻雀吧。"一个少年说道。

"嗯。"

另外两人表示同意。然后他们都看了看洪作。好像是在说如果你也想来的话那就来吧。这些孩子不知不觉间似乎跟洪作亲近起来了。

　　洪作和孩子们一起从河边回来之后,在上之家门前跟他们告了别。外祖父文太从后门处抱了一箱子空啤酒瓶过来,不知道要做什么用。外祖父在家里老是闲不下来。从早到晚都在房子外面吭哧吭哧弄这个弄那个。而且他做的那些都不是什么正儿八经的工作。一会儿把东西从杂物间里搬出来,一会儿又把东西放回杂物间,很多时候他做的都是这样在别人看来毫无意义的事。虽然在别人看来这些事毫无意义,但是对文太本人来说,却常常有着非做不可的理由。外祖母阿种是唯一理解外祖父文太的人。文太一看到洪作,就问:"你去哪儿了?"

　　"去平渊了。"

　　"平渊?"外祖父一脸不悦,"这么冷的天竟然还去平渊?有这个时间还不如多学习学习。第二学期的成绩怎么样?"

　　"一般般。"洪作回答道。

　　"一般般是什么意思?成绩是下降了,还是提高了?"

　　"不知道。"

　　"学校发了成绩单了吧?"

　　"嗯。"

　　"上面都写了的吧?"

　　"没有写清楚。"

　　"没写?我可从没听过有这样的成绩单。你小子——"

　　洪作没有理外祖父的话,走进了家里。他闻到了大酱汤的味道。和三岛真门家的大酱汤的味道不同,这是汤之岛的大酱汤独有的香味。外祖母阿种正在做早饭。在厨房和起居室之间来来回回的外祖母腰已经有些弯了。平常还不觉得,当她在厨房和起居室之间来回走动时,就会看得特别清楚。

"外婆,你的腰弯了。"洪作说道。

"是啊。真愁人啊。"外祖母仿佛是在说别人的事。

"我来帮你端。"

"端什么?"

"你要端大酱汤过去吧?"

"让洪作你来端大酱汤的话,外婆要挨你妈妈的骂的。"

"骂什么骂呀。"

"你肚子饿了吧。马上就开饭了。你先去那里坐下吧。——端大酱汤这点事,就算你不帮忙,外婆也做得来。你外公也还在工作呢。外婆我这点事总要做得来的。"外祖母说道。

外祖父文太、外祖母阿种和洪作三人围坐在小小的餐桌旁。除了大酱汤之外,还有金山寺大酱、咸菜、什锦酱菜、醋渍山萮菜茎。这些东西都用小碗装着,排列在餐桌上。跟以前相比,没有任何变化。不仅是上之家,在这个村子里,每家每户的早饭大都是这个样子的。

"我想今天去仓库里面看看。"洪作说道。

"去仓库里面看什么?"外祖父问道。

"就是想去看看。"

"有什么意思呢。又没什么事,竟然还有人会想要去仓库那种地方。"

"洪作在那个仓库住了好多年呢。那么久没去了,也会想要去看看的吧。那里还留着最疼爱洪作的老奶奶的气息呢。"外祖母说道。

对于反对自己的人,无论是谁,外祖父总是会毫不留情地教训一顿,但是不可思议的是,对外祖母,他什么话都没说。

吃完早饭之后,外祖母拿着个大钥匙,跟洪作一起前往仓库。在路上,每次碰到村里的大婶,洪作都得停下脚步,颔首致意。

"哎呀呀,洪作,难得你没忘了我们汤之岛,还回来了呀。"

有的大婶这么说。

"是阿洪啊。啊呀呀,已经完全长成个男子汉啦。我还以为是哪里来的小年轻呢。"

有的大婶这么说着,还拍了拍洪作的肩。每次被拍到肩,洪作都会感到一阵厌恶。

"哎呀呀,哎呀呀,这不是洪作少爷嘛。难得您这么忙还回来探亲哪。这次待到什么时候?待到正月,是吗?身体怎么样?连感冒都没有,是吗?那可真是,那可真是再好不过了——"

也有人这样说。洪作一句话都没说,对方就自问自答了。而且,还非常郑重,完全把洪作当大人来对待。

对这些大婶,外祖母一律说"托您的福了""真是不好意思了"。

终于快到仓库前的时候，附近的一个老婆婆，弓着身子，朝洪作和外祖母追了过来。

"都长这么大了呀！让婆婆我看看。看看又不会少块肉啦。"

她弯着腰，头发全白了，但是说话声比那些年轻的大婶还要大。洪作想赶紧进仓库去，但是老婆婆已经追来了，就只好站在那里了。

"我真是没见过像阿洪你这么薄情的人哦。招呼都不打一个，就从我家门口过去了。看看现在，就知道以后会怎样了。真是太可怕，太可怕了哟。"老婆婆说道。

但其实她的语气中没有半点生气的意思。

"你要进仓库吗？你是在这里长大的呀。你家阿婆虽说人刻薄了些，但是对你是真好啊。你还记得你阿婆吗？"

"记得。"洪作说道。

"是该记住啊。你家阿婆，别人都讨厌她，但是她对洪作你真是疼到骨子里了。要是连洪作你都把她忘了，你阿婆死都合不上眼啊，会变成鬼来找你的哦。"

洪作并没有对老婆婆说的话感到生气，但是他实在不想跟她再啰唆个没完了。他从外祖母手中拿过钥匙，丢下她们两人，自己一个人朝仓库走去。

洪作把钥匙插进大门的钥匙孔内，打开了沉重的门。这门比想象中的更重。阿缝婆婆那时候每天都要开关这么沉的门吧。

仓库里非常干净。洪作还以为会积满灰尘，结果连灰尘都没有。知道洪作要回来,所以外祖母阿种特意打扫了一番吧。

一脚踏入仓库里,洪作在那里站了一会儿。仓库独有的冰冷中带点发霉的气味,渗透了洪作整个身心。洪作心想,就是这个气味。在这样的气味中,洪作度过了自己五岁到十三岁的时光。洪作用力吸了吸鼻子。无法抑制的怀念。洪作爬上楼梯。二楼一片黑暗。他摸索着打开了南边的窗户。楼下铺的是地板,二楼铺的是榻榻米。

光线从镶了铁窗框的窗户中透进来,整个房间浮现在眼前。这里也同样被打扫得干干净净。二楼有两个房间,一间有四叠①半大,另一间有六叠左右,但是现在中间的隔断已经被去掉了,变成了一个房间。

洪作把北边的窗户也打开了。南北两边的窗户都很小,但是有了这两个窗户照进来的光线,整个房间的采光就很充足了。洪作在北边的窗户旁坐了下来。上小学时用过的小书桌,还跟那个时候一样,放在窗边。

从北边的窗户向外看去,外面还跟小学的时候一样,没有任何变化。窗边那棵石榴树的树枝,还跟以前一样,伸到了窗户上。比房子的宅基地还高几分的田野不断延伸,渐渐地落入到了平渊所在的长野川的山谷中。当然,从这个窗子是看不到山谷的。田野在中途就从视野中消失了,接着就能看到山谷对面的市山村以及从市山村中穿过的下田街道的一部分。

①叠,日本的面积单位。一叠即一张榻榻米的大小,约为1.65平方米。

洪作小时候每天都会透过这个窗子看行驶在下田街道上的马车。道路和马车看起来就像玩具一样小，但是只要一想到这条路连接着三岛、沼津这些城市，那些马车会把未知国度的陌生人从城市带到这个山间小村庄，他就无法只是在一旁天真地远远看着。

小学六年级的时候，马车换成了巴士。换成巴士后，那速度简直让人瞠目结舌。

——阿洪，巴士要开过来啦。

阿缝婆婆一说，洪作马上就会跑到这个窗子边上。

——婆婆，巴士来啦。

相反地，如果是洪作这样通知的话，阿缝婆婆也会一边走到窗边一边问："在哪呢？"

洪作久违地透过窗子看到了这些风景。原本应该能够看到富士山正面的，但是天阴着，所以只能看到山脚的一部分。洪作小时候一直坚信，从这个窗户中看到的小小的美丽的富士山，是日本最美的富士山。

——其他地方看到的富士山有什么好看的，从我们仓库中看到的富士才是整个日本最美的。

这句话就像阿缝婆婆的口头禅似的。洪作也一直对此深信不疑。不过，直到现在，洪作的这一想法也没有改变。虽然今天从窗户中看不到富士山，但是天放晴的话，跟在三岛、沼津看到的富士山不同，这里能够看到日本最美的富士山吧。

"洪作。"

外祖母上来了。在哪呢，在哪呢，外祖母一边这样问着，一边爬上了楼梯。洪作吓了一跳。他想起阿缝婆婆每次也都这样。阿缝婆婆也总是一边喊着在哪呢，在哪呢，一边爬上二楼。外祖母爬上楼梯，在南边的窗户边上，用手扶着腰，伸了一伸。这个动作也跟阿缝婆婆一模一样。

洪作对外祖母说道："你跟阿缝婆婆越来越像了。"

"我跟阿缝婆婆吗？"外祖母有些吃惊似的说道，"虽然没有血缘关系，但是一直住在一起，所以可能也会越长越像吧。"

"说是很像，其实也就是你上楼梯那会儿像。在哪呢，在哪呢。"洪作说道。

"阿缝婆婆总是这么喊吧。不过外婆我可不这么喊。"

"是吗？——可你刚才喊了哦。"

"真的吗？"

"刚刚我亲耳听到的。"

"我可没有这么喊。"外祖母有些害羞似的说道。

"可我真的听到了。你再去上一回楼梯，肯定要喊的。"

"那，我就去再走一次吧。"

外祖母罕见地高兴地笑着，下了楼。这次外祖母上楼梯的时候没说话，不过在走到最后两级楼梯时，她喊了"在哪儿呢，在哪儿呢"。

"你看，你喊了吧！"

"真的呢。"

"是吧，喊了吧。"

275

"是啊，是喊了吧。"

外祖母又用手扶着腰，伸了一伸。

"阿缝婆婆也经常这么做。"

"上了年纪的人，看起来都差不多吧。是吗，外婆跟阿缝婆婆越来越像了吗？"外祖母一脸感慨地说，"不过能跟阿缝婆婆越来越像，也是外婆我所希望的。那可真是个很好的老婆婆啊。"

"是很好的老婆婆吗？可是大家都在说阿缝婆婆的坏话呢。刚刚那个老婆婆也说了，说她太刻薄。"

"没有的事。如果真的有人说她的坏话，那也是说的人有问题。阿缝婆婆多好啊，那么疼爱我们洪作，把你抚养长大。老实说，这可不是谁都能做到的事。真的是很好的老婆婆。很能干的老婆婆。"

外祖母嘴里没有说半句阿缝婆婆的不是，只是满口说着很好的老婆婆，很好的老婆婆。这样的外祖母令洪作感到非常温暖。虽然洪作不知道她是真的这么想，还是顾及自己才这么说的，但是他还是很高兴，就像自己得到了别人的称赞一样。

从仓库回来之后，洪作就在上之家的二楼无所事事了。村子里还有很多地方是他想去的。他想去下山谷里的公共澡堂，还想朝着天城岭进发，在下田街道上能走多远走多远。到处都是年幼时的回忆。但是，洪作又很怕走到村里去。路上遇到的所有人都会跟自己打招呼，就算不跟自己打招呼，也肯定会瞪着好奇的眼睛看自己。这么一想，他就不想走出家门了。

快到傍晚的时候，他看到今天早上去挖黏土的几个孩子在自己家门前，洪作就从二楼叫他们。孩子们仿佛在等洪作叫他们似的，一起欢呼起来。开自行车店那家的孩子大眼睛说：

"阿洪，你去泡澡吗？"

他的语气就像是在跟自己的好朋友说话一样。然后三人开始像唱歌似的，有节奏地喊起来：

——去泡澡，去泡澡。

洪作马上下了楼，把毛巾披在腰上，走到路上。

"去哪里的温泉？"洪作问道。

一个人说去西平，另外两人说去濑古瀑布。西平和濑古瀑布都是山谷边上的出温泉的村庄名，这两个村子里都有公共澡堂。

是去西平还是去濑古瀑布，孩子们争执不下，互不相让，好半天都没定下来。

"去西平吧。"洪作说道。

于是孩子们的争论一下子就停止了。

洪作和三个少年一起，从老路出发来到了巴士通过的新路上。刚走到新路上，洪作就被药店胖胖的大婶叫住了。村里人不把药店叫做约店，而是叫做生约房。

"总觉得这个孩子好像在哪里见到过，你是洪作吧？"

"是的。"

"什么时候回来的？"

"昨天傍晚。"

"是嘛，真是难得啊。"接着，大婶又叫住了对面走过来的一个老木匠，"你看，这是以前跟阿缝婆婆一起住在仓库的洪作呢。"

"哦，"老人盯着洪作的脸看了会儿，说道，"真的呢，跟你妈妈七重长得一个模子印出来似的。你小时候身体弱，看你家里人养你可费劲儿了，不过现在可是长大了啊。这么着，你肯定能顺利长大成人的。"

就是因为老有这些事，所以才不想走到村子里啊，洪作心想。他朝两人低了低头，很快离开了。接下来，不管碰到谁，洪作都没有再看对方的脸，只直直地朝前走去。

在快下山谷的拐弯处，洪作看到自己的小学同班同学山下春助站在杂货店前。

洪作朝山下打了个招呼："阿春！"

因为他上小学的时候就叫春助"阿春"，所以现在还这么叫。山下很快朝洪作的方向看了看，他应该能够清楚认出是洪作，但是却没有做回应，又把脸转向了另一边。

"山下！"

这次洪作叫着对方的姓氏，一边朝他走过去。结果山下春助看都没看洪作，就走进了杂货店内。

洪作不知道山下春助为什么是这个态度。上小学的时候，山下春助是个沉默寡言、老实又不起眼的学生。成绩总是在中游水平，说不上学得好，也不算学得不好。他家是一个比汤之岛更靠近天城山的村落中的农家。洪作心想，会不会是山下春助耳朵不好，所以没听到自己叫他呢。除了这个原因，他实在想不出山下为什么会是这个态度。

洪作走进店里面。杂货店老板说："洪作，稀客呀。"洪作只是朝他点了点头，然后就直接朝山下走了过去。

"阿春！"洪作大声叫道。

结果，山下春助的目光虽然朝这边晃了一下，但是那目光很冷漠，带着明显的拒绝意味。山下走出杂货店，来到了路上。洪作也赶紧跟着来到了路上，他转到山下春助前面。

"阿春，你怎么了？"

山下春助这才朝洪作抬起了头。

"你是不是误会什么了？怎么了啊？"洪作又说道。

"我的身份已经不再配跟洪作你说话了。你现在已经是初中生了吧。初中毕业之后，会升入上一级学校吧。而我只读到了小学四年级，连小学都没读完整。我现在是打短工的。别人雇我给他们砍柴。"山下春助说道。

"那又怎样，就算砍柴又怎么了。"

"你嘴上这么说，心里肯定不这么想吧。我都知道。你是可怜我，所以才过来跟我说话的。如果不是出于可怜，你哪用得着来跟我说话呢。又没什么事，对吧？是吧，是这样没错吧？你找我有什么事呢？有的话你倒是说啊。"

洪作呆呆地看着山下春助的脸。洪作从来没有遇到过这么难说话的人。他想要说什么，可是一下子又不知道自己该说些什么。只是有些莫名的悲伤。

"我——"

洪作刚开口，山下春助就背对着洪作开始往前走了。他身上干活穿的衣服肩头都已经破了，看着冷飕飕的。

洪作再次走到山下春助前面。

"我是真的想跟你说说话。像阿龟、茂作、高三郎——我都不知道他们现在怎样了。所以我就想向你打听下他们的情况。"洪作说道。

"呵，"山下春助冷笑了一声，说道，"你打听他们想做什么呢？炫耀吗？想显摆一下你以第一名的成绩考上初中这件事吗？"

"怎么会！"

"撒谎！你的心思都写在你脸上呢。你在沼津见到阿龟了吧。阿龟跟你打招呼，你却假装不认识转过了头，是吧？阿龟很生气。如果是我，我也会很生气。你在三岛、沼津的时候，不想跟我们说话。只有回到汤之岛的时候，才故意过来炫耀似的跟我们打招呼。我才不上你的当。"山下春助说道。

他的眼中现在已经明显燃烧起敌意了，他一脸厌恶地瞪着洪作。

"我没有在沼津见到过阿龟。"洪作说道。

他不记得自己见到过同学浅井龟吉，更不用说对方跟自己打招呼的事了。

"撒谎！"

"我哪有撒谎啊！"

"你有没有穿着木屐，拿着皮鞋，跟两三个初中生一起在御成桥边上走过？"山下春助说道，一脸"你装得还真像"

的表情,"你说你有没有穿着木屐,拿着皮鞋走在路上过?"

"有的。"

"你看。"

"可是,我——"

洪作话刚出口,又闭上了嘴。自己确实曾经为了去修鞋,手上拿着皮鞋,脚上穿着木屐,从御成桥上走过。那会儿,可能自己没听到,但是浅井龟吉在某家店里朝自己打招呼了吧。而自己没有注意到他吧。

"我——"

洪作想要说话的时候,山下春助冷冷地回看了一眼,然后倨傲地挺着看起来冷飕飕的肩膀,朝前走了。洪作没有再去追他。只是沉默地站在那里。洪作还是第一次像这样被人误解。绝望的情绪令洪作一直呆呆地站在那里。

"阿洪,我们去泡温泉吧。"大眼睛抬头看着洪作说道。

洪作和三个少年一起,在大路上转了个弯,沿着缓缓的坡道下坡,前往公共澡堂所在的西平村。少年们一会儿走在洪作前面,一会儿又走在洪作后面,在一起打闹着往前走。他们一会儿跑,一会儿又蹲在路边,有时还会扭打在一起。洪作觉得自己跟这些少年是一样的,没有丝毫不同。少年们为自己能和洪作一起去公共澡堂而兴奋不已。他们想要从洪作与众不同的言行中寻找出村子里没有的东西。当洪作笑的时候,他们觉得是"城市"在笑。当洪作说话的时候,他们觉得是"城市"在说话。

洪作觉得什么都没有变。故乡的自然风光,村庄的样子都没有变。山川也没有变。村子里没有多一户人家，也没有少一户人家。唯一变了的，是朋友的心，洪作这般想道。

在到达西平的公共澡堂之前，洪作一边走，一边满脑子想的都是山下春助的事。可以久违地泡一泡故乡的温泉这件事的快乐已经消失了，绝望的心情令洪作的内心变得阴郁沉重起来。

他是第一次被人这样深深地误会。而且这个误会发生在自己一无所知的时候。而且，最让人绝望的是，这个误会很难解开。连山下春助都那么生气，那么其他朋友们想必也不会给自己好脸色了。一想到这里，洪作就觉得难以忍受。

西平的公共澡堂还跟以前一样。那是一座建在河边的棚屋似的简陋房子。洪作没有立马进澡堂，而是在河边站了一会儿。比起早上去过的平渊所在的长野川，这条河要大得多。长野川是狩野川的支流，这条河则是主河道。但是两条河上到处是石头的样子则是完全一样的，这条河也散布着几处孩子们游泳的水潭。

河水的声音即使在澡堂内也能听到。孩子们一脱下衣服，就纷纷跳进了浴池里。不管是跳进河里，还是跳进浴池里，对孩子们来说都是一样的。温泉的水花都溅到了放衣服的架子上。

"喂，大家安静点。"

洪作提醒少年们。以前洪作也这样被大人们提醒过，现在跟大人们以前说的同样的话，又从洪作自己嘴里说了出来。

第七章

到了十二月二十六七日，村子里开始飘荡起岁末的气息。有年轻人开始去山里砍松枝做门松，农户家的土间里，老人们正在制作正月的装饰。巴士站去三岛和沼津购买正月所需物品的人们络绎不绝。因为村民们很少去城里，所以等巴士的人都一副郑重其事的样子，脸上大都红扑扑的。

每年都是如此，当捣年糕的声音传遍村子时，寒风四起，已经放假的孩子们就在寒风中玩耍。因为正月马上就要到了，所以孩子们似乎都觉察不到天气的寒冷。脸颊被吹得通红，手上都开裂了，耳垂和脚指头上也都长起了冻疮。一到了晚上，孩子们都不约而同地让家里人泡好热盐水，把长满冻疮的脚伸进脚盆里。

关于捣年糕的一切孩子们都很清楚。今天是哪家和哪家捣年糕，明天是哪家和哪家捣年糕，他们都知道得一清二楚。

"今天我家要捣年糕哦。"

自家要捣年糕的孩子炫耀似的到处说。

"我家也要捣年糕。"

当出现其他也要捣年糕的人家的孩子时，两个人就会像竞争者一样对峙起来。

当岁末忙乱的气氛开始在村里洋溢，这天，外祖父文太给洪作吩咐了年内必须要做完的三项任务。打扫熊野山的墓地，拜访门野原村的伯父家，以及年三十帮忙捣年糕。

对于洪作来说，这三件事当中没有一件是他乐意去做的。打扫墓地这事很麻烦，需要带着扫帚和水桶去爬熊野山，门野原的伯父以性格难搞出名，去他家拜访同样令洪作开心不起来。对捣年糕他还多少有点兴趣，但是要自己负责去做这件事的话，他又没有这个自信能做好。

"我能捣得动年糕吗？"洪作说。

"都已经是初中生了，年糕都不会自己捣的话，还能干点什么呢。这是你自己要吃的年糕，就要自己捣。"文太说道。

"可是我从没有捣过啊。"

"管他有没有捣过，年糕而已，谁都能捣的。"

"如果有人来带头捣年糕的话，我可以给他做帮手。"

"你不捣，还指着谁来捣呢？我们家只有你一个男劳力。又不是孩子了，连年糕都不会捣的话，你还能干点啥。"文太说道。

可是洪作还是没信心。会不会捣，要真正上手捣过才会知道。

洪作决定从自己最不想做、最让自己心情沉重的任务做起。在外祖父吩咐的第二天，洪作就坐上巴士，前往门野原村，去拜访伯父。门野原和汤之岛同属于上狩野村，只有户数不大一样，但是有一所月之濑小学是专门收门野原和月之濑的孩子们的，所以对于门野原，汤之岛的孩子们并没有一种同村人的亲近感。

从汤之岛到门野原，走路也就三十分钟左右，但是洪作还是坐了巴士。这天风也很大，洪作不想顶着沙尘冒着大风走下田街道。

洪作在小小的停靠站下了巴士。一时间不知道该去山脚下的祖屋还是去路边上的新屋。祖屋住的是伯父大儿子夫妇，新屋住的是伯父夫妇。围着石墙的祖屋有仓库，还有宽阔的庭院，洪作对那里很熟悉，新屋是最近才造好的小房子，洪作还从来没有去过。

洪作想着先去趟祖屋吧。他在大路上拐了个弯，走在田野中时，看到对面有一个看着像是伯母的人正朝自己走来。是伯母没错。应该是有什么事去了祖屋，这会儿刚回来。

洪作在狭窄的路上碰到了伯母。

"伯母。"洪作叫道。

伯母吃了一惊，停下脚步，把洪作从头到脚打量了一番，这才露出特意染黑的牙齿，笑道："哎呀，你这家伙不去新屋，这是要去祖屋啊。经过伯父住的新屋也不进门，就打算直接去祖屋了呀。"

"不是的。我想着先去祖屋，然后再去伯父那里。"洪作说道。

"哎哟，说得真好听。"伯母一脸吃惊的样子，说道，"我看你是到了门野原也不会去看我们喽。"

伯母总是爱嘲讽人。从她嘴里说出的话总是带着讥讽的意思。

"你是想去祖屋，和那些年轻人一起吃饭吧，那可太不巧了，他们不在。"

"不在吗？"

"一个人都不在家。连茶都不能给你喝一口。不好意思了，你还是去我那里吧。"伯母这般说道。

洪作和伯母一起往新屋走去。开始朝新屋走之后，伯母这才说了句听起来像问候的话："你长大了好多，真好呀。"

快到新屋的时候，洪作看到伯父正呆呆地站在屋背后，看着天城山方向。伯父的这个样子，令洪作很是怀念。伯父当过小学校长，当时他也经常呆呆地站在校园里，什么都不做，看着山脊棱线方向，在别人看来就像是在发呆。校长这个样子在村民和学生眼中显得格外异样。谁都不敢靠近他。这时，伯父就会露出一脸不和悦的神情。

伯母朝伯父说道："从早上开始就很闷热，我还奇怪这天怎么就变热了呢，你看，你侄子来了。"

这种介绍方式很奇特。听了这话，伯父慢慢转过他总是神情不悦的脸，"嗯——"了一声，然后就跟刚才的伯母一样，把洪作从头到脚打量了一遍。接着又问了句："什么时候回来的？"

"两三天前。"洪作紧张地回答道。

"有在学习吗？"

"有。"

"你以前老是写白字,现在这个毛病改了吗?"

"改了。"

"一到了人前,就慌里慌张的,这个毛病也改了吗?"

"改了。"

"改了?"

"改了。"

"我看你什么都没改。眼睛到处乱看。看着我的眼睛再说话。"接着,伯父又问,"汤之岛的家里已经开始捣年糕了吧?"

"还没有。"

"那还没吃过年糕吧。进屋去,让你伯母给你烤块年糕吃。"

然后,伯父就背过身去了。哎呀哎呀,洪作心想。汤之岛的外祖父爱啰唆,但是洪作从来不当回事,但是在这位门野原的伯父面前,他真是大气都不敢喘。稍微不注意,就会被他臭骂一顿。

"来,快进来吧。"伯母说道。

"我回去了。我这次来就是来问个好。"

"你不是刚来吗,就要回去啦?"

"正月的时候我再来。"

"真是让人想不到。——他大伯。"

伯母叫了伯父。她似乎是想向伯父告洪作的状。

"我这就进去。"

洪作赶紧收回了自己之前说的话。

"他大伯。"

"这就进去,这就进去。"

洪作从狭小的檐廊走进屋子里。

房间里砌着小小的地炉。洪作在那里坐了下来。伯母上了茶,洪作正喝着,伯父拿着包在报纸中的柿子干走了过来。似乎是为了款待洪作,专门去祖屋拿的。

"年轻人做的东西,应该也不会有多好吃。"伯父说道。

做柿子干就是把柿子去皮晾干就可以了,不管谁做,应该都没有太大差别,但是伯父还是这么说了。咬了口柿子干,伯父问道:"这次能在这里待到正月吗?"怎么可能,洪作心想。这时,伯母插话进来:"他刚刚就想回去了。家门都不进一下就想回去了呢。"听着就像是在告状。

于是,伯父一边用火箸拨着地炉里的柴火,一边说道:"那怎么行呢。哪有当天来当天回的道理。这都多少年没来了。"这话与其说是说给洪作听的,不如说是说给伯母听的。

"他爸,我看他现在就想要回去呢。"

"你肯定搞错了吧。好不容易来一趟,怎么能墓都不扫一下就回去呢。晚上做山药给他吃吧。"

"就做这个吧。不过,山药已经没剩几个好的了。"

"祖屋那边应该还有吧。"

伯父和伯母自顾自说着话,完全无视洪作还在一旁。洪作心想坏了,但是他找不到机会插话。

"晚上让他睡仓库那边吧?"

"仓库里有老鼠。之前我过去看了下,里面到处是老鼠屎。就让他睡这里吧。"

"那就睡在伯父伯母旁边吧。——好吗,洪作?"

到这时,伯母才把脸转向了洪作。

"我今天出来时没跟家里说过。"洪作说道。

"他们知道你来门野原了吧?"

"那是知道的。"

"那就没问题。你外婆和你外公知道你去了哪里,肯定就会想到你要在门野原留宿的。是吧?——他大伯。"

这次伯母把脸转向了伯父。

"汤之岛那边肯定会体谅的,你虽然不情愿,但是没办法拒绝伯父伯母,所以就只好住下了。"伯父板着脸说道,稍稍过了会儿,他又用命令的口气说,"今天就住下吧。"感觉这就一锤定音了。话都说到这份儿上了,也只能留下了,只是希望住一晚就能放自己回去。

"明天有朋友要去家里。"洪作说道。

他还在对伯父做着最后的反抗。

"明天你就在朋友到之前回去就行了。今晚就住下吧。"伯父说道。

"那就这样吧。"

"你的朋友是净友吗?交朋友可要擦亮眼睛啊。"

"是的。"

"既然要住一晚,你就先去扫个墓吧。"

"墓在哪里啊?"

"你爸爸的爸爸的墓。——你爷爷的墓。你连自己爷爷的墓在哪里都不知道吗?"

"……"

"你都没给你爷爷去扫过墓?"

"……"

"真是不知道说什么好了。你真的没有给你爷爷去扫过墓吗?"

"没有。"洪作回答道。

他去母亲的老家上之家的墓地扫过好多次墓了,但是不知道为什么,说到父亲老家的墓地,他连在哪里都记不得了。也并没有故意不去,但是好像是只有上小学的时候被带去扫过一次墓。

于是,伯母说道:"等到你伯父和伯母我死了,洪作也不会去给我们扫墓的吧。"

"怎么会呢。"洪作说道。

"连爷爷的墓都不去扫,伯父伯母还能指着你去给我们扫墓吗?"说完,伯母笑着啪地拍了拍洪作的肩,"是吧,洪作?"

洪作有些惊讶。他一时间不知道对方是在生自己的气,还是在开玩笑,或是在讽刺自己。

"那我这就去扫墓。"

说完,洪作就站起身来。

"你不知道墓地在哪里吧?"伯父说道。

接着就告诉了洪作墓地的具体位置。在离祖屋不远的小山坡上有门野原村的墓地,石守家的新墓地就在其中的一个角落。上小学的时候洪作去的似乎是位于祖屋背后小山半山腰上的老墓地。

"要去扫墓的话,就去祖屋拿水吧。除了爷爷的墓地之外,在老墓地那边还有老祖宗们的墓,你去把老祖宗们的姓名、过世的年龄和过世的日子都记下来吧。"

"好的。"

"等你扫完墓回来了,再用毛笔把这些认认真真写下来,拿给我看。"

洪作按伯父说的,先去祖屋,从伯父长子的妻子那里拿了装有水的啤酒瓶以及线香。

"洪作真是让人感动啊。"

这个洪作应该叫嫂子的女人表示很感动,但是洪作对此没有多加解释。

门野原村的墓地位于一个向阳的小山坡上。五六十块墓碑挤挤挨挨地分几层竖立在那里。因为伯父跟他说过具体位置,所以洪作很快找到了石守家的墓地。那里竖着几块墓碑,其中最大的是祖父林太郎的墓。墓碑的背面,刻着弘化二年八月二十九日生、大正七年十二月二十日殁、七十四岁。

洪作还依稀记得这位祖父的样子。他一生都在从事香菇栽培工作,在年幼的洪作眼中这是一个非常朴素的人。洪作也在小学的教室里听老师说过,祖父担任过好几次国内劝业博览会的香菇审查员,他培育的香菇参加过好几次国外的万国博览会，每次参加都能得到优等奖。他是这片土地上人人都知道的香菇爷爷，每次说到香菇爷爷，洪作都会感到很自豪，因为他就是自己的祖父。

洪作上小学五年级的时候，曾经去拜访过祖父。那会儿祖父为了培育香菇，在山里面搭了个棚屋，一个人吃住在那里。虽然那时候还是个孩子，但是洪作依旧对祖父孤独简朴的生活感到吃惊，心怀感动地听过这个一生专注于一项工作的人口中说出的话。

祖父林太郎的墓碑边上，就是祖母伊纱的墓。明治二十五年过世，享年四十九岁。在自己出生前十五年，这个自己应当称之为祖母的女性就走完了她的一生。对此，洪作有深深的感慨。

洪作没有听任何人提起过自己的祖母。因为没有听任何人提起过，所以他也没有在脑海里想象过祖母是一位怎样的女性。祖母伊纱出生在这个村子，嫁给了香菇爷爷，然后又在这个村子里去世。

伯父森之进有一个姐姐，两个弟弟，四个妹妹。其中一个弟弟就是洪作的父亲。除了洪作的父亲之外，大家都住在附近，这些洪作应该称为伯父姑姑的人，都是祖母伊纱所生。

真是生了好多儿女啊，洪作再次对墓碑的主人感到佩服。祖母在明治二十五年过世，祖父是在大正七年去世的，在妻子去世之后的这二十多年间祖父一直都是一个人生活的。这也是令人不得不感慨的事实。

洪作在祖父林太郎和祖母伊纱两人的墓前上了香，又给墓碑前的水罐里加了水。除此之外，还并列竖着四块墓碑，但是墓碑上都长满了苔藓，上面刻的字也都看不清楚了。那应该是祖父林太郎的父母，也就是洪作的曾祖父母的墓吧，但洪作也只是猜猜，并没有确切证据。墓碑很小，也很简陋。

洪作对此又是感慨不已。人就是这样从人们的记忆中消失，被忘却了。这四个人多少都跟自己有点关系，但是自己却连他们的名字都不知道，现在他们就这样被人忘却了，沉睡在这里。等再过几十年，墓碑塌了，那会儿伯父伯母也不在了，谁也不会再记得沉睡在这里的人。每个人都是这样消失的吧。

洪作想起了伯父的吩咐，把祖父祖母墓碑上刻着的文字写在了自己的笔记本上。一想到还必须用毛笔写成楷书，他就觉得很烦。他虽然有信心不写错别字，但是要用毛笔来写还是觉得好难。自己写的毛笔字连自己都觉得没法看，伯父根本不可能给自己及格分。

——你这写的什么字！跟蚯蚓爬似的。

他仿佛听到伯父这样说。虽然这话只是洪作自己想象的，可即使只是想象，只是仿佛听到了，也令他很不开心。

洪作继续往前走。一到门野原，就神经衰弱了，他心想。耳边都是伯父伯母的声音。接着他又去了祖屋背后的老墓地，可是那些墓碑上刻的字他一个也辨认不出来。

洪作一回到新屋，伯母就拿出了崭新的布手巾和香皂盒，让洪作去村子里的公共澡堂。

"你可能不是很喜欢门野原的温泉，不过，还是去泡泡吧。门野原的温泉也不是那么让人讨厌的哦。"伯母说道。

门野原的温泉，正确的说法应该是嵯峨泽温泉。嵯峨泽桥边上出温泉，那里就建了个澡堂子，旁边还有一家旅馆。一直以来村里人都叫嵯峨泽温泉，只有伯母叫门野原的温泉。洪作决定按照伯母说的去那里。除了泡温泉之外，他也想不出别的法子来打发时间。

洪作是第一次走进嵯峨泽温泉。旅馆的旁边就是简陋的公共澡堂，他往里面一看，没有看到人影。他在更衣区脱了衣服之后，就马上跳进了浴池。澡堂入口处没有门，所以总是有风吹进来，非常冷。在浴室里可以清楚地听到狩野川的流水声。

洪作坐在浴池边上哼唱着初中的校歌。同一首歌他不知道唱了多少次，但是中途被打断了。因为一个看着像农民的老人走进了浴室。洪作都不知道他是什么时候进的更衣区，什么时候脱的衣服。

"年轻人，你是哪里人？"

老人一边把瘦削的身体沉到浴池里，一边问道。

"汤之岛。"洪作回答道。

"是从汤之岛特地来这里泡澡的吗？"

"是过来看望门野原的亲戚。"

"你的亲戚是哪家啊？"

"石守家。"

"哦，是前校长家吗？"

"是的。"

于是老人再次看了看洪作，说道："啊，你是森之进的侄子吧。"

"是的。"

"怪不得你唱歌跑调啊。"老人不客气地说道。满是皱纹的脸笑了起来。洪作没有说话。

"森之进唱歌也跑调。唱歌这事是没办法的，不管什么歌，让五音不全的人来唱，都会唱跑调的。——你这是继承了你伯父的血脉啊。"接着他又颇为感慨地说道，"是吗，你是森之进的侄子啊？你妈妈是七重吧？"

"是的。"

听到他说出了母亲的名字，洪作就老实地回答道。

"虽然唱歌跑调，但是脑袋应该很聪明吧。森之进是很有学问的，你也要成为学者哦。做学问也是有血脉传承的啊。"老人说道。

因为他说让自己成为学者，所以洪作感觉自己的自尊心又得以保全了。虽然说话很不客气，但是这老人人倒不坏，他心想。

"但是，森之进没有充分发挥他的学问啊。只做到了小学校长。虽然那是他的性格造成的，不过也还是很可惜啊。"

老人枯木般瘦削的身体一直躺在冲澡的地方。

"你还在上学吧？"老人问道。

"在沼津上初中。"洪作看着老人瘦削的身体说道。

"是吗？能够去上初中的人，是很幸福的啊。要好好学习哦。你伯父都没有上过学校。听说他小时候三岛大神社的宫司①曾教过他古代书籍的读法，除此之外，他好像全都是靠自学的。所以，他最后能够当上小学校长。他会作和歌，会写俳句，还会写汉诗。很厉害吧。如果他更贪心一点的话，初中老师，甚至更高一级的学校的老师都是能当的。但是他不贪心，也不想出人头地。这就是我们常说的亏大了呀。——不管怎么说，得怪他那很难教人亲近的性子。这边都低头致意了，对方也要低头致意才好啊，这是为人处世的礼节啊。"

老人一开始是在表扬伯父，但是不知道什么时候开始，就变成批评了。洪作还是第一次从别人口中听到伯父的事。在此之前他从来没有想过伯父是个怎样的人，所以老人的话在他听来很有意思。

"伯父为什么不低头呢？"洪作插嘴道。

"没有什么原因。他生来就不愿意低头吧。人要是生来就那样的话，还真是愁人啊。别人跟他打招呼，他就把头别开。虽然他完全不必把头别开的，但他还是想都不想就把头别开了。这也是前世因果啊。"

老人不时地把湿哒哒的布毛巾放在横躺着的身体上，然

---

①神社的首席神官。古代指负责神社的建造、收税等事务的人，后来泛称进行祭祀、祈祷的神职人员。明治之后的神社制度中，专指国家神社、官方神社的主管者，战后随着神社等级制度的废除，常用来泛称一般神社的主管者。

后用手敲打着。每次敲打都会发出啪嗒啪嗒的声音。

"那伯母呢?"

洪作想问一下别人对伯母的评价。

"伯母?!哦,你说的是阿住吧。这两夫妻很像啊。那也是个由着自己性子做事的人。你别看她现在这个样子,以前很年轻,可是个大美女呢。你看她刚从伊东嫁过来的时候,可想不到她会变成现在这样的老婆婆。阿住也是一样,别人跟她低头致意,她就把头别开去。那人,唉,也是个怪人。之前我家老太婆在路上碰到她,跟她说你好,结果她就走过来说,你跟我说你好没问题,但是你说了我也没什么东西好给你。虽然给你块布手巾就可以了,但是太不凑巧我手边没有新手巾了。"

洪作笑了。他仿佛亲眼看到了伯母那个样子。

"我要是碰到森之进的话,会跟他打招呼,但是碰到阿住的话,就不跟她打招呼。不管在哪里遇到,都是各自把脸别开,擦身而过。各自不作声。"老人说道。

这老人看来也有他顽固的一面,完全不逊于伯父伯母。

洪作想着这么一直跟老人聊下去的话,那就没完没了了,于是他说:"我要起来了。"老人不知道是不是说话说累了,只是点了点头,翻了个身仰面躺着。准备走出更衣区的时候,洪作总觉得有点不放心,就又跟老人说了一句:"再见。"

"好。"老人说着,慢慢动了动身体。没事,没有死,洪作心想。

297

回到新屋，伯母正在准备晚饭。洪作为了完成伯父的吩咐，用毛笔把祖父母墓碑上刻的文字写下来，就向伯母要了纸，然后走进了放着伯父书桌的房间。简陋的小书桌上整整齐齐地放着砚台盒，旁边放着两三本笔记本。笔记本封面上写着"杂录"，角落里又写有"洋堂龙骨"。洋堂龙骨应该就是伯父的笔名吧。龙骨这个名字，感觉再适合伯父不过了。

洪作回到砌有地炉的房间，问正蹲在灶边的伯母："洋堂龙骨，是伯父的名字吗？"

结果，伯母一脸"什么呀，你怎么问这么无聊的问题"的表情，说道："这个嘛，我不大清楚，不过应该是的吧。多无聊啊。"

接着，她跟洪作一起走到伯父的书桌旁，低头看了看笔记本，问道：

"你说的那个什么什么名字，是写在这上面吗？"

"是啊，写在上面呢。"洪作说道。

"这几个字，这里也有呢。上面写了啥？"

说着，伯母拉开书桌的抽屉，拿出了另外两本笔记本。这次拿出来的笔记本上，也写着杂录二字，但是署名写的是"独醒书屋主人"。这个感觉也是很适合伯父的名字。但是，两相比较的话，洪作觉得还是洋堂龙骨更好些。龙骨这两个字特别适合伯父，而且洋堂龙骨这个名字读起来也朗朗上口。

"老太婆。"

门外传来伯父的声音。洪作把笔记本放回原来的地方，离开了书桌。不一会儿，洋堂龙骨走进了房间。

"去扫过墓了？"

"去过了。"

"感觉很不错吧，怎么样？"

龙骨说道。接着他又问："写了吗？"

"还没写。这就准备写。"洪作回答道。

"就在这里写吧。笔砚都有。"

伯父用下巴朝书桌方向指了指。那感觉都不是龙骨了，直接就是龙了。没办法，洪作按他所说的，在书桌前坐了下来，打开了砚台盒的盖子。

"怎么写呢？"

"先写上名字，再在旁边写上生卒年月日就可以了。"接着，伯父又加了句，"名字你可以写他们的戒名，也可以写他们的本名。"

"我写本名。"洪作说道。

比起戒名，本名要简单得多。洪作刚拿起毛笔，伯父就提醒道："坐姿要端正。"

洪作按伯父说的调整了坐姿，讵回伯父又说："不要把胳膊肘放在桌子上。——你这怎么握笔的呢？要这么拿。"

伯父从洪作手中拿起毛笔，自己握笔给洪作看。

"你是怎么拿筷子的？你拿给我看看。"

这就又顺便检查了下洪作拿筷子的方式。

"你这拿筷子的方式也太奇怪了。你吃饭的时候总是这

299

么拿筷子的吗？你爸爸拿筷子就拿得不好，你拿得比你爸更差。"

洪作没有说话。他心想，对方是龙骨，自己也只能不说话了。有这样的哥哥，父亲小时候肯定被欺负得很惨吧。

"伯父，你有跟我爸爸吵过架吗？"洪作鼓起勇气问道。

"吵架？！你是问我跟你爸有没有吵过架吗？"

"是啊。"

结果，伯父的神情出乎意料地缓和下来了。

"我俩不怎么吵架。你父亲是个很老实的人。他都能去给人当上门女婿，自然是老实的。但是，如果吵架的话，还是你爸爸更强一点吧。他虽然个子小，却很有把力气。"

"他力气很大吗？"

"力气确实很大。他一直自豪自己连石臼都能推得动。就是有把子傻力气。"伯父说道。

伯父先是表扬了自己弟弟一番，表扬完了又开始贬低。

"我爸爸——"

洪作话还没说完，伯父就说道："先别说话了，赶紧写。你坐在这里不是为了写字吗？你这小子很容易三心二意啊。这一点跟你妈一个样！"

骂洪作顺便还把洪作的母亲也给贬低了一番。

那天晚上，晚饭是在祖屋吃的。回到新屋之后，伯父和伯母面对面坐在地炉边喝着茶。洪作坐下来之后，伯母就起身，去准备睡的地方。她在放着伯父书桌的房间里铺了两个被窝，又在有地炉的房间里铺了一个被窝。

"我在这里睡。"洪作指着有地炉的房间里的被窝说道。

"说啥呢，这是我睡的。"伯母说道。接着，她又说，"难得住一晚，就跟你伯父一起睡吧。"

只要睡着了，就不会感到拘束了，可是旁边睡的是伯父的话，洪作觉得自己会睡不着。

"我还是想睡这里。"洪作说道。

"说什么傻话呢！你来门野原做客，我却让你睡厨房，那我还不得给人骂死啊。"伯母说道。

伯母给洪作做了甜酒汤。喝完之后，洪作就钻进了被窝。洪作刚躺下没多久，伯父也在旁边的被窝里躺了下来。伯母拿来烛台和一个小包裹放在了伯父枕边。

"这是什么？"洪作问道。

蜡烛可能是备着万一停电的时候用，但是他猜不到包裹里装着什么。

"这个吗？都是很重要的东西哦。像退休金的证书啦、存折啦——这里面可是你伯父所有的财产呢。虽然比起你家，这点财产就只是九牛一毛啦。"伯母露出些许害羞的神情，说道，"那就晚安吧。"然后走出了房间。关灯之后漆黑一片的房间里，只剩下了洪作和伯父两个人。

"你觉得学习上哪方面比较有意思？"

耳边传来伯父的声音。

"我吗？"

说完之后，洪作不知道接下来该说些什么了。他没有特别喜欢的科目。但是如果不挑一个来说的话，他预感自己会被训得很惨。洪作在黑暗中睁大了眼睛，不停地想自己应该选哪门课作为自己喜欢的科目才是最安全的，过了一会儿，他才下定决心回答："英语。"

"英语吗？今后无论做什么，都需要学好英语。英语一定要好好学才行。你喜欢英语这很好。"伯父说道。

总算过了一关了，洪作心想。

"你用的什么词典？"

"啊？"

"你有用词典的吧？"

"用的。"

"用的谁的词典？"

被问到这种问题，哪里回答得上来啊，洪作心说。可是不回答点什么又不行。

"用的是一本小词典。"洪作说道。

"小也没问题啊，是谁编的词典？"

"忘光光了。"

"编词典的人的名字，你总应该记住的啊。词典每天都会帮到我们。可以教我们不认识的词。可以教我们写法，也可以教我们词的意思。还可以教发音吧。那可是个大恩人。词典帮助自己那么多，你却连编撰它的人都不记得，那就太忘恩负义了。太对不起人家了。是吧？"

"是的。"

"这可不是一句忘了就能糊弄过去的事。"

"知道了。"

"还有,你刚才说'忘光光了',这可不是正确的表达。这是一种撒娇式的说法。要好好地说'忘了'。"

沉默了一会儿之后,伯父又问道:"你长大之后想做什么呢?"

"还不知道。"洪作回答道。

"是还不知道吧。不知道也没事。你这个年纪不知道也正常。如果现在就知道的话,那倒是奇怪了。"

伯父说道。洪作暗自庆幸,幸亏自己老老实实回答了。

又是一阵沉默。屋外不知道从什么地方传来了水滴落下的声音。除此之外,万籁俱寂。洪作还是紧张地睁大着眼睛。他想,伯父肯定是在想下一个问题。他不知道下一个朝自己袭来的会是怎样难以回答的问题。洪作感觉一条目光炯炯的龙就在自己身边盯着自己。

"伯父,你为什么会取龙骨这个笔名啊?"洪作问道。他感觉在对方问自己之前,自己先发问,有助于抢占先机。但是伯父没回答。完了,洪作心想。

"你看了书桌上的笔记本?"

耳边传来伯父不高兴的声音。洪作在被窝里缩了缩身子。他想,自己这是问了不该问的问题了。

"没有看。我看书桌上放的笔记本封面上这么写着,我就想有可能是伯父您的笔名。"

"那是我的雅号。不是什么好的雅号。对我来说过于贴切了。我自己的话,不会取这样的名字,那是以前我的老师给我取的，所以我到现在还在用着。我自己也取了一个。"

从伯父的声音来判断的话，他并没有生气的样子。而且心情比白天还更好一些的样子。于是，洪作又鼓起勇气说道：

"我知道。是独醒书屋主人吧。"

"你怎么知道的？"伯父问道。

"刚刚伯母拿写了这个笔名的笔记本给我看了。"

伯父似乎很吃惊，过了一会儿才说道："那个独醒书屋主人比起洋堂龙骨要稍微好些。独醒书屋主人啊。"

洪作突然听到了伯父的笑声。伯父笑了这件事让他很吃惊。伯父从来都不怎么笑的。

"你明白独醒书屋主人的意思吗？"

"不明白。"

"是吧，你还不明白呢。独醒的意思就是指一个人很冷静。你也可以理解为在深夜独自醒着。就是深夜里独自一人醒着读书，不沉迷于任何事情。"

"说的是伯父您吗？"

"唔，算是吧。"伯父说道。

难得伯父给自己解释了他的笔名，洪作觉得自己应该再说点什么，但是他不知道该怎么说。他想说说感想，可是他并没有什么感想。

"我还是喜欢龙骨那个笔名。"洪作说道。

"是吗？你觉得龙骨更好吗？"伯父笑道，"你觉得龙骨更好的话，那就麻烦啦。不过，等你有一天上了大学的话，就会觉得独醒书屋主人比龙骨好吧。你读文学书吗?"

"不读。"

"什么都不读吗?"

"不读。"

"那就麻烦了。不过不读文学书,也可以成为出色的人。可能还是不读更好吧。"伯父说道。

不知不觉地伯父的语气变得平心静气起来。

"你爸爸也是一本文学书都不读的,所以你大概也跟文学无缘吧。不过,唔,也可以去读个一两本,去了解下什么是小说什么是诗。不过,你连小说都没读过一本,那也是放弃得够彻底的。你没有订杂志吗?"伯父说道。

"没有。"

"不是有一本杂志叫《日本少年》吗,那个你都没读过吗?"

"读过的。"洪作说。

《日本少年》这本杂志,他在初一的时候从朋友那里借来读过。

"小说也读过的。"

洪作想起来自己读过《日本少年》上刊登的有本芳水的少年小说和松山思水的滑稽小说。

"读过什么?"

"《日本少年》上刊登的小说。"

"哦,什么时候读的?"

"很久之前了,上初一的时候。"

"别的没读过吗?"

"没有。"

"虽然你不知道我的雅号独醒书屋主人的意思,但是已经能够正确读出来了。那个都能读出来了,就不要只读《日本少年》的小说了。我来帮你挑一本吧。给你挑一部长篇小说。你去读读那个。"

"好的。"

"明天给你。"

"好的。"

"趁着正月里放假读吧。"

"好的。"

"读完了之后,写篇读后感拿来给我看。"

"……"

"行吗?"

"……"

"行的吧?"伯父再次确认道。

"好的。"

没办法,洪作只好回应道。他脑袋里想的是有没有方法能够拒绝。虽然不知道是什么小说,但是他知道自己写不出来什么读后感。说是长篇小说,那光读就很累了。还要写读后感的话,难得的寒假就要泡汤了。

洪作在黑暗中睁着眼睛。脑袋里想着各种拒绝伯父要求的借口。最后他想到的最好的借口是第三学期的考试比较早,放假的时候得学习。

"我没时间读小说了。放假的时候得学习，为考试做准备。"

洪作说完，等着伯父的回应。但是伯父一直都没说话。不一会儿黑暗中传来了伯父的鼾声。震耳欲聋的鼾声。

从门野原回家后的第二天二十九日，洪作去熊野山扫墓。几个邻居家的孩子也跟着来了。大家都学着洪作的样子，各自从家里拿了竹扫帚和铁锹来。还有人学着大人的样子，在脖子上系了布手巾。

洪作在孩子们的簇拥下，朝熊野山的坡道走去。路边凹凸不平，有很多大石头露出在地面上，跟从前一模一样。快接近山顶时，开始刮起了风，风把斜坡上杂木林的树叶刮得哗啦啦作响。孩子们在一个能看到汤之岛村的地方停下了脚步，纷纷大喊："哇！可以看到学校！"因为能够看到自己上学的学校的建筑，孩子们都兴奋得眼睛发光。

"可以看到俺家！"

能够看到自己家的孩子们一脸得意，相反，看不到自己家的孩子则一脸无聊的神情。"俺家"就是我家的意思，孩子们总是叫成俺家，俺家。洪作看着汤之岛，感觉百看不厌。村子和他上小学的时候相比，没有任何变化。可能唯一的变化，就是上之家只剩下了一半。

熊野山的山顶很平坦，那里有村子里的墓地。数百块墓碑密密匝匝地竖立在那里。偶尔可以看到有的墓地四周用低矮的树篱笆围起来了，但是大部分是没有隔开的。上之家的墓地在入口处附近。曾外祖父辰之助的墓和近七十岁过世的曾外祖母阿品的墓并列在一起。辰之助在洪作出生前就已经过世了，但曾外祖母阿品，洪作是知道的。除此之外的祖先们的坟墓，虽然都在熊野山，但是是在西边的斜坡上。那边的山脚下就是西平村了。

不用洪作下令，孩子们马上就开始打扫墓地了。

"不是光扫，还要把草都拔了。"洪作说道。

于是忠心的部下们扔掉扫帚，开始拔草。

那边打扫完之后，洪作就朝比那里更靠里边的阿缝婆婆的墓地走去。阿缝婆婆的墓地被树篱笆围绕着，除了她的墓之外，还有几块墓碑。孩子们人多力量大，这里也很快被打扫干净了。

"你家的墓在哪里？"洪作问其中一个孩子。

"我不知道。"孩子害羞似的回答道。

"你们都去打扫自己家的墓地吧。"洪作命令道。

但是没有一个孩子去自家墓地，大家都没有离开洪作。

洪作带着孩子们离开墓地，沿着刚刚上来的坡道往下走了一小会儿，来到了前往西平村的岔路口，他在这里停下了脚步。

"这附近还有一个墓。虽然我不大记得清了，但是应该是在什么地方。"

洪作这么一说，孩子们发出了毫无意义的"哇——"的一声。

洪作也记不清祖先们的坟墓在哪里。幼时曾经被谁带着去扫过一两次墓,但是他只模糊地记得是在前往西平村的岔路口附近。洪作沿着通往西平村的小路走了一小段,决定让孩子们帮忙去找一找。

"我记得是在这附近的一片竹丛中。你们去找吧。"洪作说。

于是孩子们朝着各个方向,扒开杂树林进去寻找了。

洪作也走进了一片竹丛中,但是很快不得不返回了。他没法像孩子们那样顺利往前走。三年时间令洪作失去了在竹丛中前进的技术。孩子们不折不扣地执行着洪作的命令。就算脸上手上被荆棘扎了也毫不在意。

"喂——,这里有个蜂窝。"

不久传来了这样的声音。于是孩子们没有再继续寻找坟墓,一个个嘎吱嘎吱踩着地面出来了,又再次朝蜂窝的方向走去。

"喂——,这里有座坟。"

又听到了那个找到了蜂窝的孩子的声音。

不一会儿,那孩子回到了小路上。找到了蜂窝和坟墓,令这个孩子非常兴奋。

"有这么大一个蜂窝。给我吓得赶紧跑出来了。"孩子用两只手夸张地示意了蜂窝的大小,接着又说,"那个蜂窝对面有座坟。有妖怪。我吓死了,赶紧跑。"

"真的有妖怪吗?撒谎!"一个孩子说道。

"是真的。那妖怪跟木屐店的大婶很像。"少年回答道。

"那就是女妖怪啰。"

"她背着孩子,还在吃橘子呢。"

"如果是木屐店的大婶的话,她刚刚还在伙计们的宿舍边上背着孩子吃橘子呢。"

不知道是谁说了这么一句。于是妖怪的目击者一下子失去了自信似的,含含糊糊地说:"也许那妖怪就是木屐店的大婶呢。"之前,洪作也看到了木屐店的大婶背着孩子在吃橘子。

"你真的看到妖怪了?"洪作问道。

结果,坟墓的发现者一下子变得垂头丧气的,说道:"我也不知道。"

洪作让那个孩子在前面带路,朝竹丛中走去。来到竹丛中,果然,往里走有一座坟墓。隐隐约约地还残留着路的痕迹。

"你看,有蜂窝吧。"少年指着树枝说道。

确实有个蜂窝,但是很小。

"什么大蜂窝啊,撒谎!明明那么小。"一个孩子责怪道。

"刚刚挺大的。现在变小了。"少年不高兴地说道。

"怎么可能突然就变小啊?"

"可它就是变小了啊,有什么办法。"

少年的表情仿佛真的相信原本很大的蜂窝突然变小了。

"你上几年级了?"洪作问道。

"三年级。"对方回答道。

"在学校学得好吗?"

"学得最差了。是吧?!"

不知道是谁毫不客气地说道。是成绩最差的孩子，那就怪不得了，洪作心想。在他眼里蜂窝很大，也只有他看到了女妖怪。在蜂窝的右手边，果然可以看到墓地。几块快要碎裂的古老的墓碑竖立在那里。

洪作走了过去。山的斜坡处，大概有六七平方米的地方被平整过，墓碑就立在那上面。每一块墓碑上都长满了青苔，上面刻的字几乎都已经认不出来了。这些墓应该比门野原石守家先祖的墓更古老吧。不知道是不是这些墓碑藏在人迹罕至处的缘故，感觉有点骇人。

洪作一会儿走到墓碑旁边，一会儿又绕到墓碑后面。所有墓碑上都只剩了刻在墓碑正面的文字。上面的姓和洪作的一样，名字中都带个"玄"字。好不容易才能认出玄秋、玄道、玄英这些名字。

虽然洪作没有下令，但是孩子们已经开始打扫起墓地了。带着铁锹的少年麻利地在墓地旁边挖了道沟，那架势跟大人一模一样。

在幻觉中看到了妖怪的少年把那些湿乎乎的落叶都扫到一处。

"啊，有一分钱！"他叫道。

大家都围了过去。这次不再是幻觉了。虽然生锈了，但那确实是一个一分钱的铜钱。

洪作心想，这些名字中带着玄字的长眠于此的祖先，他们各自在这个小山村里度过了怎样的一生？因为是医生世家，所以玄秋、玄道、玄英应该也都是医生吧。他们的一生过得是否幸福？他们是受人爱戴，还是被人憎恶？他们是从哪里，又是从谁那里学到的医术呢？

刚才扫过的墓里面有一个是曾外祖母阿品的，洪作曾听她说过第一代祖先的事。江户时代末期，一位叫玄俊的十六岁少年带着母亲来到了这个村子。他们在一户叫安达的农民家中脱下草鞋，住了下来。少年以行医谋生，非常孝顺，他们是从四国来的，这些是现在所知道的关于他们的全部信息。

洪作找了找玄俊这个人物的墓，但是没找到。可能他葬在别的地方了吧。曾外祖父辰之助是这个家庭世世代代的医生中最成功的一个，他在明治初期担任过建在挂川、韭山的静冈县立医院的院长，三十多岁的时候退隐到汤之岛，但是他花钱很厉害，所以才会纳阿缝婆婆为妾，到晚年中风卧床不起的时候，生活就不大宽裕了。

家里最为宽裕的时候是辰之助上一辈的时候。据说那时候家里在西平村开了医院，家里的房子也很大，但是在一场大火中都被烧没了。现在看到的玄秋、玄英他们的墓位于熊野山靠近西平一侧的斜坡上，应该就是那时候留下的痕迹吧。

在曾外祖父辰之助之后，外祖父文太原本也应当成为医生的，但是文太不喜欢学习，没能成为医生，于是家族代代相传的医生这一职业就由洪作的父亲继承下来了。洪作心想，自己也会像这些葬在墓中的祖先一样，像父亲一样，命中注定要做医生吧。

"我们回去吧。"一个少年说道。

洪作坐在墓地旁边一处长着山白竹的地方。可能是因为这个地方向阳，又避风，所以很暖和。打扫完墓地的孩子们都围在洪作身边，但是因为这个地方既不能跑也不能跳，所以他们看起来都一副很无聊的样子。

洪作在孩子们的催促下站起身，离开了祖先们长眠的地方。一行人再次沿着熊野山山脊上的小路，下山回到了汤之岛村。途中，他们碰到了一个农户家的大婶。

"阿芳，你去扫墓啦？"

大婶朝其中一个孩子说道。她是这个孩子的母亲。

"没有。"

孩子摇摇头。

"那你去哪里打扫了？"

"洪作家的墓地。"孩子回答道。

年三十晚上，上之家开始捣年糕。附近的邻居们都已经早早地捣好年糕了，上之家算是捣得最晚的了。两三个邻家的大婶过来帮忙，帮着淘米，蒸糯米饭。外祖母阿种对前来帮忙的邻家大婶们很是客气，一会儿上茶，一会儿端点心，忙得不可开交。大婶们都跟外祖母说：

"今年上之家也不用请附近的男人们来帮忙啦，真是太好了。洪作就可以捣年糕。"

她们是注意到洪作在旁边，所以才这么说的。从她们边笑边说的样子来看，应该是开玩笑的，但是似乎又并不全然是玩笑。她们觉得洪作肯定要捣一两下的。

"这个嘛，不知道会怎样呢。不知道他能不能拿得动捣锤呢。"外祖母笑着说道。

外祖母的话准确判断了洪作捣年糕的技术，但是外祖父文太就不一样了。

"你瞧他那跟个饿死鬼似的小身板，捣出来的年糕肯定很难吃。我倒是不想让他来捣，但是他妈妈七重说了，今年让他来捣年糕，所以也只好让他捣了。今年的年糕肯定要遭殃啦。"

外祖父说的话太难听了。但是外祖父说这话是以洪作好歹能够拿起捣锤为前提的。洪作觉得外祖父对自己的认知完全是错误的。

石臼已经被放在院子里了，但是洪作对于捣年糕这件事毫无自信。外祖父说今年的年糕要遭殃了，但是要说遭殃的话，洪作才是真正的遭殃呢。

天暗下来了，放了石臼的院子里拉起了电线，电灯泡光秃秃地挂在上面。附近的孩子们都围了过来。因为会影响到捣年糕，所以大婶们就开始赶那些孩子。但是不管怎么赶，孩子们还是马上又围过来。

跟上之家隔了一户人家的商号佐渡屋家年轻的兄弟俩过来帮忙。弟弟叫龟男，上小学的时候比洪作低一级。龟男已经完全长成了一个结结实实的大人，简直都快要认不出来了。不管是体格，还是说话的方式，或是发出的声音，都跟大人一样了。龟男兄弟俩一站到石臼前，就说："来吧，开始吧。"

他们一边给捣锤蘸水，一边跟女人们示意道。这兄弟俩一看就是干活的人，非常麻利，看着就让人心情很好。

龟男正准备捣第一下，邻家大婶说道："第一锤得让洪作来捣啊。"这次她的口气不再是开玩笑的，而是非常认真的。

"我先看阿龟捣，然后再捣。"洪作说道。

龟男拿着捣锤捣，邻家大婶配合他翻年糕。龟男轻轻松松地不停地拿起捣锤砸下。

"真是个不错的年轻人啊。"邻家大婶一边翻年糕，一边说道，"如果我再年轻几十岁，就想去给你做媳妇儿啦。"

这样的话，她断断续续了好几次才说完。捣锤抬起的时候，必须要把石臼中的年糕翻个面，所以她没法连续把话说完。龟男是无论大婶说什么都一言不发。他本来就话少，而且也还没有到能够轻松应对大人开玩笑的年纪。

龟男捣了会儿，他哥哥替了他，拿起了捣锤。两兄弟交替捣年糕。翻年糕的事儿，则由三位大神轮流来做。祖父出去商量村子里的事情回来了，问道："洪作，你捣了吗？"

"没有。"

"都这么大了，别光站在一边看，也去捣捣着啊。"

"好。"

洪作下定决心，脱掉了外套。看龟男捣年糕的样子，他觉得自己似乎也能捣。洪作学着龟男的样子，先用捣锤搅拌着石臼中的糯米。试了一下，发现这工作非常需要力气。

"这不是捣得挺好的嘛。"外祖父说。

"洪作，你别去上学了，就开个年糕店吧。"

不知是谁这样说道。

等翻年糕的大婶过来了，洪作就开始下一步了。洪作拿起捣锤再砸下，拿起捣锤再砸下。但是很难把握节奏。

"就算是洪作在捣，这也还是捣年糕的声音啊。"外祖父说。洪作很快就站不稳了。

"洪作，拜托你了，你可千万别捣在我头上。"

大婶说这话的时候，洪作已经拿不动捣锤了。

"来，我来替你吧。"

龟男走过来，洪作就把捣锤交给了他。

洪作心想，在体力这方面，自己跟龟男比，是望尘莫及啊。虽说捣年糕不仅需要体力，还需要技术，但是洪作也知道自己没有像龟男那样可以捣好几臼年糕的体力。上小学的时候，洪作和龟男体格差不多，一起相扑的话，也总是互有输赢，但是现在两人之间已经有了巨大的差距。

第八章

大年初一早上,洪作四点钟就被叫醒了,因为今天要去神社参拜。虽然还很困,但是他强忍着睡意,离开了被窝。正在井边洗脸的时候,外祖父文太也过来了。

"就这样赶紧出发吧。"文太说道。意思是就穿着平时的衣服。

"不用换衣服吗?"

"不用,这样就行。"

"大家都是换了新衣服去的。"

"想换的人可以换啊。换了新衣服肯定不会错。我准备就这么去。"外祖父说道。

外祖父对于这些总是毫不在意。穿什么衣服不重要。重要的是要向神明拜年。外祖父嘴里嘟嘟哝哝地说着这样的话。

外祖母也起床了,正在厨房忙碌着。她对外祖父说道:"当家的,你平时总穿那身衣裳,今年洪作也一起去,你就换一身吧。衣服都已经给你准备好了。"

"等回来了再换吧。"

"反正要换的,就现在换了多好。"

317

外祖父没理外祖母的话,利索地走到了路上。洪作和外祖父并肩走在前往长野村的小路上。四周依旧被浓重的夜色笼罩着。走到半路,来到了一片田野中。太冷了。洪作缩着身体往前走着。每走一步,脚下就会传来霜花被踩倒的嘎吱声。

"外公。"

"啥事?"

"过了年你几岁了?"洪作问道。

"唔,几岁了呢?——你干吗那么关心别人的年纪啊。知道别人的年纪,又有什么用呢。又不能让你多赚一分钱。"外祖父说道。

"那,我们去参拜的时候,应该向神明说什么呢?"洪作问道。

"神明啊。"

外祖父说了这一句,就没有再继续往下说了。

"说什么嘛,跟神明。"

虽然知道自己这样追问太过执拗了,但洪作还是再次问道。于是,外祖父说:"你这家伙,老是问这些无聊的问题。我没什么要向神明祈求的,也不用向他们道谢。他们又没有特别注意我,也没有特别关照我。我就是去低头行礼就完事了。"

"为什么要低头行礼?"

"你这家伙,真是烦人。"祖父接着说道,"因为你外婆很相信神明啊。要是不去参拜一下,她一整年都会不安心的。"

听外祖父话里的意思,他自己是不相信神明的。外祖父很少在意别人的想法,果然只有外祖母才能让他在意啊,洪作心想。

快到神社时,就能看到那些正在黑暗中朝神社走去的人的身影了。不知道他们是不是从田埂上走来的,经常有人突然从旁边走到洪作他们正在走的路上。因为四周太暗了,所以完全看不清是谁,但还是可以听到诸如"您好早啊""今儿天气不错,早点也没事"这样的话。

没有一个人说"新年好"。似乎大家都认为还没有到正月。要等参拜完神社,天亮了,家家户户都开始煮年糕了,才算是到正月了。孩子们也夹在大人们中间朝神社走去,但是完全没有白天的精神。他们太困了,被大人们半拖着往前走。

走进神社,有好几个人跟外祖父打招呼。外祖父都会回一句"你是谁啊""你去年过得不顺当,今年要是再不来点好事可就……"这样的话。走上石阶,站在小小的神殿前,洪作学着别人的样子,低下了头。他想自己要祈求些什么呢,似乎也没有什么特别要祈求的。正准备离开神殿,洪作想了想,又低下头,心中默念:

——愿妈妈长命百岁。

离开神社的时候,天终于微微变亮,能够看清楚人们的脸了。天一透亮,孩子们就变精神了。盼望已久的正月终于来了,孩子们开始到处乱跑。来神社参拜的人也逐渐多起来。有很多人向洪作打招呼,其中还有人特意停下脚步,互相问候了许久。

回到家中,客厅里已经做好了煮年糕的准备。外祖父文太、外祖母阿种、洪作,以及在大仁上女校的小姨阿蜜四个人一起吃了正月的第一餐。阿蜜和洪作同龄,一放寒假就去西伊豆的朋友家玩了,到年三十才回来。

"新年快乐。希望洪作和阿蜜新年都能有好运。"外祖母郑重地说道。

外祖父独自喝着酒。能够公然这样喝早酒的日子,一年当中只有今天这一天,所以外祖父心情很不错。他一边用筷子夹点炖菜,一边慢悠悠地把酒杯放到嘴边。

外祖父的鼻头总是红通通的,那是喝了酒的缘故。他从年轻的时候开始就喜欢喝酒,每天晚上必须要喝两口。让洪作的母亲七重来说的话,就是因为爱喝酒才把家给喝败了,但是外祖父又没有什么别的嗜好,家之所以会败,不是因为爱喝酒,而是因为完全没有经商才能。他生性冷淡,讨人欢心这种事,对他来说完全是不可想象的,所以无论做什么生意,都不可能成功。之前他开过和服店、食品店,尝试过很多生意,但是都不成功,结果家被卖得只剩下了一半。这三四年来没有再做什么生意。去了城里的儿子们都各自小有成就,他就靠儿子们送来的生活费过日子。

"外公的鼻子变红了。比以前更红了。"洪作说道。

"好啦,好啦,大正月的可不兴说这样的话。"外祖母在一旁责怪道,"鼻子红通通才是你外公呢,要是鼻子不红了,那就不是你外公喽。"

"从什么时候开始变得这么红的？"洪作半开玩笑似的问道。

外祖父今天心情很好，看起来说什么都不会生气。外祖父对洪作的话充耳不闻。他沉浸在自己的世界里，把酒杯放在嘴边，美美地发出"啧"的一声。

"不记得是从什么时候开始的，不过你外公鼻子变红之后，人就变得特别好。"外祖母说道。

会表扬外祖父的，也就外祖母一个了。

"真的吗？"

"当然是真的。从古至今，鼻子红通通的人，就没一个是坏人。"

"可外婆你的鼻子不也没红吗？"

"我因为还不够好，所以还不到鼻子变红的时候呀。"

洪作喜欢听外祖母讲话。他感觉自己的心都会变得温暖起来。

"你要不要来点？"外祖父对洪作说道。

"不用。"洪作回答道。

"喝点吧。男子汉大丈夫，正月里总要喝点的。我从十三岁开始就喝酒了。你这孩子，看起来比别人成熟得晚。说话做事，都不像是个初中生。真愁人啊。因为父母不在身边，所以该成长的时候都没有好好成长。"外祖父说道。

吃了含有祈福意味的煮年糕，洪作走到了屋外。去神社参拜的时候，还没有起风，这会儿已经刮起寒风了。听着呜

321

鸣的风声，他感觉这才是正月的样子。在洪作的记忆中，汤之岛的正月总是在刮风。

洪作想把小孩子们叫到一起去放风筝，但是那些孩子没有过来。远处有两三个像小学一二年级的孩子围在一起，但就是不往洪作这边过来。

洪作招了招手，跟平时不一样，三人慢吞吞地走了过来。大家都穿着外出做客时才穿的衣服，所以似乎有点不好意思，一脸害羞的样子。

"去叫大家一起来，我们去田里放风筝吧。"洪作说道。

"俺要是把衣服弄脏了，会被老妈骂的。"一个孩子说道。

"放风筝又不会弄脏衣服。"洪作说道。

"去把大家都叫来吧。"他口气微微有些强硬地命令道。于是三个孩子朝村子里四散而去，去叫其他孩子。

不一会儿，孩子们都过来了。大家都穿着出去做客时才穿的衣服，一副手都不知道往哪里放的样子。其中有三四个孩子拿着风筝。还有人拿着印有人物图案的纸牌，有的人拿着陀螺。

大家一起朝田野走去。有一个孩子在化了霜的泥泞中摔倒了，难得穿上的新衣服也弄脏了。

"哇！"

那孩子拼命大哭起来。一个高年级的孩子把他的外褂脱下来，平铺在路边的木材堆上，还在上面压上了石头，不让衣服被风吹走。

"这样衣服很快就会干的。干了之后,用手搓一搓,把泥巴搓掉就没事了。"

一群人把外褂放在那里就没再管,一起来到了田野里。在走进田野之前,每个孩子的外褂和衣摆上都溅上了泥点子。

风筝没有随风飘到空中,而是打着转落在了田野的稻茬上。每次孩子们都会朝风筝跑过去。这样重复多次之后,风筝终于高高飞舞在空中了。

放放风筝,一早上就过去了。等孩子们都回家吃午饭的时候,大家都从做客衣服的束缚中解脱出来了。每个孩子的衣服上都是泥,因为风太冷了,所以很多人都把外褂从背后卷起来,把衣摆蒙在头上。脚上穿的木屐、草鞋也全都沾满了泥巴。

到了下午,孩子们又聚集在上之家门口。用一种独特的节奏喊着"阿洪,去玩吧""洪作君,去玩吧",已经完全把洪作当成了自己的玩伴。洪作在大家的呼声中走了出去。

"接下来玩什么呢?"一个孩子问道。

"去滑观座太吧。"洪作说道。

孩子们哇的一声欢呼起来。观座太是村子东边的一座山的名字。作为山的名字,它听起来挺奇怪的,不知道为什么,村子里的人从古至今都是这么叫的。

下午风也一直没停。跟以前一样,山风刮起了路上的沙土。洪作带着一群孩子,走到长野川的河谷里,踩着石头过了河,来到河对岸。那里就是观座太的山脚了。

孩子们跑进杂木林，每个人都折了一根还带着叶子的树枝。他们要坐在这根树枝上，从山的斜坡上滑下来。洪作也从一个孩子手中拿了一根树枝。观座太的山顶和山脚都长满了杂木，但是中间长的是野生的茅草。这些长满茅草的地方，在冬天，对于孩子们来说就是绝好的滑草场。

洪作一直都没有忘记自己小时候每年从山上滑下来的那种快乐，但是时隔数年，再次爬上观座太，他却没有了从斜坡上滑下去的欲望。孩子们还跟洪作以前那样，骑在树枝上，身体贴着斜坡，灵活地往下滑去。但是洪作，不知道是不是长大了的缘故，滑得不太顺利，而且也很危险。

孩子在斜坡上滑到一半，从这里开始就不能再叫滑下去，而应该叫滚落下去了。有的人是躺着滚下去的，有的人是头朝下滚下去的。然后一个个无一例外地撞到山脚下的灌木丛里，才停下来。在一旁看着的话，会觉得这游戏既粗暴又危险，但是孩子们却没有受什么大伤。

洪作没有滑，他在斜坡上坐了下来，晒着阳光，看孩子们往下滑。孩子们滑到山脚之后，又爬到洪作在的地方，然后继续从这里往下滑。洪作叫他们时，不知道是不是在比赛，孩子们转过汗水直淌的脸，看着洪作，说"我已经滑了五次了哦""我的手都被磨成这样了"。

事实上大家身上都有被磨破的地方。有的孩子额头上流血了，有的孩子膝盖上流血了。大家都用正月里做客时穿的衣服来擦血。

太阳一落到熊野山背面，四周一下子就变冷了。洪作带着孩子们，从观座太返回。一到傍晚，孩子们就变得无精打采。虽然一整天都在放风筝，从山坡上往下滑，但是他们都觉得正月应该更开心才对。盼望已久的正月第一天就要结束了，每个孩子的脸上都写满了不舍。

"明天，后天，也都是正月。"一个孩子说道。他并不是说给别人听的，是说给自己听的。

"明天就不是正月了。"另一个孩子说道。

"是正月。明天也是正月，后天也是正月。"

"那从哪天开始不是正月呢?"

被这么一问，脑袋很大的孩子脸上露出了一丝困惑，但还是回答道："学校开学之前都是正月。"

"还有烤糯米团子呢。"一个站在角落里的孩子说道。

烤糯米团子的日子就是烧正月稻草绳的日子。是告别正月的日子。虽然是和正月告别的日子，但是一想到把糯米团子穿在乌樟的树枝上，插进烧正月稻草绳的火堆里，孩子们的眼睛就突然亮了起来。

"烤糯米团子! 烤糯米团子!"

一、二年级的小孩子们突然开心地跳着，跑开了。

来到卖酒的小店门口，正好碰上杂货店家的姑娘盛装走过来。孩子都像看到什么稀奇物事似的，朝姑娘身边围拢过去。

"你要当新娘子了吗?"一个孩子问道。

"说啥呢! 这么冷，你们去哪儿了?"接着，她又说道，"哎呀，你们把衣服弄这么脏，回家后要被妈妈骂的哦。"

但是当发现洪作也在时,姑娘赶紧离开了孩子们,走进了卖酒小店的院子里。那是上小学时比洪作高一个年级的女孩子。已经完全长成大姑娘了。被姑娘这么一说,孩子们才意识到自己做客穿的衣服全都弄得脏兮兮了。其中有一个孩子的袖子还掉了。

"你的袖子怎么了?"洪作问道。

但是对方低着头,一声不吭。洪作心想,要不就请外祖母帮他把袖子缝上吧。他感觉自己多少也有点责任。

"袖子还在吧?"洪作说道。

结果那孩子突然大声哭了起来。怎么回事呢,似乎没有看到袖子啊。

"你的袖子呢? 放哪儿了?"洪作看着孩子问道。结果那孩子哭得更大声了。

"这是谁家的孩子?"

"是坂中家的。"今天的孩子里面领头的那个孩子说道。接着他又对那个孩子说,"你要挨揍了。——你老妈肯定要狠狠揍你了。"

坂中是新路边上的农民家的姓氏。洪作也知道坂中家的阿姨。那个阿姨的话,真的会立马动手揍孩子的吧,他心想。听到挨揍这个词,那孩子仿佛现在就已经被揍了似的,拼命地大哭着。

"真是没办法。你把袖子放哪儿了?"洪作问道。

"放河里的石头上了。"一个孩子说道。

"真的吗?"

"真的。是吧?!"那个孩子朝同伴们脸上看了一圈,说道,"我看到了。过河的时候,袖子还吊在衣服上呢,然后这家伙就把袖子撕下来,放在石头上了。为了不让它掉进河里,我还在上面压了块石头呢。"

孩子的语气里带着几分得意。事情应该就是这样吧。没办法,洪作打算带着那个丢了袖子的孩子去把袖子拿回来。

"你们也一起来吧。"洪作说道。

结果那些孩子都不约而同地露出一副不情愿的表情,嘴里纷纷说着:

——我肚子饿了。

——我肚子痛。

——我再不回家,就要挨骂啦。

有一半孩子在路上蹲了下来。孩子们一点都不想再往回走,返回长野川河谷。没办法,洪作只好催着那个丢了袖子的孩子,两人一起开始原路返回。和洪作一起往回走之后,那孩子刚开始还继续哭了一会儿,渐渐地就不哭了。

"你为什么把袖子放在河里的石头上啊?"洪作问道。

"阿余说让我放在那里。"孩子回答道。

"别人说什么你就听啊,那是你自己的袖子啊。哪有你这样的傻瓜,袖子放在那里,自己却走了。"洪作训斥道。

"哇!"

孩子又哭了起来。

"不准哭!"洪作怒喝道。于是孩子停止了哭泣。

洪作沿着通向平渊的路,来到长野川的岸边,然后顺流而下。来到之前过河的地方,他问孩子:"放哪儿了?"

孩子睁大了眼睛,在河里无数的石头上来回搜寻着。突然叫道:"啊,在那里!"

"在那里,在那里,就在那里。"

洪作顺着孩子的目光看去,果然在一块大石头上,放着一个像袖子一样的东西,上面还压着一块石头。

"你在这里等着。"

洪作让孩子在岸上站着,自己沿着河里的石头,一块块跳了过去。他拿回袖子之后,把它给了那个孩子,说道:"可别再丢了。"孩子马上把胳膊穿进袖子里给洪作看。但是洪作觉得这个袖子套在这孩子的胳膊上不太合身。

"这袖子看起来有点奇怪。"洪作说道。

孩子把袖子转了个圈,又从胳膊上拿下来,放进了怀里。

两人马上踏上了回家的路。四周已经开始暗下来了,寒意逼人。

洪作带着那个孩子回到上之家,请外祖母帮他把袖子缝上。

"弄成这样,这做客穿的新衣服不就毁了吗。"

"回家之后,让你妈妈赶紧给你洗一下。"

外祖母一边说着,一边动着针。缝好袖子之后,外祖母又说道:

"刚刚有一对母子过来拜访了,说是住在旅馆里的。"

洪作眼前马上浮现出了那个肤色白皙的少年和他优雅的

母亲。

"是初中的学弟。"洪作说道。

"看着出身挺不错的。那位妈妈看起来很优雅,孩子看上去也很有教养。"外祖母说道,"他们跟你外公聊了大概十分钟,就回去了。"

"外公见他们了?不用见也没关系的。"洪作说道。他并不想让外公见到那对优雅的母子。

那天夜里,外祖父出去喝年酒喝得满脸通红回来,问洪作:"难得一之濑家母子来访,你去哪儿了?"

"去观座太滑草了。"洪作回答道。

他这才知道那对优雅的母子原来姓一之濑。一之濑这个姓氏,在伊豆也好,在沼津也好,他都没有听说过。

"去了观座太?傻蛋一个。你这都多大了,还去观座太。"

"外公你不是说你自己小时候也去观座太滑过草的嘛。"

"小时候是去过。但是像你这么大开始,我就不再去那种地方了。"

"外公你像我这么大的时候都做些什么呢?"

"我吗?"

外祖父自己从柜子里拿了把酒壶,走到厨房,装了酒,然后在地炉边坐了下来。

"外公像我这么大的时候都做些什么呢?"

"这个嘛。"外祖父似乎在思考,"你今年多大?"

"过了年就十七了。"

"十七啊。我十七岁的时候，正月第二天翻过了箱根山。"

"用脚走的?"

"当然是用脚走的。那时候大家都用脚走的。只有女人和老人才坐轿子。"

"那会儿是在东京吧?"

"嗯。"

"在做什么?"

"在一家和服店当学徒。"

"外公从小家里就很穷吧。"

结果，"这话说的。"外祖母从二楼下来说道，"你外公是为了去学习如何工作，才去当学徒的。"

"为什么没有去学校呢?"

"这个嘛。"外祖母又从一旁插嘴道。但是，外祖父没理外祖母，说道："我不喜欢上学。要继承家业，成为医生的话，就必须要学习，但是对于我来说，比起去上学，还是去当学徒更开心些。不过，现在想想的话，人还是得去学校学习才行啊。在这一点上，我觉得自己挺失败的。总是在想要是自己是正儿八经从学校出来的就好了。"

"这是后悔了?"

"嗯。"

于是，外祖母又在一旁说道："有什么好后悔的。他外公你虽然没去上学，但是不上学也有不上学的好啊。"

洪作把话题转了回去。他问外祖父："那个叫一之濑的阿姨，来咱家有什么事吗？"

"新年了，想邀请你去他们那里玩呢。——去一趟吧。"

"我不想去。"洪作说道。

"这有什么不想去的。看着出身挺不错的。当妈的看着很优雅，孩子看着也是个小少爷。跟你可是一个天一个地。——人家说了，那孩子总是埋头学习，真是发愁。"外祖父说道。

"跟外公你正好相反嘛。"

"跟我？"外祖父说道，"小混蛋。你倒是把自己跟人家比比啊。你倒是也让家里人说句太爱学习了真让人发愁啊。这次成绩怎么样啊？"

"不知道。"

"发了成绩单吧？"

"没有。"

"虽然你不想去寺庙，但是如果成绩下降了，再不愿意也得去。当然了，像今天来的那个孩子似的，脸白得毫无血色也是个问题。——那样的话，就算再爱学习，也是愁人啊。能不能坚持到毕业都是两说。"

接着，外祖父突然想到了什么似的说道："是了。——他们说让你过去玩，可能还是不去比较好吧。还是往后推推吧。"

"为什么啊？"

"什么为什么，你看那孩子的脸色，估计肺里也有点毛病。还是不去安全些。"

这时，外祖母又在一旁说道："人家特地过来邀请的，稍微去坐会儿应该也没事吧。"

"不行，最好还是不要去了。一般人哪里会在温泉旅馆过年呢。肯定是因为身体不好，所以才需要母亲陪着。还是不去的好。"外祖父说道。

第二天，孩子们又在屋外叫洪作的名字。洪作在他们的喊声中睁开了眼。他已经完全被那些孩子当成玩伴了。

"等一下。"洪作在二楼对孩子们大喊道。然后很快下了楼。家里不见外祖父的身影，外祖母正坐在地炉边上。

"你起啦？——煮好的年糕都快变硬了，我正想着要去叫你起床呢。"

"外公呢？"

"去门野原啦。"

"干啥去了？"

他这是去了个令人讨厌的地方啊，洪作心想。

"什么干啥去了，现在是正月啊，肯定要去走走亲戚的。"

"是去找伯父聊天了吧。"

"聊天嘛肯定也要聊的。"

外祖父和伯父聊天，跟自己应该没什么关系，但是洪作总感觉有些不安。有一种两个危险的东西要合为一体了的恐怖。

——洪作可真是愁人啊。能不能请您多骂骂他呢。

——那就请您让他到门野原来一趟吧。我来给他提点意见。

总感觉他们两人之间会进行这样的对话。

洪作吃了外祖母端来的煮年糕，然后马上朝等在屋外的孩子们走去。孩子们脸上已经看不到昨天那样对正月恋恋不舍的神色了。

"今天也是正月。"

"在三号之前都是正月。"

孩子们七嘴八舌地说着跟昨天一样的话。大年初一已经变成昨天了，每个人的脸上都透着几分遗憾和不尽兴的神色。

"今天做什么呢？"

洪作刚说了一句，孩子们就哇地叫了起来。

"去泡温泉吧。"

洪作刚说完，孩子们就突然一脸无趣的样子，眼里的光也黯淡下来了。对于孩子们来说，正月里的游戏必须是比这更好玩的。

"那么去学校玩器械？"

大家对此也反应冷淡。

"那么，去下陷阱捉短脚鸭吧。"

瞬间，孩子们哇地欢呼起来。有好几个孩子当场又跑又跳。跳起来的是女孩子们。昨天还没有女孩子加入，今天又多了五个女孩子。

一个脑袋凹凸不平的三年级男孩突然大声叫道：

——去下陷阱捉短脚鹎喽。

他像唱歌似的，带着节奏大叫道。这是为了叫那些还没有来的孩子赶紧集合。就算不叫那些还没来的孩子，已经集合的孩子就已经是昨天的好几倍了。

洪作决定带领这个由二十多人组成的男女混合的大部队，前往长野村村口山边的田野，去下陷阱捉短脚鹎。但是，因为人数太多了，洪作就把人分成了两队，一队跟他一起去，一队就留下来等着。一、二年级的小孩子们就被归到了等的那一队。可是，等大家开始往前走的时候，大家都跟上来了。

"你得留下来。"洪作对一个小孩说道。结果对方哇地放声大哭起来。

"你也留下。"他又跟另一个孩子说道。结果被说的那个孩子就像被火烧着了似的大哭起来，不仅哭，还在地上打起了滚。同时，被归到等候队伍里的其他孩子也都哭了起来。男孩子们大声哭，女孩子们用手捂着眼睛抽抽搭搭地哭。

洪作没理他们，继续往前走着。于是，那些正在哭的孩子也一边哭一边跟了上来。

"那，大家就都跟上来吧。"没办法洪作只好这样说道。

过了长野桥，洪作给每个人分配了任务。低年级的小孩被要求去捡吸引短脚鹎的诱饵——一种红色的果实。那些领头的孩子则被要求去折些树枝回来做陷阱用。

洪作朝着比山边的路还要高的田野走去。根据小学时候的经验，洪作知道这一带是短脚鹎最多的地方。他在田埂上坐下来晒太阳，等着那些四散而去的孩子回来。这一带的土地比汤之岛要高很多，所以朝北望去，视野很是宽阔。不仅能看到长野川悠长的身影，连同层峦叠嶂的山峰、白花花的道路，都能一览无余。

大概过了十分钟，道路另一边的田野上，有一个角落突然发生了情况。四五个孩子一边尖叫着，一边狂奔过来。洪作正想着他们怎么跑得这么拼命，果然，一个穿着干活衣服的农家大叔紧追在他们身后。

大叔追到一半就停了下来，嘴里叫嚷着什么。于是孩子们也慢了下来，一个个朝洪作这边走了过来。最先走过来的孩子说：

"阿为的叔叔发火了。——好可怕。"

可能是跑得太拼命了，他还在喘着粗气。

"为什么发火？"

"不知道。"孩子回答道。

看他的神色，是真不知道大叔为什么发火。

孩子们不断地回到了洪作身边。谁都不知道阿为家的叔叔为什么要追他们。孩子们手里都拿着粗粗的树枝。

"你们这是从哪儿拿来的？"

洪作问道。

"就堆在阿为家旁边。"

一个孩子回答道。

这时，去捡红果子的低年级的孩子们也都回来了。大家手里都捏着几颗红果子。等到年纪最大的孩子从家里拿来了砍刀，大家就开始做陷阱了。洪作根本不需动手。两个四年级学生非常熟练地开始做陷阱。他们的做法跟洪作知道的做法稍有不同。他们从那些自阿为家拿来的柴火中挑出一根结实的作为横档，用树枝当钉子把它在地面上固定牢。在把钉子砸入地面时，他们用石头当锤子。

——干吗呢！

耳边突然传来大人的怒喝声。原本呆呆站在那里的孩子们瞬间作鸟兽散去。洪作也开始跑。他连续跳下好几块稻田。

——还跑！

大人的怒喝声越来越远了。洪作跑到长野桥下，在那里停了下来。朝背后看看，孩子们朝四面八方散开了。有人在路上跑着，有人在田埂上摔倒了。洪作不知道大人为什么要朝自己怒喝。过了一会儿，孩子们喘着气，朝洪作走了过来。

"我被打了！"一个孩子颇有几分得意地说道。

"我也被打了。"另一个孩子也说道。同样也是一副很自豪的口吻。

"为什么挨打？"洪作问道。

但孩子们谁也没有回答。他们不知道为什么挨打，但是挨打这件事对他们来说一点都不觉得有什么奇怪。洪作以前也跟这些孩子一样，每天都被大人们怒喝，被大人们追赶，他曾经以为大人们只要看到自己这些小孩子就会怒喝。

但是，现在洪作的想法跟以前有些不一样了。似乎是因为他们在田里做陷阱，惹得那片田的主人生气了。但现在是冬天，田里什么都没种，在上面做个陷阱，也不是什么不好的事。这么一想，就觉得刚刚那个朝自己这些人怒喝的大人实在是太讨厌了。

"管他呢。我们再去那里做陷阱吧。"洪作说道。

孩子们一下子又来了精神，其中一个孩子说："好嘞，我去侦察一下。"

洪作带领着孩子们，迎着刚刚被大人追赶的方向，准备再次前往那片田地。虽然不能在上面做陷阱了，但还是想把扔在那里的做陷阱的材料拿回来。

主动要求去侦察的三个孩子，精力十足地先跑了过去。他们过了桥，正准备朝那片田地上爬，突然就停下了脚步，开始叫嚷起来。刚才那个大人好像还在田里。

洪作停下脚步，看着三个孩子那边的情况。那三个孩子停止了叫嚷，开始扔石块。他们蹲下身子，从路上捡起石头，扔到上面的田里。

看到这，有四五个孩子也突然往前跑去，似乎是要去支援前面的侦察队。洪作叫了那些孩子，想让他们停下来，但是他们充耳不闻。孩子们还在中途捡了石头，带着石头跑了过去。

但是，没过一会儿，一个孩子跑了回来，其他人也跟着他开始跑。洪作看到田地上又出现了刚才那个大人的身影。是一个头上蒙着布手巾的大叔。即使是站在这么远的地方，也能看得出他怒气冲冲。跑回来的孩子们不时停下来，捡起石块朝他扔去。

"喂,我们回去吧。"洪作说道。

他总觉得还是尽早离开这里会比较安全。等侦察队一跑回来,大家就从那里离开了。扔石头跟大人大战了一场的孩子们都不约而同地兴奋不已。

"我扔了七块,打中了两块。"一个孩子说道。

"我扔的石头,差一点就能扔到敌人的头上了。"另一个孩子说道。

"应该气坏了吧。"小一点的孩子满是感慨地说道。

"气得头顶都冒烟了。"大一点的孩子回答道。

"你们这些笨蛋,扔石头多危险哪。"洪作责备孩子们。

"可是,是那人先扔的啊。"接着,说话的孩子又向旁边一个最矮小的孩子确认道,"是吧?"

"是啊,是对方先扔的。所以我们才扔的。"

"打中了吗?"洪作问道。

"阿秋扔的打中了!"

"打到哪里了?"洪作问道。

"我觉得应该是打中了脚。——对方都跳起来了。"一个孩子说道。

这天夜里,洪作正在跟外祖父、外祖母、阿蜜三人一起吃晚饭时,门被推开了,传来一个很响的声音:"晚上好。"阿蜜站起身来走了出去。因为是正月里,正想着会不会是邻居过来玩了,但是,门口传来的声音很不客气。

"听说你家有个叫洪作的孩子回来了是吧,在沼津中学上学的那个。我有话问他,你让他出来一下。"来访者这样说道。

"他现在正在吃饭。"阿蜜说。

"让他别吃饭了,赶紧出来。"

这次对方的说话声中明显带着怒气。阿蜜脸色都变了,走回了餐桌边。

"什么事啊?"

外祖母正想站起身来。

"到底发生了什么事啊。我去看看。"

外祖父站起了身。不一会儿,传来了他的说话声。

"哎呀,这不是山坡下的熊作嘛。"

"大正月的,别这么板着一张脸嘛,好歹要拜个年嘛。——你这吵吵嚷嚷的,是啥事啊?"

"后面再跟你拜年了。大正月里的,要对不起你了,我是来告状的。听说七重的儿子洪作回你这儿来了,你让他出来吧。"

"洪作做了什么吗?"

"他要是没做什么,我也不可能这么生气地来找他啊。"

"你小子,从小就是被蚊子叮一口都能火冒三丈的臭脾气。——洪作做了啥了?"

"他去我田里做陷阱抓小鸟。做陷阱什么的,倒也算了。我们小时候也不是没干过这些事。光是这个,我也不会来告状。他带了很多孩子,把田埂踩得乱七八糟的。那可不是一两个孩子。带了得有二十多个孩子。所以,我就喊了几声,把他们赶走了。结果，你猜怎么着，他竟然怂恿那些孩子朝我扔石头。"

"哦。"

"他们扔了可不止一块两块石头。那石头是噼里啪啦朝我飞来啊。"

"哦。"

"我在村里住了那么长时间，被孩子扔石头，这还真是破天荒头一遭。做这样的坏事，他这到底是怎么想的，今天我就特地想来问问他。"

"是洪作扔的吗？"

"他自己有没有扔我不知道，但是毫无疑问，是他让那些孩子扔的。其他孩子都只是些还没断奶的臭小子。是你外孙把他们带过去的。你让他出来。做坏事也要有个度的。我今天非得在他头上敲两下。不然我这气没法消。"来访者这样说道。

"行啊，熊作，你小子好大的口气啊。你爷爷要是听到你这番话，怕是胆子都要吓破了吧。你爷爷一辈子在我家进进出出，给我家扛了一辈子活，也吃了我家一辈子的饭。你爹跟你娘结婚的时候，我家还给垫了钱。而且，这些钱到现在为止都没有还回来。你爷爷、你爹都已经过世了，那也没办法了，他们要是还活着，听到你刚才这番话，还不打破你的头！——滚！"

只有最后一个"滚"字，外祖父的语气格外激烈。

"这话说的，真叫人眼珠子都要惊掉了！"

门口又传来了熊作惊讶的叫声。

"人嘴两张皮,你说你有理。要是我爷爷和我爹还活着,听到你的话,怕是会马上回头朝你吐口水吧。——什么借钱,开什么玩笑,我从来没听我爹说过有这么回事。上之家到了你这代,终于开始说这样的话了呀。也是,谁都不想承认自己变穷了啊。——把那小鬼交出来!"

熊作的最后一句"把小鬼交出来"也是喊得掷地有声,相当有气势。洪作吓得一哆嗦。外祖母也一样,她反射性地站起身来,嘴里说着"好啦,好啦",朝门口走去。很快门口传来了外祖母对熊作说话的声音。

"好啦,好啦,这不是熊作嘛。洪作好像惹你生气了,大正月里的,真是对不住了。像你这么稳重,轻易不生气的人,洪作怎么搞的,惹你生这么大气。——人不会没原因就生气。肯定是我们这边做了什么惹你生气的事,你才会这么生气的。真是太对不起了。"

"哼。"

这哼哼声不知道是熊作发出的,还是外祖父发出的。

"我会好好教训洪作的。肯定都是洪作的错。虽然我不知道那孩子做了什么事,但是他本性上是个很善良、很乖巧的孩子。只是多少还有点孩子气,明明都是初中生了,却还是整天跟一群小学生玩在一起。今天早上也是,一大早附近的孩子就来找他一起去玩了。人家再怎么找他一起玩,他不当回事,不去就好了,可偏偏他又拉不下脸,还是去了。然后就把你这么稳重的人都惹得火冒三丈了。那孩子出去的时候，我要是叮嘱一声就好了，结果还是偷懒了。——是我没做好。我应该跟他叮嘱一声，千万不能扔石头，可是偷懒没说。"外祖母说道。

外祖母说得仿佛都是她一个人的错。她并不只是嘴上说说，而是真的这么想的。只要一有了麻烦事，她似乎就会自然而然地觉得责任都在自己身上。

"婆婆，这不是你的错。"

又传来了熊作的声音。这会儿的语气已经平静了很多。

"不不，都是我没做好。"

"你何必说这样的话。"

有一会儿没说话的外祖父的声音传了过来。

"你也不是什么坏人，就是有点二百五罢了。你今年多大了？"

"刚好四十。"

跟外祖父说话的时候，熊作的嗓门很大。

"都四十岁了，可不能再跟孩子吵架了。谁听了都是好听不好说啊。有几个孩子？"

"三个。"

"都有三个孩子了，你还是要多努力啊。不能再依靠别人帮忙，只能靠你自己了。"外祖父说道。

"开什么玩笑。我不是一直都靠自己的吗。你说我靠谁了！"

"哦，那你都是靠自己的？"

"我可不都是靠自己的。"

"哦,是吗。"接着,外祖父又说,"那倒也是。哪里会有到四十岁了还要靠别人的笨蛋呢。当然要靠自己了。虽然嘴里说靠自己、靠自己,但是靠自己这种事也没什么值得骄傲的。谁都不会表扬,也不会佩服。"

听了外祖父的话,熊作嘴里结结巴巴地说着"你、你、你这——",然后又大喊一声"混蛋!"他似乎撞上了玄关的玻璃门,门口传来了巨大的响声。接着就是熊作越走越远的声音。

"熊作!"

外祖母似乎出去追熊作了。

外祖父回到餐桌边,坐了下来,说道:"傻得跟个熊似的!"外祖母好不容易把人家安抚下来,结果祖父又把人家激怒了。这真的很有祖父的做事风格了。

"吓我一跳。"洪作说道。

"那家伙,不管到几岁都学不会做人,真是个麻烦。——笨蛋!"

这句"笨蛋!"说的不是洪作,而是熊作。

第二天,洪作在外祖母的劝说下,前往伊豆楼拜访一之濑母子。

洪作刚走出家门,外祖母就追了上来,让他把皮鞋换成木屐。

"还是穿皮鞋舒服。"洪作说道。

"可是你这皮鞋……下次回三岛了做双新的吧。"

说着,外祖母准备把洪作那双破破烂烂的皮鞋拿回家,结果又说道:"哎呀,扣子又掉了。"

"真的哎。"洪作看了眼自己的外套说道。

"无论什么时候看你的衣服,总有扣子掉了。这不是刚刚才给你缝上的嘛。"

"好奇怪啊。"

"扣子掉的时候,你自己都没发现?那多半是在晚上偷偷掉的吧。"

外祖母说着,让洪作把外套脱下来。洪作看着外祖母。她明明没有笑,但是嘴里说出的话,却有一种难以言喻的幽默感。

在等外祖母把外套拿过来的时候,洪作跟那些不知道什么时候围过来的孩子说着话。

"今天玩什么呢?"一个孩子自言自语似的说道。他是在等洪作的回应。

"今天不行。不跟你们玩了。"洪作无情地说道。

"去掏鸟窝吧。"对方又自言自语似的说道。

"阿多找到了一个。是吧,阿多?"

于是,那个叫阿多的孩子说道:"是斑鸠的窝呢。"接着他又说,"还是别告诉其他人了。要保密哦。"

不告诉其他人,言下之意是可以告诉洪作。虽然最终可能鸟窝里什么都没有,但是对于孩子们来说那却是宝物。

这时,外祖母拿着外套过来了。

"已经好了。来,穿上去吧。"

接着,她又对那些正在吵吵闹闹说着阿洪、鸟窝的孩子说:"今天不能跟你们玩啦。洪作得去伊豆楼。——你们满口叫着阿洪、阿洪,好像他跟你们一样似的,但是洪作已经是初中生啦。以后可不要再叫阿洪了。"

外祖母说完,又对洪作说道:"好了,去吧。——代我向一之濑夫人问好。"

虽然洪作也有点想去掏鸟窝,但也只好放弃,朝前走去。

洪作沿着新路往前走,在已经看不到人家的地方转入前往山谷的道路。下了缓坡,就是狩野川,走过吊桥,就是那家名叫伊豆楼的旅馆。

洪作在蜿蜒曲折的缓坡上走到一半的时候,五六个孩子追了上来。

"我今天有事,不能去掏鸟窝。"洪作说道。

"那什么时候去呢?"一个孩子问道。

"明天或后天吧。"

"还是今天去比较好。"

"不行,不行!"

洪作不容商量地说着,朝伊豆楼走去。孩子们也在身后跟了上来。

"回去吧你们。"洪作转过身说道。

孩子们停下脚步,背对着洪作,但是当洪作一开始往前走,孩子们就又跟上来了。

来到伊豆楼的吊桥边,洪作再一次转过身,命令那些孩子："赶紧回去。"孩子们没有回答，各自表明了自己的态度，一个个不是眼睛随意转向某处，就是扭过身子，要么就是蹲在地面上捡石头。等洪作走过吊桥，再次回头看，那些孩子正走在桥中央，前后摆动着身体摇晃吊桥。一点都看不出有回家的迹象。

洪作没管他们，走进了伊豆楼的玄关，对迎过来的女佣说道：

"我来找你们这一个名叫一之濑的客人玩。"

"你是洪作吧？"女佣说道。

"是的。"洪作回答道。

"你稍等。我去看看他们在不在房间。"

说着，女佣朝房子里走去。洪作对这个女佣的脸有点印象，肯定是村子里哪户人家的女孩，但是要具体说是哪家的，他又想不起来了。

洪作朝门外看去，孩子们在玄关边上的树丛里偷偷看着洪作这边。

"喂，你们可不能进来哦。"洪作再一次叮嘱道。

如果不说的话，他们说不定会一个个跟进旅馆呢。这时，一个在伊豆楼工作了很长时间的名叫田吉的老人从后门走了过来，大喝道：

"哎呀，哎呀，你们这些家伙，这不是你们该来的地方。赶紧回去，回去！"

在田吉的呵斥下，孩子们看样子准备走了。但老人还是在那里喊："哎呀，哎呀，你们不能往那里走。之前爬上树去折树枝的,就是你们这些家伙吧。"

说完,老人就朝孩子们走了过去。

女佣回来了,对洪作说道:"请进。我带你去。"

洪作从玄关的土间走到铺了地板的房间里。

"请把木屐放好哦。"

这女佣很没个女佣样。洪作按她说的做了,跟在女佣身后,沿着长长的走廊走去。走到一半就上了通往二楼的楼梯。来到二楼走廊尽头的房间,女佣非常客气地说道:"不好意思,打扰了。"

隔扇门被拉开了,门后是那个优雅的阿姨,她说道:"欢迎,请进。"

洪作走进房间。檐廊下放着一张书桌,那个白皙的少年正对着书桌坐着。洪作可以看到他的背影。

洪作坐在阿姨拿来的坐垫上。少年还是坐在书桌前,稍稍朝洪作这边点了点头,然后又背对着洪作了。他的书桌上放着教科书和笔记本,应该是在学习吧。

"大年初一去打扰你家了。你外公外婆真是好人哪。虽然你父母都不在身边,但是有这么好的外公外婆在,也不会感到孤单吧。"阿姨说道。

"外婆是很好啦,不过,外公嘛——"洪作谨慎地笑了笑说道。

"不是很好吗?洪作很怕外公?"

"怕倒是不怕,——那个外公,真是叫人发愁。"洪作这样说道。

语气中透着对外公的不认可。他直觉自己如果不先这样说的话，可能会出丑。他不知道外公跟这对母子说了什么。

"初一那天你去了哪里？"阿姨问道。

说自己去观座太滑草的话，洪作有点说不出口。

"去亲戚家了。"洪作回答道。

"亲戚很多吧。要一一去拜年挺辛苦的吧。"接着，阿姨又问，"昨天去了哪里？"

"昨天吗？昨天去下陷阱抓短脚鸭了。"

"能抓到吗？"

"能抓到的。"

"抓到了能给我看看吗？"

"死的也可以吗？"

"死的我不喜欢。如果还活着就给我看看吧。"

"没有活的。"

"啊，全都是死的吗？"

"陷阱里装了发条的，鸟的脖子全都会被勒住。"

"啊，这么可怜啊。"

阿姨白皙的脸上，眉头紧紧地皱了起来。洪作心想，自己说得太多了。

"以后可不要再做这样的陷阱了呀。"

洪作沉默着点了点头。

"不可杀生哦。你们做的那陷阱就是把短脚鸭骗过来，让它们聚在一起，然后把它们杀死，是吧？"

"是的。"

"如果抓活的倒是也没什么，杀死的话就不好啦。"

洪作跟阿姨说话的时候，少年不时地朝洪作的方向看一眼，但还是没有离开书桌前。看到少年这个样子，阿姨说道："再学十分钟吧。再学十分钟就到这边来。"

羊羹装在小盘子，被端了上来。洪作有点吃惊，这羊羹切得也太厚了。他一直认为羊羹都是要切得薄薄的，但是阿姨切的羊羹足有三厘米厚。

"来，你也别学了，来吃点点心吧。"

阿姨这么一说，那少年就像是被解开了绳索的小狗，马上就离开书桌，走进了房间。少年那张跟母亲一模一样白皙优雅的脸上露出几分羞涩，他向洪作打招呼："欢迎。"少年面前放着的羊羹也很厚。他说："我刚刚看的那本书太难了。就我现在的水平还完全看不懂。"

"是学校学的教科书吗？"洪作问道。

"不是。"

少年摇了摇头。

"是课外读物？"

"不，不是。是一个童话。"

"不是学校里学的书吗？"

"是我哥哥送给我的。一页上就有五六个不认识的单词。——真是看不下去了。"

"要不要请教一下洪作？"阿姨说道。

真是会给我找事，我哪读得了童话啊，洪作心说。

"我英语学得不好。"洪作说道。

"我可是听你外公说了。你是以第一名的成绩考入浜松中学的。"

"考进去的时候确实是第一名,但现在已经不行了。"

"不过,你外公可是很自豪哦。说你什么都学得很好,尤其是英语,学得最好。"

"这牛吹的。"洪作说道。

"请吧。"

阿姨请自己吃点心,所以洪作就用小小的叉子叉起羊羹,送到了嘴里。

"喝咖啡,还是红茶?"阿姨问少年。

"我要可可。"少年说道。

真是什么都有啊,洪作心想。

洪作为了把话题从教科书上转开,就问少年:"大年初一你怎么过的?"

"八点起床,洗了澡,吃了煮年糕。——然后做了什么来着,对对,刚开始学了一个小时的英语,然后和妈妈一起戏作了和歌。"少年回答道。

从大年初一就开始学习,这让洪作很吃惊,不过更让他吃惊的是,少年竟然作了和歌。

"你作了什么样的和歌?"

"作得不好,就不说了。"少年害羞道。

"是新年——"母亲说。

"不要说,不要说。"少年叫道,"我可没作这样的和歌。——新年这首是妈妈你作的。"

"你不是也作了吗?"

"作什么作!"少年口气粗鲁地说道,"然后,下午就看了契诃夫的小说。"

洪作沉默着。他不知道契诃夫的小说有哪些,连契诃夫的名字都没听过。这时,阿姨又在一边说:"还一边看小说,一边做年糕甜汤吃了吧。"

"嗯。"

"然后,傍晚就出去散了步,去拜访了洪作你家。"

洪作继续沉默着。他想要说点什么,但是又找不到合适的话。没办法,只好继续问:"那初二呢?"

他自己都觉得这个问题过于简单愚蠢了。

"初二一整天,从早到晚,都在写贺年信。"少年说道。

"啊呀,你这么说似乎是写了很多,其实就写了大概二十张明信片、三封信吧。"阿姨又说道。

"可是,信都写得很长啊。"

"洪作你写贺年信了吗?"

被阿姨这么一问,洪作含混地回答道:"嗯。"

从出生到现在,他从来没有写过什么贺年信。他没有写过,也没有收到过。这个少年写那么多贺年信,都是写给谁的啊,洪作心想。

"是用毛笔写的,还是用钢笔写的?"阿姨问洪作。

"用铅笔写的。"

话刚出口,洪作就意识到自己说了不该说的话。不小心说了铅笔。

"不是铅笔，是钢笔。"洪作改口道。

"哎呀，这是下雪了吧？"

阿姨忽然这样说道，一边朝面向檐廊的拉门上嵌着的玻璃看去。果然好像有白色的东西在飞舞。

"雪！"

少年说着，马上站起身，打开了拉门。天地间确实飞舞着白色的东西。这漫天飞舞的东西还不能称之为雪片，而是一种细碎、轻盈，如同棉花碎屑一般的东西。

"难得啊，竟然下雪了。"阿姨说道。

少年拉开了拉门，冰冷的空气流进了房间。

"这么小的雪，很快就会停吧。"少年说道。

"从昨天傍晚开始天就变冷了，也许会下大吧。"阿姨说道。

洪作想借着下雪的时机，结束这场拜访。他看着雪花飞舞的屋外。因为是二楼，坐在客厅的话，看不到地面，看不到河，也看不到河岸。只能看到雪花飞舞在空中。

少年回到了房间，洪作就走到了檐廊下。他抓着檐廊上的栏杆，正准备朝外面看的时候，差一点就喊出了声。因为他发现，粗壮的罗汉松的枝丫朝檐廊伸了过来，刚才跟在他身后的孩子当中的三个正趴在树上。孩子们肯定是想爬上罗汉松，偷窥二楼，来侦察洪作在做什么。

——喂！

洪作正想大喊，话到嘴边又赶紧咽了回去。三个孩子都各自抓着称手的树枝，或是跨坐在上面，不约而同地缩着身子。

洪作知道三个孩子都在看着自己。因为被洪作发现了，所以他们肯定都一动不动地待在那里。每个人都是一脸严肃。

"不冷吗？"

耳边传来阿姨的声音。洪作正想回房间去，其中一个孩子把手放在嘴边，似乎说了什么。因为他没有说出声，所以洪作当然也听不到。于是，那孩子又想用表情和手势向自己传达些什么。

——赶紧回去吧。

他想说的是这个吧。

洪作走进房间，阿姨说道："咦，是不是有什么人在那边啊？"

"啊呀，有小孩子爬到那种地方去了！"

阿姨站起身，走到了檐廊下。与此同时，孩子们慌慌张张从树上下来的身影映入了洪作的眼帘，简直就像是从树上摔下来似的。其中一个孩子刚踩到地面就摔了个大屁股蹲儿。

"他们是在偷看这边的房间吧。"

阿姨说这话的时候，孩子们已经不见人影了。

但是，没过一会儿，孩子们一起，像唱歌似的，带着节奏，冲这边喊着：

——阿洪，回去吧。

——阿洪，回去吧。

没过一会儿，又有别的喊声传来：

——阿洪的"hong"是红药水的"hong"。阿洪的"hong"是红眼病的"hong"。

被人这样喊名字，洪作感觉自己丢脸丢大了。不知道是不是很喜欢自己喊的这几句话，孩子们越喊越兴奋，声音越来越大。

——阿洪的"hong"字是红药水的"hong"。阿洪的"hong"字是红眼病的"hong"。

同样的话，被他们来来回回喊了好几次。喊声时近时远，是孩子们喊着跑到房间下面，喊完后又跑远的缘故吧。到了这一步，洪作都不知道该怎么应付了。孩子们在喊腻之前，肯定会一直喊下去的。不知道要到什么时候。

"洪作到这里来了，所以他们来偷看的吧。"阿姨说道，"阿洪的'hong'字是红药水的'hong'。——也没什么错呢。——洋三的yang字——是什么呢？"

"是羊羹的'yang'。"少年笑着说道。

"我这就告辞了。"洪作说道。

"哎呀，再玩会儿嘛。一起吃午饭吧。"阿姨说。

洪作做出一副难以拒绝的样子，但还是说："我还是告辞了。"

"你在外公外婆家待到什么时候？"

"到学校开学为止。"

"我们初六回去。在那之前，请再来玩啊。洋三也会去拜访你，你也要来玩啊。你一般是早上学习还是晚上学习？"

"早上。"洪作回答道。

洪作从一之濑母子的房间出来，独自沿着长长的走廊走出了玄关。玄关处一个人都没有，他穿上自己刚才放好的木屐来到屋外。哎呀呀，总算是解脱了，他抱着终于松一口气的心情，这样想道。

虽然一之濑洋三和他母亲说要在初六回去，但是到初六为止，洪作没有再去伊豆楼。阿姨很和气，跟洋三这个比自己小两岁的少年一起聊天也很开心，但是他还是不想在两人面前暴露自己。

切成大块的羊羹令他有一种自卑感。被招待吃那么大的羊羹，令他莫名地感到自己很可怜。在他的成长过程中，一直认为羊羹是必须要切得薄薄地吃的，但是他的这一信念被完全颠覆了。在一之濑家，羊羹都是切成那么大的。不管是那个少年还是他的母亲都认为这理所当然。

令洪作感到自卑的还不只是羊羹。那个少年才初一，可怎么会从正月开始就那么努力地学习呢？跟一直以来认为正月里就不应该学习的自己相比，简直是天壤之别。那个少年似乎认为从正月就开始学习也是理所当然的事。而且，少年还在阅读学校里不学的英语童话书，这也让洪作非常惊讶。阅读教科书之外的英语书，这对洪作来说也是难以想象的事。

还有母子二人在大年初一作和歌，写二十多封贺年信，这些对于洪作来说都像是发生在另一个世界的事情。洪作不管怎么想，都只能想出三四个写贺年信的对象。顶多就是增田、小林以及班主任。那个少年到底都写给谁了呢？而且，他还说写了很长的信。

总之，只要想到一之濑母子俩，洪作就会觉得自己什么都比不上。他感觉对方就是上等人，而自己在他们之下。

初六中午左右，一之濑母子前来拜访。

"马上就要回去了，所以过来跟您告个别。"阿姨站在玄关的土间说道。

"这样啊，要告别的话，请进吧。"外祖父说道。

洪作也在，每次听到外祖父说话，都会感觉背上一阵发寒。外祖父说的话粗俗又没轻没重的。

"是吗？您这就要回府了呀？这可真是，这可真是……"外祖母这样说道。

外祖母说的话里清楚地表达出了对对方的尊敬，所以听起来不会令人感到丝毫不安。

"等回了三岛，请来我家玩啊。"阿姨对洪作说道。

"这孩子每天都在等着洪作过来。他站在檐廊下，看着吊桥，都不知道说了多少次'啊，洪作来了'。"阿姨说道，"我让他自己来找洪作玩，但是他又胆小，不肯来。"

"啊，是吗。早知道这样，就让洪作多去拜访您了。这孩子从早到晚就跟附近的孩子玩耍瞎闹。一会儿去掏鸟窝，一会儿把人家的田地弄得乱七八糟，被农家的大叔骂上门——"

"多有精神，多好啊。"阿姨笑着说道。

少年有些拘谨地站在母亲背后。

外祖母端了茶和点心过来。在洪作看来，一面粘着砂糖的饼干，比起那厚厚的羊羹，显得尤为穷酸。

"请尝尝吧。"外祖母说道。

"这种东西，有什么好吃的。"洪作说道。

"说啥话呢。"外祖母训斥洪作，"你都没吃呢，怎么能说这样的话。——这是别人送的呢。"

外祖母的话，令洪作感到很厌烦。他心想，自己又说了不该说的话了。阿姨和洋三站在土间，阿姨催促似的对少年说道："那么，喝点茶吧。"然后在门框边上坐了下来，端起了茶碗。

"你喝吗？"

"不喝。"洋三说完，又对洪作说道，"你去参加冬季锻炼吗？"

"去啊。要不要一起去？"

"洪作你去的话，那我也去。"

"你不能去，要感冒的。"阿姨说道，"这孩子没什么别的毛病，就是身体弱了点。"

结果，外祖父说："既然孩子自己说要去参加冬季锻炼，那还是让他去比较好吧。虽然孩子可能身体比较弱，但是早上呼吸呼吸冰冷的空气，也能让精神变得好一点吧。"

"可他这样很快就会感冒的。"

"感冒个一两次，没什么大不了的。虽然你把这孩子看成命根子一样，但也不能太娇惯了。"

外祖父的话说得一点不拿自己当外人。喝完茶，阿姨说巴士就要来了，就告辞出了门。

"你去帮忙拿下行李。"

被外祖父这么一说，洪作就从阿姨手中接过包拿上，一直送到了巴士停靠站。

一之濑母子回去之后的第二天就是正月初七，洪作打算过完这一天，初八就回三岛。但是，初八他感冒了，在床上躺了四天。很少见的高烧不退。正月十二身体恢复正常了，但洪作心想反正学校还没开学，就准备吃了十四的糯米团子再回去。到了烤糯米团子的那天，洪作是被屋外孩子们的吵闹声吵醒的。他赶紧起床，打开窗户一看，屋外已经聚集了二十多个孩子。看他们都不约而同地把手揣在怀里，缩着身子的样子，外面应该很冷吧。

在烤糯米团子的这一天，村里的孩子们都找到了自己的存在价值。这一天是只有孩子们才忙碌的日子。孩子们分头去邻居家收集新年稻草绳。然后再把收集来的稻草绳堆在田地上的一个角落点燃。这些都是孩子们的工作，大人们谁都不会帮忙。然后，孩子们会把自己新春试笔的纸扔进烧稻草绳的火堆里。烧稻草绳是一件让人很开心的工作，把新春试笔的纸烧掉也同样令人心情愉快。自己写的狗爬一样的字，跟长长的纸一起，一瞬间就被火舌吞没了。

但是，这一天的乐趣还不只是这些。在烧稻草绳、新春试笔的同一个火堆里，孩子们还会烤各自从家里带来的糯米团子。糯米团子被穿在乌樟树的树枝上。从古至今就只用乌樟树的树枝，而不用其他树枝。烤糯米团子对于孩子们来说就是这样一个特殊的活动。

洪作在井边洗着脸，就听到孩子们唱和的声音。

——稻草绳，给哟。

——稻草绳，给哟。

"稻草绳，给哟"的意思就是"请把稻草绳给我吧"。"给我哟"在孩子们嘴里就被喊成了"给哟"。

——稻草绳，给哟。

——稻草绳，给哟。

那是孩子们在一家家走到村民家里收集稻草绳。有的人家的稻草绳上还挂着橙子、柿子干，这些就成了孩子们额外的收获。

洪作赶紧吃完早饭，赶到每年烤糯米团子的田地一角，发现稻草绳已经堆得高高的了。一户人家有好几条稻草绳，所以收集到的稻草绳数量相当多。

"这是我家的稻草绳。"一个少年看到洪作之后说道。

"你家的稻草绳上只有海带，没有橙子哦。"另一个孩子说道。

"撒谎，我家的稻草绳上也挂了橙子的。"

"不是橙子。你家挂的是橘子。稻草绳上应该挂橙子的呀。挂什么橘子呢。"

"什么橘子，明明是橙子。"

"撒谎！喏，这是橙子吗？有这样的橙子吗？"

一方拿出了证据，但是另一方还是不肯退缩。

"是橙子，就是橙子。"

只是这样极力坚持的声音，渐渐变得没有底气了。

形态优美的富士山清晰地出现在北边的天空下。跟在沼津见到的富士山不同，从这里看去，富士山像玩具一样小巧。洪作从孩子们手中接过火柴，负责点燃堆积如山的稻草绳。由谁来点火，这件事每年都会在孩子们中间引起一场混乱，但是今年因为有洪作在，所以没有像往年一样争吵不休。孩子们都赞同由洪作来点火。

堆积如山的稻草绳被点燃之后，孩子们纷纷拿出之前从来没被人看到过的、深藏在胸前的新春试笔的纸，扔到火堆中。那纸上一般写的都是"松、竹、梅""初日出"这样的字。孩子们都是把五六张白纸竖着粘起来，然后在上面写上大字。毛笔吸满墨汁，虽然写得很难看，但是每个人都写得很用心。

高年级的女生写的是蝇头小字。男孩子们用木棒把别人的新春试笔从火堆里捞出来，想要看看写了什么，然后双方就开始吵架，或是扭打在一起，闹腾不休，但是女孩子们则很谨慎。她们用木棒摁着自己新春试笔的纸，直到烧完。

新春试笔烧完之后，洪作叫道："可以烤糯米团子了。"男孩子们想快点烤糯米团子，都各自拿着乌樟树的树枝围在火堆旁边，一听到洪作发出的信号，都纷纷把穿着糯米团子的树枝插到了火堆里。有几个糯米团子从树枝上掉了下来。洪作把它们捡起来，说："掉下的我就吃掉了哦。"他也确实这么做了。洪作没有带新春试笔，也没有带糯米团子，所以他想吃糯米团子，就只能这么做了。

"洪作，干得不错啊。"附近农家的老人也来凑热闹，说道，"你这就叫赚抽头。"

"爷爷你也分一个啊。"

洪作把糯米团子烤好之后，捡起来，递给老人。洪作自己吃了一两口，就不想再吃了。又没酱油又没糖的，只是把糯米团子烤得黑乎乎的来吃，所以也不怎么好吃。

洪作觉得很奇怪。小时候觉得那么好吃的糯米团子，现在却一点都不觉得好吃了。不管是堆积如山的稻草绳，还是燃烧这些稻草绳的火焰，现在他都不觉得大，也不觉得猛烈了。

洪作一边给孩子们烤着糯米团子，一边看着燃烧的火堆。他心里想的跟孩子们完全不同。他觉得这火看起来有点冷清，有点空落落的。孩子们觉得心里空落落是因为正月从今天开始就结束了，而洪作感到的空落落与他们不同。我的少年时代就这样一年年过去了吗，他心想。必须要好好学习了。必须向一之濑洋三那样除了学校教的内容，也要学习其他内容。洪作怀着跟孩提时期不一样的感慨，看着火焰舔舐着自己十七岁这一年的稻草绳。

第九章

第三学期是从初九开始的,但是洪作直到十五才去学校。从去年年末到正月,洪作一直没有见到过增田和小林,所以这天早上,因为能够见到朋友了,他内心颇为雀跃。走到大家平时集合的银行前,小林已经在那里了。

"喂!"

久违地见到朋友的快乐,也令小林两眼放光。

"第三学期刚开始你就逃学啊。——正月过得很有意思?"小林问道。

"没有。就跟乡下的孩子们一起玩了。"

"做作业了吗?"

"什么作业?"

"眉田不是说过要让我们读什么书,然后写感想的嘛。"

"我不知道哎。"洪作脸色都变了,"那个是想写的人才写的吧。"

"是吗。大家都写了呢。"

"老师又没有说大家都要写。"

"说了的。——那问下增田吧。"

洪作感觉自己像是一下子被推落到了万丈谷底。虽然在第二学期快结束时，眉田确实说过读完书写感想是如何的重要，但是他不记得老师把这个作为作业布置给所有学生了。

增田过来了。远远地看着增田的样子，洪作还以为是他哥哥。他感觉增田没这么高大啊。

"那是增田吗？"

"是啊。"

"不是他哥哥？"

"怎么会是他哥哥呢。他哥哥怎么会戴着学生帽啊。"

这么一说倒也是。

"增田怀疑他哥哥是不是疯了。他说他哥哥把英语字典都吃光了。把单词记下来之后，就把字典吃了。"

"你不是也吃过吗？单词本。"

"那只是一张纸嘛。"

两人正这么说着的时候，增田过来了。洪作感觉二十多天没见增田，他一下子就长大了。

"眉田真的布置作业了吗？"洪作问道。

"布置了呀。"增田也这么说。

"好奇怪，我都没听到。"洪作说道。

"对了，眉田上课的时候，你说肚子痛，去了厕所是吧？"

"是啊。"

"就是在你离开教室的时候说的。肯定是这样。"

"那，你为什么没告诉我！我都不知道。"

洪作语气激烈地质问增田。因为太生气，他的声音都颤抖了。这家伙真是太自顾自了，他心想。

"别生气啦。好啦。——你还是个孩子呀。这么容易生气。我要是知道你不知道，肯定会告诉你的啊。那天是第二学期的最后一天吧。大家都吵吵闹闹的，我就没想起来。是我不好，向你道歉。好啦，别生气啦。——是吧，小林。"增田说道。

被增田这么一说，洪作也不好再继续生气了。三人一边聊着，一边往前走。

"洪作之所以生气，是因为正处于青春期。春情萌发期。"小林说道。

"什么是青春期？"

"所以你才会被增田说是孩子啊。连青春期都不知道吗？青春期，就是开始想女孩子的时期。就是从十五六岁到二十左右的这一时期。花的话，就是花蕾逐渐绽放为花瓣的时期。青春期的第一个特点就是长青春痘。你没长，增田可是被青春痘烦死了。会很容易愤怒，很容易哭。还很容易心痛。"

这时，增田在一旁说道："容易感伤是女孩子青春期的特点。"

"不，男的也一样。经常一会儿生气、一会儿哭。从去年秋天开始，洪作就进入青春期了。所以才会像现在这样动不动就发火。"小林说道。

接着，小林又对洪作半开玩笑地说道："不是你自己要生气，是青春期让你容易生气，这也是没办法的事，不过，别太生气了哟。为了眉田布置的作业这么点事，哪值得你生回气。是吧。"

"作业什么时候要交?"

先不管什么青春期，洪作比较担心作业的事。

"就是下次眉田上课的时候。还有两天。"增田说道。

"要写什么?"

"只要读本什么书，写点感想就可以了。"

"要读什么书呢?"

"读你想读的书就可以了。"

"我没什么想读的书啊。"洪作说道。

"这青春期，真让人没办法啊。"增田说道。

"你写了什么?"洪作问增田。

"哥哥让我读芥川龙之介的小说写感想，所以我就读了一篇叫《鼻子》的小说，然后写了点读后感。"

"小林呢?"

"我也一样。"

"读了一样的小说吗?"

"嗯，我听增田说了之后，也那样做了。"

"那我也这么干。"洪作说道。

"要写点什么呢?"

"你去问问增田的哥哥，他会告诉你的。我也是按他说的写的。"小林说道。

"如果我仨都写同一篇小说的话，那写的内容也会一样吧。"洪作说道。

"真笨。感想嘛，每个人都不一样。增田写了很有意思，我写了很没意思。写法是增田的哥哥教的。你就写很无聊不就行了。"小林说道。

"那篇小说，哪里有？"

"我那儿有。我借给你。"增田说道，"沼津有一个叫若山牧水的歌人吧。你也可以读读他的和歌集，写一下读后感。青谷啊池原啊他们都说要写若山牧水的和歌集。"

虽然增田这么说，但是洪作完全不知道他在说什么。他这还是第一次听到若山牧水这个名字。

这一天，学校里，学生们都在讨论眉田布置的作业。对于大部分学生来说，这还是他们第一次写读后感。大家似乎都是无论读什么都没什么感想的样子。还有很多同学都是一个字都没写，所以跟早上不一样，洪作又变得精神起来了。

这一天，增田的书包里被发现装了一瓶名叫祛痘美颜水的液体，于是他被同学们起哄了。大家都叫他美颜水、美颜水，这令他非常沮丧。

洪作也被大家起哄了一回。那是在第二节课下课，他走出教室的时候。一之濑洋三来了，给了洪作一个小纸包，说是他妈妈让他带来的。洪作拿着纸包回到教室，把它放进书包，等他再次走出教室的时候，就听到十几个同学打着拍子在那里起哄：

"一之濑君、——一之濑君、——一之濑君。"

洪作虽然不是很清楚自己为什么会被起哄，但是隐隐约约也能猜到大家起哄的意思。他感到一种强烈的羞耻。他很意外那么多同学都知道一之濑这个初一学生的名字,但是一之濑洋三确实也属于一个特殊的存在。不管是他白晳端正的容颜,还是很容易害羞的表情,都非常女性化。而且,一之濑身上的那种气质,跟这些正在长青春痘的少年们相比,显得格外地高贵、优美、奢华。

因为这些,一之濑洋三在大家眼中是一个特别的少年。所以洪作只是跟一之濑洋三说了几句话就被大家起哄了,洪作感觉到很羞耻,同时也对那些起哄的同学感到了一种不可遏制的愤怒。他觉得他们都是些脏兮兮的动物。

洪作昂然穿过那些起哄的同学走了。他心里想的是,如果他们嘴里说出什么奇怪的话,不管那是谁,他都会扑上去。

冬季锻炼从一月二十号开始。武道是初二以下年级的必修课,所以初一和初二的学生必须全体参加。初三以上的学生则是可以自由选择是否参加。洪作每天早上都会被姑姑叫醒。

"洪作哎,阿洪哎,已经五点啦,来,利索地起床吧。闭着眼睛也可以,赶紧起来吧。"

姑姑的声音听起来好遥远。他没法像姑姑说的那样利索地起床。

为了叫洪作起床,每天早上姑姑要在楼梯上上上下下三次。

第二次来叫洪作起床的时候，姑姑总是会抱怨学校两句。

"洪作哎，来，起吧。姑姑不会再来叫你了哦。——正是贪睡的孩子，却得这样子叫起来，真是遭孽哦。洪作你遭罪，姑姑我也遭罪。学校的老师到底是怎么想的呀。每天早上，这么一大早就把孩子拉到学校里，真是叫人感到奇怪，都不知道说什么了。"

姑姑的说话声越来越远。她自言自语着下楼梯去了。

第三次来叫起床的时候，姑姑的声音中开始带上了悲痛的语气和不容讨价还价的迫切。

"洪作哎，完了！完了！已经过了五点半啦。我已经把便当放到门口了哦。不洗脸也没事，漱个口赶紧走吧！"

在姑姑的这种催促中，洪作从被窝里跳了起来。

"当心楼梯！走太急了要摔倒的。"姑姑提醒道。

洪作下楼洗了脸，站在厨房喝姑姑做的大酱汤。

"好烫，给我兑点凉水。"

"哪能往里兑凉水呢。"

"可是没法喝啊。"

"那你就把汤浇到饭里吧！"

"会被妈妈骂的。"

"你妈又看不到。没事的，没事的。"

姑姑一着急就说了不那么符合姑姑身份的话。洪作把大酱汤浇在饭里，灌进肚子里，又再次上二楼去拿书包。

"一步跨两级楼梯走很危险的哦。"姑姑提醒道。

洪作毫不在意。他还想一步跨三级楼梯呢。

走出家门的时候，洪作把饭盒放进书包。

"筷子！筷子！"

姑姑拿来了筷子。洪作把它插进兜里。

"我走啦。"

洪作说着，飞奔出大门。

"坐电车去！车钱，车钱！"

姑姑一直追到了大里屋前。洪作没管姑姑，飞奔而去。

来到银行前，总是有小林或者增田在等着。偶尔洪作也会第一个到。不管怎样，他们每次都是三人到齐了再出发。就算从银行前出发得有点晚了，也可以通过在路上跑步前进赶回来，不是什么大问题。

每次三人到齐往前走时，小林必然会打哈欠。他还是睡眼蒙眬的。在到黄濑川之前，小林基本上不说话，是半睡半醒着往前走。话开始渐渐多起来之后，他的第一句话肯定是说自己肚子饿了。

"好饿！让我吃个便当吧。"

"会迟到的。"增田说道。

"保证三分钟内吃完。"

小林打开书包，拿出饭盒。他的饭盒里总是装着早饭和午饭两餐的食物。

增田是自己起床，自己做早饭吃的。因为他妈妈是接生婆，总是不在家，所以他只能自己做。

"我今天吃了两个煮鸡蛋""今天冲了杯奶粉，吃了红豆

369

馅面包"增田总是这样说着自己吃的早饭。每天早上都喝大酱汤的，只有洪作。小林虽然带了便当，但那是前一天晚上做的，已经都快冻起来了。

"我每次一吃便当，从胃到肚子，就像有一个冰块掉下去了一样，直哆嗦。"小林这样说道。

走过黄濑川，四周就渐渐亮起来了，三个少年可以看到自己吐出的白汽。

"来，我们跑吧。"

一个人这么一说，其他两人也都同意。不跑的话，就要迟到了。那些骑自行车上学的同学超过了他们。如果骑自行车的是班上的同学，他们就会把他叫住，把三人的书包放在人家的后座上。

手上空了之后，三人就开始拼命往前跑。一般是增田、洪作、小林这样的前后顺序。肚子不痛的时候，小林会跑在最前面，但是每天早上无一例外地小林都会肚子痛。

跑到学校的训练场时，三人都累得不行了。就算不练柔道、剑道，运动量也已经足够了。对于别的学生来说，换柔道训练服是最痛苦的，但是对于洪作他们来说，这完全不是问题。他们一点都不觉得天气冷衣服凉。但是，每次他们换上柔道训练服，坐在训练场的榻榻米上时，总是会有困意袭来。

"各自做十次热身体操。"柔道老师命令道。

但是对于洪作他们来说，再也没有比做热身体操更没有意义的事情了。有时候老师会要求大家绕着训练场快走五圈，但是洪作他们已经跑了很长路了，他们只想说"让我们休息一下吧"。

洪作并不讨厌柔道。虽然他个子最小，但是跟增田对阵的时候，他赢了，跟小林对阵的时候，他也赢了。他自己也不知道自己为什么会赢，他只是一个扫堂腿，就轻松地把对方撂倒了。

除了增田、小林之外，洪作只跟两三个班上的同学对阵过。撂倒对方，压在对方身上，在对方脖子或是胳肢窝下挠痒痒。有时候他还会挠对方的脚底板。

"好啦，好啦，别闹啦！"

经常会被柔道老师这样提醒。有时候他会含着别的同学带来的奶糖训练。一旦被老师发现的话，就会挨批。

"别练啦！"老师突然叫道。

正想着今天结束得好早，老师那壮硕的身体就靠近过来了。洪作感到自己的耳朵被老师的手指头捏住了。他被揪着耳朵拉了起来，独自罚站在训练场中央。

"你，张开嘴！你嘴里有东西吧。在吃什么？不准往下吞。张嘴！"

没办法，洪作只好张开嘴。

"是什么，你嘴里的？"

"奶糖。"

于是，老师说："这里有个糊涂蛋一边含着奶糖一边练柔道。大家都记住他的脸！"

接着，他又说："接下来跟我一起给大家做一次示范。"

371

老师坐在榻榻米上，向洪作示意道。没办法，洪作只好先鞠了一躬，然后朝老师壮实的身体扑了过去。

一瞬间，他的脚就离了地。他感觉训练场的天花板在自己下面，而榻榻米在自己上面。洪作感到自己头朝下掉了下去。被摔飞了五六次之后，终于被赦免了。

"啊，有意思！"

洪作一边这样小声说着，一边回到了自己的座位上。

一天，洪作正跟平时一样和小林扭打在一起。虽然看着一会儿你在上面，一会儿我在上面，但其实两人几乎都没用力。

——旧金山。

小林说。

——英国。

洪作回答道。

——笨蛋，是美国。那么，马尼拉。

——印度。

——哪里是在印度啊。

——那是在哪里？

——菲律宾。

正这么说着，忽然两个人都被揪住耳朵拉了起来。

"喂，山田，你来教教这两人。"柔道老师喊道。

于是初四的柔道选手山田，从对面一边整理着自己的腰带，一边走了过来。

"停止训练！"

老师的声音在训练场上回荡。

之前四散在训练场上的学生们都停止了训练,坐到了训练场的一边。

"从你开始,练!"

柔道老师用下巴指了指小林。小林认命地走到了初四的山田面前。山田紧了紧自己紫色的腰带。虽然他个子并不是很高大,但是既然能当柔道选手,整个人还是充满了力量感的。

小林刚抓住对方的衣襟就被对方一个扫堂腿,撂倒在了地上。小林挠着头,站了起来,结果下一个瞬间又被一个扫堂腿撂倒在地上。小林第三次站起来,但是这一次还是一瞬间被踢飞了。训练场内哄堂大笑。

因为柔道老师没有喊停,所以小林必须不停地跟对方交手。交手到一半,大家谁都看得出来,小林已经在拼命了。被摔飞了好几回,就算是小林也真的生气了。可是,不管他怎么拼命也是白搭。不过一两分钟,就又被摔飞了。

"停!"柔道老师说道,接着他又对洪作命令道,"接下来你来。"洪作鞠躬行礼之后站起身来,抓住了对方柔道训练服的衣襟。山田喘着粗气。之前把小林摔飞了好几次,就算是他也脸上冒汗,呼吸变粗了。

洪作从一开始就弯着腰,注意不被对方抓起来。他自己没有主动进攻。

这时,山田像刚刚摔小林的时候那样,又一个扫堂腿。一瞬间,洪作避开了对方的进攻,他自己一个扫堂腿扫了过去。他感到自己的腿结结实实地踢到了山田身上,山田咚地躺倒在了地上。

"唔……"

山田仰躺在榻榻米上起不来了。过了一会儿,山田用右手摸着背慢慢地站了起来,跟老师说自己背很痛。

"好,杉浦,你上!"老师大喊道。

同为柔道部成员的候补选手,初四的杉浦从对面的角落里站起身来。杉浦也系着紫色的腰带。应该是三段或四段吧。

"来,放马过来吧!"

杉浦从一开始就气势惊人。他不停地发动进攻。每当他进攻时,洪作虽然身体摇摇晃晃地站不稳,但是一次都没倒下。接着,洪作判断对方着急了。杉浦涨红了脸,一副马上就要扑过来的样子,把洪作小小的身体拽来拽去。他把洪作拽出了柔道训练场,来到了铺有地板的剑道训练场。

来到剑道训练场的时候,洪作第一次向对方使出了扫堂腿。他丝毫没有把对方摔出去的想法。只是想自己也主动进攻一回。结果,不可思议地,杉浦的身体倒在了地板上,发出了巨大的响声。

看到对方倒在地上,洪作不由得愣住了。杉浦站起身来,跟换了一张脸似的。洪作从来没有见过如此可怕的脸。

杉浦回到了柔道训练场的正中央,把柔道训练服的袖子往上卷了卷,朝洪作扑了过来。洪作又被他拽得满场转。但是不管被拽成什么样,因为对方技艺不精,所以他并没有被摔倒在地。

对战到一半，洪作忽然对杉浦产生了一种恐惧感。这事很不妙啊，他心想。虽然他觉得最好还是怎么弄一下让对方把自己摔倒吧，可是他又不想被摔倒，也没有找到被摔倒的机会。就在他左思右想时，训练场上响起了柔道老师大声宣布获胜的声音："一本！①"这次洪作也还是愣住了。他都不知道自己什么时候又使出了一个扫堂腿，可是，不管怎样，杉浦的身体跟刚才一样，横躺在自己脚边了。

"你小子，看着小小的，左脚的扫堂腿很厉害嘛。——接下来练练柔道吧。"柔道老师说道。

洪作露脸了，但是并没有很高兴。他想，对方一定会向自己报仇吧。班上的同学也都是这么想的。

有人说："你今天上完课就赶紧回家吧。"也有人有不同的意见："还是在学校待得晚一点，跟老师一起回去比较好。"因为洪作摔倒的那个初四学生杉浦动不动就诉诸暴力，名声不大好。

这天一整天洪作都因为冬季锻炼而惴惴不安。他一看到初四学生聚在一起，就会想他们是不是在商量怎么打自己。上课的时候，洪作也是一脸不开心地透过窗户望着窗外。不管怎么想，他都觉得这事不可能就这样翻篇的。

但是，这种不安在第二天的冬季锻炼时就消失了。山田

---

①在柔道比赛中，当比赛的一方控制对方并使用腿脚以相当的力量和速度把对方摔成大部分背部着地状态时，可被判定为获得"一本"。当一方获得"一本"后，即获得该场比赛的胜利。

过来挑战了。山田不愧是柔道选手，实力强劲。洪作被摔倒在地好几次。杉浦也过来挑战了，跟山田相比，他的柔道技术要差很多。洪作被杉浦摔倒在地两次，洪作自己也把杉浦摔倒了一两次。就这样，可能会挨打的不安感就从洪作心中消失了。

初五学生佐伯走了过来。

"是你吗？昨天把山田摔倒在地的。"说着，他斜睨了眼洪作的身体，"要是身体再壮实点，倒是能让你加入到柔道部来。"说完，他就走了。听了佐伯的话，洪作知道自己没资格进柔道部了。

不过，这件事还是让洪作有了些许改变。他比其他同学更用心地进行柔道训练。也不再像之前那样就跟小林、增田扭打在一起，而是跟那些身体更壮实的学生一起，你摔我，我摔你。

在一月即将结束的某一天，吃完午饭休息的时候，有四五个初四的学生走进了教室。因为是午休时间，如果是晴天的话，大家都不会在教室里，但是这一天外面下着冰冷的雨，所以大家都待在教室里。

洪作看着这些突然闯进自己班级教室的初四学生，那是去年夏天在静浦的游泳训练场，自己被一个人扔在跳水台上时，前来救自己的金枝、藤尾、木部等人。

"借用大家两三分钟时间。"木部在教室门口喊道。

一瞬间，初三学生都安静下来了，不知道发生了什么事。"嗯哼!"藤尾清了清嗓子走上讲台。看到藤尾的样子,教室里爆发出一阵大笑,洪作也笑了。藤尾是在模仿山根老师的样子,简直让人惊讶他怎么能模仿得这么像。他身体微微前倾着,两只手在背后背着。藤尾做了个摘眼镜的动作,环视了教室一圈,"嗯哼!"又清了清嗓子。接着,他模仿着老教师山根的口气说道:

"——在这个班上,有一个学生品行不好。名字我就不说了,你自己心里应该清楚。回家之后,跟你父母商量一下,主动提交退学申请吧。——明白了吗?虽然学校是希望你能一直在这里上学,但是你自己估计也待不下去了吧。这也是没办法的事情。——把种在大门边上的松树连根拔起,这叫什么事!把好不容易种下去的树拔起来,真是不明白这么做的人心里是怎么想的。虽然我深表同情,但是还是请你退学吧。这事你自己心里有数,后面过来找我一下。嗯哼。——今天请翻到八十六页。"

藤尾说完,等大家的大笑声平静下来之后,这次用自己的口气说道:"这次我们准备办一本诗歌的同人杂志。每月都出的话,我们的零花钱就不堪重负了。所以我们就想着让尽可能多的人来当我们的会员。会员的话,每个月需要交会费,五十钱不嫌少,一日元不嫌多。会员每个月可以参加一次我们杂志的聚会。我来就是来说这事。"

藤尾从讲台上下来之后,金枝接着说话。金枝没有站到讲台上,而是就站在教室门口说的。

"这虽然是一个自私的请求,但还是希望能够得到大家的帮助。藤尾忘记说一点，我来补充一下。会员有投稿的权利。稿件的选取则由我们来做。这话有点冒昧，不过还是请大家不要误解。眉田老师也是我们的会员。所以眉田老师也有投稿的权利。"

金枝说得很认真，很干脆。

金枝是初四的班长，在学生中颇有人望。金枝说完之后，对一旁的木部说道："你也说点什么吧。"

"我没什么要说的。"木部说道。

"各位，各位。"

这次藤尾模仿着年轻的英语老师高亢的声音说道。这次模仿得也跟年轻的英语老师一模一样。藤尾再次走上讲台。

"各位，各位，一天记一个单词的话，一年就可以记三百六十五个。知道了三百六十五个单词，就什么书都能读啦。英语就这么回事。都不算什么学问。细想想，外语老师这工作，多不靠谱啊。大家可千万别当外语老师。"

说到这里，他没有再继续模仿英语老师装腔作势的自嘲。

"刚刚忘记说了，会员每个月可以收到一本杂志。这个，嗯，虽然是理所当然的事，不过我还是在这里补充一下。最重要的那个会费，大家可以交给我或者金枝或者木部。我们会给大家油印的收据。"

藤尾走下讲台，很快带头离开了教室。虽然看着有点目中无人，但并不令人生厌。

从之前到现在，洪作一直都觉得这四个未来的诗人身上有着莫大的吸引力。他们看起来跟自己这些人完全不同，就像大人一样。虽然他从来没读过什么诗，但是他想要成为他们的会员。他跟增田说了这个想法，结果增田说："笨蛋，赶紧打消这个念头吧。他们可是不良少年。是学校都觉得棘手的不良少年哦。我有一次去一个当我保证人的老师那里，他就跟我说绝对不能跟这些人混在一起。"

小林则以更激烈的口气指责着藤尾他们。

"我听谁说过，那几个家伙可是赤化分子。你要是出了钱，就会被他们拉进伙的哦。——我有一次去千本浜，就听到他们在唱共产党的歌。"

尽管有着这样的非议，但是，不管别人说什么，对于洪作来说，这些比自己高一个年级的少年身上散发着极大的魅力。不管他们是不良少年，还是赤化分子，无关这些，洪作只是感到他们身上有某种东西深深吸引着自己。

这天下雨，洪作坐了电车，久违地碰到了一之濑洋三。一之濑突然说："我加入了初四的诗歌杂志的会员。"

"我也在考虑这事。"洪作说道。

"下次一起去藤尾家吧。——很棒的哦。"

虽然洪作不知道什么东西很棒，只是听一之濑这样说道。

过了两三天，一之濑在学校叫住洪作。

"我跟藤尾学长提了洪作你。他问你今天要不要一起去玩下。"一之濑说。

"那我今天就去吧。"洪作说，"放学后我们在御成桥

379

上见。"

他定下了碰头的地点。虽然也可以从学校一起走,但是洪作不大想这么做。他不想被其他同学看到自己跟一之濑洋三一起说话,一起走。要是他们看到了,肯定又会起哄"一之濑君、一之濑君"。

放学后,洪作跟增田、小林一起走到校门口,就想跟两人分开走。

"我今天要去亲戚家。"

结果,小林怪声怪气地喊道:

——小——兰。

又说:"带我一起去吧。"

"今天不行。今天有事。"洪作说道。

"之前不是带我们去了嘛。别那么小气,带我一起去吧。"小林不满地说。

增田之前一直没说话,这时也开口说:"兰子也不算正点。"

"什么正点?"洪作问道。

"就是指美女。你不知道吧,现在正点这个词很流行的。高年级学生都在用。"接着,增田又说,"对面不是过来一个吗,那种就不算正点。"

果然,对面过来一个五十岁左右的阿姨。

"那不是个阿姨吗?"洪作说道。

"就算是阿姨,也有正点的啊。像我妈妈就是正点的。"

"你妈妈算正点?!那么胖哪里能算正点。"小林抗议道。

"哪有胖啊。"

"很胖啊。那么胖怎么能算正点。正点的都是很瘦的。身材苗条的。"接着,他又说,"我觉得兰子也算是正点吧。不过,我知道一个更正点的。"

"谁啊?"洪作问。

"是经常来我家的洗衣店阿姨的女儿。我觉得那才算是正点。"

"是女学生吗?"

"不是。"

"在上小学?"

"没有。前不久嫁人了。那才是真的正点啊。"

虽然小林说那才是真的正点,但是那人只有小林见过,增田和洪作都无从附和。

洪作和小林、增田分开之后,跟平时相反,朝着沼津的街市走去。来到御成桥,看到一之濑站在桥的另一边。

"现在就去藤尾家吗?"一之濑问。

"嗯。"洪作说。

但是前去自己不熟悉的学长家里,总让他感觉有点拘束。

"你先去吧。我在外面等。"

"那我先去了。"

一之濑朝着街角有着宽阔店面的藤尾家走去。洪作看着一之濑走进了店里。

没过一会儿,一之濑和藤尾从家里走了出来。藤尾过来之后说道："听说你能够成为我们杂志的会员？"

"嗯。"洪作说。

"在精神上当我们的会员就可以了。收会费的话学校那边会有很多麻烦，所以就不收了。你去吃拉面吗？"

藤尾说着，吹着口哨带头朝前走去。洪作和一之濑跟在藤尾身后。

临着大街有一家中餐馆。藤尾来到餐馆门口说道："就是这里。进去吧。——我帮你们放风。"

学校规定，除非跟家人一起，否则学生禁止进入这类店。

"行不行啊，就这么进去？"洪作犹豫道。

"我给你们放风。赶紧进去。"藤尾带着几分命令的口气说道。

洪作咬了咬牙，走进了餐馆。接着一之濑也进来了。餐馆里放着五六张餐桌，但是一个客人都没有。

藤尾沿着旁边的楼梯走到二楼。洪作和一之濑还是跟在藤尾身后。他感觉自己像是踏足了一个自己本不该进入的场所，心里七上八下的。

二楼跟楼下一样，有一个放着好几张桌子的房间，还有一个铺着榻榻米的四叠半左右的小房间。藤尾脱了鞋走进这个榻榻米房间，在四方形的餐桌前盘腿坐下。

"吃了这里的拉面会变聪明哦。尤其是考试的时候，效果立竿见影。吃了这里的拉面，就绝不可能不及格。"

"真的吗？"洪作说道。

"真的呀。你连续来吃两三天试试。脑袋会变得特别清醒。"接着,藤尾又说,"我在这里挂账的。到了月底再一起付。今天我请客。除了拉面,其他东西都不行。又贵又不好吃。"

洪作不知道他说的是真的,还是在开玩笑。

他们没有点菜,胖胖的女佣就端了三大碗拉面送过来了。

"你们可不能抽烟哦。听好了,不能抽烟。之前不知道是谁抽了烟。真是群叫人发愁的家伙。要是你们抽了烟,就不让你们进这里了,也不让你们吃拉面了哦。"女佣这样不客气地说道。

"香烟这种东西,谁会抽啊。"藤尾说道。

"不是你吗,只要是坏事,总有你的份。"

"开什么玩笑。所以我不喜欢阿乐你啊。"

"阿乐,阿乐,还是个孩子呢,叫人也不知道加个敬称。今天木部不来吗?"

"你自己还不是叫人不加敬称。"

"对你们我就不加敬称了。叫你们什么什么君,我都叫不出口。"

洪作很惊讶。世上还有这么不客气的女佣呢。拉面确实很好吃。

"好吃。"洪作说道。

"要不要再来一碗?"藤尾问。

"嗯。"洪作说。

一之濑则说:"我已经够了。"

藤尾去楼下的厨房给自己和洪作再要一碗面。他刚下楼，刚刚女佣提到的木部就来了。木部朝房间里觑了一眼，说着"啊呀，今天有新面孔啊"，脱了鞋进了房间。"吃了这里的拉面，脑袋会变笨的哦。最好还是不要吃哦。"接着他又对一之濑说，"听说你在写诗？"

"还没写。我只是跟藤尾君说想写。"一之濑一脸害羞地说道。

"有在读吗？"木部又问道。

"没怎么读。"

"多读读诗是好的。就算不写，读读也是好的。"

这时，藤尾回来了，问木部："你来两碗？"

"嗯。"木部回答道。

"那太好了。刚好要了四碗。"接着，藤尾又说，"吃完拉面，去划小船吧。虽然还有点冷，不过到了晚上月色应该很美。"

"我们晚上必须要回三岛。"

"住我那儿呗。回了三岛，明天不还得来学校吗。多折腾。"藤尾说道。

"拉面好慢啊。"

木部说话的时候，金枝来了。

"哟，来了。"金枝说着，脱了鞋，朝一之濑看了眼，"美少年也来了嘛。"接着，又对洪作说，"你是转校过来的吧。"

"是的。"洪作说道。

"转校过来的学生,一眼就能看出来。总是跟我们有点不大一样。——虽然不知道究竟是哪里不一样,但总之的确是有点不一样的。"

说完,金枝对着楼下大喊道:"阿乐,拉面。"洪作感到很惊讶,金枝身为班长竟然也来这样的店里。

胖胖的女佣端来了后面追加的拉面。

"再加一碗,我的。"金枝说道。

"你自己下去拿吧。"胖女佣说道。

"好嘞!"

出乎意料地,金枝老老实实地站起身来下楼去了。

"你们吃完之后,可别再像平时那样老坐在这里,赶紧走吧。别老想着怎么玩,也要聊聊学习的嘛。"

"我们也聊学习的呀。"藤尾说。

"你爸那么重规矩的人,怎么生了你这么个儿子呢。"说完,女佣忽然想到什么似的说道,"木部的爸爸是商业学校的老师吧?"

"是啊。那样的爸爸怎么会生出这样的儿子呢。"木部说道。

"木部你也越来越不学好了。之前明明还是个老实孩子呀。"

阿乐这么说着,下楼去了。她一走,因为她刚才提到了,所以大家就开始商量起玩的事。藤尾说要去划船,木部说想去香贯山,金枝说还是去千本浜好。

"我想去香贯山大喊几声。积蓄的能量太多啦,不知道怎么办好。要是大喊几声，应该会觉得神清气爽吧。"

木部说着，然后把这里当成了香贯山似的，先给大家打了预防针："我要喊了哦。"然后用尽全身力气大喊道："啊！"

"别喊啦，老板会生气的。"金枝说道。

"你们先做好逃跑的准备。我还要再吼两声。"木部说。

"别喊啦。"藤尾也说。但是木部不听。

——啊！

——啊！

在木部的喊声中，藤尾和金枝赶紧穿鞋子，洪作和一之濑也穿上了鞋子。

——啊！

木部也一边喊，一边赶紧穿鞋子。

大家飞奔下楼梯，跑到了屋外。身后传来阿乐的声音，但是洪作没管，跟在大家身后往前跑。

"你别再做这么傻的事啦，木部。——那家店的老板一生气就发火，很可怕的。"藤尾说。

"我就是想惹他生气才喊的。他要是不生气我都亏了。"木部说。

"无可救药的家伙。"

"我之前也这么干过。他很生气哦，气得满脸通红的。"

"就算惹他生气了你又有什么好处。"

"惹他生气是没什么好处。但是比起不惹他生气，还是惹他生气更有意思啊。我自己都不知道自己为什么要喊。就是想这么叫。然后对方就会生气。他自己可能也想不明白为什么会生气吧。毕竟他就只是突然听到了叫声而已。"

"我对木部你甘拜下风。"金枝语气冷静地说道,"不过,好歹算是运动了。"

"那么接下来……"

藤尾正要说,洪作就说道:"我们要回去了。"

他感觉自己要是现在不离开的话,后面不知道会发生什么。可能真的就回不去三岛了。

"是吗,那下次再来玩哦。"藤尾说道。

"多谢款待。"一之濑道谢道。

"拉面的话,什么时候都能请你们吃。反正是挂账,就跟白吃似的。"木部说道。

"挂账、挂账,你可别说得那么简单。最后还不是都挂到我这里来了。"藤尾说道。

"又不是你付,是你爹付啊。"

"不是,是我付,不是我爹付。"

"什么你付,用的还不是你爹的钱。说什么大话。"

"归根结底的话,是这么回事。"藤尾说道。

洪作和一之濑跟藤尾他们道别,朝三岛走去。

"我走路。——你去坐电车吧。"洪作说道。

"我也走路。"

一之濑洋三说道。接着,他又说:

"真是被木部君吓了一跳。——突然就大喊起来。——不过,人挺不错的。"

"金枝也很好。"洪作说道。

"那个人肯定很聪明。"

"藤尾也很聪明。"

"藤尾说他下次考试会留级。"

"为什么?"

"他说他让算命的看过了,初四要是不重读,就会生大病。"

"真的假的?"

洪作心想,要真是这样,藤尾就会跟自己一个年级了,那多棒啊。

跟金枝、藤尾、木部这几个初四的学生一起吃了拉面,这对于洪作来说是个大事件。洪作第一次接触到了这个充满了活力的少年团体。

金枝、藤尾、木部,各有各的魅力。藤尾看着像个任性的少年,但是在那个小团体中起着主导作用,就像个大人一样。洪作无法想象藤尾只是一个跟自己差了一岁的少年。总觉得他比自己大了三四岁。为了招募同人杂志的会员而模仿老师的样子,那目中无人的态度,怎么看都不像是个少年。他以前也听说过,初五的学生看着藤尾他们几个很碍眼,但是最后还是没出手对付他们,现在一想,应该是真有其事吧。比起那些初五的学生,藤尾他们更像大人。

木部是一个怎样的少年,洪作还有点看不太清。但是,他身上也有他独有的奇怪的魅力。跟他说话的时候,他总是很稳重,有一种说不出来的亲切,但是谁也不知道他接下来会做什么。这个少年就像抱着一个炸弹。抱着一个不知道什么时候就会炸开的炸弹。他给洪作的就是这样的感觉。

细想想，木部在中餐馆大喊大叫这种行为，实在是太没道理了。而且，他还是先给大家打了预防针，说：

——好了，我要喊了哦。

然后才突然喊的。洪作从来没有像那个时候那般被吓得胆战心惊。他的眼里此刻还残留着那会儿木部用尽全身的力气大喊出声的样子。

说到这里，金枝真不愧是担任班长的人，这个少年给人一种很稳重的感觉。他眼里总是含着笑，看起来很温和。虽然是班长，但是跟其他班长又有点不一样。这个少年的魅力，在于他的聪明，据说他的英语在年级中是独占鳌头的。

和藤尾他们吃了拉面的第二天，洪作在上学途中跟增田和小林说了这件事。

"什么嘛，你说要去亲戚家的，结果没有去啊。"

小林说道。没办法，洪作只好圆谎说，先去了下亲戚家，然后又去了藤尾那里。

"你最好还是不要跟那些人玩哦。听说老师看他们都很头疼呢。"

增田说。洪作没有听增田的。在他心里，和藤尾他们相比，增田也好，小林也好，都不过是没有任何光芒的平凡少年罢了。

第三学期很短。从一月二十号开始是为期十天的柔道冬季锻炼，结束之后就是二月份了。二月只有二十八天，比其他月份少了两三天，所以感觉一下子一个月就过去了。

一进入三月份，马上就是考试了。洪作想着第三学期的成绩一定要赶上去。要是第三学期成绩还是下降的话，就会被强行流放到寺庙去了。

洪作听到姑姑请附近的大婶给他翻新被子。

"等第三学期考完试之后，让洪作先回趟汤之岛。他回去这段时间，就请你把他的被子翻新一下。"姑姑这样说。

"去别人家的话，总不能让他带着脏被子去啊。"

"寺庙安静，能静下心来学习，不过吃这方面会不会不大自由？"大婶说道。

"这个嘛，现在寺庙里不是什么都吃嘛。要是不吃肉的话，把正在长身体的孩子送到寺庙里这事，就得再考虑考虑了。"

听着这样的对话，洪作意识到自己去寺庙这件事正在周围人的手中逐渐变成现实。大婶回去之后，洪作问姑姑：

"我真的得去寺庙吗？"

"这个，如果你第三学期的成绩能考得好一点的话，就尽量不送你去寺庙。——你妈和你外公，都觉得把你送到寺庙里能让你更专心学习，但我觉得也不一定。怎么说呢，我是反对送你去寺庙的。你外公和你妈是父女，两人相像也是没办法的事，不过他俩的想法都挺奇怪的。你住在我家，成绩下降了就把你送到寺庙去，感觉就像在说是我让你成绩下降似的。"

姑姑说。就像姑姑自己说的，对于把洪作送到寺庙去寄宿这件事，她一直都无法释然。不过，事情的起因，肯定是姑姑写信给洪作的妈妈说没法再继续照看洪作了。洪作对此心知肚明，但是他没有说。

三月一号，洪作开始努力学习。他觉得只要自己好好学习，考到年级前几名是不在话下的。他在书桌旁的墙壁上，贴上写有"学习、学习"的纸。然后还规定了自己的睡觉时间和起床时间。洪作还让姑姑给自己买了闹钟。看到洪作不同寻常的学习劲头，姑姑反而担心起来。

"学习很重要，但是需不需要压缩睡觉时间来学习呢。姑姑也不知道。只是，就算一个劲儿学习，成绩也不一定能提高啊。"

每次到二楼送茶水时，姑姑都会这么说。她又说：

"所以说你这还是叫人发愁啊。一学习起来就忘了时间。连楼都不下了。"

"那我要怎么办呢？"洪作说。

"差不多就行了。吃完晚饭之后，先休息个一小时，然后再坐到书桌前学习。再晚也得在十一点之前睡觉。"

"不行不行，那哪行啊。"

"你要是睡眠不足的话，身体马上就会垮掉。"姑姑说。

可是，接下来的事被姑姑说中了。努力学习了十来天之后，一天夜里，洪作套上宽袖棉袍，坐在书桌前，感觉整个人都很乏力。他感到坐在书桌前太累了，就趴在被窝上。不一会儿就觉得浑身发冷。手脚都开始哆嗦起来。他把体温计放在腋下测了下，比正常体温高了近五度。这天晚上，姑姑很快就叫了医生过来。医生说是感冒引起的发烧，但是有可能会发展为肺炎，所以必须要静养。

结果，因为感冒，洪作不得不在家休息了一周。等再去上学后，没过两三天，就是一场临时考试。他自己都觉得考得不大好。考完临时考试这一天，洪作在学校碰到了藤尾和木部。

"我们要去千本浜，要不要一起去？"藤尾邀请道。

"我还要为考试做复习。因为感冒躺了一周了。"洪作说。

"学习吗，这样啊。临时抱佛脚，就算考试的时候得了好分数，也没什么用吧。"藤尾说。

"这不挺好的嘛，人家想要学习，就让人家学嘛。每个人都有学习的权利。"

木部说着，在校园的草坪上弯下身。做了个漂亮的倒立。然后他倒立着，用手朝前走去。

"我不是为了要考个好成绩。如果我这次成绩再上不去的话，就要被送到沼津的寺庙去寄宿了。"洪作说道。

"哪里的寺庙？"

"一座在港町的寺庙。"

"哦——"藤尾吃惊地看着洪作，"寺庙吗，这是要送你去一个有趣的地方寄宿啊。"藤尾又问：

"要是成绩不好的话，会被送到寺庙里。要是成绩好呢，会怎样？"

"那就像现在这样住在姑姑家里。"洪作说道。

"哦，那还是成绩不好会更有意思吧。可以离开姑姑家，去寺庙。就算住进了寺庙，也不是说就得当和尚。——还是说，你得当和尚？"

"开什么玩笑。怎么可能当和尚。只是去寺庙寄宿。"

"我原来还想着你的想法有点奇怪，没想到你们全家想法都很奇怪啊。一般来说，不是应该采取相反的做法嘛。——一般都是成绩不好才被送到亲戚家寄宿。——你家的做法正相反。——这不挺好的吗。——你就考得差一点，考得差了就可以去寺庙了哦。"

藤尾说完，朝对面不知道做了几次倒立了的木部大喊道：

"喂，过来，不得了哦。"

"啥事？"

木部走了过来。

"这位少爷，成绩不好的话，就会被送到寺庙里去呢。去港町的寺庙。"

藤尾像发生了天大的事情似的，语气夸张地说道。

"这可真不错啊。"木部说，"要到寺庙去寄宿吗。——哦，这不挺好的嘛。"

接着，他又对着运动场右手边叫道："喂！"

结果，对面也回应了同样的叫声："喂！"同样是初四学生的饼田三郎慢吞吞地走了过来。

"阿三，快过来。有事情跟你讲。"木部说道。

"啥事啊？"

但是饼田走了好一会儿都没走到这边。他不时地停下脚步，用手把裤兜提起来。高度近视眼镜后面的眼睛在看着这边，但是他的动作却极为缓慢。

"啥事啊？"饼田走到身边问道。

"这是初三的洪作君。他说这次考试他的成绩要是再不好的话，就要被送到港町的寺庙去啦。"

"哦，"饼田一脸佩服地看着洪作，说道，"多好啊，送到寺庙里，当和尚，这多好啊。——能不能把我也一起送去呢。——我之前把真言宗那本叫什么的经书全都背下来了。"

据说饼田的聪明程度在初四学生当中首屈一指，不管什么东西都能背下来，所以他说把真言宗的经书全部都背下来了，也不一定是信口开河。

"多好啊，去寺庙。——寺庙很好的，你什么时候去？"饼田一脸认真地问道。

这时，金枝也过来了。又有人向他说了洪作去寺庙的事，金枝也跟大家一样，说道：

"多好啊，真令人羡慕啊。——他娘的！"

金枝脸上一副真的很羡慕的表情。洪作始终没有说话。他并不是因为人家把自己当傻瓜，生气了才不说话的。藤尾和木部的语气中或许多少带了一点嘲笑的意味，但是饼田和金枝的反应都非常认真。

"寺庙真的很好吗？"洪作问道。

"当然好啦。我很喜欢寺庙。经书也很好啊。没有人会听到念经还发火的。虽然有沉香味儿，但是我很喜欢那股味儿。"金枝说。

"你要是进了寺庙，可以先背般若心经这样短短的经文。很快就能记住的。"饼田说。

"喏，你看，大家都说好吧。你赶紧离开三岛的亲戚家，去寺庙吧。你要是去了寺庙，我们就去找你玩。"藤尾说。

"我去寺庙里睡午觉。你试试在正殿睡午觉，很舒服的哦。"木部也说道。

"你之前去过那个寺庙吗？"

"去过一次。"

"好不好？"

"怎么说呢。"

"寺庙里的人怎么样？"

"不清楚。"

"那我和木部去帮你事先调查一下。去帮你调查下是个怎样的寺庙，里面住了怎样的人。——好吧。"藤尾说完，又接着道，"我接下来准备再读一次初四。那样就能跟你们一个年级了。我从明天开始就休学了，所以很空的。可以帮你去调查下那个寺庙。"

"要旷考吗？"

"不是旷考。是因为胸口不舒服，所以没法学习了。"

接着，藤尾咳、咳地假咳嗽了几声。但是，也许藤尾是真的身体不好吧。虽然他看起来在几个同伴中最胖，但并不一定就健康。

"是不是拉面吃太多了?"

洪作说道。结果木部"哈!"地发出一声怪声,突然搂住洪作。

"你说得太好啦!就是拉面吃太多了。所以藤尾这家伙才会高烧不退。——你这话,得十分。"

说完,木部又开始倒立了。

"喂,去千本浜吧。"

藤尾说道。木部和饼田也表示赞成。但是金枝说:

"我不去了。——要学习,学习!"

金枝应该是真的要学习吧。

这天,洪作一回到家,就跟姑姑说:

"我决定了,要去寺庙。"

事实上洪作就这么决定了。在今天藤尾他们说了那些话之后,对于寄宿寺庙这件事,洪作的看法已经与之前完全不同了。

就像木部说的,在正殿睡午觉的话,应该会很舒服吧。凉爽的风穿过宽阔的正殿。他想和木部一起在那里睡午觉。饼田说可以背一篇名叫般若心经的经文。没错,背经文也许很有趣呢。在学校里,谁都对经文一无所知。那就只有自己和饼田知道了。金枝说他喜欢寺庙。他说他喜欢那股沉香味儿。这么说来,寺庙这个地方,寺庙里面的氛围,或许真不错呢。他感觉自己和金枝一样,也会喜欢上寺庙。藤尾说他每天都会过来玩。藤尾完全不把留级什么的当回事。自己也想像藤尾那样,丝毫不狭隘,看起来不像初中生,倒像个大人一样,做事大大方方。

"到了春天,我就去寺庙。"洪作说道。

"怎么突然说这样的话呢?"姑姑有些吃惊地说道。

"寺庙看起来似乎也很有趣。"

"有趣什么啊,那种地方。"

"适合睡午觉啊。"

"那倒是,睡午觉倒是个好地方。"

"还能背经文。"

"你要当和尚吗?"姑姑说,"想得很周到啊。那就多多睡午觉,多多背经文吧。你爸爸妈妈肯定会说自己养了个好孩子,会很高兴的。"

"我决定不再学习了。"

"为什么呢?"

"要是成绩太好的话,就不能去寺庙了。"

"……"

"这次考试的成绩得稍微下降点。"

"随你吧。"姑姑说着,大大地叹了口气,"都说到了三月,疯子会变多,看来还真是的。洪作你也发疯了。先是埋头学习,学了十来天,感冒发烧了,还想着好不容易病好了,结果又变成了一个小疯子。——我就把这话直接跟你妈妈和外公说吧。他们都会夸你的吧。"

接着,姑姑换了个口气,说道:"你要是不发疯,可以让你去寺庙,你要是疯了,就不能再让你去寺庙了。虽然这么说,但是我也不想继续管你了。——你还是去你妈那里吧。反正你妈也有点疯气的，跟你在一起正好。"

考试就在三天后了。增田、小林、洪作在上学途中，都不再开口聊天了。增田拿着英语单词本，不时地瞄一眼，嘴里念念有词。增田的个子长得很快，在整个年级都属于个子高的，跟矮个子的小林和洪作相比，他的步伐很大，总是走在前面。小林打开笔记本，一边走，一边大声地背诵上面写的内容。别人都觉得没必要这么大声地背，但是小林说不背出声的话，就进不去脑子。

增田走在最前面，隔着很长一段距离，后面是小林。洪作比他们两个更靠后。洪作没法模仿两个同伴这种边走边学的取巧做法。虽说路上行人不是很多，但是这条路是连接三岛和沼津的唯一一条大路，人来人往还是相当不少的。增田和小林完全不在意路上的行人，只埋头做自己的事情，但是洪作只要看到对面有一个人走过来，就会很在意。在那个人走过去之前，他都不会继续背单词。但是，每次一个人走过去了之后，前面总是又会有新的人迎面走来。

就这样，虽然考试就在眼前，但是，洪作只能这样白白浪费上学路上的时间了。最后，洪作就一边走一边胡思乱想着。一会儿想想藤尾他们，一会儿想想一之濑洋三，一会儿又想想家里人和亲戚什么的。特别是一想到藤尾他们时，思绪就会无边无际地蔓延开去。

终于到了考试的前一天，增田发生了一个事故。他一边看着单词本一边走着，结果跟迎面而来的一个渔村青年骑的自行车撞到了一起。

幸好增田只是被撞到路边，没有受伤。但是对方的自行车倒在地上，后座上堆的几个箱子也都掉了个底朝天。箱子里的沙丁鱼掉得满路都是。对方是一个二十岁左右的很精神的年轻人。

"哎呀呀呀——你这都干了啥！"年轻人气势汹汹地大喊道。

洪作走到现场的时候，对方正揪着增田的校服上衣。

"你小子，朝哪边走呢。长眼睛了就要好好用眼睛看路！你个蠢蛋！"

增田右手拿着单词本，一个劲地低着头。洪作正想说点什么让对方息怒，就听到小林突然朝对方大喊：

"撞了人的是你吧。是你的错！你的错！"

小林非常激愤，很不像他平时的样子。因为考试复习，他的精神处于很亢奋的状态。

在洪作看来，小林像完全换了个人似的。他直盯着对方，一脸不满，怒不可遏的样子。

"错都在我是几个意思！"

年轻人松开增田的上衣，面朝着小林说道。

"你是后来才到的吧。不知道谁对谁错，就不要乱说话！"

"不，就是你的错！"

小林一口咬定"是你的错"。不管发生了什么事，刚刚自己这边都在一门心思进行考试复习。错的肯定是对方。小林似乎是这么认为的。他对此确信不疑。

"好呀，你个臭小子！那就给你点颜色看看。"

话音刚落，小林的脸上就被啪地打了一巴掌。小林趔趄两三步，抓住了增田。接着，增田脸上也被啪地打了一巴掌。

洪作觉得自己必须要救两个朋友。等他意识到的时候，他的手已经抓住了对方的两个手腕。洪作在无意识中使出了扫堂腿。他感觉自己轻而易举地就把对方放倒在了路上。

下一个瞬间，对方跳起身来，朝洪作扑了过来。洪作又用自己的腿去扫对方的腿。这次对方也倒在了路上。

"快跑！"

洪作大喊着朝前跑去。但事实上，在洪作喊"快跑"之前，小林和增田就已经往前跑了。洪作紧追在跑在自己前面的增田和小林身后。他一眼都没有回头看。每次增田和小林想要停下来的时候，他都会喊"快跑，快跑"。他觉得离现场越远就越安全。

跑了好一会，三人喘着气刚停下来，增田就说："我的单词本落在那儿了。"

"我去拿回来。"

"现在去拿太危险了！后面再回去拿吧。要是被抓住就惨了。"

可是，增田没有听。

"小林、洪作，你俩这做的什么事啊，真讨厌。我本来是想跟他道歉的——真的太过分了，你们那么做！连我都被你们连累了。要是没有单词本，我怎么考明天的试啊。"

增田说完，就开始往回走。但是走了十米左右，他就停了下来。

"你们陪我去！"

一副理所当然的样子。

"我不去。"洪作说道。

他心里对增田涌起了一股强烈的怒气。

洪作没理增田，继续往前走。结果，小林也变了脸色，说："我的笔记本呢？"

"那会儿我是拿着笔记本的吧？"小林说道。

不知道是在问增田，还是在问洪作。

"要是没有了笔记本，我也没法考试了。我要回去拿。阿洪，你也去吧，好吗？"

对于小林的话，洪作并没有觉得不快，但是增田说的话已经惹怒他了。

"我不去。"洪作说道。

"你陪我们去一下怎么了。真正跟对方打起来的是你吧。我们俩一人被打了一巴掌。跟对方打起来的是你。我们会丢单词本和笔记本，你也有责任。"

这次小林说的话刺激到了洪作。连小林都说出了这么令人讨厌的话。

"我觉得那人应该不在那里了。没事的。阿洪，一起去吧，好吗？"

"你现在去那里东西也不能在那里了。要么是那人拿走了，要么是被他撕了，再不然，他会送到学校的吧。"洪作说道。

"要是被送到学校，那可能就要出大问题啦。糟了。这事真是做得糟透了。"

增田说道，语气中含着对洪作的强烈责难。

洪作从来没有像此刻一般对两个朋友感到如此强烈的厌恶。自己是为了增田和小林才跟对方打起来的。可是他们俩不说感谢自己，还想把责任都推到自己头上。

"你们爱去就去吧。"

洪作丢下这句话，朝学校方向走去。他知道单词本、笔记本是多么重要，但是他不想帮他们去找了。洪作独自朝前走着，心想，好吧，就跟他俩绝交吧。写封绝交信，从此以后再也不跟他们说话，那该多么痛快。藤尾、金枝、木部，还有饼田，这些比自己高一个年级的少年，不管是谁，都是那么自由、开朗，他们的一言一行，都带着自己望尘莫及的光芒。跟他们相比，增田和小林身上毫无闪光之处。他们的所作所为都是平凡无奇的，而且是懦弱的。学习，学习，他们总是在一门心思学习，却又学不好。好了，从今天开始，就跟增田和小林绝交吧，洪作心想。

这一天，增田和小林第一节课都迟到了十分钟左右。下课时，小林走了过来，说道："我的笔记本掉在路边，但是增田没找到他的单词本。那家伙垂头丧气的，太可怜了。"

洪作没有说话。因为他已决定再也不跟他们说话了。增田没有主动过来跟洪作说一句话。他似乎还在生洪作的气。

洪作跟渔村的年轻人打架的事，两三天工夫就传遍了整个年级。虽然肯定是增田或小林说出去的，但洪作觉得应该是小林。传言越来越夸张。说洪作抓住渔村的年轻人，把他打得动都不会动了。同学们纷纷跟洪作说"听说你干了件大事啊""你要小心被对方报复哦"。每次听同学这么说时，洪作心中都有几分得意。冬季锻炼时打败紫色腰带的高年级学生这件事已经在初三以下的学生中流传开来了，所以大家都认为洪作打败了渔村年轻人这个传言是真的。

每天都会考一两门课。哪一门洪作都考得不大好。但是，另一方面，他的力气受到了大家的肯定，每天都沐浴在类似赞赏的话语中，考试考不好这件事也就没那么令人苦恼了。

洪作改变了上学时间，不再跟小林和增田一起走。他比平时早十到十五分钟离开家，不再去银行门口等他们，一个人走着去学校。可能也看到了洪作的这个态度，小林和增田也不再过来找洪作说话了。

考试期间的一天，洪作在运动场上被木部叫住。

"洪作，听说你跟哪里的一个大哥打架了。——还打赢了？"木部说道。

"是啊，赢了。"洪作说道。

"藤尾很佩服你啊。你要是去练拳击的话，肯定会很厉害吧。他说你长得小，打起架来肯定很好看。"

"他也打架吗？"洪作问。

"藤尾看起来很擅长打架吧。他骂人是很在行啦。但是打架的话，就不行了。他知道自己不行，所以坚决不打架。

金枝和饼田从小学开始就不喜欢暴力。就算对方来找碴，他们也绝不出手。属于不抵抗主义。——我嘛，我是要打架的。打完了就跑。跑的时候最有意思了。到处跑的时候，感觉自己充满了活力。打架的时候，如果对方不够强的话，后面心里就会很不爽。感觉像欺负了弱小似的，难受极了。如果对方很强的话，打个一两下，对方也不会在乎。所以一定要跟强的对手打一架，然后赶紧跑。到处乱跑的时候最好玩了。我找时间教教你到处跑是多么好玩吧。打架争胜负，那是傻瓜才干的事。打一下，然后跑，这是运动。"木部说道。

洪作跟木部说着话，心想木部如果打架的话，应该会很敏捷吧。在藤尾的同伴中，木部个子最小，跟初三年级中属于小个子的洪作差不多，但是他肌肉很结实，动作非常利索。

木部经常在放学之后，跟运动部的运动员们一起，扔铁饼，推铅球。一般学生没有人会跟运动部的运动员一起做这些。大家总觉得没法跟运动员们一起玩这些。木部是个例外。事实上，他无论做什么，都做得像运动员一样好。但是，他并没有加入运动部。木部这个聪敏的少年生来就具有自由行事的天分。

洪作跟木部说话时，有一种轻微的陶醉感。他感到自己跟一个很特别的少年在说话。打架非要争个输赢是傻瓜才干的事，这一观点也令他颇有共鸣，他所说的所有关于打架的事，仿佛都闪耀着光芒。

"其实我不喜欢打架。之前是因为一起玩的家伙被人打了，所以我才脑袋一热冲了上去。"洪作说道。

"是吧。本就是个温驯的人啊。"

"温驯？"

"温驯啊。你一看就是个温驯的人。肯定不会自己主动找碴打架。不过，你肯定很灵活吧。我觉得你就算打架，也能成功跑掉。下次我们一起去试一下吧。"木部说道。

洪作没有回答。如果自己说好的，那么这个少年一定就会去做的。之前在中餐馆，那样的事他都做得毫无心理负担，所以都不知道他会做出什么事。

"和谁打？"问还是问了下。

"有一个搞赌博的坏蛋。我一直都想着什么时候要把他揍一顿。因为他长得很高大，不跳起来打的话就打不到。"

接着，木部又说："必须得好好筹划一下。万一被他抓住，知道我们是初中生，那我们学校就要被他掀翻天了。——我们可以趁夜去干。在伸手不见五指的晚上发动袭击。"

"我们要去袭击他家吗？"

"说什么傻话。你去袭击他家试试，他手下那么多小喽啰全都出来，会把我们打得找不着北。要挑他一个人走在路上落单的时候。看着快要擦肩而过了，猛地跳起来，啪啪啪给他几个大嘴巴——然后马上逃走。——要干的话，就在春天干好了。春天的晚上比较有感觉。这么一来，他手下那些小喽啰应该都会出动，我们可以逃到千本浜，或是逃到香贯山，到处乱跑，最后跑到藤尾家，他会请我们吃茶泡饭。"

木部说着笑了起来。

405

第十章

考完试那天，放学之后，洪作看到了金枝的身影，他鼓起勇气叫了一声。

"金枝！"

洪作没有加敬称。于是，容貌端正，长得像外国人似的高个子少年回过身，说了句"哟"，就站在那里，等着洪作走过去。眼里泛着柔和的笑意。

"考完试了吧？"金枝说。

"嗯。"洪作点了点头。

"看着你的样子就像是考完了。考得好吗？"

"啥也没考出来。"

"啥也没考出来，那可不行啊。"

接着，金枝又说："不过，考试什么的，也不是什么大不了的事。你哪门课学得好啊？"

"唔。没什么学得好的，我自己比较喜欢的是英语。"

于是，金枝说道："英语的话，你最好把一整本教科书都背下来。先不管明不明白，从第一页到最后一页，全部都背下来。你知道饼田君吧？"

"嗯，就是阿三吧？"

"是的，那个阿三英语很厉害的。他把初五的课外阅读书当中的一本叫什么什么物语的小说从头到尾全都背下来了。他说在背的过程当中，单词记下来了，语法也自然而然就懂了。你也试试这个做法。"金枝说道。

可就算他这么说，洪作也觉得自己做不到。金枝、饼田他们的大脑结构肯定跟自己不一样的吧。

"藤尾真的要留级，跟我一级吗？"洪作换了个话题问道。

"那家伙放弃了考试，那就只能留级了吧。"

"他身体不好吗？"

"现在他身体也没那么不好吧。上小学的时候得过肋膜炎，现在应该已经好了。那家伙到处拿肋膜炎当借口。总是借口肋膜炎、肋膜炎，一次都没去做过操。他不去做操的时候就看书。"

金枝说完，又说道："我接下来要去藤尾那里，你也一起去吧？"

洪作马上答应了。已经考完试了，所以他心情很轻松。

洪作和金枝一起走出了校门。

"藤尾借口自己胸口痛，没有参加考试，所以现在都出不了家门了。他爸爸命令他好好躺着，他都快要发霉了。"金枝笑道。

阳光突然带了春天的气息。沐浴在这样的阳光下，和金枝边走边聊，对于洪作来说是一件很开心的事。他觉得自己也成了藤尾、金枝他们那个小团体中的一员。

来到藤尾家门口，金枝朝宽阔的店面里觑了一眼，对洪作说："那就是藤尾他爸。"

一个和服外面系着围裙的小个子男人坐在那里，看起来很不好说话的样子。跟藤尾一点都不像。

"站在那里，正从架子上拿东西下来的那个女人，是他姐姐。"

那是一个像从彩色浮世绘中走出来的旧式女子。说是姑娘，感觉更像一个年轻的小妇人。

"他妈妈没在这儿。肯定是在厨房吧。"

接着，金枝又说："我再跟你说下他家的布局吧。穿过店里的土间再往里走，就是厨房。厨房门口右手边有楼梯。上去二楼就是藤尾的房间。一上二楼就知道了。我先上去，你跟着我就行了。要去藤尾房间还有个诀窍。我做得最好了。那就是最好不要跟他家里人打招呼。一般来说都认为要打个招呼比较好，但其实还是不打招呼更好。如果被对方发现了，那就不要开口，低头致意就好了。因为他们家店里进进出出人很多，你大大方方地走进去，他们反而不知道是谁进去了。——好了，我要进去了。"

金枝朝店里走去。店里有三四个像客人一样的人坐在榻榻米房间的门框边上。洪作没有看藤尾的父亲，也没有看他姐姐，穿过了土间。

——喂、喂，你们。

后面传来声音。洪作停下了脚步。金枝不知道听没听到，径直朝厨房走去。

"你们要去哪里？"藤尾的父亲依旧坐着，脸朝这边问道。

洪作微微颔首，说："是来找藤尾君玩的。"

"你是几年级？"

"初三。"

"这是第一次来我家吧？"

"是的。"

说着，洪作硬着头皮走进了厨房。他心想，不管怎样先上了二楼比较好。

果然，右手边有一部楼梯。洪作赶紧脱掉鞋子，上了楼梯。很快，他看到大概六叠左右的房间正中央，藤尾和金枝正盘着腿面对面坐在那里。房间里铺着被窝，沿着墙壁堆着一堆像商品包装箱之类的东西，感觉乱糟糟的。因为是老房子，房间里采光不好，眼前一片昏暗，眼睛过了好一会儿才适应。

"我爸说什么了吗？他让我躺着。"藤尾说道。

"什么都没说。就问了是不是第一次来。"洪作回答道。

"第一次来的人他还是相信的。"藤尾说道。

"来我这儿的人，他最相信金枝。我爸他觉得金枝是班长，跟他在一起不会乱来。然后是阿三。最不相信的是木部。他觉得木部就是一个不良少年，不过，我妈跟我爸又有些不同，在她心里信任程度从高到低的顺序是阿三、金枝、木部。我姐跟我爸妈又完全不一样，她很相信木部。在她那里，信任程度从高到低的顺序依次是木部、阿三、金枝。"

藤尾说。

"我都不知道你姐为什么不相信我。"金枝说道。

"你自找的啊。有一次你在校友会杂志上发了篇作文,上面说我姐是一个方下巴的美人。从那以后她就不喜欢你啦。"

"这是你认为的原因,我可不这么认为。那篇作文里我分明是在给你姐姐增光添彩啊。我是写了你姐姐方下巴,但是我也说了方下巴是江户时代美女的必备要素啊。只要读了这个,谁都会明白我是在夸你姐啊。"

"这就是金枝你想错啦。不管你怎么夸,写了方下巴就不行。我姐最在意的就是她的下巴了。你绝对不能提她的下巴。这一点木部做得就很巧妙啦。他绝口不提我姐的长相。他从杂志上撕了英泉[1]的浮世绘给我姐,说是跟她长得一模一样。那之后,她对木部就是绝对信任了。"藤尾说道。

接着,藤尾从书箱里取出了浮世绘的书,翻开一页,给洪作看浮世绘版画的照片版,说道:"这就是英泉的画。"这时,刚刚聊天时说到的藤尾的姐姐走了进来。

"给我拿点蛋糕嘛。"藤尾说道。

"这就给你拿上来。"

接着,姐姐又说:"可不能去外面哦。要是被爸爸看到,又要啰唆了。"

"去散个步应该可以吧。今天还没运动呢。"

---

[1]溪斋英泉(1790—1848),日本江户时代后期浮世绘画家。擅长画妖艳的美人画。

"你没必要做什么运动。"

"肋膜炎需要适当运动的。"

"不行,不行。"姐姐说,"金枝君,你不要把他带出去哦。"

"开什么玩笑。我才不会把他带出去呢。"

"你之前不是把他带出去了吗。"

"那次是藤尾自己出来的。你老提这事,真讨厌。"金枝说道,"我想喝红茶。"

"不行,不行。"

"之前喝了,很好喝啊。"

"不行,不行。"

姐姐走出了房间。果然,在藤尾的姐姐这里,金枝是不受信任的。

木部说藤尾的姐姐像英泉笔下的美人画,还确实是很像浮世绘上的美人。

"来了客人,我们就去吃拉面吧。"藤尾说。

"别,我不想去。我都已经成了坏人了。"金枝说道。

"你就跟我爸说是去眉田老师那里。"

"不行,不行。"金枝学着藤尾姐姐的口气说道。

"那就拜托洪作吧。你是第一次来,我爸肯定相信你的。你就说是眉田老师让你来叫藤尾君的。"

"跟你爸说吗?"洪作说着,学着金枝的样子,说道,"不行,不行。"

"喊!"藤尾咂咂嘴,说道,"你这家伙,一开始还以为

411

是个少爷，现在越来越坏啦。感觉一下子就变了呢。马上就要管不住啦。"

姐姐端了蛋糕和红茶上来。洪作心想，有家真好啊。朋友来了，就会这样端出点心来招待。

姐姐下楼去了。木部走了进来。

"谁都没有发现我。很厉害吧。"木部说着，"藤尾，快请我吃拉面吧。"

"好。稍等下。"藤尾说道。

这时，姐姐走了进来。

"哎呀，木部君，你什么时候来的?"

"刚刚到。"

"都不知道你来了。"

"我哧溜哧溜很快就进来了，就是为了不让你们发觉啊。你们当然就不知道啦。"木部说道，"我要可可。"

"我去给你拿。先说好哦，不能带他出去。还生着病呢。"

"我可从来没有把藤尾君带出去过。"

"那倒是，你是没有。"

姐姐这么说着走出了房间。

"哎哎哎!"金枝转过身子，"女人还真是没原则啊。木部有当love hunter的潜质啊。"

"love hunter是啥?"洪作问道。

"love的意思是恋爱，hunter的意思是猎人。就是恋爱猎人的意思吧。Love hunter就是love hunter嘛。"

"真不错啊，love hunter。"

"喂，好啦，好啦，大家不要乱说啦。"藤尾说道。

"不是说 love hunter 好，是说这个词不错。日本可没有这样的词。"

"有的哦。色魔。"

"色魔?!"

"你这家伙真是什么都不懂啊。要跟你说明白真得累死。"木部说道。

"哎，好像有人在叫呢。"金枝一边吃着蛋糕一边说道。

"真的哎。有人在叫呢。"洪作也说道。

窗外传来"喂！藤尾！藤尾！"的声音。

"是阿三吧。这笨蛋。"

木部站起身，打开了朝大街一侧的窗子。

——上来吧。木部喊道。

——你们出来。都有谁在啊？

是饼田的声音。

——金枝和洪作。

——你们都出来嘛。

——没法就这么出去啊。藤尾得了肋膜炎。

——我肚子饿了。

——你上来嘛。有蛋糕吃。

——我很难上去啊。

——你别管太多。管他呢。闭着眼睛进来就行啦。可千万别贼眉鼠眼的。就大大方方地走进来。

——藤尾爸爸在呢。

——在也没事啊。你又不是来找他爸玩的。你是来找儿子玩的啊。

——好。那我上去啦。

——大大方方进来吧。

说完这些之后,木部回到了自己座位上。过了一会儿,饼田慢吞吞地走进了房间。他朝大家看了一圈,说道:"大家都在啊。我肚子饿了。有蛋糕啊。吃了蛋糕,我们再去吃拉面吧。行吧,藤尾?就十到十五分钟,只当去散步了。"

"可以啊。我从刚才开始就一直在想出去的理由呢。"

"你想得越多,就越出不了门啦。毕竟这病都让你留级了呀。"饼田以他独特的方式笑道,"真要认真想的话,你一时半会儿是出不了家门的。出不去的话,藤尾你就留在家吧。不过拉面钱还是挂在藤尾你账上哦。"

"你就别替我做决定了。行吧,我出去。既然朋友们这么盼着我出去,作为一个男人,我也不能让你们失望啊。——从窗户出去。"藤尾说道。

"从窗户出去就算了吧。之前那次我可吃够苦头了。"饼田说道。

"你当然是从店里出去啦。我跟洪作从窗户出去。"藤尾说道。

"还是算了吧。又会滑下去的。"

"晃晃悠悠,晃晃悠悠——砰!"藤尾说道,"那次我真是吓一大跳。——到了最后关头,两个人都滑倒了。还是拜托洪作吧,他是新来的。"

"——这也行吧。"金枝说道。

"我可不想做奇怪的事情。"洪作警惕地说道。

"不是要你做什么奇怪的事。只是顺着屋檐爬下去。一个人爬不下去。需要两个人一起合作。"

接着,藤尾又说:"诸位意下如何?欲吃拉面否?"

金枝、饼田和木部沿着楼梯下去了。然后金枝又上来,把藤尾的木屐和洪作的鞋子放在房间门口,说道:"洪作的书包我来拿。你俩可千万别掉下去哦。"说完,他又下楼去了。

洪作跟着藤尾来到隔壁房间。这个房间里也堆满了商品。藤尾打开窗户,说道:"从这里出去。——走起!""走起"两个字,说得跟念台词似的,然后他就从窗户跳到了屋檐上。屋檐往前延伸四米左右,跟邻居家的屋檐重叠在了一起,那个重叠的地方下面好像就是条小巷子。

洪作也学着藤尾的样子,从窗户跳到了屋檐上。站在屋檐上,洪作才知道街上人家的屋檐跟屋檐之间是毫无空隙的,全都是重叠在一起的。稍稍夸张地说,屋檐跟屋檐相互重叠,就像大海一般延伸开去。

藤尾和洪作向前走着,瓦片被踩得嘎吱嘎吱响。

"小点声。"藤尾回过头说道。

"好宽啊。"洪作一脸佩服地说道。

"什么东西好宽?"藤尾问道。

"屋檐啊。我从来没想到屋檐会这样连绵不绝。"

"你小点声说话。"接着,藤尾又说:

"别把瓦片踩烂哦。这可是我家的瓦片。"

说着,藤尾弯下腰,沿着倾斜的屋檐向下爬去,不一会儿变成了手脚并用。洪作也学着藤尾的样子往下爬。

"鼠小僧①就是这么干活的吧。"

藤尾这么说着,爬到了自家屋檐跟邻居家屋檐重叠的地方。

"你拉住我的手。我们就从这里下去。"

藤尾转过身子,朝洪作伸出手。洪作拉住了他的右手。

"要拉牢哦。"

藤尾说着,身体沿着倾斜的屋檐慢慢挪动,脚碰到小巷子入口处栅栏门的房顶之后,说道:"好了。"洪作放开手。他也在屋檐上趴了下来。

"你就直接滑下来吧。有我在这里呢,没事的。"

藤尾这么说道,洪作也就按他说的做了。确实,这一步必须要两个人一起才能做到,他心想。

后面就简单了。藤尾用手抓住栅栏门,很快爬下来,站到了小巷子里。就在这时,刚刚两人爬出来的窗户开了。

"啊,——你们,你们!"

耳边传来这样的声音。一个女人正站在窗边朝这边看着。

"别管她,快下来。"藤尾在底下说道。

---

①江户末期的著名盗贼。因其个矮身轻,所以经常潜入武士家中偷盗。其人其事常被搬上舞台或作为小说创作的题材。

"那是谁？"洪作问道。

"我妈。"

"那麻烦了。"

洪作半个身子从屋檐边上垂下来，一边用右脚找着栅栏门的房顶，一边想着，这下麻烦了。

洪作看到藤尾母亲的脸从窗边隐去之后，她姐姐的脸出现了。然后，他母亲的脸也再次出现了。藤尾母亲和姐姐的脸并排出现在窗边。两张脸仿佛一个模子印出来似的。

"你们在干什么？——哎呀呀，真是太叫人无语了。"

耳边飞来了姐姐的声音。

"快下来，别管她。"

藤尾在底下说。

"你说下来下来，可我不知道怎么下啊。"

虽然右脚碰到了栅栏门，但是洪作不清楚栅栏门是怎样的，要怎么做才能下到小巷子里。

又有几声藤尾母亲和姐姐的声音飞到了耳边，但是洪作已经什么都顾不上听了。他好不容易在栅栏门上挪动身体，下到了小巷子里。

藤尾和洪作很快从小巷子来到了大街上。

"这是失败的一页啊。"藤尾说道，"你这家伙，比我想的还要笨手笨脚。"

"那是你家的屋顶，我当然不清楚该怎么办啦。"

"你这么说的话，就当不了大盗啦。"

接着，藤尾又说："唔，没事，后面顶多我被我老爹骂一顿。"

走出栅栏门,两人小跑着,朝沼津最繁华的大街走去。金枝、饼田和木部的身影出现在了对面的十字路口。金枝拿着洪作的书包。看到洪作他们走了过去,金枝说道:"吃不上拉面了,拉面店今天休息。"

"休息!哎呀呀,哎呀呀,真是不走运啊。"藤尾用念台词的口气说道,"不过,就这么回去的话也太没意思了。去千本浜玩要如何呀?"

"好,去千本浜吧。"金枝马上回应道。

"拉面都不吃就去千本浜吗?"饼田一脸不开心地说。

五人朝千本浜走去。藤尾语气夸张滑稽地向大家讲了刚刚的失败。

"洪作,这下你也进不了藤尾家门喽。做人最重要的就是信用啦,你第一次拜访藤尾家,就丢了信用喽。这会儿藤尾家里肯定在说你呢。这么顽劣的小子竟成了自家儿子的朋友。自己家儿子患了肋膜炎躺在病床上,全家人看得跟眼珠子似的,结果这个朋友第一次来家里玩,就顺着屋檐,把他拐到外面去了。"木部说道。

饼田高度近视眼镜后面的眼睛亮了起来,他说:"阿洪,别担心。藤尾家里人清楚着呢,谁好谁不好。他们肯定知道都是木部和金枝不好。"

"阿三你可别当好人!你的信用值也是零。长得丑就是不行!是吧,藤尾?"木部说道。

"没有什么差别哦。我老爹就觉得他儿子最好,其他人都不好。——不过，今天是有点麻烦啊。洪作这家伙，手脚笨得令人发指啊。"藤尾说道。

离开大街后，人家越来越少，地面上的沙子变得越来越多。沙子开始变多时，前方出现了松树林。

松树林的入口处有一个射箭场。有三个男人光着一边的膀子在射箭。

"现在正在射箭的是小说家大木乃正昭。"金枝对洪作说道。

洪作都没有听过大木乃正昭这个名字。

"小说家？"

"你不知道大木乃正昭？"

"不知道。"

"不是什么特别厉害的小说家，不过，名气很大。他说喜欢沼津，所以一年当中有一半时间都留在沼津。"

"看着不是跟普通人一样嘛。"

"是啊。应该更与众不同才对吧。怎么能跟普通人一样呢。"金枝一脸认真地说道。

五个少年看大木乃正昭射箭看了大概有十分钟。

"喂，我们走吧。"木部说道。

于是一行人离开了射箭场。离开射箭场之后没多久，就进了松树林。在这里可以听到波涛拍岸的声音。藤尾开始大声地唱起歌来。

——在东海小岛洁白的沙滩上

金枝接着往下唱。他的歌声是颤抖的，带着一种独特的

419

哀调。

——我满脸泪水,与螃蟹一起玩耍

不管是藤尾,还是金枝,都唱得很好。他俩唱了好几首歌。都是啄木①的诗歌。

穿过松树林,来到沙滩上,木部"哇!"地喊了一声,朝前跑去。跑得简直就像发疯了似的。接着木部在靠近水边的沙滩一角停了下来,面朝着大家,张开双手,学着歌唱家的样子,唱道:

——温柔的爱恋哟,路边的小花

木部的歌声在拍岸的涛声中,清晰又隐约地传到耳边。一行人来到木部站立的地方,坐了下来。

金枝和饼田开始朝大海里扔石头。洪作和藤尾坐在沙滩上。木部脱了外套和鞋子。又把裤腿卷到膝盖上,说:"谁来帮我计个时。"

"我来。"

藤尾说着,看了看自己的手表。

木部在水边潮湿的沙滩上用小石头画了一条线。

"看好啦,这里是起点。那边有一根浮木。我要绕那根浮木一圈再回来。二百米总有的吧。明白了吗?"

木部说完,站在了起跑线上。

"好,我来当发令员。"金枝说完,大喊道,"预备——

---

①石川啄木(1886—1912),近代日本著名的歌人、诗人。擅长用现代口语写短歌,开创了日本短歌的新时代。代表短歌集有《一把沙子》《悲哀的玩具》等。

跑!"木部向前跑去。

洪作出神地看着木部的身体变得越来越小。木部奔跑的前方旁边就有波涛拍岸。每次浪涛打来，就让人担心木部会不会被大浪卷走。

木部在浮木那里绕了一圈，又返回到起点，大口大口地喘着粗气。

"你们谁也去跑一趟!"木部呼呼地喘着粗气说道。脸色稍微有些苍白。

"金枝，你去吧!"藤尾说道。

"好。"

金枝脱掉了外套、衬衣和裤子。脱得只剩下了背心和短裤，他缩着身子说道"好冷"，然后又自言自语地说"来吧"，站到了起跑线上。木部一声令下，金枝向前跑去。金枝身体瘦长，但他挺着胸，以一种跟木部完全不同的奇特的姿势奔跑着。在洪作眼中，金枝这奔跑的样子非常帅气。在绕浮木跑时，金枝的身体看起来就像是半倾斜的。

不一会儿，金枝举着双手，以冲线的姿势跑到了终点。

"还是木部快三秒。"藤尾说道。

"是吗，差三秒啊。"金枝的语气中听不出什么遗憾，他接着说道，"接下来就阿三吧。"

"我吗?"饼出笑嘻嘻地看着人海，说道，"我肯定要输给你俩的吧。"

"那肯定的啊。"大家异口同声地说。

"跑到一半要是觉得太难受了，你也可以用走的。"木部说道。

"你可别太小看人。来吧。"

饼田脱掉了外套,正准备再脱掉裤子。

"你就穿着裤子跑吧。反正脱了裤子也没多大帮助。"金枝说道。

但是饼田还是把裤子脱了。这么一来,他下身就只穿着冬天的厚内裤和厚秋裤,看起来有些奇怪。

"藤尾,拜托了哦。"

饼田说着,站到了起跑线上。

"眼镜、眼镜!"

藤尾提醒道。饼田摘掉眼镜,放在沙滩上。

——预备!

藤尾喊道。饼田像要进行拳击比赛似的,把两只手虚挡在胸口,马上朝前跑去。

"真拿他没办法。我都还没说跑呢,他就跑了。"藤尾说道。

饼田往前跑着。虽然他奔跑的样子就像他这个人一样,看着有点奇怪,但是看得出来他是在很认真地跑着。不知道饼田是不是没法跑直线,所以他总是跑着跑着就朝水边歪过去了,浪涛一打过来,又赶紧躲开。让人感觉他似乎是在逃难。

"哎呀,阿三还是被浪打中了。"木部说道。

饼田离水边太近了,被飞溅起的浪花打了一身。

"是因为摘了眼镜,所以看不清楚吧。"藤尾说道。

"喂，谁去把他带回来吧。他没有绕过浮木，直直往前跑过去了。"

"这家伙，净会给人找事。"

木部说着，立刻朝饼田跑去。

回来的时候，饼田是和木部肩并肩走过来的。

"辛苦了，辛苦了！"藤尾说道，"接下来是洪作。"刚说完，他又说："等下，还是我先来吧。"他开始解和服上的腰带。

"你不行，你还患着肋膜炎呢。"金枝说。

"你不是也有肋膜炎嘛。我都已经好了。"

"不行、不行——你不能跑。你刚不是还在家里躺着呢吗。海岸边的风这么冷，你再一跑的话，肋骨跟肋骨之间进了风，要痛的。"木部说。

"没事，你们别管我。跑步就是我治病的良药。"

藤尾说着，很快就脱得光溜溜的，只剩下一条短裤。作为一个少年来说，他的肚子有点太肥了。藤尾张开双手做了几下体操，上下左右摆了两三次，然后自己发令道："预备！"

"跑！"木部看着藤尾的手表大喊道。

藤尾朝前跑去。但是，还没跑到一半，他就停了下来，双手抱着一只脚，在沙滩上坐了下来。

"脚抽筋了吧。"木部说道。

这时，藤尾回到了起跑线，说道："脚抽筋了！再来一次。洪作，你跟我一起跑吧。"

"好。"

洪作站起身，脱掉了外套。

"啊，你就光穿了个外套啊。"金枝吃惊地叫道。

"早上把衬衫放洗衣篮里了。"洪作说道。

"厉害啊，可以加入到我们队伍中来了。——不冷吗？"木部说道。

"不冷啊。"洪作说道。

正准备脱裤子，又决定不脱了。万一裤衩破了，多丢人啊，他心想。

洪作和藤尾并排站在起跑线上。不知道是不是因为冷，藤尾不停地用两只手啪啪地拍打着肚子。

"预备！"

这回轮到木部发号令了。

"等下。"

藤尾说道，他一边再次揉着自己的小腿肚，一边说道："要是输给新加入的洪作，那我可就丢脸了。"

"还是快点跑吧。"洪作说道。

两人再次站在起跑线上。随着木部大喊"跑"，两人朝前跑去。洪作很少跑步，所以他拼尽全力往前跑。藤尾跑到一半又停了下来，蹲在沙滩上。

洪作没有管藤尾，自己一个人继续跑。他绕过浮木，又从藤尾身边跑去，跑到了终点。

"你光手在那里动是没用的。跑步是要用脚跑的啊。"木部说道。

"用了多长时间？"洪作问道。

"还计什么时啊,应该比阿三还要慢吧。"

洪作感觉很意外。他觉得不可能。

藤尾一直坐在沙滩上没动,他叫道:"喂,你们谁过来一下。"

藤尾的样子看起来有点奇怪,于是大家都朝他走去。

"我的脚好像骨折了。"藤尾说道。

"脚骨折了?这么容易就会骨折吗?"金枝说道。

"好像真骨折了。我听到咔嚓一声。"

藤尾摸着自己的小腿。

"站起来试试。"木部说道。

"站不起来。"

"你小子,净会给人找麻烦。——哪只脚?"

木部想把藤尾抱起来。

"疼、疼、疼!"藤尾大叫起来,"你们谁麻烦一下,帮我去家里抬个门板过来吧。"

"真的是脚骨折了吗?好奇怪啊。脚应该不会这么容易骨折才对啊。是哪个地方骨折了?"

饼田蹲下身子。

"好像是这里。"藤尾摸着右边的小腿,说道,"也许不是脚骨折了,是腰关节脱臼了。"

"脚和腰,位置相差很远的好吗。"木部说道,"喂,你试试站起来。忍住痛,试着站起来。"

"不行,稍微动一下就很痛。"

"哪里痛?"

"不知道是哪里。总之腰往下都很痛。"

藤尾看起来可怜兮兮的。

"不管怎样，你先试试站起来嘛。"

金枝半抱着藤尾，让他站起来。

"疼、疼、疼！"藤尾连声喊疼，不过还是在沙滩上站了起来。

"走一下试试。"

"走不了。"藤尾皱着眉头说道。

"你既然能站起来，那就说明肯定不是脚骨折了。也没有脱臼。"

接着金枝又说道："应该是那个地方扭了，或是肌肉拉伤了。"

"可就算是这样也很麻烦啊。"

"还是派谁去我家拿块门板过来吧。"藤尾又说道。

"你这家伙，从刚才开始就一直在说门板、门板，要拿门板过来哪有那么容易啊。"木部说道。

接着他又学着藤尾母亲的口吻说："——我家孩子因为生病都休学了，你们也好意思把他带出去。还让他光着身子在千本浜跑步，而且，还弄得得用门板把他抬回来。"

他接着说道："我先说了，我拒绝。我可不去。要只是你妈妈，也就被说两句的事，要是被你爸抓个正着——"

结果，藤尾扶着金枝的肩，"小崽子，"开始学着自己父亲的口气说道，"你个小崽子，你因为身体不好不是都休学了吗？结果还是被你那群坏朋友挑唆着，爬屋檐离开了家，还在千本浜跑来跑去，最后还搞得脚都骨折了。真是叫人佩服啊。我可真是谢谢你了。你个小臭崽子啊——"

接着，他又喊："啊，疼、疼、疼！"

看起来似乎真的很疼。不过即使如此，藤尾也没有失去自己的本色。他皱着眉头，又说了一句"小崽子"。

"你个小崽子——啊，疼、疼、疼！没有门板还是不行啊。脚腕好痛啊。脚上一用力，就疼得不行。"

"那真是没办法了。"金枝想了想，突然说，"就请洪作去吧。"

"开什么玩笑，我不要。"洪作说道。才不要去做这种事呢，他心想。

"不是什么难事。你就说话的时候尽量不要刺激到藤尾爸爸妈妈，跟他们说下实情就行。然后让店里的年轻人把门板扛来就好了。"金枝说道。

"我不去。"洪作畏缩着说道。

"你比我们低一级。而且藤尾家里人对你还不是很了解。由你去是最安全的。拜托了，去一趟吧。"金枝说道。

"不要。"

洪作不答应。刚刚在屋檐上从身后传来的藤尾母亲的声音，这会儿还在他耳边回响呢。

"那，阿三，你去吧。"金枝说道。

"开、开什么玩笑。"饼田还是大着舌头说，"我拒绝。我不去。"

饼田说着，朝对面走去。

"喂，阿三，你可别独自回去。去藤尾家拿门板这件事就不用你去了，你等一下。"

听了金枝的话，饼田又回来了。

"看来还是得木部你出马啊。木部，去一趟吧。"

"啊！"

木部突然做了个倒立。他头朝下倒立着，两只脚伸向空中乱踢一通，又突然变回了原来的姿势，用念台词的语气说道："还请饶了我这一回吧！"还做出了浑身颤抖的样子。

"我们几个都被你点过名了。金枝，还是你去吧。你当了班长，老有一个坏习惯。就是爱命令别人！你自己去嘛。这种事本来就是班长的责任。"

"真愁人啊。"金枝说道。

"你别装模作样地说什么真愁人。你这一点特别让人讨厌。你去吧，就你去。"

木部说这些的时候，藤尾刚准备走两步，又大叫起来："疼、疼、疼！"

"嘴巴里说着疼疼疼，真的有那么疼吗？"木部说道。

"要是不疼，我会喊疼吗？笨蛋！你们这些家伙，从刚才开始就高兴得忘乎所以了吧。我的脚骨折了，你们很高兴是吧！瞧你们那笑得藏不住的样儿。一脸的幸灾乐祸。"藤尾生气地说道。

"你别净说大实话嘛。"木部说道。

"什么！"藤尾说道，但是很快他又皱起了眉头，"疼、疼、疼、疼！"

"藤尾也会有这么可怜的时候呀。"饼田满是感慨地说。

"还是洪作去吧。洪作去是最好的。"金枝说道。

"我不去。"

洪作心想，可不能干这种一看就知道是吃力不讨好的事。结果，藤尾说："洪作，你帮我去一趟吧。你看着还像个好人。"

"我们也跟你一起去。只要你一个人进店里就可以了。没问题的。藤尾君摔倒了，脚很痛，请抬着门板去接他一下。就说这么一句就可以了。"木部说道。

"那就拜托木部、金枝、洪作你们三个了。我陪藤尾留在这里。"饼田说道。

"我留下。"金枝说。

"不不，我留下。"饼田坚持道。

"那就阿三留下。金枝你去一趟吧。"藤尾说道。

"你别说话口气那么大。你没有权力命令我们。都是你给大伙儿添了麻烦。"金枝说道，"算了，没办法。那我就去一趟吧。"

接着，他就开始催促木部和洪作。最后，金枝、木部、洪作二人被派回去了。他们让藤尾和饼田留在原地，自己先走了。洪作虽然也不情愿去藤尾家里拿门板，但是也不想继续待在千本浜。心想既然木部和金枝也一起去，那就去吧。

"肚子好饿。"木部说道。

"我也是。"

洪作也说道，但是金枝没说话。穿过沙滩，走进松树林

429

时，风中传来了独特的歌声，一听就知道是藤尾在唱。

——在东海小岛洁白的沙滩上

一点都不像是脚骨折的人发出的声音。

"那家伙，心情不错嘛，在唱歌呢。"木部说道，"那家伙的脚真的骨折了吗？我总觉得有点可疑。"

"这怎么可能撒谎呢。"金枝说，"藤尾那家伙有超级乐天的一面。我觉得那家伙就算快要死了，也还是会唱歌的。而且，他还不是特意唱的，是自然而然就唱出来的。这就是藤尾有意思的地方了。"

"是吗？我觉得那家伙这会儿就是故意唱的。他就是算着我们能听到才唱的吧。"

"这不可能吧。"

"你这人就是太相信别人了。这就是你的缺点了。不管什么都相信。太单纯了。"木部一脸认真地说道。

"是的。我是不准自己去随便怀疑别人的。怀疑别人这种事，我总是极力避免。"金枝也同样一脸认真地说道。

"不不，这不是特意去做的事。先是怀疑。但是因为怀疑别人太卑鄙了，所以就不准自己怀疑。——不是这样特意去做的事情。你是从一开始就不知道去怀疑别人。天生的单纯。生来就是个好人。很善良。"木部总结似的说道。

"可能也有这方面的原因吧。但是，我觉得就算是这样，也没什么问题啊。不管是说我单纯也好，说我老实巴交也好。这就是我希望自己成为的人。"金枝还是一如既往冷静地说道。

"又来了。你老是这么说话。我觉得你这么说话太狡猾了。因为你这么说就让人无法反驳了。你说的话让人没法说不对。你是我们这群人当中最狡猾的一个。"

"开什么玩笑。"

"难道不是吗。而且,你不仅狡猾,还爱装腔作势。"

"要说爱装腔作势,你才爱装腔作势呢。仗着自己年纪小。你之前那首和歌怎么写来着!——没事骂骂人,管它好与坏,反正我们正青春。"

"……"

"这首歌很不错,就是太嚣张了。什么反正我们正青春,这也太嚣张了吧。年轻是年轻,我们才十八岁。但是也不能老说自己正青春吧。"

"……"

木部没说话,只一味笑嘻嘻的。

"你刚刚说的是木部写的和歌吗?"洪作插嘴道,"写得真不错啊。"

"你还是个孩子,还不懂这些呢。"木部说完,又对金枝说道,"你这狡猾的家伙。知道拿和歌来说事,我就只好不说话了。"

不知不觉三人穿过松树林,走过射箭场前,来到了街市上。被木部说还是个孩子,洪作心里有点不痛快,但是就算木部不指出来,洪作也深深地知道自己远远不及木部、金枝、藤尾他们。刚刚木部和金枝谈论的那些,他也并不是完全明白。明明就只比自己高了一个年级,他们怎么就能进行这么艰深的讨论呢。

来到藤尾家附近，金枝说道："洪作，拜托了。"

"这次的任务，就辛苦你啦。"木部也说道。

"好吧。我去。只要让他们拿门板过去就可以是吧。"洪作半是破罐子破摔似的说道。

"你别把他们吓坏了。特别要小心藤尾妈妈。她很有可能会晕倒的。"木部说道，"那么你去吧。"

他推了推洪作的肩。

洪作穿过藤尾家门口。店里面有几个看着像客人的男人。大家都坐在榻榻米房间的门框边上。他们对面坐的是藤尾的父亲。洪作右转了一下，再次穿过藤尾家门口。他心想最好是跟掌柜或是学徒说，但是不巧的是一个店员也没看到。

洪作再次回到站在藤尾家旁边的金枝和木部身边。

"怎么了？"木部问道。

"还不能进去。藤尾他爸爸在。"洪作说道。

"你这家伙不行啊。——你别管嘛，大胆地走进去就行了。然后穿过店面，去厨房。那里肯定有人在的。藤尾的妈妈或者姐姐肯定在的。最好还是跟他姐姐说。她比较年轻，不那么容易受刺激。——去吧！"

木部再次推了推洪作的肩。洪作就这么走了过去，这次他没有半点犹豫就走进了店里。刚走进去，就跟从厨房出来的藤尾姐姐碰了个正着。

"啊呀！"姐姐说道，"你不从屋檐爬进来了？你刚才是从屋檐爬出去的吧。你跟出去的时候那样，再从屋檐爬进来嘛。"

姐姐并没有生气。她的眼睛是笑着的。

"藤尾君的脚骨折了。"洪作突然说道。

"脚骨折了?"

姐姐说道,但是她依旧面不改色。

"脚骨折了?!真骨折了,那就叫自找的。听着真开心。"

"真骨折了。"

"那肯定是真的了。这都特地派你回来说了。"

"请把门板借给我吧。"

"那真是太不巧了,这会儿没有多余的门板呢。你跟金枝君和木部君也说一下吧。你们一起把他扛回来吧。"

"他没法走了。"

"那肯定没法走了啊。你不是说他脚骨折了嘛。"

"这下难办了。"

"有什么难办的。——反正你本来就是他们的学弟嘛。就不该跟他们这些家伙玩的。"姐姐说道。

藤尾姐姐一副全然不为所动的样子,洪作不知道接下来该怎么办了。就这么离开的话也很奇怪。

"这会儿他在哪儿呢?"姐姐问道。

"在千本浜。"

"在千本浜躺着呢?"

"站着。"

"既然能站着,就说明没啥大问题。——什么脚骨折了,他就是爱夸张。你知不知道他到底有没有骨折?"

被这么一问，洪作也没法回答。

"我觉得应该是骨折了吧。"洪作说道。

"你这回答得也太不负责任了。长得倒是跟个小少爷似的，嘴里尽胡扯。"

"我回去了。"洪作说道。

他心想，除了离开也别无他法了。这时，从对面传来藤尾父亲的声音：

"你们在做什么？"

"没什么。"姐姐说，"说什么脚骨折了——净瞎说。"

"是真的。他的脚真的骨折了。"洪作反驳道。

这时藤尾的父亲站起身来，来到了土间。他朝洪作走了过来，慢慢地看了看洪作，说道："你是我儿子的同伴吧？"

"是的。"

"你刚才说了奇怪的话吧。说了什么？"接着，他又向里屋叫道，"来，来，娃他妈。"然后又连呼两三次母亲的名字。母亲一出现，他就对洪作说："来，你说吧。你刚才说了很奇怪的话吧。来，说吧。"

"你问人话的时候别火气这么大嘛。"姐姐说道。

"你给我闭嘴。"

父亲斥责了姐姐，接着又把头转向了洪作。

"又出了什么事啊？"母亲说道。

"正准备听他讲呢。——我刚刚听到了非常奇怪的话。"父亲说道。

洪作感到自己四周的空气变得沉重压抑起来，他没法像之前那样轻松开口了。

"他说那家伙脚骨折了!"姐姐说道。

"你给我闭嘴。"父亲说道。

"脚骨折了。"洪作说道。

"哪个脚骨折了?"

母亲说着,脸上眼看着就失去了血色。

看到藤尾的母亲脸色大变,洪作在他自己都还没反应过来时就狂奔出了藤尾家的店面。原本他应该用更恰当的话把事情向对方说清楚,但是等他回过神来,就已经从店里飞奔到大街上了。来到金枝和木部所站的地方,洪作忽然叫道:"快跑!"洪作向前跑去。脚步朝着千本浜的方向。金枝和木部也从后面跟着跑过来了。洪作一停下脚步,木部马上就追了上来,说道:"我们为什么要跑啊?"他也喘着粗气。

金枝也追了上来,他倒是很平静,说道:"再跑的话,我都要出汗了。"

"为什么要跑啊?"木部又说道。

可是就算他这么问,洪作也没法回答。逃跑这个想法是自然形成的。比起不跑,待在那里,逃跑是更顺从内心的选择。

"是有谁追过来了吗?"木部这么说道。

"那种时候,就应该要逃跑的啊。"洪作说道。

于是,金枝也说道:"那倒是。还是逃走更好。"

接着,他又问:

"藤尾的事,你跟谁说了吧?"

"跟他们家所有人都说了。"

"该说的话都说了吧。门板呢?"

"门板的事跟他姐姐说了。"

"他们后面会拿来吗?"

"那我就不知道了。我看他妈妈脸色一下子变白了,感觉下一秒就要晕倒了似的,就突然跑出来了。"

"你这家伙,真拿你没办法啊!"木部一脸惊讶的表情,说道,"唉,算了,我们回藤尾那边去吧。我真是怀疑那家伙的脚到底有没有骨折啊。那家伙总是爱小题大做。"

三人一起朝前走去。这回三人走的时候,就像后面有人来追似的,话说得很少,脚步迈得很快。

快到千本浜入口处的时候,金枝说道:"快看,对面有人过来了。"

大家听了金枝的话朝前一看,看到藤尾在饼田的搀扶下正朝这边走来。

"这叫什么事!他这不是会走吗!"

木部说这话的时候,对面传来了藤尾"喂——"的声音。不一会儿,藤尾一瘸一拐地走了过来,对大家说道:"辛苦了,辛苦了。"

"什么呀,你这不是会走吗。"金枝说道。

"刚刚才能走。感觉应该能走回家。"藤尾说道,"阿三太笨手笨脚了,谁的肩膀借我一下。"

"我不要。"洪作直接说道。

他非常生气。藤尾明明脚没有骨折的,却说脚骨折了,让家里人人心惶惶的。

"这是生气了。"木部说道。

"是啊,生气了。这么一来不就变成我撒谎了吗。脚明明没有骨折的,却说骨折了。就像我是故意去吓他家里人似的。"洪作说道。

"从结果来看,确实是这样。你太倒霉了。抽了个下下签。我想你应该是生来就这么倒霉吧。你仔细想想你从出生到现在的事,是不是能想到什么。"木部说道。

"金枝处事谨慎,不会去抽下下签。阿三你看他动作慢吞吞的,但只要是他本能地觉得是危险的事情,就绝不会插手。这么一来,洪作你就太大意了。你今天是第一次去藤尾家吧。可是已经犯下两次错误了。从屋檐爬出来的时候被他家里人看到了。然后藤尾明明脚没有骨折的,你却跟他家里人说他脚骨折了。就凭这两件事,你在他家的信用就为零了。他们肯定会想,我家儿子变坏,全都是被洪作带的。"

"……"

"你以后还是不要再靠近藤尾家了。不然他们家里人一看到你,就会想,那个坏小子又来引诱我儿子干坏事了。"

木部越说越来劲,假设了各种可能。洪作听着听着,很奇怪的是,他心里的怒气逐渐消散了。虽然木部说的话是极其无礼的,但是他这样的说话方式让洪作没法生气。

"我回去了。"

洪作说完,一个人快步朝前走去。

"喂,你生气啦?"

不知道是不是因为担心洪作，金枝叫道。

"生什么气啊。太晚了，我得回三岛了。"洪作说道。

"辛苦啦。下次我给你带点东西。"藤尾说道。

洪作离开藤尾他们，来到了大街上，可是就这样回去的话，他觉得有点不甘心。

洪作走到大街上，但是又马上掉头，朝藤尾他们跑去。他说道："喂，来啦。"

"谁来了?"木部问道。

"藤尾的爸爸妈妈。"

"我爸来了?!"藤尾停下脚步说道。

"你姐姐也来了。"

"全家人都来了?"

"还有警察。"

"啊!"藤尾大叫起来。

"怎么办?"洪作说道。

"我先走了。"木部说道，"我们又没干什么坏事。藤尾，你就站在这里吧。我们没什么必要非得待在这里。总之，我先走了。"

"开什么玩笑。你们也待在这里嘛。"

藤尾这么说的时候，木部已经朝海滩方向跑去了。洪作也跟在木部身后跑了。跑进松树林的时候，洪作回头看了看。金枝好像也跑了。只有藤尾和饼田两个人还在那里。饼田磨磨蹭蹭地跑慢了，结果被藤尾抓住了上衣。给人的感觉像是两人直接就要在路上扭打在一起了似的。

"赶紧过来。我们从入海口那边绕过去回家。"木部回头说道。

"没事啦，没有追来。"洪作说道。

但是木部还是没有停止往前跑。没办法，洪作也跟在木部身后往前跑去。两人朝着狩野川的入海口方向，不停地在沙滩上跑着。跑到中途，木部说："行了。"他停下脚步，说道："他们还带着警察这样奇怪的人来啊。"

"除了警察，还有和尚。"洪作说道。

"和尚?!"木部吃了一惊，他紧盯着洪作，"和尚也在，那不是很奇怪吗？带着警察来还能理解。带和尚来是什么意思呢。怎么也想不出带和尚一起来的理由啊。你不会是看错了吧？"

"没有，真的是和尚。还穿着袈裟呢。"

"穿着怎样的袈裟？"

"黑乎乎的。"

"也就是说，来的是藤尾的爸爸、妈妈、姐姐、警察和和尚，是吧？"

"是啊。"

"他们是一起过来的吗？"

"排成一列来的。"

"排成一列？是一列吗？"

"是排成了一列。"

"呼——"木部大大地叹了一口气，看了看洪作，忽然表情一变，笑嘻嘻地说着："你小子！"，然后突然朝洪作扑

439

了过来。洪作和木部一起倒在了沙滩上。两人扭打在一起，一会儿木部在上面，一会儿洪作在上面。过了一会儿，木部用光了力气，仰面，躺倒在沙滩上。洪作也和木部并排仰面躺着。除了波涛拍岸的声音，四周悄无声息。傍晚微弱的阳光静静地洒在海滩上。

"这会儿，藤尾那家伙，肯定很生气吧。"木部仰躺着笑道，"他肯定以为我跟你肯定是商量好了的。"

"是吗？"洪作说道。

"肯定会这么想啊。不管是谁都会觉得一个人哪能做得那么完美。你这混蛋，连我都被骗得死死的。太大意了。"木部说道。

"金枝不知道怎么样了？"

"那家伙应该就那样回家了吧。他可能还没意识到被洪作你骗了吧。那家伙在这方面比较迟钝。"

洪作听着木部的话，闭上了眼睛。虽然已经向这群人完美复仇了，但是不知道为什么心情还是不好。但是，木部好像还挺高兴这件事的。

"你说藤尾的爸爸、妈妈、姐姐、警察和和尚排成一列过来了。挺有画面感的啊。你这是随口说的吗？"

"当然。"

"那你了不得啊。警察和和尚，这是神来之笔啊。春天的阳光灿烂地照耀在一个奇妙的队列上。道路两边是油菜田，开满了黄花。'警察和和尚'这个题目很不错吧。"木部这样说道。

"你要拿来作和歌吗?"洪作问道。

"作不成和歌。要是写成个短篇还挺有意思的。"

"短篇?"

"短篇小说啊。"

"什么是短篇小说?"

"就是短的小说。你没读过小说吗?"

"上小学的时候读过。"

"上了初中之后就没读了?"

"嗯。"

"应该也读过的吧?"

"没有。"

"太让人吃惊啦。那读过和歌吗?"

"没有。"

"诗呢?"

"不读。"

"有订什么杂志吗?"

"什么都没订。"

"那我下次给你带点过来。你先读读。上小学的时候老师应该有说过让你读什么书吧。"

"没说过。"

"你读的这小学不行啊。这次考试考得还行?"

"不怎么样。"

"那就得去寺庙啦。"

"嗯。"

"等你去了寺庙，我来教你。你写诗看看。也许能写呢。现在金枝也好，藤尾也好，都在写诗。"

"写了诗，然后呢？"

"然后呢？！"木部吃惊地坐起了身子，"这个嘛。什么都不做。扔到海里。"

木部的这句扔到海里，说进了洪作心里。这时，木部打了两三个哈欠，说道："我困了。"洪作也困了。他也打了个哈欠。这会儿既不冷也不热。离太阳落山还有一会儿，春天并不强烈的阳光温柔地洒在沙滩上。波涛拍岸的声音在洪作耳边越来越远。

好像是洪作先睡着的。不知道过了多久，他在寒意中醒来。身旁木部还在沉睡着。太阳已经完全落山了。"起来、快起来！"洪作推了推木部的身体。木部把两只手伸到头上，伸了个大大的懒腰，问道："几点了？"

"我没手表，不知道几点了。应该已经是傍晚了吧。"洪作说道。

"我知道已经傍晚了。"木部一骨碌站起身来，说道，"肚子好饿。"洪作也感觉肚子饿了。

"藤尾那家伙，不知道怎样了。"

"是啊。"

"不管怎样，应该已经回到家了吧。这会儿大概正在挨他爸的骂吧。"

接着，木部又说道："我们不如也归去吧。"

"我也要回去了。今天坐电车回去。"洪作说道。

"这会儿要走到三岛的话,确实也挺辛苦的。"

"你借我点坐车钱吧。"

"坐车钱?!你没带吗?"

"平时都是带的,今天没带。"

"你这家伙真是麻烦啊。我也没带。虽然我很想借你,但是我真没带。"

"那就算了。我走回去。"洪作说道。

虽然肚子很饿,玩得也很累了,但是没有坐车的钱,也就只能跟平时一样步行五公里回去了。接下来只能走到沼津街市上,穿过街市,沿着开往三岛的电车线路走回去了。

两人穿过千本浜,来到沼津的街市上。春天白茫茫的傍晚已然降临在了街市上。刚走到街市上没多久,木部就说:"我班上同学过来了。我去问下他有没有带钱。"说完,他就朝迎面走来的一个穿着初中制服的少年走了过去。木部跟那个少年说了些什么,不一会儿回来了,说道:"借到了。还可以吃碗拉面。坐电车的钱也够。"

"借到了吗?"

"借到了。没事的。把心放回肚子里吧。"木部一下子变得开心起来,"不管怎样,先去祭个五脏庙吧。"洪作在木部的带领下,来到了之前去过的中餐馆的二楼。两人各吃了一碗拉面。

"再来一碗,我们一人一半吧。"木部说道。

"还想再一人吃一碗。"洪作说道。

"别太奢侈啦。那样你就没钱坐车啦。"木部说道。

443

"我可以走回去。"洪作说道。

"不行、不行。"木部说道,"这样我想让你坐电车回去的好意不都白费了吗。"

"没事的。"

"什么没事的。"

"走路什么的,我完全不在意的。——因为每天早晚都要走的啊。"

"那我们再一人吃一碗吧。不过你可得走路回家了哦。还好现在是春天,走路回去也不会很冷。而且,现在也不算太晚。如果你一定说要走路的话,那我们就用准备坐车的钱来吃面吧。不过,可得说清楚哦。这可不是我说的,是你自己说的。我阻止了,但是你没听。是吧,是这么着没错吧?"

木部强调似的说道。

洪作在中餐馆门口与木部告别,一个人朝三岛走去。这是春天的晚上,温暖的春风拂面而来。已经八点多了。他还是第一次在这么晚的时候走这条路。今天考完试了,心情很放松,但是玩了一整天,身体感觉很累。

来到两边都是松树的路上,已完全不见人家灯火了,路上一片漆黑,着实有几分冷清。因为太冷清了,洪作决定放声歌唱。就像今天藤尾和木部在千本浜唱的那样,自己也能唱的吧。藤尾的唱法也好,木部的唱法也好,金枝的唱法也好,都各自有着吸引人心的魅力。三人的唱法各有不同,都各有特点,但是在完全不在意旁人的眼光,自己唱自己的这一点上，很有三人的特点。

洪作用自己最大的声音唱着歌。他想要模仿木部的唱法，但是就算他自己也不知道这究竟像谁的唱法。

——在东海小岛洁白的沙滩上，我满脸泪水，与螃蟹一起玩耍

他无数次重复唱着啄木的歌。对于唱歌，洪作完全没有自信。他在唱的时候，就知道自己跑调了。上小学的时候，他其他科目的成绩都是甲等，只有唱歌是乙等。

歌声越来越大。因为唱不好，他索性就破罐子破摔，大喊大叫了。

这时，洪作听到一个澄澈优美、自己望尘莫及的声音在唱着跟自己一样的歌。洪作吓了一跳，停下了自己那跑调的歌声。

——我满脸泪水
——与螃蟹一起玩耍

和洪作的歌声不同，这个声音更轻，但是更清澈。很明显是女孩子的声音，但不是一个女孩子。是两人或三人的合唱。

洪作停下了脚步，听到了清晰的脚步声。在自己后面大概二十米左右，有几个女孩子走过来了。洪作忽然感到兴趣索然。自己那难听得世间少有的歌声，从一开始就被那些跟

在后面的女孩子听到了。

洪作加快了脚步。心想必须要跟后面那一群女孩拉开距离。

——悠悠柳色新
——初见北岸边
——恰如哭泣时

她们还唱这样的歌。唱完一首之后，又有人唱起新的歌，其他人也马上跟上一起唱。这群女孩大概有三四个人。很明显不会只有两个人。洪作加快脚步之后，不知道对方是不是也加快脚步了，背后隔着相同的距离总是能听到好几个人的脚步声。

漫长的夜路，因为有了背后跟上来的女孩子们，所以洪作一路走来，没有觉得多孤单多害怕。也许女孩子们也一样，因为跟在洪作身后，所以可以忘却走夜路的害怕。女孩子们一首接一首地唱着歌。唱了几首啄木的歌之后，她们又唱了荒城之月，还有什么学校的宿舍歌。洪作之前听过的一高[1]的宿舍歌，她们也唱了。

洪作听着女孩们唱宿舍歌，感觉就像有鸟儿的翅膀在轻拍自己的脸颊，有一种青春的愉悦。女孩们的歌声仿佛能够触动人灵魂的深处，在春天温柔的夜色中，不断地向远处传去。

---

[1] 即第一高等学校。1894年正式改名，为日本旧制高中的先驱，学制三年，毕业生中有很多升入东京帝国大学，为日本社会各界输送了大量精英人物。

一踏入三岛的街市，街灯照亮了道路，洪作再次加快了脚步。之前那么大声地跑调唱歌，要是被人看到自己的样子，那就不好了。不知道是不是已经来到街市上的缘故，虽然洪作加快了脚步，女孩们也没有继续追上来。洪作大踏步地走过了三岛的大街。道路两边很多店都已经关了店门，但是街上还是有很多人。走到银行门口时，他听到有人喊："喂，是洪作吗？"话音刚落，穿着制服的小林走了过来。

"你没回家，你姑姑很担心呢。"小林说道。

洪作跟小林已经绝交很长时间了，所以已经很久没有说过话了。

"很担心？"洪作吃惊地说道。

"刚刚你姑姑去我家了。说你刚考完试就不见了，会不会是自杀了。"

"这是什么傻话。我是去了千本浜。"

"你赶紧回去吧。你本来就是寄居在你姑姑家的，这样不好。"小林说道。

"寄居个屁啊。"

"是寄居吧。你又没给人钱，就住在人家家里，当然是寄居啦。"

"哪有不给人钱。"

"哦，是吗，我有一次听增田说你是寄居的。"

两人并肩朝大神社方向走去。

"就算不是寄居也不好吧，这么晚回去。"

接着，小林又说道："你姑姑好像还去了增田家。好像

447

是增田说你可能会自杀。因为增田那么说了，所以你姑姑才慌慌张张来我家的。"

"那你说了什么？"

"我吗？我怎么会说你自杀呢。我就说你顶多是离家出走。"

"离什么家出什么走啊，笨蛋！"洪作生气地说道，"增田也好，小林你也好，都太蠢了，真令人讨厌。你们的智商也就小学生的程度吧。考完试的日子回家晚了，就马上想到什么自杀啦，离家出走啦，多奇怪呀。——下次我带你们去吃拉面吧。吃碗拉面，当个大人吧。"洪作说道。

洪作和小林分开后，带着几分不安的心情，走进了家门。

"我回来啦。"

他喊得比平时更大声几分。但是屋里没人回应。姑姑和俊记都不在家。他们可能是因为担心自己所以去什么地方找了吧。

洪作马上回到了二楼自己的房间，脱下制服，换上了和服。这一天光着上半身在海边跑，又在沙滩上睡了午觉，他感觉身上黏黏糊糊的。

洪作走到楼下，在客厅等了会儿姑姑，但是姑姑老也不回来。于是他就来到厨房的土间，走进了土间旁边的浴室。他打开浴桶的盖子，把手伸进去一试，水已经变凉了，但还没有凉到不能洗的程度。洪作赶紧脱了衣服，泡进了已经变凉的洗澡水中。

耳边传来门开的声音，过了一会儿，洪作听到姑姑在喊：“洪作、洪作哎。”

"我在洗澡呢。"洪作叫道。

"你什么时候回来的？"

"大概十五分钟之前。"

"今天回来得好晚啊。"

过了一会儿，姑姑走到了土间，说道："洗澡水已经凉了吧？"

"嗯。"

"这样要感冒的呀。我再给你加热一下。"

姑姑似乎并没有要责备洪作回家晚了的意思。不一会儿，传来了烧火的声音。

"今天考完试，你就回来那么晚，我很担心你啊。"姑姑一边烧着柴火一边说道。

"我去了千本浜。"

"就算去了千本浜，也不该这么晚吧。"

"睡了个午觉。"

"在海滩上？"

"嗯。"

"吃饭了吗？"

"在沼津吃了拉面。吃了两碗呢。"

"你带钱了吗？"

"朋友请我吃的。"

"就算这样，也还是回来太晚了啊。"

"还去一个叫藤尾的朋友家玩了。"接着，洪作又说，

449

"从他家屋檐爬下来的时候,被他们家人看到了。"

"为什么要从屋檐爬下来呢?"

"因为必须要爬啊。可搞笑了。朋友的姐姐看到了,就喊'啊啊,你们,你们'。"洪作笑道。回想起来,真的有点好笑。

"我们就慌里慌张地跳了下去。再没有比那更搞笑的事情了。"洪作说道。

"那你就笑个够吧。"姑姑说道。只有这时她的语气才稍微有些异样。

洪作洗完澡,走进客厅,听到姑姑对他说:"把这个点心吃了。"

"阿俊呢?"洪作问道。

"你考完试了,但俊记还得再考两三天。他去朋友家学习了。"

洪作看着姑姑的神色似乎与平时有些不大一样。她的眼皮是肿的。姑姑生气了,洪作可以理解,但是姑姑哭了这件事,对于洪作来说是很难理解的。但是毫无疑问,姑姑哭这件事,跟自己回家晚有着密不可分的联系。

"姑姑,你哭了?"

洪作问道。

"是吗?我看着像哭过吗?"姑姑说道,"我没哭。哭什么啊。就是眼泪它自己就出来了。"

"为什么?"

"为什么?!因为高兴啊。"

姑姑肿着眼皮笑道。然后她来到洪作旁边，突然啪地一巴掌打在洪作肩上，嘴里说着："你真是让人高兴啊。"接着又是一巴掌。洪作吓了一跳。这还是他第一次被姑姑打。虽然并不痛，但是姑姑确实是用力打的。姑姑虽然动手打了，但是从她脸上可以看出她并不是因为生气才打人的。

"真的是让人高兴啊。"姑姑又说道。

"家里人担心得要死，你自己倒是在外面玩得开心。又是去千本滨睡午觉，又是去爬别人家的屋檐，还被发现了，挨顿骂。"

"没挨骂。"洪作反驳道。

"跟挨骂有什么区别。我还想着你肚子饿了，会不会在哪里有气无力地走着，结果你还自己去了中餐馆。真的，你这家伙……"

姑姑再次举起了手。洪作上半身后仰，避开了姑姑的手。洪作从未像此刻那般真切地感受到姑姑对自己的骨肉亲情。

这天夜里，洪作很晚都没睡。考试那几天总是很困，考完试了却一点都不想睡了。洪作坐在书桌前，既没有看书，也没有写东西。夜晚温暖的空气从打开的窗户中流入屋内，透过窗户，还可以看到漆黑的夜空。

洪作觉得自己也必须要做点什么。藤尾他们在读着自己不知道的书。他们读小说、诗歌、和歌。他们不仅读，像金枝、木部他们还自己写诗作和歌呢。他们想的事情、说的话，都跟自己完全不一样。自己也得成为那样的人。洪作今天一整天都跟藤尾他们在玩，但是他感觉自己不仅仅是在玩。与跟增田、小林玩的时候相比，总觉得有点不一样。

洪作还想起了那些唱着啄木歌曲的女孩子的歌声。那种欢快，就像是美丽的花朵竞相盛放。应该是一群女学生吧。洪作想象着少女们梳着辫子，穿着水手服的样子。难得少女们跟在自己身后唱歌，自己为什么没跟她们搭话呢。因为自己唱得跑调的歌被人家听到了，所以很害羞，就跑掉了。但是，也许那些少女不觉得自己唱歌难听呢。

不知道是不是这一天发生的很多事情令他太兴奋了，过了很久，洪作还是毫无睡意。去寺庙吧，洪作心想。藤尾也好，金枝也好，木部也好，大家不都羡慕自己能去寺庙吗？洪作心想，要么自己主动跟父母说想去寺庙寄宿吧。第三学期的成绩不是很理想，但是他觉得也还没差到要被赶到寺庙去的地步。洪作想起了之前跟外祖父一起去寺庙时的情形。跟之前不一样的是，连那个朝气蓬勃得令人害怕的女孩，这会儿也让他感到了一种魅力。

洪作躺到了被窝里。但是还是睡意全无。躺进被窝之后，他就想起了诗歌。现在，洪作所知道的诗歌，就只有两三首啄木的短歌。每次一哼起这些歌，他就感觉自己的情绪就会被带入到诗歌中。洪作觉得自己未必就写不出这样的诗歌。他在被窝里躺了大概一个小时，然后又起身了。

结果，姑姑穿着睡衣来到了二楼，说："你吱嘎吱嘎地要闹到什么时候呀！"

"睡不着。"洪作说道。

"都已经半夜三点多了。赶紧回你被窝去。"姑姑说道。

第十一章

洪作虽然升入了初四,但是成绩非常差。虽然洪作自己觉得不管成绩再差,总归会在班级前三分之一,但是拿到成绩单一看,从后往前倒数数到自己的名字还更快些。

洪作怀疑这成绩是不是搞错了。他觉得自己没考这么差。拿到成绩单这天,洪作在校园里碰到了木部。

"怎么了?"木部问。

"成绩又下降了。"洪作说道。

"什么下降了,不要说得这么可怜巴巴嘛。"木部说道。

"可就是下降了啊。"

"下降是下降了。原本也不可能上升的嘛。——我来教你一招。如果别人问到你的成绩,你就说,还行吧。还行吧。"

"说'还行吧'吗?"

洪作说道。

"是啊,这么说是最好的。既不会让人觉得你很骄傲,也不会让人觉得你在诉苦。别人听着还会觉得你有几分谦虚。"木部说道。

原来如此啊,洪作心想。跟木部说话,总是会学到很多。这时藤尾也过来了。他因为留级，就跟洪作一个班了。

"今天要不要去千本浜游泳啊？"藤尾说道。

木部马上答应了，但是洪作拒绝了。因为成绩下降，他有点郁闷，不大开心。

这天走出校门时，增田和小林也过来了，少见地邀洪作一起回家。洪作已经很久没有跟增田和小林一起回家了。虽然跟两人还是处于绝交状态，但是不知不觉中对两人的怒气已经慢慢消散了。

走在狩野川的堤坝上时，增田问道："成绩怎么样？"

"还行吧。"洪作回答道。

"第几名？"

"还行吧。"

"下降了吧？"

"还行吧。"

结果，小林在一旁说道："我们已经知道了哦。你这次的成绩下降了好多。之前我们去桥见老师那里玩的时候听到了。老师还很吃惊你怎么成绩下降得这么快。"

"下降了又怎么样。"

"不怎么样。但是我们还是要给你些忠告。"

小林的说话方式令洪作感到有些不快。

"那么，你考得怎样呢？"

"我上升了两个名次。"

"增田呢？"

"我跟以前一样。我们的成绩也不大好。所以我们也没什么资格来对你进行忠告，可你的成绩下降得也太快了。"增田一脸认真地说。

"我们之前就在一起商量了，一定要对你提一些忠告。"

听增田这么说，洪作问道："你说的忠告，是什么忠告呢？"

洪作还从来没被人提出过忠告。

"你现在不跟我们玩了，跟高一年级的人一起玩。眼看着就变坏了。这可不是只有我们这么想。班上的同学，大家都这么说。"

"我哪有变坏。"洪作说道。

"你自己是感觉不到的。是吧，小林？"增田让小林帮腔。

"嗯。"小林的回答很模棱两可，"我不知道你有没有变坏，但是跟之前相比确实变了很多。"

"哪里变了？"

洪作朝小林转过头去。

"变了也不一定就是变坏。你别这么生气嘛。——我可没觉得你变坏了。"小林说道。

"咦，之前说要给洪作提些忠告的，不就是你吗。"增田抗议道。

"我可没说过这样的话。我说的是要激励他一下。"

"撒谎！不是你说再不给他点忠告，他就要变成不良少年了吗？你还说他连眼神都变了。"

"我的眼神变了？"洪作说道。

"说你眼神都变了的,是增田。我可没说。我说的是你的眼神很奇怪。"

"怎么奇怪了?"

洪作再次反驳了小林,接下来又对增田说道:"你赶紧说你的忠告吧。我听着呢,你赶紧说。"

洪作非常生气。

"那我就说了。"增田说道,"你别生气哦,因为这些都是忠告。忠告都是出于好意才提出来的。这一点你不要搞错哦。那我就说了哦。"

"赶紧说。"

"多用点心在学习上吧。你只要稍微用点心,成绩就会很好的。你很聪明的嘛。可是就算再聪明,如果一点都不学习的话,那成绩也好不了。因为完全不学习,所以这次成绩才会下降得那么厉害。我想你变得不爱学习了,也有你的理由。因为你缺少家人的关爱嘛。在最需要父母关爱的时候,却离开了父母身边。"

"你等一下。你之前说过我是寄人篱下,是吗?"

"我没说。"

"我之前听小林说的。"

"我哪有说你寄人篱下。我只是说你像是寄人篱下。"

接着,增田停下脚步,说道:"你别生气,你一下子又变成那种眼神了。我们不是想跟你吵架。只是给你些忠告。"

"明白了。总之就是要学习是吧。还有什么?还有什么别的事情要提出忠告的吗?有的话就快说。"洪作说道。

"是啊。"增田说完,又对小林说道,"你也说说吧。光我在说了。你也来提些忠告吧。"

"我觉得你还是要慎重选择朋友。"小林说道。

"不要跟那些高年级学生玩。你现在一起玩的那些人,都不是什么好人。"

"他们哪里不好了?"

"我不知道他们具体哪里不好,但总之就是不好。他们老是逃课,还老是跟老师作对。老话不是说嘛,近朱者赤,近墨者黑。再这么下去,你自己也会在不知不觉中变成不良少年的。我觉得你还是不要跟他们玩了。"

"就这些?"洪作说道。

"接下来,增田,你来说吧。"小林想把话头递给增田。

"我已经没有什么要说的了。"增田说道。

"咦,你说嘛。那个事儿也说下。你看,昨天你不是说过的吗。"

"啊,那件事啊。"

增田一脸难以启齿的样子,不过还是下定决心似的说道:"你总是把外套最上面那个扣子解开着。我觉得这也不大好。"

被他这么一说,洪作伸手朝外套的扣子摸去。果然,最上面那个扣子是解开的。

"你看,是解开的吧?!"增田说道。

"不是我故意解开的。是这个扣子掉了,没有了。"

"不扣扣子的话,看起来就像是不良少年。"

"好。就这些吗?"洪作说道。

"那件事也要说吗?"增田问小林的意见。

"啥事?"小林反问道。

"就那个嘛,你不是说过嘛,有女学生来的时候,他走路的样子总是很奇怪。"增田说道。

"嗯,那就说吧。"小林说道。

"是你说的,那就你来说嘛。"

增田说话的时候,洪作朝小林逼近过去,瞪着对方说道:"有女学生来的时候,我走路的样子很奇怪?"

小林后退了两三步。

"你别生气嘛。就因为你老生气,所以我才不想说。"

"赶紧说!"洪作大叫道。

比起其他被指出的问题,被人说一看到女学生走路就很奇怪这件事,对于洪作来说是致命的。如果对方信口胡说什么奇怪的话,洪作就准备朝他扑过去了。

不知道小林是不是被洪作这副气势汹汹的样子吓住了,他说道:"每次一有女学生过来,你就会低下头走路吧。喏,我就说了这个。还是抬起头走路吧。"

接着,他又对增田说:"是吧?!"

增田也注意到了洪作正在暴怒的边缘,说道:"嗯,我和小林是低着头走的,洪作你也是低着头走的。"

洪作知道这两人没有把真正想说的话说出来,但是他也不准备继续追问了。这是个让人极其不愉快的问题。

"其他还有什么要忠告我的吗?有的话就快说!"洪作

说道。

"就这些。"增田说道。

"小林你也没有要说的了?"

"嗯。"

小林点点头。

"什么狗屁忠告,我一个都不想听。谁会听你们这些人的忠告。"洪作说道。

增田忍着怒气,说道:"一个都不想听,你什么意思。我们都是为你好才说的这些。我们俩都很担心你。"

"少狗拿耗子多管闲事。谁要你们担心了。"

"好!"增田嘴里短促的话音刚落,就突然朝洪作扑了过来。他给人的感觉是忍到极点,终于无法再忍了。突然被对方一撞,洪作踉跄了两三步,摔倒在堤坝上。增田很快扑到洪作身上,摁着洪作,叫道:"小林、小林!"他似乎是想要寻求小林的支援,所以叫着小林的名字。洪作聚集着全身的力量。他相信,就增田一个,自己随时都能把他掀翻在地上。

"小林、小林!"增田叫道。

但是小林没有出手,说道:"快住手吧。"

洪作躺在地上,看着摁着自己的增田的脸,很有闲心地说道:"听好了。——是你先出手的。这一点可千万别忘了。我接下来可要反击了哦。我会把你掀翻,压在你身上。用石头砸破你的头。听好了吗?"

增田一言不发,满脸严肃,死死压着洪作的上半身。

"看好了,这就来了!"

洪作叫着从下往上顶起了增田的身体。两人的位置一下子掉了个过儿。看起来轻而易举。

"喂,小林!"增田拼命叫道。

"我来了。"

小林说着,突然从背后朝洪作扑过来。洪作放开增田,站起身来,挥开小林的手,和他面对面对峙着。小林喘着气,瞪着洪作,说道:"我知道你很强。打架我们打不过你。——增田,走吧。"

说完,他立马转身离开了。增田掸了掸上衣和裤子上沾的土,避着洪作,从堤坝下到两边种着松树的大路上,同样朝前走去。

洪作一个人站在堤坝上,心想,要是把这俩家伙都揍一顿就好了。打架打到一半就不了了之,令他很不爽。

洪作也下到两边种着松树的大路上。前方远远地可以看到增田和小林正并排走着。洪作不想看到两人的背影,就在原地站了一会儿。他心情很不好。仔细想想,增田和小林是来给自己提忠告的。只是他们装模作样提忠告的方式和忠告的内容令自己不快,所以才变成了这个样子。

直到看不到小林和增田的身影了,洪作才开始往前走。过了黄濑川上的桥,有五六户人家,其中一家门口立着卖香烟的招牌。看到这个招牌时,洪作心想,自己要不买包烟吧。按小林和增田说的,自己已经快成不良少年了。既然他们都这么看自己,那么买包烟什么的也不是什么大事吧,他心想。

　　洪作此前从来没想过香烟什么的。他在校园的角落里看到过高年级学生中那些不良少年偷偷摸摸抽香烟的样子。但是那些偷偷抽香烟的高年级学生，无一例外地脸上都有一种下流的神情。洪作对那些高年级学生靠后戴着帽子，耸着肩走路的样子并没有太大的反感，但是他们偷偷抽香烟的那副神情则让他无法忍受。那样的神情中有着与罪犯相似的阴暗、不安以及躲着他人眼光的卑微。

　　可即使如此，在看到卖香烟的招牌的瞬间，洪作还是突然就产生了抽个烟的想法。他走进店里，朝里面喊了声："买包烟。"没人应答，于是他又叫了两三次。一个五十岁左右的阿姨走了出来，问道："要什么？"

　　"来包烟。"

　　"要什么？"

　　阿姨又说道。洪作意识到对方是在问香烟的种类，就说道："什么都行。"接着又赶紧补充道："蝙蝠牌。"阿姨目光微闪，看了洪作一眼。阿姨把一包蝙蝠牌香烟递给洪作，再次眼光微闪。

　　"再来盒火柴。"洪作说道。

　　阿姨拿出一盒火柴递给洪作，问道："这是你自己抽吗？"

　　"不是。"

　　洪作摇摇头。

　　"我说嘛，怎么可能是你自己抽呢。小孩子抽这种东西，脑袋会变笨的。"阿姨说道。

洪作把硬币放到阿姨手上，逃也似的离开了那家店。他这是第一次买香烟这种东西。买起来也是相当困难啊，他心想。

洪作接着朝三岛方向走去，但是走到途中又停下了脚步。他想不出走到三岛之前有什么地方适合抽烟。虽然也可以回家之后在二楼自己的房间里抽，但是他总感觉会立马被姑姑发现。洪作决定回头走，去黄濑川的神社。总是不见人影的神社，应该是最安全的场所。

洪作走进神社。在路边玩耍的两个七八岁的孩子也在洪作身后跟了上来。洪作来到小小的神殿前，对孩子们说道："那边玩去！"

"你要做什么？"一个孩子问道。

"来参拜。"

结果另一个孩子说："我们也要参拜。"

"赶紧参拜完，一边玩去！"

洪作等着孩子们参拜完，但是孩子们头都没低一下，就蹲在地上，看着洪作。

"真拿你们这些家伙没办法。"

洪作说着，从口袋里掏出蝙蝠牌香烟盒，从里面抽出一根烟，装上纸嘴①，叼在嘴上。用火柴点上火之后，洪作小心地吸了一口。既不好抽，也不难抽，什么感觉都没有。洪作感觉自己拿了个特别棘手的东西。他又吸了一口。好不容

---

①旧式卷烟需要装上用厚纸做的烟嘴再吸。

易点上了,就这么熄灭的话,他感觉有点可惜。

洪作接连把烟吸进嘴里,又吐出来。洪作抽烟的方式对孩子们来说可能有某种吸引之处,两个孩子不知什么时候来到了洪作身边,抬头看着洪作。洪作被香烟呛到的时候,孩子们也做出被呛到的样子。洪作突然感觉一阵眩晕。他感觉很恶心,头也晕晕乎乎的。他蹲在地上,在地上擦了几下烟头,灭了烟,朝四周看了一圈。他很想躺下来。

洪作看到神殿四周围着窄窄的走廊,就想走过去在那里躺一会儿。洪作站起身,摇摇晃晃地,好不容易走到走廊上,马上就在那里躺了下来。他还是觉得很想吐,就闭上了眼睛。微微睁开眼睛一看,那两个孩子正盯着他看。

洪作在走廊上躺了有五分钟。过了一会儿,他感觉没那么恶心了,头晕也好了,就坐起身来。两个孩子还是跟在他身边,一个孩子说道:"起来了,起来了!"太阳西斜,阳光从树叶间洒落,在地上画出了条纹模样。洪作听着小鸟的鸣叫。有好几种小鸟的鸣叫声。他感觉心里非常平静。

洪作不知道自己为什么会突然感到晕眩。他还是第一次遇到这样的情况。洪作想起自己刚刚抽了烟,也许是香烟的缘故吧。想到这里,他觉得自己应该把口袋里的蝙蝠牌香烟盒藏起来。

他拿出蝙蝠牌香烟盒,把它扔到了神殿旁边的草丛里。顺便又把火柴也拿出来扔了。他想马上离开,但是又担心再次头晕。心想,还是在这里安安静静待一会儿吧。

"你们赶紧回家吧。"洪作一边比较着两个孩子的长相说道。

孩子们很快离开了洪作身边，一个孩子单腿跳着跑走了，另一个孩子跟在身后慢悠悠地走着。

孩子们走了之后不久，一个约莫六十岁的老人从对面走了过来。洪作还想着他应该不是来找自己的，结果对方直直走到自己身边，问道："你在这里干吗呢？"

"身体不舒服，就在这里躺会儿。"洪作冷淡地回答道。

老人似乎是附近的人，穿着粗糙的下地干活似的衣服，从一开始就一脸狐疑地看着洪作。

"身体不舒服？"老人瞪着洪作，问道，"你是初中生？"

"嗯。"

"你说你身体不舒服，可叫人不敢相信啊。你看着可不像是身体不舒服的样子。"

"这会儿已经好了。"

"已经好了？！"老人再次瞪着洪作，"你不会是来偷香资的吧。看着怪里怪气的。"

洪作站起身来。虽然很生气，但是对方是老人，他也不能朝对方扑过去。

"赶紧走、走！"

在对方的呵斥声中，洪作离开了。

因为藤尾加入到了自己的班级，洪作感觉整个班级都变得有活力了。除了藤尾，还有另外两个留级生，但是藤尾跟那两个留级生全然不同。一般留级生身上总有某种阴影，但是藤尾身上却丝毫没有。

一天，年轻的英语老师对藤尾说道："藤尾君，要好好学习哦，下次可不能再不及格了。"

藤尾站起身来。他站在课桌旁边，微微挺起胸膛，说道："老师刚刚说了不及格，但是我觉得不及格这个说法并不正确。我并不是不及格，我只是停留在原来的年级。应该叫留级。"

"留级?!"老师反问道。

留级这个词大家都不熟悉。于是藤尾解释道："留就是停留的留，级就是年级的级。"

接着他离开自己的座位，朝讲台方向走去。老师站在窗边，斥责道："这、这、你这是要去哪里?"

"我想把留级这两个字写在黑板上，可以吗?"藤尾说道。

"可以。"老师说道。

于是藤尾慢吞吞地走到讲台上，"嗯哼"一声清了清嗓子，学着年轻的英语老师的样子，拿起粉笔，在黑板上写下了两个大字"留级"。接着又模仿着老师的声音，说道："各位，如果各位没有异议的话，我们以后就不再用不及格这个说法，而想用留级这个词。可以吗?"

藤尾说完，朝整个班级环视了一圈，接着把粉笔放在讲台上，又"嗯哼"一声清了下嗓子，走下讲台，回到了自己的座位上。藤尾做这些事的时候，总是显得格外地有活力。其他学生戏弄老师时，总是给人一种粗俗的感觉，而藤尾做这些事，则总是恰到好处。既不会太过分，又不会太轻描淡写。老师知道自己被戏弄了，但绝不至于因此动怒。

事实上，藤尾丝毫没有留级生的自觉。正如他所说，他只是留在了同一个年级。除此之外，他跟其他留级生的不同之处在于，他有一个转得飞快的脑袋。

一天，藤尾在学校跟洪作说："矶村说要招待我们吃晚饭。你去不去？"

"去吃晚饭吗？"洪作问道。

"说是要请我们吃晚饭。招待好像就是这个意思。"

"为什么要请吃晚饭呢？"

"那谁知道呢。但是，那家伙喜欢做一些有意思的事情。所以他说要请我们吃晚饭。"藤尾一脸佩服的口气说道。

受邀到别人家吃饭，即使是对藤尾来说，似乎也是第一次。

"去了吃个晚饭就可以是吧。"洪作确认道。

除了亲戚家，洪作还从来没有去别人家吃过饭。

"请吃饭吗？不错啊，行，我也去。"洪作说道。

"矶村家好像很厉害的哦。他爸爸好像是当官的，很了不起呢。听说她姐姐肺不好，所以就到静浦来休养了。"藤尾说道。

矶村是从初二的时候从东京的初中转过来的学生。他看起来出身很好，有着良好的教养，这一点即使洪作也能感觉到。

"要穿衬衣哦。"藤尾说道。

"万一要脱外套,脱了外套就光溜溜的可不行啊。"

"好。"洪作说道。

这一天,碰到金枝时,金枝好像也收到了矶村的邀请。

"你们年级的矶村邀请我去他家。要不要去啊。"金枝说道,"可他为什么要邀请我呢。我今天是第一次跟他说话,他突然就说要不要去我家吃个晚饭。他还说,虽然没什么好吃的,但是请来吧。"

他好像也因为被邀请去吃晚饭这件事,对矶村这个转校生有了不同寻常的关注。

收到了矶村的邀请这件事很快传到了木部和饼田的耳朵里。木部来到洪作这里,说道:"虽然我还不认识矶村这家伙,但是你跟他说让他也邀请我吧。你提醒提醒他,他可是忘记了一个很重要的人哦。"

饼田则有饼田的方式。

"我要跟着去。喏,我跟着去也可以的吧?"

"那我可不知道。"洪作说道。

"等你们定下日子了要告诉我哦。总之我也要去。"饼田说道。

无论在教室里还是在校园里,矶村都是一个人的时候居多,但是他并没有刻意避着人胆怯的样子。他的体格比藤尾的伙伴中的任意一位都要强壮。肩很宽,上半身非常壮实。

接到邀请之后过了两天,矶村对洪作说道:"你去不去我家?下个星期一可以吗?"这天是星期五,下个星期一也就是三天后。洪作觉得哪天都可以。别人请自己吃饭,不管是哪天都是方便的。

"那就定星期一吧。藤尾君、金枝君也都说那天方便的,那就定那天吧。"矶村说道。

"为什么不邀请别人,就邀请我们几个呢?"洪作问道。

"也没什么特别的原因。我没什么特别要好的朋友。所以就想要交几个朋友,一直在找最聪明的人。在这个班上,藤尾君是最聪明的。你和金枝君总是跟他在一起玩。所以就决定邀请你们三个啦。"矶村说道。

这天,洪作跟藤尾商量了一下。

"木部很想收到邀请。饼田阿三也很想去吃好吃的。怎么办呢?要跟矶村说吗?"洪作说道。

"这个嘛,再等等。"藤尾说道,"我们也是被邀请的,总不能跟对方说你再请上这个,请上那个啊。"

"可是,要不要试着说一下呢?——再增加两个人。"洪作说道。

"你要说的话就你去说。我可不去。人家请我们吃饭,本来只要准备三个人的饭菜,说了就得准备五个人的饭菜了。那他家里人不是很累吗?"

"是吗,会请我们吃很多好吃的吗?"

"既然是招待,那肯定是盛情款待啦。我感觉是这样。"

"看他请我们吃什么吧。行,我去问问。"

"你可千万别说什么奇怪的话。你总是说一些奇怪的话,这样我很难做的哦。"

藤尾很少见地胆怯了。如果是其他事情,不管要交涉什么，他都会率先去做，但是这次受邀去矶村家吃饭，不知道什么原因，藤尾变得很拘谨，都有点不太像他平时的样子了。

午休的时候，洪作问矶村："你说要请我们吃饭，要请我们吃什么啊？"

"我妈说要做法国菜。"矶村说道。

"法国菜？好厉害啊。"洪作说道。但其实他根本不知道法国菜是怎样的。洪作只问了这一句就没再多说了。他很快把这个消息告诉给了藤尾。

"啊，"藤尾说道，"所以我说嘛，三个人去就行了。让木部和阿三忍耐一下吧。"

洪作也觉得除此之外别无他法了。

星期六放学后，藤尾和洪作刚走到校园里，金枝、木部、饼田三人也迎面过来了。

"喂，听说要吃法国菜啊。虽然我不知道法国菜是怎样的，不过既然知道要吃法国菜，不管怎样我都要跟着去的。"木部说道。

"我也要去。是星期一吧。"饼田也说道。

"这下麻烦了。这两个家伙是真的想跟去。"金枝对洪作和藤尾说道。

"不行，不行。"藤尾也开口道，"这次你们就不要去了。谁让你们没这口福的。后面再找机会带你们去吧。"

"不行，就要去。"木部说道。

"不行呢。你怎么就这么不听话呢。不就是法国菜嘛。"

藤尾学着女孩子的口气说道。

"不行，就要去。就要跟着去。就要跟着去，坐在餐桌前。"木部也学着女孩子的口气说道。

"吃法国菜的话，会有葡萄酒吧。我记得如果吃肉的话，要喝红葡萄酒，要是吃鱼的话，就要喝白葡萄酒。"饼田说道。

"真的吗？"金枝问道。

"当然是真的。巴尔扎克的小说里有这样的场景。吃法国菜的话，肯定会有葡萄酒。——我也要去。"饼田说道。

"我去了可以教你们怎么吃。"

"你知道吗？"

"知道啊。我记得很清楚，巴尔扎克的小说里有写呢。——总之，我也要去。"

饼田既然说了要去，那就真的会去吧。

"不管怎样，洪作，你去帮我们说一下嘛。管它有没有收到邀请，我跟阿三都要跟你们一起去。考虑到对方的情况，最好还是提前把人数跟矶村男爵说一下吧。反正都要去，最好还是被邀请去嘛。"木部说道。

"那我再去跟他说下？"洪作说道。

"别去啦。"金枝说道。

"这么做还是不好。"藤尾也说道。

"怎么这么小气吧啦的啊。还好洪作靠得住。洪作，拜托你了哦。"

"行。我就说虽然是三个人接受邀请，但是有可能会去五个人。星期一的时候就这么跟他说。"洪作说道。

洪作是真的准备跟矶村这么说。

"真的要说的话，就再想想怎么说再去说吧。"金枝提醒道。

星期一，洪作特地换了衬衣和内裤才出发的。虽然被邀请到矶村家不大可能脱得浑身光溜溜的，但是既然藤尾特意叮嘱了，他就把内衣都换了下。

来到学校，与藤尾碰面之后，藤尾说道："你穿衣服好歹扣子要齐全的吧。"

洪作用手摸着外套上的扣子，说道："有扣子掉了吗？"

"最上面那个扣子掉了。"

"好奇怪。"

洪作说着，朝自己脚边看了一圈。早上从家里出来的时候那扣子明明是在的。

"我们要吃法国菜，再说矶村的父母亲可能都会在，你这看着像个不良少年的样子可不行。"

藤尾变得非常懂道理的样子。

"吃饭时把外套脱了就可以吧。"

"笨蛋。所以跟你说话才那么累啊。别人请你吃饭的时候，千万别脱外套什么的。木部和阿三也是什么都不懂，所以我才不想带他们去。好吃的东西上来，木部那家伙很有可能就会怪声怪气地大叫着倒立起来。"

被藤尾这么一说，洪作也觉得木部还真有可能倒立。

"阿三应该没问题吧。他不是说他很了解法国菜吗。"洪作说道。

"他说他是看了巴尔扎克的小说了解到的,这很危险啊。"

"巴尔扎克是谁啊?"

"不就是个小说家嘛,笨蛋。"

"是小说家吗,这名字真不错。"

"什么不错的名字、不好的名字。那是个很有名的小说家。你这家伙真是毫无常识啊。木部也说了哦,你这家伙除了当和尚没有别的出路了。"

"好哇,那我就不跟矶村说带木部去的事了。"洪作说道。

都被木部这样说坏话了,他也就没打算拉下脸向矶村请求带木部一起去了。

"阿三肯定要出岔子的。一眼不看住他,他就能把盛汤的盘子打翻。"

"汤吗?"

洪作没有再说后面的话。他还从来没见过西餐中的汤。好像是盛在盘子里的,这么一来,总感觉会很麻烦。他很想问问藤尾关于汤的事情,但是又怕被他骂无知,于是就打消了这个念头。

"而且,那家伙一吃完饭,就会仰面躺下来。"

"那就跟他说好不要躺下来不就行了。"

"但是,饼田那家伙认定了吃完饭就得躺下来啊。他相信那样做对身体有好处。那家伙只要是自己相信的事情,就一定会去做的。真不知道该拿他怎么办。"藤尾说道。

洪作答应了要跟矶村说木部和饼田的事，但是现在他觉得似乎很难跟矶村开口。就像藤尾说的，让矶村再多邀请两个人的话，感觉像是要混入什么危险物品似的。这次难得的请客很有可能就会变得乱七八糟的。

午休的时候，木部来到了教室。洪作正在吃便当，一看到木部，就赶紧走出了教室。

"喂，你跟矶村说了吗？"木部说道。

"没，还没有。"洪作说道。

"是吗，那也好。眉田老师说让我们今天去他那里玩。他说要请我们吃寿司。我和阿三准备去眉田老师那里。"木部说道，"你要是想去的话，我带你去啊。"

"这样啊。"

洪作想了想。要说想去的话，他觉得还是去眉田老师家玩更开心。眉田老师身上那种温暖的感觉突然间温柔地包围了洪作。同样是别人请客，眉田老师这里请吃的东西清清楚楚的。吃寿司的话，一点也不用担心自己吃得不对。

"那我也去眉田老师那里。"洪作说道。

"是吗，那我跟眉田老师说。放学后，我们在单杠那边等你。"

"藤尾呢？"洪作问道。

"藤尾和金枝不去矶村家的话，不太好吧。矶村特地邀请了他们的。"木部说道。

"矶村也邀请我了呀。"洪作说道。

"你不去也没事的呀。只要藤尾和金枝去了就行。"

"真的吗?"

"真的呀。你要是不放心,就跟矶村说一下嘛。这么做比较周到。不会失礼。"

"是吗?"

"在国外,就算是受到了皇帝的邀请,在规定的时间之前,都是可以说不去的,丝毫不会有什么失礼。你这又不是来自英国皇帝、法国王妃的邀请。对方不过是胖墩墩爱板着脸的矶村男爵罢了。"

"那我该怎么说来拒绝呢?"

"你就说你肚子痛嘛。这个理由最好了。又可以不用做操,又可以早点下课。你要是找别的奇怪的理由的话,反而不妥。像这种事,从来都是以肚子痛为借口的。因为肚子到底痛不痛,除了本人之外没人知道啊。就算是佛祖,不想说教的时候,也会用这个理由的哦。"接着,木部又说道,"喏,去眉田老师家吧。"

洪作和木部分开,回到教室,来到正在讲台上吃便当的藤尾身边,说了眉田老师请吃饭的事。

"木部和饼田好像要去眉田老师家。我也准备去眉田老师家。"洪作说道。

"那可不行。都到了这个时间了,你怎么能再跟矶村说你不去啊。"藤尾一脸认真地说道。

"就说我肚子痛。我还是不去吃法国菜了。"

"傻瓜,这种事能不能做,你再自己好好想想。"

"这样啊。"

"当然啦。刚刚矶村还给画了去他家的路线图。连巴士的车票都给了。他说他自己先骑自行车去沼津街上买火腿、牛肉什么的。都到了这会儿了,你还能说自己肚子痛吗。"

"那还是不去吃寿司了。"洪作说道。

虽然要吃法国菜这件事让他有些郁闷,但是,似乎除了按藤尾说的做之外,也别无他法了。

洪作来到初五学生的教室,找到木部之后,说道:"我还是决定去矶村家。"

结果,木部说:"你这家伙,一会儿这个一会儿那个的。去吃寿司吧。"

"我跟藤尾商量了一下,他说到了这会儿了,不能再说不去了。"

"你就不该找藤尾商量。藤尾那家伙,就爱新鲜玩意儿,还特爱守些个破规矩。而且,他一听说人家家世好,就气短了。——那就这么办吧。你先去矶村家吃法国菜,然后回来再去眉田老师家。这样,又能吃到法国菜,又能吃到寿司。"

"嗯。"

确实,还有这个法子呢,洪作心说。

"你就早点离开矶村家。"

"我叫金枝和藤尾也一起去。"

"三个人一起的话,会给眉田老师家添太多麻烦吧。寿司会不够吃吧。你就不要说,一个人来吧。你这家伙,真叫人操心。"木部说道。

"那就这么办。"洪作说道。

最后一堂课上完之后,藤尾和洪作等金枝一起走出了校门。

"我们是不是得带点什么伴手礼啊。"藤尾说道。

"什么是伴手礼?"

"受邀去别人家的时候,都要带点伴手礼的。"

"这么做好奇怪啊。——伴手礼不应该是他们给我们的么。"洪作说道。

三人在静浦的行宫附近下了巴士,没有直接去矶村家,而是朝夏天开游泳训练班的海水浴场走去。来到海滩上,金枝说:"好想游泳啊。游不游?"只有几个孩子在宁静的海边玩耍,海滩上非常冷清。

"你可别。"藤尾说道。

平时总是一马当先最早脱光衣服的藤尾,今天反而阻止起了金枝。洪作对游泳没什么信心,就没说话,只是看着大海。

"我今年还没游过呢。今天是第一次游。"

看到金枝开始脱外套,藤尾说道:"你别啊。去矶村家会太晚的。"

"我就游个五分钟十分钟的。"

"不行,不行。你肯定一游就游到海面上了。来,我们走吧。"

藤尾的语气很坚决,所以金枝也放弃了游泳的想法,三人一起朝街上走去。

他们很快就找到了矶村家。房子在小小的山坡下，围着低矮的树篱笆。

"是这里吧。"藤尾看着门上的姓名牌，说道。

"我们先在外面绕一圈吧。"洪作说道。

"好。"

金枝也朝前走去。洪作和金枝朝前走着。宽阔的庭院都用树篱围着。两人围着矶村家绕了一圈又回到了门口。

"傻瓜。要是被他们家人看到了，多奇怪啊。"藤尾一脸不开心的样子，接着又马上说道，"我们这就上门拜访吧。"

走进大门，是一条铺着小石子的路，通往玄关。来到玄关前，藤尾提醒道："洪作，你可记得要鞠躬。"

"那不是理所当然嘛。鞠躬有什么不会的。"洪作大声说道。

"嘘！"藤尾制止道，"那我就推门了。"

这时，玄关的门从里面打开了，一个女人说道："请进。"

藤尾推了推洪作的后背，于是洪作率先走进了玄关的土间。一个年轻女人站在土间。肤色白皙，个子很高。

"请进，请进。"对方说道。

不知怎么回事，洪作反而走出了土间。走到外面，他推了推藤尾的后背，说道："你先进去。"这时，洪作才意识到自己没有穿袜子。惨了，他心想。藤尾说了声"你好"，微微低了低头，问道："矶村君回来了吗？"

"还没有。应该快回来了吧。你们请进吧。"那个像是矶村姐姐的女人说道。

"那我们在外面等吧。"洪作说道。

因为没有穿袜子，脚肯定是黑乎乎的。如果矶村在的话，可以采取一些恰当的措施处理一下，让他给自己拿条擦脚的布巾，或是去井边洗一下，但是现在不太方便。

"别这么说，进来等吧。"

藤尾脱了鞋，走到了房间门口。金枝也脱了鞋子。矶村的姐姐打开客厅门，很快进里面去了。洪作也脱了鞋。

"我的脚很脏。"

洪作说着，把脚伸给两个朋友看。

"啊!"藤尾发出了奇怪的声音，"真拿你没办法。赶紧去洗洗，这黑乎乎的。"

"去哪里洗?"

"后门那里应该有井吧。"

"你带手帕了吗?"

"我哪会带这种东西。"

"那你帮我去借块布手巾，再帮我问问井在哪里吧。"

"我去问吗?"藤尾一脸不高兴地说道，"你现在就回去吧。"

金枝笑眯眯地听着藤尾和洪作在那里你来我往，说道："好啦，我来给你借布手巾吧。"说完，他朝里面拍了拍手。

"这样就会有人过来的。"

接着，金枝又拍了拍手。

"来啦——"

话音未落,这次矶村的母亲出来了。

"哎呀,大家好啊,欢迎来我家玩。请往这边走。"

矶村母亲在地上放了几双拖鞋。

"这家伙脚很脏。"金枝指着洪作的脚说道。

"哎呀,真的呢。"

"我没穿袜子。"

"没穿袜子的话,脚会痛吧。"

"这家伙都习惯了。"接着金枝又说道,"有时候他还不穿衬衣呢。"

"唔——",矶村母亲的视线从洪作的脚上挪开,"怎么办呢?要洗一洗吗?还是我给你拿块抹布过来擦下?"

"我去洗一下。"洪作说道。

"当然得洗一下。要是直接用抹布擦,抹布都脏了。"藤尾说道。

洪作再次走出玄关,来到外面,朝屋旁的井边走去。矶村的姐姐给他拿来了脸盆和肥皂。

洪作洗完手脚,回到客厅时,金枝和藤尾正在看留声机的唱片。两人似乎都有一定的音乐知识,说着一些洪作从未听过的音乐家的名字和乐曲名。

矶村的母亲端来茶,放在桌上,说道:"请穿这双吧。"说着把一双崭新的袜子递给了洪作。

"没关系的。"洪作客气地说道。

洪作平时穿的都是军队士兵穿的那种白袜子,但是矶村

479

母亲拿来的袜子是藏青色的,一看就很高档。

"别客气。穿上吧。这双就送给你。"

"不用了。"

听到洪作拒绝,金枝在一旁说道:"你觉得不用,在矶村家里可是必须要用的。就你那臭汗脚在那里走来走去,谁受得了。"

"是吗。"

洪作从矶村母亲手里接过了袜子。穿上新袜子之后,袜子显得特别显眼。这时,矶村走了进来。

"不好意思,不好意思,回来晚了。我去买火腿和香肠,老也找不到好的,就找了好多地方。"矶村说道。

洪作当然也知道火腿和香肠,这种东西还有好和不好吗,他心想。矶村的姐姐走进来,问道:"汤是做浓汤还是清汤?"

"还是浓汤吧。"藤尾说道。

"我也要浓汤。"金枝也说道。

姐姐离开之后,洪作问道:"浓汤和清汤,有什么区别?"

"浓汤是啪嗒啪嗒滴下来的,清汤是唰唰唰就流下来的。"藤尾说道。

"味道上有什么区别?"

"那我哪知道。"

"浓汤味道比较浓厚,清汤比较清爽。"

"那一般是什么颜色的呢?"洪作问道。

"你别老是打破砂锅问到底嘛。我也是第一次看西餐里的汤。但是，不管是什么汤，反正总是汤不会错的。"金枝说道。

藤尾、金枝、洪作三人在客厅放留声机，翻相册，不想玩这些之后又开始打扑克牌。矶村也加入进来一起玩，但是他时不时地起身去端红茶，拿巧克力盒子，把水果盘放在桌子上。矶村离开的时候，藤尾满怀感叹地说道："这水果盘真不错啊。"正如藤尾感叹的那样，这是一个玻璃制的水果盘，相当漂亮。

"要么拿一个回去？"洪作开玩笑说道。

"说什么呢！"金枝一脸认真地阻止道，"可不能拿这家的东西。我们可是受邀来这里的。"

"可是，到底什么时候才能吃晚饭啊？"

洪作说道，也不知道他是跟金枝说的还是跟藤尾说的。他在矶村家吃完法国菜之后，还要去眉田老师家吃寿司，所以就想尽早吃晚饭。

"哎呀，别这么着急啊。矶村姐姐这会儿正在厨房做着呢。"藤尾说道。

金枝似乎也感到肚子饿了。

"我们来了有两个小时了吧。邀请了客人，又让客人等那么久，这可不大像样哦。"

"我们来了之后才来问做什么汤的。那这会儿应该正在做菜吧。——再忍耐一会儿吧。"藤尾说道。

"我太晚了不行啊。其实木部和阿三还在眉田老师家等我呢。"

洪作不小心说漏了嘴。

"等你？你们约好了？"藤尾问道。

"他们说眉田老师家会做寿司。这会儿大家应该都在吃寿司吧。"

"那你离开这里还要去眉田老师家吗？"

"是这么想的。"

"你这家伙，真叫人说什么好。为什么跟人这么约定啊？"金枝说道。

"已经约好了也没办法啊。"

"你不会是想在这里吃了法国菜，再去眉田老师家吃寿司吧。"

"怎么会。"

洪作不肯承认，但是一脸被猜个正着的样子。这时，矶村走过来，说道："久等了。请来这边房间。"

三人立刻起身，走出客厅，跟在矶村后面走了过去。矶村带他们去的是一个面对着中庭的房间。

"哇，好厉害。"金枝朝餐桌看了看说道。

洪作也觉得这个房间非常漂亮。比起真门家的房间更亮堂，看起来非常高级。榻榻米是新铺的，壁龛中挂的画轴也很大。房间外面是宽敞的檐廊，檐廊的玻璃门上挂着白色的窗帘，窗帘有一半被拉到了边上。这种拉窗帘的方式，在洪作看来也非常别致。

能让金枝不由得发出"好厉害"的感叹的，是摆放在房间正中央的餐桌。这餐桌除了"好厉害"之外,都无法用别的语言来形容了。桌子上蒙着白色的桌布,上面摆满了各种东西。有插着玫瑰花的花瓶,还有刀叉、大大小小的盘子,以及几个盛着调料的玻璃瓶。

"啊!"

藤尾一边发出奇怪的声音,一边迅速坐到了餐桌前。

"那个位置是我坐的,藤尾君请坐这里。"

矶村给大家指定了各自的座位。

"这是什么?"

金枝伸手拿起一个不知道装了什么东西的器物。

"是胡椒罐。"矶村回答道。

"这是我爸爸去外国出差的时候买回来的。日本的胡椒罐一般都比较小,但是听说国外的都比较大。"

"什么是胡椒?"洪作问道。

"胡椒就是胡椒喽。你连胡椒都不知道吗?"藤尾说道。

"不知道。"洪作说道。

事实上洪作的确不知道胡椒是什么东西。

"胡椒是一种调料。是撒在菜上的。吃西餐必备的东西。日本菜也有很多会用到的哦。"矶村说道。

姐姐端来了装有汤的盘子。

"请拿起餐巾。"

但是,洪作完全不知道餐巾是什么。这时,金枝说道:"餐巾吗,我这还是第一次用餐巾,不过我知道餐巾的用法。好像是要把餐巾的一端塞进扣眼里吧。"

说着，金枝按自己说的，把餐巾的一端塞进了扣眼。

"这种用法很奇怪啊。只要把它平铺在大腿上就可以了。"矶村说道。

"既如此，吾等就把餐巾铺好吧。愉快之至。"藤尾极其满意地说道。

等到分给自己的汤盘之后，他又说："这是何等盛情的款待啊。"

喝完汤之后，洪作问道："接下来有葡萄酒吗？"

"要喝葡萄酒吗？不知道有没有，我去看下。"

矶村说着站起身来。等矶村离开房间之后，"你也太不把自己当外人了。"藤尾用责难的口气说道，"我们是被邀请来做客的。说什么葡萄酒啊。"

"我又没说让他拿出来，我只是问问有没有。"洪作说道。

"你问了，那意思就是让他拿出来。"

"我哪有这意思！"

"就是这意思。你就是缺教养。从刚才开始就没做什么靠谱的事。来人家家里做客，好歹穿双袜子啊。"

"你说什么！"

洪作心头火起，怒气冲冲地看向藤尾。

"你今天变得跟平时一点都不一样。满嘴客套，还小心翼翼的。就像个女人似的想讨人欢心！"

"讨人欢心？！"

接着，只听藤尾一声"好呀！"，伸手抓住了餐桌的一端。他好像想掀桌子。

"喂,好啦,好啦!"

金枝赶紧摁住藤尾的手。

"这可不是你家。是矶村家哟。"

"啊,是哦。"藤尾一副才回过神来的样子,双手从桌子上松开,瞪着洪作,"好呀,你个混蛋!"接着又朝四周看了看。好像是在找什么能打人的东西。这时,矶村进来了。他把葡萄酒瓶放在餐桌上,说道:"有呢!我跟爸爸说了下,他就给了我一瓶。"

"那个,给我看看。"洪作说道。

"那个,给我看看,是啥意思啊?"藤尾气冲冲地说道。

"我要喝点。你就算了。"洪作说道。

"我为什么要算了。我也要喝。"

"你不是一直在客气来客气去吗。喝了酒之前的客气可就白费啦!"

"不,我要喝。"

"你还是别喝了。你没有喝的权利。"

"什么!"

藤尾又抓住了桌子。

"啊呀,好啦好啦。"金枝制止道,"你俩要打去院子里打吧。真是两个让人头疼的家伙。到人家家里来做客还吵架!"

"好哇!"

藤尾站起身来。

因为藤尾站起来了，洪作也站了起来。

"去院子里！"藤尾说道。

"好！"

洪作说完，跟着藤尾，走到了檐廊上。藤尾一下子跳到院子里，脱下外套，揉成一团朝檐廊扔去。外套没有落到檐廊上，而是掉在了院子的石板上了。洪作也紧跟着跳到院子里，说道："等一下，我把袜子脱了。"这是刚才矶村的母亲给的袜子，如果弄脏的话，就太不好意思了。洪作蹲在檐廊上脱下了袜子。然后把它塞进了外套口袋里。接着对藤尾大喊道："来吧！"

金枝走到檐廊上，说道："你们这两个家伙，真是无药可救了。利利索索打一架就算啦。"

矶村仿佛在观看什么有意思的事情似的，在檐廊上坐了下来，感叹似的说道："这两人，性子都很烈啊。"

矶村半点都没有慌乱的样子。他身上有着不似良家子弟的大胆的一面。洪作还以为矶村会极力劝阻，但是看起来他全无此意。

"没有人来阻止。这样我们也只好打了。"藤尾说道。

听他话里的意思，藤尾可能也多少在期待着矶村能够出面阻止。

"赶紧打吧。"金枝催促道，"你们跳到院子里是为了打架吧。那就赶紧打吧。——啪啪啪。"

矶村也说道："我妈就要出来了，你俩赶紧打吧。"

这么一来，藤尾和洪作只好决斗了。两人面对面站着，互相瞪着对方。

"架势摆的时间太长了吧。"金枝说道。

这时，矶村的姐姐出现在檐廊上，说道："咦，你们这是在干吗呢？"

"他俩就要决斗了。"金枝说道。

"决斗？"

"他们要打架了。——开打吧。"

"开打吧"这一句金枝是朝院子里喊的。

"别打架啊。"接着，矶村姐姐又朝房间里喊了声，"妈妈！"矶村的母亲可能正好在上菜，很快也走了过来。

"你们这是在干吗呢？"母亲也说道。

"说是在打架。"姐姐说道。

"打架?!"母亲很吃惊，"为什么要打架呢?"接着她又说道："赶紧和好，上来吃饭吧。饭菜要凉了。"

"先去吃饭吧。"

矶村说着站起身来。

"好啊，不管这两个家伙。我们先去吃。"

金枝也站起身来。

"——既是如此……"

藤尾突然有点害羞似的说，又催促洪作，"喂，去洗下脚吧。"

"嗯。"洪作也回应道。

他跟在藤尾身后，转到房子旁边，朝井边走去。

藤尾和洪作在井边洗脚时，姐姐拿了鞋子和毛巾过来。

已经是晚上了。

"你这已经是第二次洗脚了吧。你的袜子呢?"姐姐问洪作。

"在这里。"

洪作从口袋里拿出袜子给姐姐看。

"你没穿吗?"

"穿了的,去院子里的时候脱了。"

"好仔细啊。"姐姐笑着说道。

藤尾和洪作彼此没有说话。虽然决斗中止了,但是彼此心里都还没有释然。

两人回到刚才的房间,金枝说道:"辛苦啦。"

"金枝你这家伙最狡猾了,所以才那么讨人厌。你从小就爱挑唆别人。你这种做法真的很不负责任。"藤尾一脸严肃地说道。

"唔,唔,——不负责任吗?"金枝故作思考地说道。

"就你这种说话的样子,就让人觉得狡猾。装模作样地点头,就想要糊弄别人。"

"哪有啊。"金枝说道,"算啦,牢骚后面再发吧,先吃饭吧。"

"饭是要吃的,但是我可不要听你的命令。"藤尾说道,又向洪作说道,"是吧。"

洪作正不知道该如何回答,就听金枝突然笑出了声。

"这是又别扭上了啊。"

"什么!"

藤尾又用手抓住了餐桌。

"喂,喂!"

这次是矶村摁住了藤尾的手。姐姐端来了牛排。

三人在矶村家吃完饭离开的时候已经快十点了。巴士已经停运了,于是三人决定从静浦走回沼津。矶村骑着自行车送了他们一程。自行车上的车灯照亮了黑漆漆的夜路。

洪作有点兴奋。他想,今天晚上这样跟藤尾、矶村、金枝一起走夜路的情形,自己大概一辈子都不会忘记吧。洪作自己也知道自己有点兴奋,但是他不知道自己为什么会这么兴奋。

能想到的是,和藤尾起了争执,差点打起来这事,但是自己跟藤尾很快又和好了。吃完牛排之后,大家在一起开开心心地闹腾着。所以,和藤尾的争执并不是自己兴奋的原因。

"夜色真美啊。像今天这样的夜晚,就叫佳夕。"金枝说道。

"佳夕啊。"藤尾说道,接着他忽然以他独特的嗓音高唱道,"没事骂骂人,管它好与坏,反正我们正青春。"这是木部写的和歌。接着金枝也唱道:——群山青青多柞树,山涧已有梅花开,应是早春否。

跟以前一样,金枝的唱法跟藤尾稍有不同。

"真好啊,我也学学这种唱法吧。"矶村说道。

"你也唱一个。"藤尾对洪作说道。

"我唱不来。"洪作说道。

"唱什么都行。只要大声唱出来,心情就会很好。"金枝也说道。

——啊!

洪作大喊道。那是一种像野兽吼叫般的喊声。他这是在学之前木部在中餐馆的喊声。

"你喊点有意义的嘛。都是一个喊,你光喊啊有什么气势。"金枝又说道。

——牛——排——

洪作大叫道。

"你喊的啥?"矶村问道。

"就是在你家吃的牛排啊。"

"你怎么老喊些稀奇古怪的东西。"藤尾说道,"不管怎样,很好吃吧。"

"好吃。我接下来还要去吃好吃的。"

洪作说完,又大叫道:

——牛——排——

"这家伙,不是疯了吧。"金枝说道。

——牛——排——

"别喊啦。"藤尾也说道。

洪作喊完之后,忽然有一阵孤寂朝他袭来。他不知道自己为什么会感到孤寂,也不知道这种孤寂从何而来。

过御成桥的时候,四个少年在桥上停下脚步,眺望着暗沉沉的河面。月亮不知什么时候出来了,河面上处处泛着暗光。看着这些暗光,可以知道河面上此刻已经起浪了。但是站在桥上丝毫不觉得冷。

"我喜欢晚上的河。河水昼夜流淌，一刻不停。河看起来还是那条河，但是水已经不再是原来的水了。"藤尾说道。

此时的他与在矶村家动不动就想掀桌子的样子，判若两人。

"这种感慨《徒然草》里也写了。在初五的汉文教科书里。《论语》里也有写，是逝者如斯夫，不舍昼夜，还是昼夜不停来着。"金枝也说道。

接着他也盯着河面，说道："好安静啊。——真好。"

"大家知道这首歌吗？从群山深处流淌而来的河流，会不会寂寞。可能歌词有点不一样，大意是这样的。"矶村说道。

"是牧水的歌吧。"金枝说道。

"是的。你知道啊？"矶村一脸佩服地说道。

"不知道。不过，应该是牧水的歌。不是牧水的话，别人写不出这种风格的歌。"

"我是前些天我阿姐教我的。"

矶村把姐姐称为"阿姐"，这让洪作听来感觉很新鲜。他觉得把自己姐姐叫做"阿姐"还挺不错的。

"你姐姐作和歌吗？"藤尾问道。

"不，她不作和歌，但是读歌集。她的书架上放着各种歌集。"

"从群山深处流淌而来吗，真不错啊，这首歌。——我都想去旅行了。"藤尾说道。

"接下来五月份有好几个假期。要不要找个地方去旅行?"金枝说道。

旅行这个词,带着巨大的魅力,瞬间吸引了洪作。

"旅行啊。真不错啊,我也去。"洪作说道,"那就大家一起出钱,去西伊豆吧,住三个晚上左右。叫木部和阿三也一起去。"

结果,矶村说:"我不行。我爸和我妈可能不会同意。你们去吧。我有相机,可以借给你们。"

"别这么说,一起去嘛。"藤尾说道。

"不行啊。我爸现在是靠退休金生活的。所以我不能光顾着给自己花钱。如果全家人一起用钱是没问题的,但是不能自己一个人花钱。"矶村说道。

这话说得极其懂事。原来还有这样的想法啊,洪作心想。

"洪作你能去吗?"金枝问道。

"没什么能去不能去的。去就行了啊。"洪作回答道。

到了御成桥,矶村就回去了。过了御成桥,来到藤尾家,洪作在这里跟两个朋友告别。

洪作坐上从沼津车站到三岛的末班电车。电车上只有几个乘客。大家都低着头打着瞌睡,但是洪作毫无睡意。

受邀去矶村家吃晚饭,对于洪作来说是一件大事。用金枝和藤尾的话来说,矶村家是个好人家。洪作还是第一次接触到可以称之为好人家的家庭的氛围。矶村家的家庭氛围是都市化的,充满文化气息。这一点令洪作非常惊奇。摆放着留声机，装饰着大花瓶的客厅非常时髦，放着铺有白桌布的大餐桌的房间也很漂亮。一道道上菜品的晚饭更是棒极了。那样的晚饭应该叫晚餐吧。

矶村家还给人一种踏实的感觉。矶村不参加旅行这件事，如果是别人的话，会被认为小气吧啦，但是矶村却丝毫不会给人这样的感觉。反而不可思议地让人感觉他家教良好。

去了这样的好人家，自己最后还拿了人家一双袜子。这会儿再回想一下，自己没穿袜子就去人家家里做客，实在是太没礼貌了。不仅如此，平时都不怎么跟人打架的，在矶村家却因为一点鸡毛蒜皮的小事就跟藤尾干起来了。光着脚走到院子里，差点就要跟他决斗了。

兴奋的不只有自己，藤尾和金枝也都很兴奋。藤尾变得很急躁，好几次都想掀桌子，金枝也是这样，毫无理由地说一些刺激人的话。大家都被矶村家刺激到了。被好人家的氛围刺激到了。

——去旅行吗？

一想到藤尾的话，洪作又感到了另一种兴奋。洪作还从来没有出去旅行过。跟藤尾、金枝、木部他们一起出去旅行，该多么棒啊。乘马车，坐小汽艇，还能住旅馆吧。但是，出去旅行需要钱。不知道要多少，但是肯定得问姑姑要。一想到要跟姑姑说钱的事，洪作就很郁闷。

——旅行的费用，不先问一下你妈妈的话，是没法给你的哦。

姑姑肯定会这么说的。连买双鞋子都那么困难，要她给旅费更是不可想象。但是，旅行是非去不可的，洪作心想。不管怎样，我都要去旅行。洪作自己对自己宣布道。就算卖了书桌卖了书箱，也要去旅行。

第十二章

四月末的一天,外祖父文太从汤之岛过来了。因为是星期天,洪作在家,当楼下传来外祖父的声音时,洪作心想,去寺庙的事情终于要定下来了。外祖父不喜欢离开汤之岛外出,没有特别的事他连三岛都不来。如果是其他事情,他是不会出现在真门家的。

洪作现在一点都不抗拒去寺庙这件事了。他预感去了寺庙之后,将会开始一种比现在更自由更光明的生活。

洪作下了楼,看到外祖父和姑姑正面对面坐着,还是跟平时那样苦着一张脸,正喝着茶。

"外公,你来了?"洪作这样跟外祖父打招呼。

结果,外祖父说道:"我倒是不想来,可不来不行啊。我听你姑姑说,这次你倒是努力学了,但是成绩还是下降了很多。"

"我去寺庙。"洪作说道。

"去不去寺庙的,后面再说。现在说的是你的成绩。"

"可是,不是去寺庙就成了吗?"

"哪有说去寺庙就成了的。傻瓜。"外祖父说完,又对姑姑说道,"这样的孩子,看着也不像是放到寺庙去就能变好的。如果是去当寺庙的小和尚那倒两说了,但是只是让他去寄宿的话,到底好不好,接下来还真得再想想。"

"这次是好好学习了的,是吧,洪作。怎么成绩还会下降呢。不会是老师改错了吧。——不管怎样,都已经学得生病了呀。——洪作真的好好学习了,这一点我可以作证。"姑姑站在洪作这边说道。

而且,她也不单纯是为洪作说话,心里也真的是这么认为的。

"你家少爷学习吗?"

"俊记吗?"

"是啊。"

"俊记是从来不学习的。"

"成绩怎么样?"

"不看成绩单也不知道,唔,怎么样呢。他自己说是第二名第三名的样子。"

"哦。那真是挺让人惊讶的!"外祖父佩服地说道。

洪作觉得,说惊讶,比起外祖父,自己更感到惊讶。怎么想他都觉得俊记的成绩都不可能在第二名第三名。

"我觉得阿俊的成绩没那么好。"洪作说道。

"别人的事你管那么多。"外祖父斥责道,"你妈妈也不知道听了谁的话,一个劲认为只要把你送到寺庙里,成绩就会变好。一开口就是寺庙寺庙。真是笨蛋。"

这句笨蛋,骂的当然是母亲七重,但是从外祖父瞪着洪作这一点来看,也许是骂洪作的也说不定。洪作觉得非常无奈。无论什么事,自己都会被骂。

"那我要去寺庙吗?"洪作再次问道。

"你妈说了让你去,不去也不行啊。"外祖父这样说道。

"行。"洪作欢呼似的高声说道。

"好什么好。都要被送到寺庙去了,还傻乐呢。"

"我没有傻乐。"

这时,姑姑说道:"算啦,去吃吃别人家的饭,也是一种好的学习吧。就按你妈说的去寺庙吧。"

"什么时候去?"

"就下个月一号吧。方便交寄宿费。"外祖父说道。

"还要交寄宿费?"

"当然了。像你这样的臭小子,哪个地方会让你白吃白住啊。"外祖父说道,"我今天去趟沼津,跟寺庙的人说一下你的事。到了搬过去那天,你就自己一个人去吧。"

"行李怎么办?"

"你找个搬运店给你搬过去就行了。"接着,外祖父又说道,"接下来你就要住到人家家里去了,书桌得要一张吧。就买个小的吧。还有木屐得买双新的,洗脸盆什么的也得新买。被子、坐垫什么的,你姑姑已经给你准备好新的了。就算是像你这样的家伙,要住到人家家里去也还是需要各种准备啊。也不能像送只小猫似的就把你送出去了。"

"皮鞋也破了。"

"是啊。皮鞋不买双新的,看着可能也不大体面。"姑姑说道。

"还要鞋油、鞋刷。"洪作说道。

"是啊。之前都是用俊记的,接下来自己也必须得有了。"姑姑说道。

"还要一把伞。"

"伞都没有吗?"外祖父一脸不悦地说道。

"咦,你之前不是买了一把伞吗?"姑姑说道。

"丢了。"

"又丢了?之前丢了我的,丢了俊记的,这回把你自己的也丢了!"姑姑说道。但是姑姑说的都是事实。

洪作想的是趁着这个机会什么都买新的。不趁着这个机会,哪里能从外祖父手里拿到钱呢。

"还想要一支钢笔。"

"钢笔?!"

"大家都有,就我没有。阿俊都有三支呢。"洪作说道。

"哪里要得了三支。这样你就别学了。"外祖父说道。

"我不是说想要三支。一支就行了。"

于是姑姑说道:"算了,给他买一支吧。大家都有的。"

"还要运动鞋。"

"这种东西不需要的。"

"可是学校老师让我们买呢。"

"老师什么时候说的?"

"昨天。"

"这老师也是不靠谱。"接着,外祖父又说道,"你把需要的东西都写出来吧。写上名称,再在旁边写上金额。听好了，金额可不能随便乱写。我会给你妈寄过去，她说行的话，就给你买。"

"行。"洪作精神十足地回答道。

"你从刚才开始就一直在说行行行，这话我听着怎么那么不好听呢。要说好的。"

"说好的，听着像个女人似的，多奇怪啊。"

"就算奇怪，也要说好的。"

"嗯。"

洪作心想，这下能去旅行了。这些都是需要的东西，但也不是说非要不可，不要不行。必须得买的东西就只有书桌罢了。

过了大概一个小时，外祖父文太说他要去沼津，去那个寺庙，就从真门家告辞了。洪作决定去制作交给外祖父的购物清单。

"你记得顺便写上饭盒和筷子。"姑姑提醒道。

洪作要去寺庙了，姑姑仿佛觉得被人毫无理由地从身边夺走了洪作似的。

"需要的东西就是需要的，什么都可以写上。我也会写一封信，跟你妈说这些都是必需的东西，让她同意给你买。"

"你这孩子真是可怜啊。有那样不通人情世故的妈妈和外公。"

"行，那我就什么都写上。"洪作说道。

"但是，像望远镜、气枪这些可不能写上哦。俊记也很想要，但是那些可不是什么好东西。"姑姑说道。

过了十天左右，外祖父寄钱过来了。之前从没寄来过那么多钱。

洪作想先买书桌送到寺庙去。放学后，他邀请木部跟他一起去家具店买书桌。

途中，洪作说到家里除了买书桌的钱，还寄来了买皮鞋、钢笔、伞、词典等东西的钱，但是他准备节省一点，从中省出去西伊豆旅行的钱。

"书桌也先不买吧。我那里有，书桌的钱也省下来吧。寺庙那里应该也会有一两张空的桌子吧。如果寺庙里没有，你就从我那里拿。"木部说道。

两人还是进了家具店，但是最后还是没买书桌。走出家具店，木部说："去吃拉面吧。从来没在身上带过那么多钱吧，但不能老是心神不定的啊。"

两人走进了之前去过的那家中餐馆。这家店已经来过好几次了，所以洪作也不会再像以前那样感到不安了。走进二楼铺着榻榻米的小房间，木部问道："我们先来定个计划吧。你到底有多少钱？"

洪作说了自己能够自由支配的金额。

"有钱人哪。不过你还是不要随意乱花，要节约哦。今天就每人吃两碗拉面，明天开始每人就吃一碗。"

"明天每人吃两碗也没事啊。"洪作说道。

"不行，不行。要节约、节约。"木部说道，"吃完拉面，我们就去寺庙里问问，看他们有没有多余的桌子。"

"好奇怪啊，去问这种事。"

"这有什么奇怪的。只是去问问有没有嘛。如果有就借用一下，如果没有，就得从我家搬了。既然是学生，就不能没书桌啊。——当然，也有人躺在榻榻米上看书的。"

"如果寺庙那边能借到书桌的话，我就买支钢笔吧。"洪作说道。

"不行，不行。要节约、节约。——可不能太奢侈。你就别用钢笔那种装模作样的东西啦，就用铅笔写嘛。"木部说道。

"那就不买书桌，买皮鞋。总得买一样吧。"

"皮鞋?！你现在穿着的不是挺好的。"

"鞋底坏了。"

"鞋底我来帮你补。我给你钉鞋钉。不能奢侈哦。要忍耐、忍耐。"木部说道。

每人吃了两碗拉面之后，木部和洪作走出了中餐馆。

"我们接下来直接去寺庙吧。你知道那个寺庙吧?"木部问道。

"是港町的妙高寺。一个很大的寺庙。"洪作回答道。

"大寺庙的话，总会有两三张书桌的吧。顺便再看看你的房间。"

"会不会就是正殿啊。"

"正殿?！不可能是正殿。又不是很多人一起去寄宿。只有你一个人去寄宿。不会让你住正殿的。肯定是个更小的房间。"

"是吗。如果要送饭的话，住正殿就太远了。"

"送饭？他们说了吗？"

"没有。"

"傻瓜。谁会给你送饭啊。你一天三顿都得去厨房，伺候其他人。等他们都吃完了，你才能吃剩下的东西。"

"开什么玩笑！"

"不，你还是做好这样的心理准备。基本上都是这样的。"

两人终于走到港町，来到了狩野川岸边。

"寺庙就在那里。"洪作说道。

"这不是挺好的嘛。一出门就能到狩野川边上。可以在这里游泳呢。"接着，木部又自说自话道，"行，今年夏天，我就来你这里游泳。其实，在海里游泳没有在河里游泳舒服。特别是傍晚的河，就更好啦。这里也会有潮水涌进来吧。还可以钓鱼哦。河里的鱼、海里的鱼，都能钓到。我们可以把钓鱼竿放在寺庙里，想钓鱼的时候随时都能钓。"

从他一脸认真的模样来看，他是真的准备这么做的。

"还有一家乌冬面店呢。"木部说道。

果然，附近有一家小小的乌冬面店。

"晚上可以偷偷从寺庙溜出来，在这里吃乌冬面。就挂账，月末的时候让藤尾来结账。"

"我不太喜欢吃乌冬面。"

"你不喜欢吃，就我们来吃。"木部说道。

走进寺庙大门的时候，洪作提醒木部："不可以叫和尚哦。要叫师父。"

"师父?！说什么傻话。又不是裁缝师傅,和尚怎么能叫师父呢。"

木部说着,停下了脚步。

"我之前来的时候,叫和尚,结果人家生气了。跟我说一定要叫师父。正殿那里供奉着什么,说是祖师爷。"

"祖师爷?！那是啥?"

"我也不知道是啥,他们是这么称呼供奉在那里的东西的。还跟我说要向祖师爷跪拜。"

"好奇怪的寺庙啊。这是佛寺吗?"

"应该是吧。"

"是什么宗?"

"这我可不知道。"

"不会是回教吧,这里。"

接着,木部又说道:"管他呢,先进去吧。和尚是个什么样的人?"

"五十多岁。没什么特别的。"

"内当家呢?"

"什么内当家?"

"就是和尚的老婆啊。内当家你可一定要记清楚哦。你以后每天都要麻烦人家的。"

"行。——师父、内当家,还有祖师爷。师父和内当家生的女儿该叫什么?"

"还有个女儿吗?"

"那女孩可厉害了。名字好像是叫郁子。"

"女儿就是姑娘嘛。寺庙人家的姑娘。大概十四五岁？"

"比我们大三四岁吧。"

"是个怎样的女孩？"

"会弹风琴。"

"哦，还有一个这样的女孩啊。是美女吗？"

"不知道。"

"可怜的家伙哟。是不是美女，你都不知道吗？你这家伙，净会给人添麻烦。我来帮你严格判断一下吧。"接着，木部又说道，"你先进去。跟人家说你带朋友来了。我等你叫我了再进去。然后我再替你跟他们说具体的事。首先要问有没有书桌。然后跟人家说每天的便当最好要有煎鸡蛋之类的菜。这些事刚开始的时候是最关键的。然后，跟他们说，如果有朋友来，要请他们上个茶。偶尔也想吃个葬礼馒头①什么的。"

"这种事就算了吧。"

"算什么算啊。"

"算了吧。我又不喜欢吃馒头。"

"你不喜欢吃，我们吃啊。"

木部说话的时候，洪作看到和尚家的姑娘郁子从对面的僧房出来了。

"啊，来了。"洪作说道。

木部吓了一跳似的停下了脚步。不知道是不是郁子整整

---

①葬礼馒头，指的是在葬礼等仪式上，分发给客人的回礼，含有来自逝者的礼物这样的意思。装馒头的盒子上一般都夹有一张写着"志"的纸。

齐齐地穿着和服的缘故,洪作感觉她跟之前见到的时候相比,判若两人。她长大了一圈,脸上还化着妆,看起来奢华明亮得令人感到炫目。

"那是这家的女儿?"

说完,木部一百八十度转身,对洪作说道:"我去外面等你。"

他之前的那份勇气不知道跑到哪里去了,看着特别窝囊。

"我也走。"

洪作说着,和木部一起朝大门走去。

"喂,等一下!——你们。"

背后传来郁子的声音。洪作正担心背后的人会不会跟他说话,果然如此。他假装没有听到郁子的声音,头也不回地往前走去。结果,背后又传来了穿着木屐小跑的声音,一个像男人般的声音说道:"喂,喂!"

"没事不要偷偷溜进大门来。——之前拿走铁丝的,就是你们吧。"

"不是我们。"洪作回头说道。

"那你们刚刚进来是要做什么?"

郁子走了过来。木部也停下了脚步。

"来,说吧。你们进来是要做什么?"

"……"

"你们是初中生吧。怎么能随随便便在人家院子里乱逛呢。我要去跟你们学校说,是你们拿走了铁丝。"

505

接着，她又朝木部伸出手。

"帽子要这样戴。"

她猛地把木部的帽檐往下拉了拉。木部的帽子是靠后戴的，可能她不喜欢这种戴法吧。

"别这样！"

木部很生气，但是话说得很没气势。

"帽子总要戴好的吧。什么，你长痘痘了！"

"啊！"

"啊什么啊。别跟个女人似的耷拉着脸，爽气一点！"

接着，她又转向洪作，好像此时才发现是洪作似的，说道："啊呀，是你啊。"

"是的。"洪作说道。

"你看着比之前还小了呢。"

"怎么可能。"

"之前看着像个无忧无虑的小少爷，现在怎么变得偷偷摸摸的！"

开什么玩笑，洪作心想。

"你不是说从春天开始就住过来吗，怎么没过来呢？"

"马上就来了。"

"我有事要出去，你去见见师父，确定一下住过来的时间吧。"郁子说道。

"你们都进来了，干吗还要逃跑啊？"

"我们才没有逃跑呢。"洪作回答道。

"没逃跑吗？你们那不是逃跑吗？"

木部说道："我们只是改变了走的方向。狗也会经常改变前进方向。那时候，狗只是改变了方向，并没有逃跑哦。"

"行啊。"郁子微微虎起脸，"你是几年级的？"

"初五。"

"上了初五，说话就这么人小鬼大啊。"接着，郁子又对洪作说道，"你可不能跟这种人玩。"

"过分了哟。"木部说道。

"你这个样子就是精怪过了头。"郁子斥责道，接着又对洪作说道，"总之，你去见下师父，把过来的日子好好定下来。"

"好的。"

"赶紧去。我看着你哦。"

"没问题，这就去。"

洪作推着木部朝僧房走去。走了几步，回头一看，郁子还站在那里看着这边。她朝洪作轻轻挥了挥手，然后朝门外走去了。

"这家的女孩好凶哦。"木部说道，"光靠我们两个是没法跟她较量的。应该把藤尾也叫上。藤尾最擅长对付这种人了。藤尾的话，应该能够跟她势均力敌，不落下风吧。"

"余枝呢？"

"不行，不行，那就是个乖宝宝。"

"阿三呢？"

"饼田吗？！——你口齿有点不清楚啊。句尾语气词说得很不清楚啊。要说呢，呢。"木部学着郁子的口吻说道。

507

接着，他又一脸懊恼地说："混蛋，一个大意输了一仗。真是太丢脸了。怎么想都觉得不甘心。想说的话都没说出来。——混蛋，这到底怎么回事。"

"你就不该被他抓住帽檐。"洪作说道。

"你看到了吧，我的屈辱。她突然抓住我的帽檐往下拉！我的上半张脸都被帽子盖住了。那样儿简直没法看了。——耻辱在我身体内流淌——啊！"

木部突然又咆哮起来，就像他上次在中餐馆那样大叫。

"今天就这样回去吧，待他日东山再起。"木部说道。

"能行吗？她不是说让我跟师父说好过来的日子吗。"洪作说道。

"明天或后天，再来一次不就行了。今天最好还是就这样回去吧。我们这边气势衰竭，只会让对方趁虚而入。改天再过来，再挫挫那个傲慢家伙的锐气。"

"那就明天再来？明天再来的话，就算这会儿我们就这样回去了，她也不会那么生气吧。"

"生气，生气，你别说得那么可怜嘛。你又不是因为怕惹她生气了才来寄宿的。"

两人没有去僧房，直接就往回走了。走出大门的时候，他们还仔细看了看。因为怕郁子在什么地方看着自己。木部一边走着，一边再次问道："我知道你不是因为怕她生气才决定来寄宿的，但是你究竟是为什么要去那样的寺庙寄宿呢？"

"为了提高成绩啊。"洪作说道。

"说什么傻话。哪能提高什么成绩。藤尾会去你那里玩,我也会去。金枝会去,阿三也会去。之前我们都是在藤尾家集合,以后就改到这个寺庙吧。仔细想想,藤尾家也不是什么理想的集合场所。要穿过他家的店,多多少少还是需要一点勇气和厚脸皮的。他爸他妈他姐都盯得很紧。他们全家对我们都没有什么好感。——我感觉每去藤尾家一次,都要短几天寿命。以后就改到这家寺庙吧。大家可以不慌不忙,毫无顾虑地过去。只要在门口大喊你的名字就行了。得到你的回应之后,我们就去你房间的窗下。在窗下脱了鞋子,然后从窗子爬进你房间。"

"我总感觉不会那么顺利。我总感觉你们一喊我的名字,刚才那位巴御前①会替我出来。"

"那个女孩子吗?——老天保佑,老天保佑。"木部做出一副瑟瑟发抖的样子,学着郁子的口气说道,"——喂,你们这些人,在这边转来转去干吗呢。来,赶紧回去吧。趁天还没黑,赶紧回去吧。你们爸爸妈妈还在家里等着你们吧。虽然你们都一脸不高兴,跟个孤儿似的,但是应该都跟别人一样有爸妈的吧。"

"老天保佑,老天保佑。这样的女孩子,我可招架不住。感觉会被她数落得很惨。还是得仰仗藤尾出马啊。"

两人随意聊着,走到了藤尾家门口,看到藤尾姐姐在店里,木部就精神十足地走了进去。

---

①日本平安后期女将,生卒年不详,为木曾义仲侧室,以勇武著称,曾跟随义仲屡立战功。

"他在吗?"木部问道。

"在呢。——去吧。"姐姐说道。

姐姐对木部还是很欢迎的。

"我见他一面就行,你帮我叫他出来吧。"

"木部君跟别人就是不一样啊,这么客气。请进吧。"

"我不是一个人。"

"是洪作君吧。"

姐姐朝洪作看了看说道。洪作没想到藤尾的姐姐还记得自己的名字。姐姐接着又说道:"听说你看着老实,其实老是捣蛋?"

"不是的。"洪作说道。

但是姐姐好像没听进去,说道:"别人都是这么说你的哦。算了,你先跟木部君一起进来吧。"

"喂,那么,稍微进去一下吧。马上就得回去的哦。不能一直赖在这里。"木部说道。

木部的话,让洪作很不服气,但是他也知道对藤尾的姐姐,无论他怎样辩解,也是没用的。两人走上二楼,藤尾正盘腿坐着,在摆弄一个照相机。

"哟。"

藤尾稍稍朝两人看了一眼,又把视线转回到相机上面。

"怎么回事。跟之前的不一样嘛。"

"买了个新的。镜头非常棒。我还想着用它赚个一千美元呢。"

"怎么赚?"

"德国的一家相机公司举办了一个有奖摄影大赛。获得特等奖的话,就能拿到一千美金。我想以你们为模特,去争夺一下。这就需要有一个暗房,做暗房的话很麻烦。其实用抽屉是最方便的,但是每个抽屉都塞得满满当当的。"藤尾说道。

"你能拍好吗?你之前不都拍糊了吗。"木部说道。

"傻瓜。那不是拍糊了。是我故意拍成那样的。"

"撒谎。"

"不,是真的。而且,这次的相机更高级。在沼津谁手里都没有。"

"很贵吗?"

"还行吧。"藤尾说道,"替我跟我家里人保密哦。我跟他们说是从学校老师那里借来的。——也不能跟我姐姐说哦。"

"嗯。"

"等我赚到了奖金,就拿一部分分给你们俩。"

藤尾一副并非全然开玩笑的样子。姐姐端了红茶上来。

"那是别人的东西吧。你别老是摆弄,弄坏了怎么办。"姐姐说道。

"没关系啦。你赶紧放下红茶走吧。"藤尾说道。

"老是说些任性的话。这三天难得你待在家里,每次过来看你,都是在摆弄相机。"

姐姐说着,下楼去了。

"我们今天去了洪作的寺庙。"木部说道。

"噢。"藤尾毫无兴趣似的应了声,"我给你们拍两三张吧。——去千本浜比较好吧。"

"今天已经很晚了。"洪作说道。

"傍晚的光线最棒了。你们陪我去千本浜吧。"

结果木部说:"明天再去吧。明天我们还得再去一趟寺庙。得去谈一下寄宿的事情。那家有一个很凶的女孩。"

"那你们今天是去干什么了?"

藤尾这时才把目光从相机上挪开。

"完全招架不住。哪里还顾得上说事。还没说事呢,就被啪啪啪一阵数落。是吧?!"

木部向洪作寻求附和。

"嗯。"洪作随意回答道。

让木部和藤尾两个去寺庙,对自己来说究竟是不是一件好事呢,这是个问题。

"算了吧,我自己去。"洪作说道。

"不能让你一个人去。作为朋友,怎么能忍心眼睁睁看着你一个人去呢。"

"没事的。"

"不行,不行。——我们去跟他们说。藤尾,你也来帮忙吧。不过我先跟你说好哦,你要是不做好足够的心理准备,谁都不知道你会被他们如何对待。"

"那家人很小气吗?"

"不是小气不小气的问题。——是吧?!"

木部又转头看向洪作。

"比如说，"洪作说道，"可能会当着藤尾你的面说这样的话。——你的肚子怎么那么肥啊。就不能让它变小一点吗。"

"是的。可能会这么说。"木部说道。

"是那家寺庙的女孩说的吗？"

"是的。"

"多大年纪？"

"大概二十、二十一岁的样子吧。"

"她要是说了这样的话，你一脚把她踢翻不就行了。"

"那可不是一个简单的对手。哪里还顾得上去踢啊。防守都防守不过来了。总之，你也去会会她吧。——走路东倒西歪的。你也太人小鬼大了。连我都被她说了一顿，你都不知道会被说成啥样。"

"行，那我就去会她一会。"藤尾突然眼睛闪着光说道。

第二天，藤尾把照相机带到了学校。休息时，他身边围了好几个同学。

藤尾把几个穿着脏兮兮的衣服并排站在一起的学生收入镜头中，说道："如果这张照片获奖了，就拿出一部分奖金分给你们当模特费。"

"标题就叫沼津初中的学生吗？"一个同学问道。

"谁会加这么傻的标题啊。只要一获奖，就在全世界的报纸上公布标题。"藤尾笑着说道。

洪作问他标题时，他说："叫《贫穷的少年们》。取别的标题也不合适啊。"

到了下午,木部过来了,说道:"一放学我们就出发哦。你们就在校门口等我吧。"

"其他人干什么?"洪作问道。

"我们三个就够了。金枝和阿三只会成为累赘。"

木部说道。听他的口气,仿佛是要去跟人决斗似的。

下了课,三人一起朝校门口走去。

"你先去把相机放回家再来吧。"木部说道。

"虽然不知道是个怎样的姑娘,但既然是寺庙人家的女孩,应该身上有一些寺庙人家的女孩才有的特点吧。我就拍一张她的照片。题目就叫侍奉佛陀的人家的女孩。"藤尾说道。

"那女孩的特点跟寺庙,正相反啊。"洪作说道。

"在你们看来是这样,但是这个相机会抓住应该看到的一面。——寺庙里还有钟楼吧。"

"有的啊。有一个很大的吊钟。"

"那就让她摆出撞钟的样子,拍一张吧。"

"我劝你算了吧。你说出这样的话试试。天知道会出什么事。"木部说道。

"木部都这么说,应该是个很厉害的对手吧。行,我来出阵,你们等着瞧吧,让你们大吃一惊。我不敢说能让她倒立,让她笑还是让她哭,就看你们喜欢了。"藤尾说着,这时才突然想到似的问道,"是个美女吗?"

"——我觉得算是吧。"木部有些害羞似的说道。

"哦。美女啊。对付美女我不大擅长啊。像我姐那样的还行，更漂亮的，我就话都说不利索了。——编着辫子吗？"

"梳着桃割髻①。"洪作说道。

"撒谎。是束发②。"木部说完，不知道是不是对自己的话没自信，又改口道，"应该不是桃割髻。"三人走到港町，站在狩野川的岸边，看了一会儿河面。

"住在这里的话，就可以在寺庙里脱了衣服，光着膀子到这里来吧。"藤尾说道。

"最好还是请他们从白天开始就烧水洗澡。这里有海水倒灌进来，游完泳之后身上会黏糊糊的。"

"如果能够这样，那就最好了。不过我觉得还是不能想得太美。"木部说道。

"交给我吧。我会好好跟他们谈的。要谈的是借书桌、每天的早饭要有鸡蛋、每天三点开始要有热水洗澡这三件事吧。"藤尾确认道。

"洗澡的事就算了吧。"洪作说道。

"算了，都交给藤尾去说吧。也许能够出乎意料地谈得比较顺利呢。——不过，万一情况不妙的话，会挨骂的，所以我们还是要做好逃跑的准备。"

"行，那走吧。"

---

①日本明治、大正时期流行的一种少女发髻。发髻分为两部分，呈圆形，如同切开的桃子，故而得名。

②日本明治、大正时期流行的女性西式发型。因1885年成立的妇人束发会的推广而流行。

藤尾率先朝前走去。

三人刚穿过寺庙的大门，就见住持从对面过来了。他穿着白色的衣服，让人一看就知道这是个僧侣，手里拿着一个褐色的包裹。

"师父来了。"洪作说道。

"别慌。你要在这里寄宿的话，每天都得跟他见面的。——你先跟他介绍一下我们。"藤尾说道。

三人站在原地，等着住持过来。

等到对方走近了，洪作低头致意。

"呀。"

住持就说了这一句，看都没怎么看三人，就走出了大门。

"什么嘛，洪作。他这是完全没把你当回事啊。"藤尾说道。

"是没注意到吧。"洪作说道。

"是不记得你了。这样的话，我就不得不承担起介绍的任务啦。不过，这个人物可真够可以的啊。全然的漠视啊。一点都不在意。就说了声'呀'。"木部说道。

"你们瞧好了，我学学他的样子。"

藤尾说着，往前走了两三米，然后学着住持的步子走了回来，说了声"呀"，打量了洪作一眼。做这种事情，藤尾再擅长不过了。

"喂，有人在看。"木部说道。

"谁在看？"

"什么谁,你自己看对面嘛。"

被木部一说,洪作朝僧房看去,果然,玄关旁边的房间里,郁子正在探着身子朝这边看。

不一会儿,郁子的身影缩回了窗子后面。

"喂,我们进去吧。都走到这儿了,就只能进去啦。"木部说道。

"什么嘛。又不是什么了不得的女孩。这样子就让你们如临大敌了?"

藤尾说着,吹起了口哨。每次藤尾吹口哨,都是在他内心下了某种决心的时候。

"洪作,要来寄宿的不是我也不是木部,是你哦。你要是自己没拿定主意,那什么都谈不成。你就干脆说吧。你和阿三每次到了关键时刻,总是舌头打结,真让人发愁。"

"哪有这回事。"

洪作有些生气,但是藤尾说的也不尽是虚言。确实,每次到了需要干脆利索说话的时候,他总是会舌头打结,话都说不清楚。

"有人在家吗?"藤尾在玄关的土间大声叫道。

等了一会儿,没有任何回应,于是他又大声喊道:"有人在家吗?"

接着又喊:"你好!"

可还是没人回答。

"好奇怪。刚刚旁边的屋子里不是有人的吗?好奇怪。——这样看来。——当当当!"说完,藤尾又说道,"管他呢，我们进去吧。反正，寺庙这种地方不用打招呼也能进去的。"

"算了吧。"木部阻止道。

"你这家伙，这很不像你跟你平时的样子啊，怎么这么胆小了。"

"我觉得在这不能这么干。"木部说道，"我来喊一下吧。——有人、在家吗？"

他把有人两个字喊得很大声，在家吗三个字说得很轻。一副煞有介事的样子。

"在呢。"

郁子的声音从走廊方向远远地传来。

"你看，不这么喊是不行的。像藤尾那样粗声粗气地喊是没用的。"

"这样啊。——有人、在家吗？"藤尾也学着木部的样子喊道。

"在呢。"

郁子的声音再次传来。

"看吧，必须这么喊才行。"

木部说话的时候，走廊上传来了朝这边过来的脚步声。不一会儿，郁子的身影出现了。

"不好意思啦，你们请往正殿那边走吧。"郁子也没寒暄一下就直接说道。

"去正殿吗？可以从这里进去吗？"藤尾问道。

"请从外面绕一下吧。"

"好的。"

藤尾老老实实地退出了玄关的土间，木部和洪作也跟着走到了外面。

"为什么必须要我们去正殿呢？"走到外面，藤尾才一脸严肃地说道。

来到正殿，郁子正在檐廊上等着他们。

"有事要请你们帮忙。"郁子笑着说道。

"什么事？"藤尾说。

"你看着力气最大。能扛起榻榻米吗？"郁子说道。

"榻榻米？！榻榻米要怎么弄？"

"我想把榻榻米扛起来，拿到外面晒一晒。"

藤尾皱着脸，后退了两三步。

"我不行。我从来没扛过榻榻米。"

"没关系，你进来吧。"

"不，我不行。"

"别这么说，快过来扛吧。只有三张榻榻米。试试看嘛。很轻松就能扛起来的。"

"这种工作，还是他来做比较合适。"藤尾指了指木部说道。

"开什么玩笑！"木部后退着说道。

"他还有别的工作交给他。你叫什么名字？"

"木部。"

"木部？！这姓不错啊。那么你呢？"

"我吗？我叫藤尾。"

"那么，藤尾君请帮我把榻榻米扛起来，小木部就去打水吧。用水桶打来水，然后再用抹布把藤尾君扛过来的榻榻米擦干净。行吧？"

"不想干啊。——那洪作做什么呢？"木部看了眼洪作问道。

"你叫洪作吗？洪作就去打扫一下接下来要住的房间吧。紧邻着玄关的那个房间就给你住了。你自己去把它打扫干净。"

"好的。"洪作说道。

"你把外套的扣子扣好。扣子不扣好，看着流里流气的。"郁子说道。

"喂，喂，"藤尾故意开玩笑似的说道，"有个事儿想请教您。"

"什么事？"

"为什么要把正殿的三块榻榻米晒一晒呢？"

"漏雨了，那三块榻榻米发霉了。那就不洁净了呀。之前就想把它晒一晒了。晒干了，就干净了。"

"喂，喂，"藤尾又说道，"晒榻榻米的事必须要今天干么？"

"……"

"其实我们是因为洪作接下来要承蒙你们的照顾，所以陪他过来跟你们谈谈的。这是首先要解决的问题，所以我们想先把这个问题解决了。榻榻米的话，可以改天，找个天气更好的日子来晒嘛，您意下如何？"藤尾半是认真半开玩笑地说道。

郁子没有说话。于是藤尾又说道:"榻榻米的话,我们星期天的时候过来帮你晒。我们可以多带着班上的同学来哦。"

"不行。"郁子一口拒绝道,"你还是今天帮我干了吧。这可不是其他房间的榻榻米,这可是正殿的榻榻米哦。你还从来没扛过正殿的榻榻米吧。进来吧。积功德的事哦。"

"哇!"

"来吧,动手干吧。十到十五分钟就能干完了。——到这边来吧。藤尾君在这里把鞋子脱了再进来。"

郁子走进了正殿里面。

"情况不妙啊。"

藤尾按郁子说的脱了鞋子,走进了正殿。木部和洪作也照做了。

"就是这边的榻榻米。"郁子指着榻榻米对藤尾说道。

那是宽阔的正殿最边上的榻榻米。果然,那里有两三张榻榻米已经变了颜色。

"小木部你把鞋子穿上,绕到后门去。那里有口很大的井,你去那边打水。水桶和抹布,你走到井边就能看到。就挂在井旁边。"

"我就知道会这样。"

"小木部不要发牢骚啦。交代你的事情,你能够很快完成的不是吗。你是个运动健将吧。"

"不是。"

"不用谦虚啦。瞧你眼睛亮晶晶的——看着就聪明。——来吧,用水桶把水打过来吧。"

"得令!"

木部离开了正殿。

"洪作你赶紧去你的房间吧。把房间打扫一下,橱柜也打扫一下。之前塞在橱柜里的东西,我已经帮你全都拿出来了。"

"扫帚呢?"

"你去厨房找找。——来,藤尾君,榻榻米。"

"行嘞。"藤尾说道,接着又想了想,"能把打扫洪作房间的工作换给我吗?我真的扛不动榻榻米。洪作你别看他这个样子,其实手上很有把力气的。我不行。我因为肺不好,还休学了一年呢。"

"真的吗?看着还挺健康的啊。"

"要是帮你扛了榻榻米,我感觉我又得休学一年了。"

"别说得这么夸张。你的牢骚实在太多了。那么,洪作,你跟他换一下吧。"

"太好了。"

藤尾马上朝走廊走去。

"扛榻榻米吗?"洪作说道。

"你就安安静静干吧。你接下来就要成为这个家的一分子吧。对别人来说,这是帮忙,但是对你来说,这就是自己家的事。"郁子说道。

没办法,洪作只好开始去扛榻榻米。

"先把外套脱了再干。"郁子提醒道。

洪作脱了外套。这天他也没穿衬衣。

"你没穿衬衣吗?"

"嗯。"

"厉害了。来了一群这么厉害的家伙啊。大家都没穿衬衣吗?"

"只有我没穿。"

"——我就说嘛。"

郁子离开了正殿。洪作竖起榻榻米,扛在背上,背到正殿前面的院子里。木部拿着水桶、抹布和细细的木棒过来了。木棒好像是用来敲打榻榻米的。

"什么嘛,变成你来扛榻榻米啦。"木部说道。

"嗯。"

洪作把榻榻米扔在地面上。

"你还是把它靠在什么地方吧。这样会挨骂的哦。"

"是吧。"

洪作朝钟楼走去,把榻榻米靠在钟楼地基的石墙上。

"你还是再好好想想要不要来这家寺庙吧。连我们都被连累了。"

木部一边用木棒敲打着榻榻米,一边说道。

"别太用力了,榻榻米会绽开的。"洪作提醒道。

"稍微弄破点有什么关系。我得把它弄干净啊。"木部说道。

洪作去正殿搬第二块榻榻米时,郁子带着她母亲过来了。

"喏,他没穿衬衣,光着身子就直接穿外套了呢。"郁子说明道。

母亲说:"啊呀,啊呀,你说的都是什么话啊!"

因为扛着榻榻米,洪作先没有跟郁子母亲打招呼。

"看着瘦巴巴的,想不到还挺有力气的呢。"郁子说道。

"好啦,好啦。"母亲责备女儿,"去烧洗澡水吧。都弄得满身是灰了。"母亲看起来很和气。

"那就让藤尾君和小木部去烧洗澡水吧。"

"别推给别人啊。"

"没事的啦。——反正他们都是玩。"

洪作听着郁子的话,扛着榻榻米走到了外面。

"同事,辛苦啦。"

藤尾好像是从玄关出来的,脚上穿着寺庙的木屐站在那里。

"敲榻榻米的话最好用竹竿。后门那边好像有,去找一下吧。"藤尾对木部说道。

"你打扫完房间了?"

"打扫完了。"

"好快啊。"

"就简单打扫了下。"接着,藤尾又对洪作说,"晒榻榻米要晒背面的。翻个面吧。"

郁子从正殿走到院子里,说道:"榻榻米至少得晒一个小时左右。在晒好之前要不就帮我去拎洗澡要烧的水吧。"

"扑通!"

藤尾露出夸张的表情。

"这是什么咒语啊?"

"被吓得扑通一跳,就只能用扑通这样的词语来表达啊。你刚才不是说让人去帮你拎洗澡要烧的水吗。这里除了我们几个就没别人了,所以你这话只可能是对我们说的啊。也就是说,被要求去拎水的是我们啊。"

"是啊。"

"是啊,你说得倒是轻巧,可这对我们来说不是一件容易的事。拎水需要相当大的肉体劳动,而且关系到自尊心。"

"没必要想得这么难吧。只是去拎水而已。你们三个一起拎的话,很快就能拎满了。不用三个人,两个人就够了。剩下一个人就负责烧火吧。"

"扑通!"

"不要再发出奇怪的声音啦。——来吧,小木部和洪作去后门那里吧。藤尾君是个懒蛋,就去烧火吧。"

"哇!"藤尾喊道,又对木部说,"怎么办?"

"我准备就这么干。我跟洪作去拎水,你去烧火。干吧。也只能干啊。这是命令啊。我们去拎水,你就好好烧火吧。五右卫门①被放在锅里煮的时候,也是有人拎水,有人烧火的。"木部说道。

---

① 石川五右卫门,相传为日本战国时期安土桃山时代的一名侠盗,因盗窃丰臣秀吉的一件名贵茶器被捕,并被处以极刑——被放入锅中活活煮死。其事迹在日本民间广为流传,成为了文艺创作的题材。

"傻瓜。那不是水,那是油。是把油锅煮开。"

"是吗,那是油啊。一想到油锅煮开,我就想到了天妇罗。"

"啊呀,喜欢吃天妇罗?那今天就做天妇罗给你们吃吧。虽然只有蔬菜天妇罗。"郁子说道。

"我们三个都可以留下来吃吗?不是只有洪作吧。"木部说道。

藤尾在一边插嘴道:"天妇罗吗?天妇罗的话,我和木部炸得很好的哦。在游泳集训的时候,我们可炸了好多呢。"

"反正有人请吃饭,要是把金枝和饼田也一起带来就好了。让他们做芝麻拌茄子,我们来炸天妇罗。"木部说道。

"别尽说些任性的话。——来,去后门拎水吧。"

郁子说完,又进正殿去了。

"太吓人了。——惊吓,明虾,基围虾。"木部说道。

"真是吃不消了。先是晒榻榻米,还要拎洗澡水。——藤尾,你要撑住哦。我们是为了谈洪作寄宿的事情才来这里的。"

"让人吃不消的是你吧。我是想着一定要拒绝拎水这件事的,是你兴冲冲地同意的!"

"我确实是同意了。还拒绝,你争得过人家吗。我们要拎水的命运,在她说出这话的时候就已经被决定下来了。先不说这些,你去跟人家谈啊。洪作这家伙也是有点问题。从刚才开始你就一言不发。我们会落到这个地步,都是因为你。"

"你们不用替我去谈啊。我总觉得到这里寄宿之后会很惨。"洪作开口道。

"我觉得不一定啊。也许很有意思呢。至少那个大姐大,多棒啊。跟普通女孩完全不一样。她还说要请我们吃天妇罗呢。我觉得那跟一般的天妇罗肯定不一样。不管怎样,我们可以一边吃着天妇罗,一边再跟人家谈谈。"藤尾说道。

"我也觉得这个寺庙并不是一无是处啊。洪作你在这里寄宿,我们可以每天都过来玩。那个大姐大也会成为我们的一分子。虽然她使唤起人来毫不客气,不过也很大方啊。她会每天都请我们吃天妇罗或咖喱饭吧。"木部说道。

但是洪作依然觉得有些难以安心。

"来吧,诸位,不如汲水去如何?"

藤尾朝前走去。木部和洪作也跟了上去。

转到后门,郁子正在清洗露天的洗澡木桶。她把和服袖子卷起来,用刷帚使劲地擦着木桶,动作非常利索。

"来,帮我打桶水。"

"好嘞。"

木部脱下外套、衬衣和裤子,光着身子。洪作上半身已经光溜溜了,就只脱了裤子。藤尾还是穿着衣服,说道:"要是下雨了,这里就没法泡澡了。还是得有个屋顶啊。"

"只有夏天才拿到外面来的,在外面比较舒服嘛。冬天哪能在外面洗澡啊。"郁子说道。

藤尾咔嗒咔嗒压了几下井边的水泵,说道:"这个水泵是老式的。很浪费人力。压一下就只能出一点点水。"

"别光是发牢骚,你去烧火吧。"

"里面还没水呢。"

"可以先烧起来。马上就倒水。"郁子口气粗鲁地说道。

拎好洗澡水,把榻榻米收进正殿,已经是傍晚了。

三人在玄关旁边的房间等着晚饭。据说这个房间以后会给洪作住。房间有六叠大,两边都有窗。角落里放着一个衣橱。

"我的东西可装不满这么大的衣橱。"洪作说道。

"这衣橱应该不是为你准备的吧。"木部说。

"是吗?"

"我觉得是这样。"

"哎呀,哎呀。"

藤尾站起身,拉开衣橱的抽屉。

"里面装满了衣服啊。还有僧袍呢。"

他从上到下一个个拉开抽屉来看。

"下面两排是大姐大的衣服,上面两排是师父的衣服。"

这时,郁子走了进来。

"别把衣橱都打开啊。你们赶紧去洗澡吧。马上就可以吃好吃的了,吃之前你们先把自己洗干净。"

"行嘞。"木部说道。

"一个个去洗。水变少了,就自己添上。还有,不要把布手巾带进去。"郁子说道。

"就按小木部、藤尾君、洪作这样的顺序去洗吧。洪作你脖子上全是黑乎乎的,要好好洗洗哦。"

"嗯。"洪作说道。

但是他心里很不服气,又不是只有自己的脖子黑乎乎的。

"我把布手巾给你们放这儿了哦。"

郁子离开了房间。

"太棒啦!"木部朝后面一躺,说道,"太棒啦,真是棒得不能再棒啦。我都想在这里寄宿了。要么我也离开家,到这里来寄宿吧。"

被他这么一说,洪作也觉得寺庙里的生活似乎也还不错。

木部去洗澡的时候,藤尾走出房间,不知道从哪里搬了个棋盘过来。

"会下棋吗?"藤尾对洪作说道。

"不会。"

"五子棋会吗?"

"不会。"

"你这家伙,什么都不会呀。你生下来到现在都干了些啥啊。来,我来教你下五子棋吧。"

两人一人执白,一人执黑,正在下五子棋的时候,木部脖子上挂着湿哒哒的布手巾走了进来。

"喂,藤尾你去洗吧,我来替你下。"

藤尾从木部手里接过布手巾,就穿了一条短裤,双手拍打着肚子走出了房间。

但是，很快他又回来了。

"玄关那里有客人。"

"那你就从窗户出去吧。"木部说道。

"从窗户出去可以吗？"

"能有啥事。窗户开着不就是让人从这里出去的嘛。"

"行。"藤尾说道，"我从窗户出去，你先把木屐拿给我。"

"你这家伙真是麻烦。洪作你去给他拿吧。"

"我也光着身子呢。"

"真拿你们没办法。"

木部走出房间，不一会儿，拿了一双穿着白色带子的木屐回来了。

"辛苦啦。"

藤尾拿着那双木屐，从窗户跳到了院子里。

洪作和木部下了好几盘五子棋，但是藤尾去洗澡还是没回来。郁子走进房间，问道："大家都洗好澡了吗？"

"我还没有。"洪作说道。

"慢慢吞吞的是在干吗呢。赶紧去洗。"

"藤尾还没出来呢。"

"不可能呀。好久之前就看他去洗了啊。——应该很早就洗完了呀。你赶紧去洗吧。"

听了郁子的话，洪作站起身来。洪作也穿了一条短裤就绕到后门去了。走到僧房的厨房边，就听到了藤尾的歌声。

——娶个老婆，才貌双全，有情又有意。交个朋友……

藤尾正坐在洗澡木桶边上冲洗的地方，抱着膝盖唱着歌。

"你洗了好长时间了。赶紧起来吧。"洪作说道。

"这是我自己烧的洗澡水。哪能轻易出来。"

"我还没洗呢，又挨骂了。"

"被大姐大骂了？"

"嗯。"

"行吧，那我就出去吧。"

藤尾擦着身子，洪作马上跳进了木桶。

"把手巾给我留下。"

"好嘞。"

藤尾大声地唱着歌回房间去了。

洪作就在洗澡水里浸了下，很快用布手巾擦干身体，穿上短裤。他不喜欢泡澡。接着他又往灶门里扔了两三块木柴进去，用水桶拎了水，把洗澡水添上。郁子走出来，大叫一声："啊呀！"

"你怎么穿了师父出门穿的木屐啊。"

被这么一说，洪作朝自己脚上看去，刚才藤尾穿过来的木屐正穿在自己脚上。

"这不是我穿过来的。"洪作说道。

"可现在不是穿在你脚上吗。那可是师父出门做客穿的木屐。是他最好的一双木屐。连师父他自己都很少穿的。你瞧上面的带子，都被弄得湿哒哒的了。"郁子说道。

"是藤尾穿过来的。"

531

"那你是穿什么过来的?"

被这么一问,洪作不知道该怎么回答了。他不记得自己是穿什么过来的了。应该就是穿了僧房玄关处放着的某双木屐吧。

"总之,你把它擦干净,放到玄关的木屐箱去。要是被发现了,肯定要挨骂的哦。"

洪作觉得自己吃亏了,但还是老老实实地点了点头。

洪作回到房间,藤尾和木部还在下五子棋。过了一会儿,他们下完一盘,木部说道:"没有象棋吗?"

"行嘞,我去拿。"

藤尾站起身。

"你知道哪里有吗?"

"对面那个房间的壁龛里就有。棋盘也在那里。"

藤尾离开房间,但是过了很久都没有回来。这时,郁子过来了。

"谁帮我把桌子从厨房搬过来一下。"

木部和洪作赶紧站起来。他们从厨房搬来桌子之后,接下来又听从郁子的吩咐,在房间和厨房之间来回了好几次。木部拿了一个里面装满天妇罗的大盘子,洪作端着一个盛满了汤汁的锅。

"藤尾君呢?"郁子像是刚刚才发现似的问道。

"他刚刚说去找象棋盘,还没回来呢。"木部说道。

"家里没有什么象棋盘。哪会有那种东西。师父很讨厌象棋的。"

接着，郁子又说道："真是拿你们没办法。你俩赶紧去找找吧。他会不会是去正殿了?!"

"会不会去那个房间了。"木部说道。

"那是师父的房间。"

"但他会不会是进那里了?"

"是吗?"

郁子说着，竖起耳朵听了一下。

"啊呀，真的呢。好像在跟师父说话呢。能听到他们的说话声。——你们去把他叫过来吧。"

木部和洪作拉开了走廊另一头的房间的隔扇门。这个房间面朝中庭，非常宽阔。藤尾正端端正正地坐在房间的另一头。对面靠近檐廊的地方，放着一张书桌。师父正坐在书桌前。中庭几株绣球花巨大的蓝白色花球映入了洪作的眼帘。

"请容我跟您介绍一下。这位是我的朋友，名叫木部。"

藤尾语气正式地介绍道。接着他又转向木部，说道："坐到这里来。"木部在藤尾旁边坐下，朝师父低头致意。洪作也同样跟着做了。

"这位是接下来将会给您添麻烦的洪作君。"

师父朝木部和洪作瞥了一眼，但是很快又将视线转回到了中庭，说道："你们也下象棋?"

"我们不下。是藤尾想下。"木部说道。

"咦，你不是说也想下的吗。"藤尾说道。

"不，我不喜欢下象棋。我知道怎么下，但是不喜欢下。"

师父的视线又转到洪作身上。

"我不会下。"洪作回答道。

于是师父说道:"我刚刚跟这位同学说了,上初中期间最好不要下围棋也不要下象棋。你们不喜欢下象棋,那就不用多说了。最好是不要下。把下围棋象棋的时间都用在学习上。学习就是你们的工作。"

"是,一定好好学习。"藤尾说道。

"你们几个怎么看都不像是爱学习的样子。可别说什么通过下象棋学习人生道理。那些都是歪理。"

"是。"

"嘴上说着是、是,看起来还是没听进心里去啊。"

"好发愁啊。"藤尾挠了挠头,"我可以走了吗?"

"没有什么可以不可以的。是你自己随意走进来的。擅自进入别人的房间,还在那里噼里啪啦乱翻一通,这种行为很不好。"

"是。"

"那你们就走吧。"

三人朝师父低头行了一礼,然后就离开那个房间,回到了洪作的房间。

"吓死人了。"藤尾说道,"一见面就来了个下马威。我现在的信用值为零了。"

这时郁子端着茶进来了。

"来吧,没什么好东西,但还是请用一些吧。后面就要请你们去厨房吃饭了,今天破个例。"

说完，不知道是不是准备在一旁照顾大家，郁子在餐桌边坐了下来。

"能借张桌子吗？"藤尾开口道。

"什么桌子？"

"就是学习用的书桌。"

"连书桌都没有吗？书桌这种的还是请自己带吧。"

"那就把我家的借给你吧。"木部说道。

"早饭有鸡蛋吗？"藤尾问道。

"鸡蛋可以有啊。不过，得帮忙养鸡哦。"郁子说道。

三人没客气，吃得肚子鼓鼓的。已经跟郁子很熟了，所以也就没有了在别人家的那种拘束感。

"今年夏天，可以来这里游泳吗？"木部问道。

"可以啊。一起去游。因为一个人去游泳不像话，所以我到现在为止都没去游过泳呢。如果你们也游，那就一起去呀。"

"我们可以在这里脱光衣服再去吗？"

"当然可以啊。就算是去千本浜游泳，也可以把衣服脱在这里哦。我们可以沿着河，走到入海口，然后再去海滩。这么走的话，就可以先在这里把衣服脱了。"

"是吗？"

藤尾有点没自信。这里离千本浜还挺远的。要光着身子走到那里的话，还是挺需要勇气的。

"你们会划船吗？"

"会啊，不就是船嘛。"木部说道。

"是吗。我也会划。我们每天都去划船吧。"

"每天都去吗?"

"那会儿你们不是学校放假嘛。"

"放假倒是放假。"

"放假了就算每天都去划船也没事吧。我们可以想划船就划船,想游泳就游泳,到了傍晚就回到这里,烧好洗澡水洗澡。"

"还要我们拎水吗?"洪作问道。

"当然啦。自己要用的洗澡水总得自己烧吧。"

"洗完澡之后还可以吃饭吗?"

"饭就不请你们吃了。今天是破例。因为你们帮我扛了正殿的榻榻米。"

接着,郁子又说道:"七八月的时候还有大扫除。到时候你们也来帮忙吧。大扫除的时候可以请你们吃饭。"

"这个寺庙要大扫除的话,会很累吧。"

"这个当然很累了。你们从现在开始就做好心理准备吧。"

"我们每天都去游泳划船的话,师父会生气吧?"藤尾说道。

"那我们就尽可能不要让他知道。大家一起出去的话,太惹眼了。所以就一个一个出去。——洪作你到底什么时候过来?"

"五月初要去西伊豆旅行,等旅行结束了就马上过来。"

"早点过来吧。我每天一个人做早晨的洒扫太累了。"

"啊!"洪作喊道。

"喊什么喊。太粗俗了。——你们要去西伊豆旅行?真不错啊。我也很想去呢。可是我去不了。因为我是女孩子,所以家里不会让我去旅行的。这会儿的西伊豆,应该很棒吧。"

话音刚落,就听得藤尾吟诵道:"——一起前往吧。遇见未见之高山。绿色满眼帘,青山高耸云霄间。"

吟诵完毕,他指着木部说道:"这是他写的和歌。"

"你刚念的不对。是入眼皆美景,山在碧空白云间。"

木部纠正道。

"啊呀,小木部,你还会写和歌呢。很有意思啊。"郁子两眼放光看着木部说道。

第十三章

五月初,洪作决定搬到寺庙去。一床被子,一个箱笼,就是他所有的财产。在真门家的时候,他也用书箱,但那是俊记的东西,所以不能带去寺庙里。

"买个书箱吧。不是已经拿到钱了吗。"姑姑提醒道。

"书桌也要买哦。书箱书桌都不带的话,也太丢脸了。"

"没事的。"

"你说的没事,可不太靠得住。"

跟平时不一样,姑姑似乎格外地爱怀疑。

"为什么这么说啊?"洪作问道。

"也没什么为什么。"姑姑说道。

她可能就是有这样的预感吧。是洪作这段时间的言行,让姑姑有了这样的预感吧。被子和箱笼都托付给了送货店,所以洪作只需要空着手去寺庙就可以了。

送货店把行李送到寺庙这一天,洪作离开了真门家。

"那我就走了。"洪作向姑姑告别道。

"就算去了寺庙,偶尔也要回来看看。"

"嗯。"

"我照顾了你那么久,要是不经常回来看看,可就没道理了哦。"

"放心吧。我每星期六回来。"

"每星期六回来的话，寺庙那边交代不过去，还是不要每星期六回来了。"

"不，就每星期六回来。"

"每个月回来个一两次就可以了。在这里住一晚再回去。不管怎么说，去吃吃别人家的饭，对于你这样的人来说或许还是一剂良药呢。"

"不，我每星期六回来。脏衣服会堆起来的。"洪作说道。

"脏衣服什么的，就自己洗嘛。"

"不，我要带过来。"

"这可真是，这可真是，那我可就谢谢你了。"姑姑一脸说不出话来的样子，"真是没吃过苦啊。像你这样的孩子还是得送到寺庙里去啊。"

离开住了一年的真门家，洪作还是感到了一种寂寞。寄宿到沼津的寺庙之后，每天忙着玩，大概不怎么会回三岛的姑姑家了吧。但是，无论如何，一个月也得回来一次，就当是为了回来洗衣服吧。洪作这样想道。

这天，洪作在学校跟增田和小林也打了个招呼。

"我从今天开始就要寄宿到沼津的寺庙去了，不住在三岛我姑姑家了。"洪作说道。

"寄宿的话，会很自由，一定要很自律才行啊。"

增田一脸严肃地说着一本正经的话。进入初四之后，增田变得更像个书呆子了。

洪作觉得增田的脸色有些发白,不知道是不是因为被绿叶映照的。

"没事的。我会做好时间表,安排好学习的。"洪作说道。

"是吗,那就太好了。我们一起努力学习吧。我打算从初四开始备考静冈高中。就当是为了哥哥的复仇之战。"

增田说道。

增田的哥哥为了背英语单词,背一页,就把字典上那页单词撕下来吃掉,可就算这样,他今年春天考一高还是没考上,进了第二志愿的私立大学医学部。增田最近也不再步行上学了,换成了坐电车上下学。他想把每天步行上下学消耗的能量用到学习上。所以,现在从三岛步行到沼津初中上学的就只有小林了。

小林一脸感慨地说道:"是吗,你要寄宿到沼津了啊。这么一来,从三岛走着来上学的就只有我一个啦。之前你不跟我一起走了,我也是一个人走,但是一想到你也还在走这条路,心里就觉得挺安心的。——是吗,最终只剩我一个人了啊。"

看着小林这个样子,洪作觉得他挺可怜的。

"这不挺好的嘛。你要坚持到最后哦。千万不要坐什么电车。"洪作说道。

"我才不会坐什么电车。增田给自己找了理由,但是我觉得那家伙其实就是不想走路而已。在路上碰到女学生的时候，那家伙总是很害羞。他不想让人把他看成是连车费都出不起的穷人吧。可是，这也是没办法的啊，这本来就是事实啊。"小林说道。

"你家又不穷。"洪作说道。

"看着是不穷。但其实很穷。就靠抚恤金过日子呢。我妈每个月都得想方设法筹钱。我看着这些，心里很不好受。老实说，我也不知道坐电车和走路，哪个更省钱。走路上下学很费鞋。"小林说道。

听了小林的话，洪作很想安慰安慰小林。

"我去寺庙寄宿，也是为了省钱。我得帮寺庙做事情，然后他们就会让我免费吃住。"洪作说道。

"阿洪你的情况很奇怪啊。你爸是现役的军医吧。怎么可能那么穷呢。"

"可就是很穷啊。"

"所以我们总是觉得很奇怪。你明明不穷的，却总是一副穷酸兮兮的样子。"

"我看着穷酸兮兮的吗？"

"是啊。"

"是吗。"

"你看，你的皮鞋总是破的。连衬衣也不穿。也没有钢笔。还不穿袜子。外套的袖子都磨破了。帽子也很奇怪。那是你小学时候的帽子吧。"

被小林这么一一列举出来，洪作感觉自己竟无力反驳。自己就不该同情小林，洪作心想。

541

这天是星期六,只有早上有课。明天是星期天,而且后天星期一要去远足,也没有课,所以所有学生都很悠闲。只有洪作很忙。接下来他要去寺庙寒暄两句,因为从今往后就要麻烦人家了,然后三点整必须要坐上从御成桥下出发前往伊豆西海岸的内燃机船。

上午上完课之后,洪作请木部跟他一起去寺庙。外宿两晚去伊豆西海岸旅行这事必须得跟寺庙那边说一声。去伊豆旅行的事,郁子是知道的,但是还必须得告诉住持。跟人家说这事,原本是藤尾更为擅长,但是因为有之前的象棋盘事件,藤尾在住持那里似乎没什么信用可言。所以还是和木部一起去更好些。去寺庙路上,洪作确认道:"你真的能借我书桌?"

"别着急。我肯定给你拿来。连坐垫也一起给你拿来。"木部说道。

"坐垫我自己有。"

"你就算有也只有一个吧。在外面寄宿之后,客人会很多,起码得有四五个坐垫吧。我会偷偷拿给你的。"

"你去偷哪里的?"

"我自己家的,不用担心。我家有一些专门为客人用的。"木部说道,"不管是拿书桌还是拿坐垫,都要瞅好时机。还得有你帮忙。找个月明之夜,你从我房间的窗户偷偷进来。"

"我不想做那样的事。"

"没事的。别担心。一切都交给我吧。你有宽袖子的棉袍吗？"

"我哪会有那种东西。"

"那棉袍也给你拿一件。在考试前复习的时候，你把棉袍蒙在头上，就能提高学习效率。就算不能提高学习效率，也很有考试前复习的氛围，感觉很好。我会跟藤尾说一声，让他拿一件棉袍过来。藤尾家有钱，就算少个一两件棉袍，也不会有人注意到的。——火盆你有吧？"

"没有。"

"你这家伙真是什么都没有啊。火盆就跟饼田阿三要吧。我记得有一次去阿三家玩的时候，那家伙特别怕冷，身边放着两个火盆。就从他那里拿个小的吧。水壶有吗？"

"没有。"

"水壶就从学校宿舍那边借一个吧。反正后面会还给他们的，也不是什么不好的事。茶叶也顺便拿学校宿舍的吧。"

木部高兴地说着，仿佛是在说自己的事情。

来到寺庙，郁子很快出现在玄关。

"你的行李已经送过来了。是棉被和一个箱笼吧。被子我给你从包裹里拿出来晒过了。来，快进来吧。房间也给你打扫好了。"

"不能进去了。我们要坐三点钟的船去三津。"木部说道。

"啊呀，今天就出发吗？"

"是的。"

"那这事必须得跟师父说一声。——要是不说一声就去的话，会被骂的哦。"郁子说道。

木部和洪作走进玄关，很快打开了住持房间的隔扇门。住持正把藏书都搬到檐廊下晒书。檐廊上放满了书。住持看到两人，说道："请进。"

两人在房间门口坐了下来。

"从今天开始就要给您添麻烦了。"木部寒暄道。

"是你要住过来吗？"住持说。

"不，不是我，是洪作君。"

"那你又是谁呢？同伴？"

"是的。"

"同班同学吗？"

"比他高一个年级。"

"所以才照顾他吗？"

"嗯，算是吧。"

"留级的不是你？"

"我可没有留级。"

"那是另外一个人吧。"接着，住持又说道，"你们家把这么重要的儿子交托给我，我也是感觉压力很大。来这里之后，如果不好好学习的话，我也会很为难的。你父母那边也是这么说的。绝不允许外宿。除非有特殊情况，否则晚上不准出去。"

"是。"洪作说道。

这个声音自然而然地就从嘴里跑出来了。

"你从今天晚上开始就来这里吗？"

"是。"洪作说道。

"是从星期二开始。"木部纠正道。

"星期二？那不是三天之后吗？"

"是的。"

"不是从今天开始吗？"

"不是从今天开始。"

"我不是在问你。"师父说道。

木部挠了挠头。

"我们要去旅行。"洪作说道。

"是学校组织的？"

"是跟朋友一起去。"

"去哪里？"

"伊豆。西海岸。"

"几个人去？"

"除了我之外，还有四个人。"

"钱怎么办？"

"大家一起出钱。"

"你们父母都知道这事吗？"

"知道的。"

这是木部回答的。

"唔，这事究竟是好是坏呢。——你们到底为什么要去旅行？"

"为了作和歌。"

又是木部的回答。

"谁作和歌?"

"我们。"

"哦,还要作和歌啊。要作怎样的和歌呢?"

"我不会作和歌,但是木部会。一起前往吧。遇见未见之高山。入眼皆美景,山在碧空白云间。还是绿色满眼帘,青山高耸云霄间来着?"

洪作问道。但是木部没有回答。

"你再说一遍。"

师父的神色突然变得认真起来。

"——一起前往吧。遇见未见之高山。入眼皆美景,山在碧空白云间。"

洪作再次语气平板地低声念了木部作的和歌。

"这是你作的?"师父朝木部问道。

"是的。"木部回答道。

"既然你都说了一起前往吧,我也不能说不准你们去。那就去吧。学校方面知道你们要去旅行吗?"住持问道。

"一个叫眉田的老师知道。我们会把作的和歌拿给他看。"木部说道。

"这样的话,就不会有什么差错了。去吧。不过,你这小子看着不像是能写和歌的,没想到写得真不错啊。学习成绩怎么样?"

"不好。"

"不好可不行啊。"师父说道。

但是跟刚才不同,他的语气中并没有斥责的意思。木部一副露脸了的得意模样。

两人从住持房间出来之后，看了眼洪作的房间，就马上从玄关出去了。郁子从身后追了上来。

"你只有那些行李吗？"

"是啊。"

"书桌和书箱呢？"

"没有书箱，书桌后面再拿来。"洪作回答道。

"书桌会从我那里搬。"木部说道。

结果，郁子左右打量着两人，说道："你们几个都是坏小子。"接着，又对洪作说道，"你不是从你妈妈那里拿到了买书箱和书桌的钱吗？还有买皮鞋的钱。我可都知道哦。"

"我妈写信来了吗？"洪作问道。

"你要是把钱浪费在那些无聊的事情上，我可饶不了你。"郁子训斥道。

"我把一部分钱用作旅费了。"

"就算是旅行，你们的旅行，那费用也都是算得出来的。——师父那里你们能糊弄，我这里可不会被你们糊弄。"

"我们准备用洪作的钱带两个身无分文的朋友一起去旅行。"木部说道。

这事洪作还是第一次听说。

"真的吗？"洪作说道。

"要从你和藤尾这里分一些多余的钱。阿三和金枝一点零花钱都没有，所以就没办法啦。"木部说道。

"这次就不跟你们计较了。等下次拿到了钱，就都交给我吧。我来给你保管。在外面住两晚就回来是吧。回来之后,有一场葬礼。正好是有葬礼的日子。"

郁子说话的语气让洪作很在意。总觉得有些让他无法安心的事。

"有葬礼是什么意思?"洪作问道。

"没什么意思。就是有葬礼,所以跟你说一句罢了。——不过,要是忙不过来了,也得让你帮忙。"

看到洪作一脸严肃,郁子又笑着说道:"开玩笑啦。——放心吧。"

"我来帮忙,帮多少忙都行。只要把经文记住就行了吧。我一个晚上就能记住。而且,我的朋友当中有一个把经文背得滚瓜烂熟的。跟他说这事的话,他肯定会很高兴来的。"木部认真地说道。

他有一个小习惯,每当碰到感兴趣的事情时,就会两眼放光。

"傻瓜。怎么会让你们来念经呢。这可关系着我们寺庙的信誉。顶多就是让你们帮忙扛扛大花圈。"

"这也可以啊。"

"傻瓜。"

"真的可以啊,就算是扛花圈也行。——我想干。想试试。"

"小木部你真是太让人吃惊了。"郁子说道,"那你们就去吧,注意安全。——是坐船去吧?"

"是的。"

"真好啊。我也想去。"

"要是能去就好了。"洪作说道。

"只要师父说可以,就能去啊。洪作的钱还有多余的,还能再出一个人的钱。"木部说道。

"别太说得得意忘形了。"郁子说着,又跟之前那样,伸出右手,拉住木部学生帽,狠狠地往下拉了拉,"帽子要这样戴。"

"那我们走啦。"

两人马上离开了郁子。走出寺庙的大门,木部"啊——"地大大叹了口气。

"帽子要这么戴吗?之前我感到的是愤怒和屈辱,但是这次却感到了陶醉。就像是被美丽的事物打了一巴掌。——啊,她真的很不错啊。跟一般女人完全不同。一点也不像是个出身寺庙人家的女孩。非常自由。不被任何东西拘束。美丽的野性,美丽的泼辣。你要是看她这样,一时大意的话——别说得太得意忘形啦,啪地一巴掌。——啊!"木部大声叫道。

"好啦。"洪作说道。

他心想,以后还是不要让木部靠近寺庙比较安全。

木部和洪作沿着御成桥下小小的石台阶往下走,又走过沿河的小路,来到了前往伊豆的内燃机船停靠的码头。

船已经靠岸了,但是看不到一个乘客的身影。离开船时间三点还有二十分钟。这是一艘二三十吨的小船。船体在河面的波浪中不停地摇晃着,上面小小地写着土肥丸三个字。

不一会儿，来了四五个乘客。这些男男女女一看就是乡下人。他们可能是来买东西的吧，每个人手里都抱着几个包裹，吵吵嚷嚷地说着话，上了船。

藤尾和金枝也来了。金枝两手空空，藤尾拎了一个小小的帆布旅行袋。

"你们什么都没带吗？"藤尾说道。

"啥都没带。"木部回答说。

"起码得带上洗漱用品吧。牙刷呀布手巾什么的都没带吗？"藤尾说道。

木部从口袋里掏出牙刷给藤尾看了看，又给他看了夹在腰带上叠得小小的布手巾，说道："牙粉和肥皂就借你的。"

"我什么都没带。都要借。"洪作说道。

"完了，完了，带了个麻烦哦。"金枝说道。

"你不也是两手空空吗。"洪作说道。

"开什么玩笑。牙刷、布手巾、肥皂、记事本、钢笔，还有日记本、船上读的书，我都带了哦。放在藤尾的旅行袋里了。"金枝说道。

洪作心想，去别人家住，自己确实也应该带上手巾牙刷什么的。但是之前完全没想到，也没办法了。

"阿三怎么回事？"藤尾看了眼手表说道。

"应该快到了吧。"木部说道。

"不知道能不能赶上。"金枝说。

"阿三是完全没有时间观念的。就不该让他一个人来。应该让谁去带他一起来。"

"这家伙真拿他没办法。所以我就说嘛,这次旅行就不要把阿三加进去。加洪作一个就够够的了。"藤尾说道。

"我才不用你来照顾。"

洪作有点不高兴。

"别说大话。你知道我们今天晚上要住在哪里吗?"

"那我可不知道。"

"你看,你这不是什么都不知道嘛。"

藤尾说着,又看了眼手表。

到了三点开船时,饼田也还是没有出现。

"行啦,没办法,就不管他了。"金枝说道。

"让船再等十分钟吧。"

木部去跟正在岸边抽烟的船长交涉了一番,又很快回来,说道:"说是还能再等五分钟。但是等不了十分钟。"

听了这话,藤尾说道:"是吗。那我再去跟他谈谈,让他等十分钟。"

说完他去找船长。回来的时候说道:"说是可以等八分钟,八分钟。"

最后,过了三点十分,船长大喊一声:"喂,大家赶紧上船,要开船啦。"说完,他自己率先上了船。洪作他们也放弃了继续等饼田,跟着上了船。

"咦,那不是阿三吗?"

最后上船的木部朝岸边看了一眼说道。果然,正沿着御成桥下的石台阶往下走的,就是饼田。他看着一点也不着急的样子,慢悠悠地迈着步子。

"喂，来了，来了。——等一下。"藤尾朝船长喊道。

船已经发动了，船体摇晃着，但是并没有离开岸边。

"喂！"木部和金枝大喊道。

结果，饼田停下了脚步，也"喂！"地喊了一声，接着举起了右手。

"真拿他没办法了。怎么还停下来了！"藤尾说道，"谁去把他叫上来吧。"

"行嘞。"

洪作再次从船上回到岸边，朝饼田跑去。不知道怎么回事，饼田停在半路上不动了。

"船马上就要开了，赶紧的！"洪作说道。

"不能让他们等一下吗？"饼田说道。

"已经让他们多等了十分钟了。再不快点，船真的要开走了。"

"是吗，那就没办法啦。"

饼田朝前走去。他上了船，对藤尾说道："我去你家叫你了。"

"谢谢你去叫我了，不过我三十分钟前就出发了。"藤尾冷冷地说道。

"我还在你家什么地方落了东西。"

"落了什么了？"

"是矶村说请大家吃的东西。——是一个很大的包裹。好像是东京一家叫什么的店里卖的面包、奶酪、火腿之类的。"饼田说道，"奶酪、火腿这些东西，你们很少吃到吧，很好吃哦。真是可惜啊。"

船开到河中央,鸣了一下汽笛,接着朝入海口方向驶去。

洪作他们没有进狭小的船舱,站在靠近船尾的甲板上。在靠近河口处,船开始剧烈地摇晃起来。浪花不时地溅到洪作他们的头上。

船行到出海口,很快就能看到夏天开游泳训练班的静浦的海岸了。潮水的缘故,船在离岸很远的地方行驶着,所以静浦的海水浴场、松树林,还有海边的丘陵、人家,看起来都像玩具一样小。

"好舒服啊。"洪作吹着猛烈的海风说道。

一旁的饼田嗓子发出奇怪的一声"呕!",说:"我感觉胸口有点奇怪。"

"阿三,你不会这就晕船了吧?"藤尾一脸吃惊地说道。

"晕什么船!我就是胸口不大舒服。怎么回事啊?——呕!"

"你就是晕船啦,很想吐吧。"

"嗯,不过,我可不是晕船。"

"真拿你没办法。你这个样子就是晕船啊。——你没坐过船吗?"

"小艇啊手划船这些坐过好多次了。但是我从来没晕过船。坐这种内燃机船是第一次,不过,我可不会晕船。"

"很不舒服吧?"

"嗯。"

"去船舱里躺着吧。"

"没事。不过还是很不舒服。有点恶心。——呕!"

"你别发出这种奇怪的声音。想吐就吐吧。"

"不,我要忍住。"

"没必要忍住啊。吐了之后,就舒服了。"

"没事。"

饼田站在甲板上,一脸严肃地迎风而立。过了一会儿,他摘下帽子,脱了外套,这还不够,又把背心也脱了,露出他那完全不值得骄傲的瘦弱的胸膛。

"干吗要光着身子?"洪作问道。

"这样轻松一些。身上穿着衣服,总感觉很重,很让人讨厌。"饼田用单薄的胸膛迎着海风,又说道,"呕!——我要把裤子也脱掉。"

这时,木部走过来说道:"阿三,你脸色发白。这是晕船啦。"

"我可没晕船。就是有点不舒服。"

"这样啊。"木部瞪着脸色苍白的饼田,"就算晕船了,阿三也不会承认的,有什么办法呢。行吧,就当你不是晕船吧。不是晕船,只是有点恶心是吧。"

"呕!"

饼田走到栏杆边上,向海里呕吐,好一会儿他的嗓子深处发出痛苦的声音。过了一会儿,他说:"好了。"

把胃里的东西都吐出来之后,饼田马上恢复了精神,他穿上背心、外套,说道:"我已经好了。"洪作这是第一次看到饼田到最后也咬牙不肯承认自己晕船的倔强模样。饼田还有这样一面啊,他心想。但是,没过多久,饼田又感觉不舒服了,又把外套和背心揉成一团放在脚边,脸色变得比之前更苍白了,不停地发出"呕!"的声音。金枝笑眯眯地远远看着饼田这个样子。洪作走到金枝旁边,金枝说道:"这会儿他正感觉孤独呢。你看他那一脸孤单的样子。只是晕个船,就感觉自己好孤独,人还真是脆弱啊。"

"孤独吗?"洪作说道。

"洪作不知道什么是孤独吗?"金枝说道。

"开什么玩笑。孤独什么的,我还是知道的。"洪作说道。

"不,你不知道。其实你所处的环境最容易让人感到孤独。你从小就离开父母,一直都是自己一个人吧。但是我觉得你不懂什么是孤独。"金枝说道。

被他这么一说,洪作感觉很不服气。

"哪有这回事。"

"不,就是这样。不过,这也是洪作好的地方。"

"为什么这是我好的地方?"

"你不会动不动就哭哭啼啼,也不会太过执着。随着身边伙伴的变化,你可以成为模范生,也可以成为不良少年。性格开朗,不管多大胆的事,都能毫不在乎地去做。在我们这些人当中,只有你是与众不同的。"

金枝说道。洪作不知道他这些话是夸是贬,但是他觉得自己身上或许真的有这一面。

555

藤尾和木部仰面躺在甲板上。藤尾好像在唱着什么，但是歌声刚从嘴里出来，就立马被海风刮走了，传不到洪作这边来。

当船行驶在小小的荷包形的海湾上，前往第一个停靠的渔村时，船只停止摇晃了。海湾里的海水映照着岸边山坡的绿色，分外清澈美丽。

有几个乘客下了船。看到一个大婶手里拿着好几个包裹很吃力的样子，木部说道："阿姨，你先下船，我来帮你拿东西。"

大婶说道："多好心的学生哪。你帮我拿东西吗。你很快就能娶上个好老婆的哦。"

金枝和藤尾都笑出了声。木部很郁闷，但还是帮大婶把东西从船上搬到了岸上。

"滥用好心，就会像刚才那样被说的哦。"金枝说道。

大婶下了船之后，上来了一个走路摇摇晃晃的老婆婆。

"上来个了不得的老婆婆。她有几岁了呀。"洪作说道。

这个老婆婆不负洪作嘴里说的了不得。她雪白的头发泛着银光，脸上手上的皮肤都是古铜色的。腰像折断成了两截，上半身低得都快要碰到地面似的，但是让人意外的是，她的步子很稳。当老婆婆来到甲板上时，洪作再次感叹道："真了不起啊。"

不知道老婆婆是不是听到了这话，她直起腰，慢慢地看了看洪作，用沙哑的声音说道："长得跟白米饭似的！"

长得跟白米饭似的是什么意思，洪作完全不知道。

"跟白米饭似的?!"

"长得跟白米饭似的!"老婆婆又说道。

"长得跟白米饭似的,是什么意思啊?"洪作问饼田。

"就是可爱的意思吧。"饼田说道。

"可爱?!"洪作吃惊地说。

"你几年级了?"老婆婆问道。

"四年级了。"

"才四年级的话,也长得太着急了。不可能是四年级吧。"

"真是四年级。"

"在哪个学校?"

"沼津中学。"

结果,老婆婆说:"中学?!别吹牛啦。"

老婆婆又弯着腰,双手在弯曲的腰边左右晃动着,朝船舱走去了。

"她是把你当成小学生了。"藤尾说道。

"怎么可能呢。"

"什么怎么可能。人家就是把你当成小学生了,你能怎样。——长得跟白米饭似的。"藤尾学着老婆婆的样子伸着下巴,学着老婆婆的语气说道,"才四年级的话,也长得太着急了。"

这时,有几个乘客不知道什么时候也来到了甲板上。其中一个指责藤尾:"不能笑话老年人哦。"

那是一个看着像是渔夫的中年男人。

"我可没有笑话她。"

藤尾有些生气。

"大学生就要有大学生的样子。"对方说道。

不知道是不是被说成大学生让藤尾心中暗喜,他没有再回嘴。等那个男人朝别处走了之后,他得意地"嗯哼!"一声,清了清嗓子,装模作样地朝同伴们转过头来。

"就是这样才叫人头疼。来到乡下,藤尾就会被人当成是大学生。"金枝说道。

事实上,金枝和藤尾两个人被人当成大学生,也有他们的道理。并不是因为他们长得特别高大,也不是因为他们看起来年纪比较大,而是因为他们身上有一种已经不再是青涩少年的成熟的感觉。不管是他们的思想还是感情,都是如此。

"我的外套不见了!"

突然,饼田朝四周看了看,说道。果然,他身上没有穿外套。

"你刚才晕船了,就脱下了外套吧。"木部说道。

"我那才不是晕船呢。"

"那就是晕船啊,你说不是晕船也成。但是,总之那会儿你把外套脱了的吧。"

"嗯。"

"然后呢?"

"我记得是穿上了的。我应该是穿上了的。"

"你说应该是穿上了的,但没穿在你身上啊。"

这时，藤尾说道："你后面又把外套脱了。第二次脱下来之后呢？"

"我记得是穿上了的。我感觉是穿了的。"

"阿三，你别说这么模棱两可的话。你穿在身上的话，外套怎么可能会消失呢。"

"那可真是奇怪了！"

木部说着，看了看四周，接着弯下腰，双手左右张开，做出在甲板上四处搜索的样子。木部曾经说过他以后想当个话剧演员，他的演技确实不错。藤尾模仿老师模仿得也很好，但是木部的模仿范围更广。他既能模仿侍从，也能模仿主君，而且还都有独创性的闪光点。

"真是没办法。大家一起帮阿三找找他的外套吧。"金枝说道。

"你说找，也没有可找的地方啊。"

藤尾来到甲板的栏杆边，朝海面看了看，说道：

"没有。"

洪作也把堆放在甲板上的缆绳朝旁边推了推，说道：

"没有。"

木部在刚才那个老婆婆放在甲板上的信玄袋上敲了两下，歪着头，说道："没有。"

人家都在做游戏似的寻找着饼田失踪的外套，只有饼田一脸严肃的样子。只有金枝还在跟他说着话。

"你仔细想想，你上船之后去过哪里，做了什么。"

"我正在想呢。"

"去过哪里?"

"哪里都没去。"

"你脱了外套之后,就放在了这个甲板上。"

"嗯。"

"然后呢?"

"我这会儿正在想呢。"

"外套现在没穿在你身上,所以肯定是你把它拿到什么地方去了。"

"我没拿,是有什么人把它拿走了吧。"

"不要去随意怀疑别人。谁会拿走你的外套呢。——你刚才没去过船舱吧?"

"嗯。"

"去过吧?"

"可能去过。"

"你看。你肯定是那个时候拿着外套去的,然后又忘在船舱了。"

"是吗。"

"肯定是这样。赶紧去看看吧。"

"你帮我去看看。"

"说什么呢。自己去不就行了。是你自己的外套啊。"

被这么一说,饼田慢悠悠地去了船舱,过了一会儿,回来说:"找到了。"

说是找到了,但饼田并没有拿着外套回来。

"你看吧。"金枝说,"怎么回事,你怎么没把它拿回来?"

"有人在用它当枕头呢。"饼田说道,"没事,我知道就在那里。"

"有人在拿它当枕头,是谁啊?"

"有人晕船了。那人把它当枕头躺着呢。"

"是你的外套吗?"

"嗯。那人把它团成一团,垫在脑袋下呢。"

"原——来——"

木部突然大叫道:"原——来——"是把"原来如此"的"原来"拉长了。接着,他蹑手蹑脚地走到通往船舱的楼梯边上,先朝里面看了看,然后又下了楼梯口。但是没过一会儿,他就回来了,笑眯眯地说:"真的。真的被当成枕头了。"

"是吧?!"饼田说道。

"嗯。确实是。"

木部说着,抱起了胳膊。看着似乎有什么隐情似的。

"什么啊,我去看看。"

藤尾下去了,回来之后也是笑眯眯地说:"阿三,你的衣服拿不回来了。还是算了吧。"

这次金枝和洪作去了船舱。

铺着榻榻米的船舱里有十米个男男女女。半数人躺着,半数人坐着。看起来都像是乡下人。

"啊,在那里。"洪作对金枝说道。

"哪里?"

"那里。喏,你看,就在那里。"

洪作说道。阿三的外套怎么会在这么奇怪的地方啊,他心想。对面的角落里,躺着一个梳着辫子,看起来像女学生的少女。在那个少女的脑袋下垫着一件被团成一团的衣服当枕头。那衣服看着像是阿三的外套。

"原来是这样啊。"金枝感叹似的说道,"你去把它拿回来吧。"

"我不去。"

洪作后退了两步。船舱里的男男女女中,只有这个少女和端端正正坐在少女身边的像是她母亲的女性看着像是城里人。

洪作走出船舱,金枝也跟着出来了。回到甲板上,藤尾、木部和饼田三个站在一起。

"有十七岁吧。"木部说道,"她的眼睛很有特点。那种就叫明亮的眼睛。头发也很美。纤细的身体躺在那里的姿势也很优美。——不过,她拿阿三的外套当枕头,这可有点愁人。谁去提醒她一下吧。——那衣服很脏的。"

藤尾接着木部的话,说道:"那衣服很脏。请用这件吧。"

藤尾做出脱衣服的架势,说道:"没关系的。不是什么好东西,请您随意用吧。"

"不过,为什么阿三的外套会成为那个女孩的枕头呢?"

金枝一脸认真地看了看大家的脸。

"我也不知道。"饼田说道。

"你刚才下去是干吗去了？"

"这个我也不知道。我就记得自己头晕晕乎乎的，很恶心。就去了船舱，想找个可以让我感到舒服一点的地方。但是那里躺满了人，我突然很想吐，就又站起来，回到了甲板上。"饼田说道。

"这么说，你就是那个时候把外套落在那里的喽。"

"好像是这样。"

"原——来——"木部说道。

"我明白了。——那个女孩也晕船了。她头昏脑涨，又很恶心。突然伸手碰到了一块像是抹布似的东西。一开始她以为是抹布，一看又不像是抹布。虽然不知道是什么东西，但是她还是把它垫在脑袋下，把头抬高，这样就能稍微舒服一点。就像是抓住了一根救命稻草。不过，那枕头有股汗臭味。但是，这个时候，那女孩也顾不得这些了。更糟糕的情况朝女孩袭来。——呕！"

不知道是不是浪涛变大的缘故，浪花的飞沫突然淋了洪作他们一身。

船只接下来停靠的是一个叫做重寺的村庄，洪作他们也在这里下了船。藤尾有一个亲戚在这里，所以他们打算今晚在这里住一晚上，明天再坐船去土肥。土肥也有藤尾的亲戚。

在船到达重寺之前，饼田必须把他的外套拿回来。那个叫重寺的村庄慢慢出现在眼前时，饼田说道："我去一下。"

"不用你本人去啦。我替你去一趟。"藤尾说道。

木部也说道："这点小事，不必大哥亲自出马，小弟替您跑一趟。"说完，他就离开了伙伴们。这种事情他最是机灵了。不过，木部很快就回来了。

"已经坐起来了。"他说道，"谁去一趟吧。我最怕跟妈妈级的女人打交道了。我一走过去，她就眯着眼睛盯着我。那眼神就跟守着小猫的母猫似的。而且，这事可不好说。你要直接说把外套给我，那真叫傻了。藤尾，你去吧。"

"我就免了吧。"藤尾说道。

"那阿三你去吧。那是你自己的外套啊。"木部说道。

"阿三说话含含糊糊的，对方都不知道他在说什么。"金枝说道。

"没事的。"饼田说。

"不行、不行、不行。——这事应该叫洪作去。洪作你去一趟吧。"木部说道。

"只要把外套拿回来就可以是吧。"

"是啊。"

"那我去一趟。"洪作说道。

"你可别二话不说就拿过来，那样就太失礼啦。怎么着也得跟人家打个招呼，跟人家说明那件外套的所有权在我们这边，让人家理解之后再拿。"

"行。"

"真让人不放心哦。我感觉你会二话不说就拿的。"

"放心吧。我会说点什么的。"

"你准备说什么？"

"总会说点什么的。——你好之类的。"

洪作接替木部,去了船舱。果然,那个少女已经起来了,坐在榻榻米上。那女孩长着一张鹅蛋脸,肤色白皙,但是看着有点憔悴。洪作四处看了看,想找藤尾的外套,但是哪里都没看到。洪作回到藤尾他们身边,把情况说了一下。

"没找到哦,又不见了。"

"什么没找到?"

"那件外套又不见了。"

"不可能不见的吧。刚刚确实就在那里的啊。——去问问吧。"藤尾说道。

"你去吧。我不想去了。"

洪作也不想再去想那件外套了。怎么想都不是什么好任务。

最后,因为是自己的外套,所以饼田就自己去拿了。

"要拿回来哦。"

"没问题。"

"要跟对方说清楚哦。"

"放心吧。"

"不要错拿成别的东西哦。"

"知道啦。"

饼田在大家的鼓励下出发了。船只改变了前进的方向,船头朝向了重寺方向。码头上有几个孩子正站在那里。

饼田出发之后,过了好久都没回来。在船快要靠岸的时候,他才从船舱出来。他穿着他的外套,手上还拿着一个用报纸包的小纸包。

大家下了船之后,藤尾说道:"大家先在这里待着。我先去说一下。"

藤尾要去亲戚家,跟亲戚谈今晚让大家都住一晚的事情。藤尾朝有人家的地方走去了,剩下的人开始接二连三地问饼田。

"你怎么去了那么长时间?"

"跟她们聊了很多。"

"聊了什么?"

"一句话哪说得完。有很多话题不停地冒出来。"饼田笑嘻嘻地说。

"聊得好吗?说话有没有口齿清楚?"

"开玩笑!我认真起来也是能够聊得很好的。"

"你一开始是怎么说的?"

"你们这些家伙,真烦人!——不好意思,请问您有没有看到我的外套?我是这么说的。结果对方说,没看到。"

"谁说的?"

"她妈妈说的。所以,我就说了。刚刚被当做枕头的,好像是我的外套。结果那女孩啊的一声就一把抱住了。"

"啊!——一把把你抱住了?"

"傻瓜。怎么可能是抱住我呢。是抱住了她妈妈。然后嘴里说着怎么办,怎么办。她觉得自己干了坏事吧。看起来很可怜。我甚至想要开口说那就给你吧。"

饼田说道。他停顿了一下,接着讲道:"她妈妈跟我道了歉，还给了我这个。"

饼田向大家展示了一下手里拿的小纸包。

"那是什么？"木部伸手摸了一下，"感觉很粗糙的样子啊。"

"我觉得就算看着很粗糙，也应该是很高档的东西。"

"打开看看吧。"

"晚上再打开。睡觉前打开。"饼田说道。

"你的外套是在哪里？"洪作问道。

"管它在哪里呢。——被别人当成枕头了。"饼田说道。

虽然被很多人当成了枕头，但是饼田的这件小仓布制作的外套并没有皱皱巴巴的。

洪作他们等着藤尾回来，在码头旁边的空地上等了十五分钟。村庄里的孩子三三两两地走过来，很快就聚集起了十来个孩子。既有背着小婴儿的女孩子，也有拿着铝锅去买豆腐的男孩子。

码头上暮色渐沉，时不时地有蝙蝠忽高忽低地飞着。有两个村子里的大婶也走了过来，站在孩子们身后，向洪作他们投来好奇的目光。

"肚子好饿。"木部说道。

孩子们轰地大笑起来。

"你们是从哪里过来的？"一个大婶问道。

"沼津。"洪作回答道。

"从沼津过来的话，会觉得我们这里很冷清吧。"对方说道。

和沼津相比，这里肯定冷清多了。这时，藤尾回来了。

"来，走吧。"藤尾说道。

他微微挺起胸，吹着口哨，朝前走去。

"很远吗？"洪作问道。

"就在那里。"

"你去了好长时间啊。"

"跟他们说了吃晚饭的事，还安排了晚上睡觉的房间。平时他们老爸都在的，但是今天去了静冈，还要在那里住一晚。应该带点什么礼物过来的，因为要麻烦到人家。"藤尾说道。

"还需要这种东西吗？"洪作说道。

"节省、节省！"木部说。

"听说最近在东京人们去别人家做客的时候都不带礼物了的。这种礼物废止运动现在好像很流行呢。"饼田说。

"你们是可以这么做，我不行啊。因为要突然带你们这一大群人去一个平时都不怎么走动的亲戚家啊。"藤尾说。

"那么，不是有人在船上送了阿三东西嘛。把那个送给人家吧。"

金枝说道。

"这个？"饼田看着自己手上拿着的报纸包，"行，就送这个吧。反正也是别人给的。"

"那是什么？"藤尾问道。

"不知道。还没打开过呢。——要不要打开看看？"饼田说。

"算啦。虽然不知道是啥，就这么给吧。"藤尾说。

大家将要前往借宿的藤尾亲戚家离码头大概步行五分钟的距离。那是一座临海而建的两层楼，看着比村子里其他房子都要大。一个五十岁左右的阿姨站在门口迎接。

"欢迎欢迎。"

阿姨说着，把一行人带进家里。大家进了土间，正在脱鞋子的时候，饼田有些笨嘴笨舌地说道："这个，一点心意。"把报纸包递给了阿姨。

"啊呀。"阿姨说着，"这是什么？——我可没想过你们会给我带东西。"

阿姨接过报纸包，放到鼻子边闻了下，说道："这不是鱼干吗。"

"鱼干？！"藤尾说道。

阿姨用手摁了摁报纸包，想要确认里面是什么东西，过了一会儿，说道："果然是鱼干。"

"是鱼干也没办法。就是给海边的人家带鱼干……"藤尾说道。

"所以我就说算了嘛。我一开始就猜是不是鱼干。"饼田说道。

"可是怎么给了这么奇怪的东西。那位夫人和小姐应该是东京人吧。"木部说。

"不，我是这么想的。那对母女肯定也是什么人给她们的。鱼干没什么了不得的。所以她们就给了阿三。"金枝说道。

"是吗，她们肯定是觉得阿三会高高兴兴地嘎吱嘎吱咬鱼干吃。"洪作说道。

"那这个，虽然是你的一番心意，不过还是还给你吧。——你去后门看看，门板上晒的全是鱼干。"阿姨笑着说道。

洪作他们被带到了二楼一间八叠大的房间里。

"你们大家今天晚上就在这里睡吧。房间有点小……"

"不小。对我们来说已经很好了。"藤尾说道。

"啊呀，真会说话！你什么时候变得这么会说话的。真想把亲戚们都叫来，让他们听听你刚才说的话。"阿姨说道。

"为什么要让亲戚们都来听听?"藤尾问道。

"不让他们亲耳听到，他们都不信啊。这孩子是出了名的任性呢。"

"嘀呀，你看看!"饼田说道。

"鱼干滚一边儿去。"藤尾呵斥道。

一提到鱼干，饼田就不作声了。

藤尾、金枝、洪作、饼田、木部依次去洗了澡。洗完澡之后，一个女孩端了饭菜上来。是邻居家的女孩。因为客人突然来到，阿姨向邻居家寻求支援了吧。

这天晚上，五个少年并头睡在一起。金枝和木部很晚还趴在被子上，在记事本上写着什么。

"你们写什么呢?"洪作问道。

"日记。"木部回答。

"有那么多事情要写吗?"

洪作感觉很不可思议。

"有啊。很多要写的事呢。——你这样的小孩子是不会懂的。"木部这样说道。

金枝拿着短短的铅笔，没有理会两人。藤尾在看书。是一本题为《蒙帕纳斯的布布》的书。

"那是什么书？"

"小说啊。菲力浦①的。"

接着，藤尾又说道："这本小说很有意思的哦。我读完之后借给你，你也读一下。一开始读就会停不下来的。"

洪作心想，真有那种一开始看，中途就停不下来的书吗。

饼田一钻进被窝就马上睡着了，大家都还没睡呢，他就说了两次梦话了。他说梦话的时候，金枝的视线离开了他的记事本，说道："就这样明天还是会最后一个起，真叫人讨厌啊。阿三真的睡得太多了。在学校上课的时候他也睡觉。——他肯定是因为睡了这么多，才有那么好的记性吧。"

只有洪作一个人什么都没干，仰面躺在被子上，看着天花板。他没书可以看，也没有记事本可以用来记日记。海浪声从远处传来。有时候，海浪声中还会夹杂着渔船发动机的声音。

"真好啊。"洪作不由得说道。

---

①Charles-Louis Philippe（1874—1909），法国小说家，出身贫寒，其小说主要表现了受压迫阶级的痛苦与不平。主要作品有《四个贫苦的爱情故事》（1897）、《蒙帕纳斯的布布》（1901）、《鹌鸪老爹》（1902）等。

"别说话。"藤尾说。

"真好啊。"

"什么真好啊?"

"可以听到海浪的声音。我还是第一次枕着海浪声睡觉呢。真好啊。"

"有这么好吗?"

"嗯。要么我退学到这里当个渔夫吧,那样每天晚上都可以枕着海浪声睡觉了。"洪作说道。

"行啦,行啦。"金枝的声音从对面飞来,"别胡说八道的。就因为这样,所以才不想带你来。动不动就说什么退学。"

"可是,我是真的这么想的。"

"你真的这么想,所以才麻烦啊。听了点海浪声就感动成这样,真是麻烦。——关灯吧。"金枝说道。

"开什么玩笑。我准备读完这本书再睡觉。"

藤尾反对关灯。

最后,饼田之后木部第二个睡着了,到了十二点左右,金枝也睡了。金枝说开着灯他睡不着,好几次跟藤尾要求关灯,但是藤尾沉醉于那本翻译过来的法国小说,怎么都不肯关灯。这就是藤尾任性的一面。

金枝是十二点左右睡的,藤尾是一点左右睡的。什么都没做的洪作反而睡得最晚。他怎么也睡不着。一直没有睡意袭来,他的脑袋一片清醒。

过了两点,海浪的声音渐渐平息下来,渔船的声音也听不到了。洪作睡不着，就爬出被窝，打开了窗。窗外一片漆黑。带着海腥味的空气冲进了房间。

他第二次起来的时候，晨光已经微微浮现在海面上了。

"洪作，你干吗呢？"木部睁开眼问道。

"天就快亮了。"洪作说道。

木部穿着背心和短裤站起身来。

"真的呢，天快亮了。"

"大海好安静。"

"从古至今，早晨的大海都是安静的。——拂晓的大海，真是腥气啊。"木部从窗子里眺望着大海说道。

木部说腥气，洪作觉得腥气这个词确实是再贴切不过了。还没有从沉睡中醒来的大海的样子，给人一种类似于死鱼的不健康的感觉。

木部再次钻进了被窝。木部再次入睡之后，洪作还是继续醒了一会儿。等到窗外传来渔夫们出发去打鱼的吵闹声，他也睡了。

到了早上，大家纷纷起床。洪作一直睡到快中午的时候才醒来。等他回过神来，发现阿姨正站在他枕边。

"来吧，赶紧起床吧。再睡下去，眼睛都要长跐子啦。"阿姨说道。

眼睛长跐子这种说法，洪作并不是第一次听到。在真门家姑姑几乎每天早上都会说。

"你的小伙伴们都坐船出去钓鱼啦。就剩下你啦。赶紧起床，赶紧起床！"

573

在阿姨的催促下，洪作离开了被窝。

"我昨天很晚都没睡着。"洪作说道。

"哎哟，真会给自己找借口！"阿姨笑道。

洪作想说自己真的很晚没睡着，但话到嘴边还是没说。阿姨看着不大会相信自己的话。

洪作独自走到楼下铺了木地板的房间，正在吃错过了时间的早饭时，藤尾他们回来了。他们好像都在海里游泳了，嘴唇都是紫色的。

"赶紧吃饭。船马上就要来了。"藤尾说道。接下来他们要坐船去土肥。

洪作放下筷子，直接去土间穿上了鞋子。因为什么都没带，所以他不用像其他几个小伙伴那样去二楼拿行李。

洪作他们在码头的防波堤上等了三十分钟船才到。天空晴朗，但是因为起风了，所以海面的波浪比昨天汹涌。巨浪互相撞击着，时而有海鸥擦过海浪，高高飞翔在天空中。

看到海浪这么大，饼田一下子就没了精神。他似乎是在担心又会像昨天那样晕船，跟金枝讨论着是什么原因导致了晕船的现象。金枝认为是胃功能的暂时衰弱，饼田则坚持认为这是一个与平衡感有关的问题。

船到达码头之后，在木部的带领下，少年们一个个从防波堤跳到了船沿上。这是一艘跟昨天的船差不多的船。大家又跟昨天一样站在甲板上。

洪作还没睡够，就脱了外套仰面躺在甲板上，把外套蒙在脸上，挡住强烈的阳光。海浪声中，不时夹杂着木部藤尾他们的说话声,不久,连这些都听不到了。船只剧烈地摇晃着,不时有水花溅到甲板上。但是洪作毫不在意地睡着了。

"喂,赶紧起来,有鲸鱼在喷水呢!"

耳边传来了藤尾的声音,但是洪作没有上当。他舍不得从那似乎无边无际的暖洋洋的睡意中醒来。

不知道过了多久,洪作在一阵汽笛声中醒来。船只的晃动已经缓和了许多。汽笛声从刚才开始已经响了好几次了。

"喂,马上就要靠岸啦。"金枝说道。

洪作在甲板上坐起身。离岸边还很远,但是船已经停下来了,好几个人从船舱走到了甲板上。如同打翻的墨水一般的蓝色海浪对面,出现了白色的沙滩、松树林以及像是土肥的村落的一户户人家。木部说:"喂,这首怎么样?"

递过来一本小小的记事本。洪作拿过来看了看,上面写着五行诗歌。

——悠长地、悠长地、
汽笛声响起。
来吧,去土肥。
抬眼看天空,
有白云朵朵。

洪作抬头看了看天空。果然,天空中飘浮着几朵如同撕碎的棉花般的白云。木部这家伙,写得挺应景啊,他心想。虽然只是用平淡的语言记录了平常的事情,但是读着木部写在那本小小记事本上的文字，他的心里充满了爽快的感觉。

洪作再次仰面躺倒在甲板上。他听到伙伴们在耳边说着"赶紧起来""怎么又躺下了"，但是他没管，只是睁大了眼睛，看着白云朵朵的蓝天。大海的对面还有一个大海。我就躺在波涛汹涌的大海和白云朵朵的大海之间。洪作心生这样的感慨。

船到达码头之后，少年们一个个跳上了狭窄的木栈桥。洪作走在最后，踏上了被海浪包围着的这个名叫土肥的村落。就如同一名探险队员，前来采集某种闪闪发光的东西。带着这样的心情，迈着这样的步伐，他举步朝前走去。

译后记

你是否还记得你的少年时光？

那段从童年到青春的过渡期，你还记得吗？

是否也曾因为某天早上起来发现前一天晚上做好的作业找不到了而急得满头大汗，感觉天都快塌下来了？

是否曾经喜欢某个女生/男生，却故意表现得不屑一顾？

是否曾经瞒着父母，把买学习资料的钱拿来买自己喜欢的漫画？

有这样一个少年，刚上初二，因为父亲工作的原因，他被一个人寄养在姑姑家。用今天的话来说，这是一个真正意义上的留守少年。他每天从姑姑家出发去学校上学，因为没有坐车的钱，所以他每天上下学都要来回步行五公里。他周末总是早早就醒了，可是总是因为姑姑还没起床做早饭，就又饿着肚子睡过去了。他穿的鞋子，鞋底破着洞。他穿的袜子，露着脚指头。他的外套下面总是什么都不穿，光溜着身子。这么一说，你的眼前是否浮现出了一个标准的留守少年的形象？这名留守少年是谁？

他就是本书的主人公洪作，或者我们也可以将他视作作家井上靖本人。因为本书《夏草冬涛》是井上靖自传体小说三部曲中的第二部，其中所写的洪作的经历，大多来自于作家本人少年时期的经历。

虽然身为事实上的留守少年，但是洪作善良不执拗的天性、来自其他亲人（如外公外婆、大伯等人）的爱护令他避免了留守少年常见的怨恨陷阱。他明知道是姑姑怕承担自己成绩下滑的责任所以才提议把自己送去寺庙寄宿，但在离开姑姑家时，他还是准备每个月都要回来看望姑姑。新年第一天去神社参拜时，他自己没什么要祈求的，唯一的愿望是"愿妈妈长命百岁"。善良、宽容、不执拗、不钻牛角尖，这是我们可以从少年洪作身上获得的幸福密码。

阅读本书的读者，大约都会被勾起对自己少年时期的记忆吧。洪作发现自己书包丢失时的那种绝望，大概我们中的很多人也曾经历过。虽然成年后的我们看当时的自己或者是文中的洪作，会略微觉得有点可笑。然而在当时当地，那份绝望是多么的真实啊。从和兰子一起走路时面红耳赤的洪作身上，你又是否会看到自己少年时的影子？是否会想起那刚刚意识到异性的青涩岁月？

愿每一位读者都能在井上靖时而诙谐幽默，时而细腻动人的笔触中找到属于自己的感动，在洪作的故事中唤起对自己少年时光的回忆。那些忧惧、释然、懵懂、感动，共同构成了过往的人生，成为了我们今天云淡风轻的基石。

傅玉娟
2020年初冬于杭城

附录　井上靖年谱

1907年（明治四十年）
5月6日，出生于北海道上川郡旭川町，父亲井上隼雄，母亲八重，井上靖为二人的长子。
祖父井上洁。井上家是伊豆汤岛的医生世家。母亲八重是家中的长女。父亲隼雄为井上家赘婿。

1908年（明治四十一年）　1岁
父亲井上隼雄出征前往朝鲜，井上靖同母亲搬至伊豆汤岛。

1909年（明治四十二年）　2岁
因父亲调动工作，迁居至静冈市。

1910年（明治四十三年）　3岁
9月，妹妹出生，和母亲一起搬至汤岛。

1912年（明治四十五年） 5岁
父母离开汤岛,将井上靖交由其户籍上的祖母加乃抚养。加乃是已故的祖父井上洁的小妾,此时已入籍井上家,在法律上是井上靖的祖母,平时独居于仓库中。井上靖与加乃的感情十分深厚。

1914年（大正三年） 7岁
4月,入读汤岛寻常高等小学。

1915年（大正四年） 8岁
9月,曾祖母阿弘去世。

1920年（大正九年） 13岁
1月,祖母加乃去世。2月,来到父亲的任地滨松,和父母一起生活。转学至滨松寻常高等小学。4月,入读滨松师范附属小学高等科。

1921年（大正十年） 14岁
4月,以第一名的成绩考入静冈县立滨松中学,担任班长。同年,父亲前往中国东北工作。

1922年（大正十一年） 15岁
3月,因为父亲被内定为台湾卫戍医院院长,所以寄居于三岛町的姨妈家中。4月,转学至静冈县立沼津中学。

1924年（大正十三年） 17岁
4月,因家人全都去了台湾的父亲身边,所以被托付给三岛的亲戚照顾。夏天,旅行去台北看望父母亲。此时,受老师和友人的影响,开始对诗歌、小说等产生兴趣。

1925年(大正十四年) 18岁
学校发生了学生闹事事件,被认为是带头闹事者之一,被强制搬入了附近的农家,处于老师的监视之下。

1926年(大正十五年·昭和元年) 19岁
2月,在沼津中学《学友会会报》上发表短歌《湿衣》九首。3月,从沼津中学毕业。前往台北的家人身边,但因父亲调任,又搬家至金泽,为高中入学考试做准备。

1927年(昭和二年) 20岁
4月,入读金泽第四高中理科甲类。加入柔道部。同年,征兵检查甲种合格。

1928年(昭和三年) 21岁
5月,应召加入静冈第三四联队,但因为在柔道活动中肋骨骨折,退伍回家。7月,参加在京都举行的柔道高中校际比赛,进入半决赛。8月,拜访住在京都的远亲足立文太郎,初见其长女足立文。从这一时期开始创作诗歌。

1929年(昭和四年) 22岁
2月,在诗歌杂志《日本海诗人》上发表《冬天来临之日》。此后,到1930年年底为止,一直在该杂志上发表诗歌。4月,担任柔道部的队长,但不久便退出了柔道部。5月,加入由福田正夫主办的诗歌杂志《焰》,到1933年5月左右为止,一直在该杂志上发表诗歌。同时还活跃于《高冈新报》《宣言》（内野健儿主办的无产阶级诗歌杂志）、《北冠》等刊物上。

1930年（昭和五年） 23岁
3月，从四高毕业。4月，入读九州帝国大学法文学部英文科，搬至福冈，但是不久就对大学生活失去了兴趣，前往东京，醉心于文学。从9月开始，放弃使用笔名井上泰，改为自己的本名。10月，从九州帝国大学退学。12月，在弘前，与白户郁之助等人一起创刊同人杂志《文学abc》。

1931年（昭和六年） 24岁
3月，父亲在军医监（少将）的职位上退休，在金泽住了一段时间之后，退隐于伊豆汤岛。

1932年（昭和七年） 25岁
1月，杂志《新青年》上征集平林初之辅的未完遗作——侦探小说《谜一般的女人》的续集，以冬木荒之介的笔名参加征集并入选。此后，不断参加《侦探趣味》《SUNDAY每日》等主办的有奖小说征集活动并入选。2月，应召入伍，半个月后退伍。4月，入读京都帝国大学文学部哲学科，但是基本不去听课。从同年夏天开始，诗风发生改变，从分行诗转向散文诗。

1933年（昭和八年） 26岁
9月，以泽木信乃为笔名，小说《三原山晴夫》参加《SUNDAY每日》的"大众文艺"征集活动，被选为优秀作品。11月，《三原山晴夫》被大阪的剧团"享乐列车"改编成剧目并上演。

1934年（昭和九年） 27岁
3月,以泽木信乃为笔名,参与《SUNDAY每日》的"大众文艺"征集活动,小说《初恋物语》当选。4月,以大学在读的身份加入新成立的电影社脚本部,往返于京都和东京之间。

1935年（昭和十年） 28岁
6月,在《新剧坛》创刊号上发表首部戏曲创作《明治之月》。8月,与友人创刊诗歌杂志《圣餐》。10月,以本名参加《SUNDAY每日》的"大众文艺"征集活动,侦探小说《红庄的恶魔们》当选。《明治之月》在新桥舞剧场上演。11月,与足立文结婚。

1936年（昭和十一年） 29岁
3月,从京都帝国大学文学部哲学科毕业。7月,参加《SUNDAY每日》的"长篇大众文艺"征集活动,《流转》当选为历史小说第一名,并获第一届千叶龟雄奖。以此获奖为契机,8月就职于每日新闻大阪总部。在《SUNDAY每日》编辑部工作。10月,长女几世出生。

1937年（昭和十二年） 30岁
6月,成为学艺部直属职员。9月,应召为中日战争候补人员。《流转》被松竹公司拍成电影。被编入名古屋第三师团派往中国北部,11月,患上脚气病,被送进野战预备医院。

1938年（昭和十三年） 31岁
3月,因病提前退伍。4月,回到每日新闻大阪总部学艺部工作。负责宗教栏目。10月,次女加代出生,但不久就夭折了。

1939年（昭和十四年） 32岁
除宗教栏目外,开始同时负责美术栏目。专注于对佛典、佛教美术等相关内容的取材。

1940年（昭和十五年） 33岁
与安西东卫、竹中郁、小野十三郎、伊东静雄、杉山平一等诗人交往。9月,因职务调整,转至文化部工作。12月,长子修一出生。

1942年（昭和十七年）35岁
在出版社工作的同时,还在京都帝国大学研究生院进行研究活动。

1943年（昭和十八年） 36岁
1月,《大阪每日新闻》与《东京日日新闻》合并,成立《每日新闻》。4月,与浦上五六合著的《现代先觉者传》发行,所用笔名为浦井靖六。10月,次子卓也出生。

1945年（昭和二十年） 38岁
1月,成为每日新闻社参事。因为学艺栏被裁掉,4月,调动到社会部工作。岳父足立文太郎去世。5月,三女佳子出生。6月,家人被疏散到鸟取县。每天从大阪茨木出发去上班。8月15日,撰写终战文章《听完玉音广播之后》。12月,将家人托付给妻子娘家足立家照顾。

1946年（昭和二十一年） 39岁
1月,就任大阪总社文化部副部长。再次开始诗歌创作。

1947年（昭和二十二年） 40岁
以井上承也为笔名，参加《人间》第一届新人小说征集活动，9月，小说《斗牛》在当选作品空缺的情况下，入选优秀作品。4月，兼任大阪总社评论员。8月，家人迁居至汤岛。

1948年（昭和二十三年） 41岁
1月，完成小说《猎枪》的创作，参加了《人间》第二届新人小说征集活动，但没有入选。2月，协助竹中郁等人创刊诗歌童话杂志《麒麟》，负责挑选诗歌。4月，任东京总社出版局书籍部副部长，独自一人前往东京，暂居于葛饰区奥户新町妙法寺。

1949年（昭和二十四年） 42岁
10月、12月，接连在《文学界》上发表《猎枪》《斗牛》。

1950年（昭和二十五年） 43岁
2月，《斗牛》获第22届芥川文学奖。3月，就任东京总社出版局代理负责人，专注于创作。4月，在《新潮》上发表短篇小说《漆胡樽》。5月开始在《夕刊新大阪》上连载第一部报刊小说《那个人的名字无法说出》。7月，长篇小说《黯潮》开始在《文艺春秋》上连载。8月，《井上靖诗抄》发表于《日本未来派》。

1951年（昭和二十六年） 44岁
1月，开始在《新潮》上连载长篇小说《白牙》（至5月）。5月，从每日新闻社辞职，成为社友。专心从事文学创作。8月，开始在《SUNDAY每日》上连载《战国无赖》，在《文艺春秋》上发表《玉碗记》。10月，在《新潮》上发表《某伪作家的一生》。

1952年（昭和二十七年） 45岁
1月,开始在《妇人画报》上连载《青衣人》(至同年12月)。7月,开始在《新潮》上连载《黑暗平原》。

1953年（昭和二十八年） 46岁
1月,开始在《ALL读物》上连载《罗汉柏物语》。5月,开始在《周刊朝日》上连载《昨天和明天之间》。7月,在《群像》上发表《异域之人》。10月,开始在《小说新潮》上连载《风林火山》。12月,在《别册文艺春秋》上发表《古道尔先生的手套》。

1954年（昭和二十九年） 47岁
3月,开始在《朝日新闻》上连载《明日将至之人》,在《群像》上发表《信松尼记》,在《中央公论》上发表《僧行贺之泪》。

1955年（昭和三十年） 48岁
1月,在《文艺春秋》上发表《弃媪》。从昭和二十九年度下半期（第32届）开始担任芥川文学奖的选考委员。8月,开始在《别册文艺春秋》上连载《淀殿日记》(后改名为《淀君日记》),开始在《小说新潮》上连载《真田军记》。9月,开始在《每日新闻》上连载《涨潮》。10月,由新潮社出版新著长篇小说《黑蝶》。

1956年（昭和三十一年） 49岁
1月,开始在《新潮》上连载长篇小说《射程》。11月,开始在《朝日新闻》上连载《冰壁》。

1957年（昭和三十二年） 50岁
3月,开始在《中央公论》上连载《天平之甍》。10月,开始在《周刊读卖》上连载《海峡》。正在连载的《冰壁》引起了社会热议,成为畅销书。10月末,开始了首次中国之旅,为期近一个月时间。

1958年（昭和三十三年） 51岁
2月,凭借《天平之甍》获艺术选奖文部大臣奖。3月,在《中央公论》上发表《满月》。5月,在《世界》上发表《幽鬼》。7月,在《文艺春秋》上发表《楼兰》。10月,在《群像》上发表《平蜘蛛釜》。

1959年（昭和三十四年） 52岁
1月,开始在《群像》上连载《敦煌》。2月,凭借《冰壁》等作品获日本艺术院奖。5月,父亲井上隼雄去世。7月,在《声》上发表《洪水》。10月,开始在《文艺春秋》上连载《苍狼》,在《朝日新闻》上连载《漩涡》。

1960年（昭和三十五年） 53岁
1月,开始在《主妇之友》上连载《雪虫》。7月,受每日新闻社派遣前往罗马奥运会采风,周游欧美各国,11月末回国。《敦煌》《楼兰》获每日艺术大奖。

1961年（昭和三十六年） 54岁
1月,与大冈升平就《苍狼》产生论争。在《东京新闻》晚报等连载《悬崖》。6月末开始进行为期约半月的访华。10月开始在《周刊朝日》上连载《忧愁平野》。12月,《淀君日记》获野间文艺奖。

1962年（昭和三十七年） 55岁
7月,开始在《每日新闻》上连载《城砦》。

1963年（昭和三十八年） 56岁

2月,开始在《妇人公论》上连载《杨贵妃传》,在《ALL读物》上发表《明妃曲》。4月,为创作《风涛》,前往韩国进行为期约一周的采风。6月,在《文艺》上发表《宦者中行说》。8月,开始在《群像》上连载《风涛》。9月末开始,进行为期约一个月的访华。

1964年（昭和三十九年） 57岁

1月,成为日本艺术院会员。2月,《风涛》获读卖文学奖。5月,为创作《海神》,前往美国进行为期约两个月的旅行采风。9月,开始在《产经新闻》上连载《夏草冬涛》。10月,开始在《展望》上连载《后白河院》。

1965年（昭和四十年） 58岁

5月,在苏联境内的中亚地区进行了为期约一个月的旅行。11月,开始在《朝日新闻》上连载《化石》。

1966年（昭和四十一年） 59岁

1月,分别开始在《文艺春秋》上连载《俄罗斯国醉梦谭》,在《世界》上连载《海神（第一部）》,在《太阳》上连载《西域之旅》。

1967年（昭和四十二年） 60岁

6月,开始在《每日新闻》晚报上连载《夜之声》。夏,受夏威夷大学邀请担任夏季研究班讲师,前往夏威夷旅行。诗集《运河》刊行。

1968年（昭和四十三年） 61岁

1月,开始在《SUNDAY每日》上连载《额田女王》。5月,前往苏联进行为期约一个半月的旅行,为《俄罗斯国醉梦谭》采风。10月,《西域物语》开始在《朝日新闻》周日版连载。12月,《北之海》开始在《东京新闻》等刊物连载。

1969年（昭和四十四年） 62岁
1月,分别开始在《世界》上连载《海神(第二部)》,在《太阳》上连载《西域纪行》。4月,就任日本文艺家协会理事长。《俄罗斯国醉梦谭》获新潮日本文学大奖。7月,在《海》上发表《圣者》。8月,在《群像》上发表《月之光》。

1970年（昭和四十五年） 63岁
1月,开始在《日本经济新闻》上连载《榉木》。9月,开始在《读卖新闻》上连载《方形船》。

1971年（昭和四十六年） 64岁
1月,开始在《文艺春秋》上连载美术游记《与美丽邂逅》。3月,前往美国进行约两周的旅行,为《海神》采风。5月,开始在《朝日新闻》上连载《星与祭》。诗集《季节》刊行。

1972年（昭和四十七年） 65岁
9月,开始在《每日新闻》晚报上连载《年幼时光》。由每日新闻社主办的"井上靖文学展"举行。10月,开始在《世界》上连载《海神(第三部)》。新潮社版《井上靖小说全集》(共32卷)开始出版发行。

1973年（昭和四十八年） 66岁
5月,前往阿富汗、伊朗等地进行为期约一个月的旅行。11月,母亲八重去世。沼津骏河平开设井上文学馆。

1974年（昭和四十九年） 67岁
1月，开始在《文艺春秋》上连载游记《亚历山大之道》。开始在《每日新闻》周日版上连载随笔《一期一会》。9月末开始为期约两周的访华。

1975年（昭和五十年） 68岁
5月，作为访华作家代表团团长，在中国进行了为期约20天的旅行。

1976年（昭和五十一年） 69岁
2月，前往欧洲进行为期约一周的旅行。6月，前往韩国进行为期约10天的旅行。11月，获文化勋章。进行为期约两周的访华。诗集《远征路》刊行。

1977年（昭和五十二年） 70岁
3月，用约10天的时间历访埃及、伊拉克等地。8月，进行为期约20天的访华，前往新疆维吾尔自治区。11月，开始在《每日新闻》上连载《流沙》。

1978年（昭和五十三年） 71岁
1月，开始在《文艺春秋》上连载《我的西域纪行》。5月至6月间访华，首次到访敦煌。

1979年（昭和五十四年） 72岁
3月，每日新闻社主办的"敦煌——壁画艺术与井上靖的诗情展"在大丸东京店等地举行。从夏到秋，跟随电影《天平之甍》摄影组、NHK丝绸之路采访组等多次前往中国、西域等地旅行。

1980年（昭和五十五年） 73岁
3月,和平山郁夫一起参观印度尼西亚婆罗浮屠遗址。4月末开始,和NHK丝绸之路采访组一起行走于西域各地。6月,任日中文化交流协会会长。8月,访华。10月,和NHK丝绸之路采访组一起获菊池宽奖。获佛教传道文化奖。

1981年（昭和五十六年） 74岁
1月,开始在《群像》上连载《本觉坊遗文》。4月,开始在《太阳》上连载随笔《站在河岸边》。5月,任日本笔会会长。9月末,在夫人的陪伴下前往中国旅行,为创作《孔子》采风。10月,就任日本近代文学馆名誉馆长。获放送文化奖。

1982年（昭和五十七年） 75岁
5月,《本觉坊遗文》获新潮日本文学大奖。5月末、11月末、12月末到次年初,三次前往中国旅行。出席巴黎日法文化会议。

1983年（昭和五十八年） 76岁
6月(两次)和12月访华。

1984年（昭和五十九年） 77岁
1月至5月,由每日新闻社主办的展览"与美丽邂逅 井上靖 无法忘却的艺术家们"在横滨高岛屋等地举行。5月,作为运营委员长主持国际笔会东京大会。11月,访华。

1985年（昭和六十年） 78岁
1月,获朝日奖。6月,在夫人的陪伴下,和《俄罗斯国醉梦谭》摄影组一起访问苏联。10月,访华。

1986年（昭和六十一年） 79岁
4月,访华,被授予北京大学名誉博士称号。9月,因食道癌在国立癌症中心住院,接受手术治疗。

1987年（昭和六十二年） 80岁
5月,在夫人的陪伴下前往法国,并游历欧洲各地。6月,开始在《新潮》上连载最后的长篇小说《孔子》。10月,访华。

1988年（昭和六十三年） 81岁
5月,前往中国进行为期10天的旅行,访问孔子的家乡曲阜,为创作《孔子》采风。这是他第27次中国之行,也是最后一次。诗集《旁观者》刊行。

1989年（昭和六十四年·平成元年） 82岁
12月,《孔子》获野间文艺奖。

1991年（平成三年） 84岁
1月29日,在国立癌症中心去世。2月20日,在青山斋场举行葬礼,戒名:峰云院文华法德日靖居士。